她想，真好。

我的英雄没有因为想要杀死恶龙

而长出邪恶的角。

郑蕤 ♥ 宁瞳璧

上册

殊娓 著

第一章	初遇	001
第二章	柠檬糖	033
第三章	鬼楼的秘密	065
第四章	陪你回家	101

第五章	承诺	139
第六章	瘢痕	177
第七章	崇拜的人	217

第一章

初遇

六月二十五日，高考成绩出来的第三天，安市一中门口挂上了两条鲜红的条幅：

"热烈庆祝我校××同学勇夺安市文科状元"

"热烈庆祝我校×××同学勇夺安市理科状元"

一时间，一中作为建校七十多年的老校，在安市又一次喜提茶余饭后的话题榜第一位，连校门都比往常擦得更亮了。

夏风闷闷地吹上一吹，鲜红的条幅随风抖动，上面印着的金色大字更是显得校门金碧辉煌。

可惜，辉煌都是前人的辉煌。

自从高三毕业生彻底从学校里撤出去之后，之前的高二就被挂上了"准高三"的头衔，顺理成章地开始体验高三式艰苦：暑假从四十多天缩成了七天，连晚自习都延长到了八点十五分。

尤其是高考成绩出来之后，学生更是被热血沸腾的老师们每天耳提面命。

高二文（1）班的班主任侯勇在晚自习的时候慷慨激昂地拍着讲台桌，给下面困得眼皮子直耷拉的学生们灌着鸡汤。

在这群犹如"丧尸"般眼神空洞又姿势各异地颓在桌前的学

第一章 初遇

生里,有个皮肤白皙、眼睛清澈的小姑娘正腰板挺直坐姿标准地坐在座位上。

侯勇目光扫过于曈曈的座位,满意地点了点头。

于曈曈一边听鸡汤,一边在英语卷子的选择题括号里画了个"C"。纤细的手指揉了揉有点发涩的眼角,心里估计着,侯老师八成又要把理科状元的刻苦事迹搬出来讲一讲,然后她身边抱着偷拍来的理科状元照片的同桌就会从半睡半醒的萎靡状态瞬间变激动。

"孩子们!明年这个时候就到你们上战场了,打起精神来,知道咱们上届的理科状元是怎么学习的吗?人家每天都学到——"

"老师我知道!沈状元是我的动力!"坐在于曈曈身边的张潇雅瞬间把手举起来,刚才还困得直磕头的人眼睛直直地盯着侯老师,举手喊出了这么一句。

于曈曈无奈地扶额,其他同学一阵哄堂大笑。

侯勇拿着黑板擦拍了两下桌子,粉笔灰顿时把讲台营造成一个仙境,仙境里的班主任被呛得咳了两声才开口:"张潇雅!都什么时候了,你看看你桌上,那都是谁!一张张脸铺在桌上你也不瘆得慌!一会儿放学都给我拿走!"

"别啊侯老师!"张潇雅抱着桌子上的杂志,哀号着,"这都是我学习的动力!"

侯勇气得鼻孔顿时大了一圈:"于曈曈!你给你同桌讲讲,现阶段你们的'动力'应该是谁!"

突然被点名的于曈曈吓了一跳,手里的笔一哆嗦,硬生生地

柠檬糖

把"D"划成了"P",她站起来为难地看了眼满脸期待的班主任,深吸一口气,铿锵有力地回答:"王后雄、荣德基、薛金星、曲一线!"

班里又是一阵大笑,侯勇露出欣慰的笑容:"听见没有张潇雅,好好跟你同桌学学,人家这次期末考试又……咳,又很稳定!"

班里的人笑得更欢了,张潇雅趴在桌上捂着肚子笑着说:"瞳瞳,怎么听老侯这意思,你又是第二啊?"

于瞳瞳耸了耸肩,表示对于这宿命般的第二名,她自己也没办法。

于瞳瞳是个非常佛系的学霸,被同学戏称"万年老二",成绩稳定得让人没话说,高中入学就是文科第二名,到了现在还是第二名,而且每次考试都稳稳地坐在第二的位置上丝毫不动摇。

流水的第一名,铁打的于瞳瞳,无论分差是十分还是一分,都"二"得格外稳定。

放学铃声打断了侯勇的"每日鸡汤"栏目,瘫在座位上的"丧尸们"瞬间活了过来,在班主任前脚刚迈出教室的同时七嘴八舌地把教室吵成了菜市场。

张潇雅不舍地把她的杂志塞进书包里,最后抱着一张模糊的照片说:"啊,沈学长,我不会抛弃你的,我一定把你留下来!"

"噫——恶心!"于瞳瞳的后桌刘峰,听到张潇雅的这句话后非常不怕死地给出了评价。

张潇雅书包一背:"你懂什么!想当年,我在篮球场上遇见沈

第一章 初遇

学长……"

又来了，于瞳瞳面无表情地把最后一道选择题填好，然后笔帽一扣，准备在张潇雅第108次讲她那个故事之前先走。

"哎哟，快走快走！"刘峰的同桌郭奇睿反应更快，听到张潇雅的开场白，拉着刘峰瞬间从教室里消失，淹没在走廊的人声鼎沸中。

四人小团体跑了一半，可怜的于瞳瞳被同桌堵住了。

"瞳瞳！你先别走！"张潇雅凭借着坐在外侧的优势把于瞳瞳拦在了墙和椅子之间，笑眯眯地问，"瞳啊，你期不期待浪漫故事发生啊？"

并不，不期待，我好困，想回家睡觉！

睫毛一抬，对上同桌的眼神，于瞳瞳叹了口气："……期待。"

头顶上的灯泡突然闪了一下，像是在回应她的话。

张潇雅满意地背着书包跑了，说了假话的于瞳瞳把后脑勺上的马尾辫往头顶挪了挪，嘴里念念有词："我的良心好痛，希望我的高马尾能起到避雷针的作用！"

等于瞳瞳慢条斯理地收拾完书包，走廊里的人早都散了大半，她起身的时候一顿，某种暖流让她瞬间睁大了眼睛，欲哭无泪地坐回椅子上。

就说今天怎么这么困还懒懒的，生理期来得也太是时候了吧？

她坐在自己的位置上等到教室里的人都走得差不多了，才小心翼翼地起身，椅子上已经有一块血迹了。

柠檬糖

于曈曈蹲在地上擦着椅子，有点不想面对这个事实，好在一中的校服裤子是深蓝色的，外面天黑了应该看不出来吧……

万一，万一要是被人看见了，可怎么办呢？

她眼角的余光看到刘峰桌子上的黑色帽子，帽子！戴着帽子就没人能认出我了！

哎嘿！我可真是个小机灵鬼呢！

戴着黑色鸭舌帽的于曈曈多了一些底气，无所畏惧地往校门走去，为了避免麻烦，她选择了从自行车棚穿过去的小近路。

校园里这会儿几乎没人了，她走进车棚的一瞬间突然觉得不太对。

于曈曈抬起头，视线扫过几辆自行车的影子，借着昏暗的灯光看到前面角落里有个人影正靠在墙边，看不清面孔，很高，是男生的身形。

可能是被一整天的习题和知识点耗光了脑子，于曈曈就这么站在车棚的入口怔怔地看了几秒。

"哎哟，快走快走。"

刘峰和郭奇睿勾肩搭背地从教室里跑出去时说的话突然在于曈曈脑海里闪过。

与此同时，面前的男生似乎正向她看过来。

不会是刘峰或者郭奇睿吧？！

于曈曈汗毛都竖起来了，捂着帽子撒腿就跑。

"喂……"她身后传来一个男声。

啊！我听不见，我聋了！

第一章 初遇

于曈曈捂着耳朵宛如没听见一样,一溜烟地跑出了校门口,刚走出没有十米,连气儿都没顺过来,突然好几个不认识的男生出现在她面前挡住了她的去路。

于曈曈大惊失色,她觉得下一秒自己就能听见一圈人笑哈哈地嘲笑她。

"Surprise!"

"Happy Birthday!"

"生日快乐!万寿无疆!"

"哈哈,惊不惊喜,意不意外!"

随着一群男生莫名其妙的叫喊声而来的是一连串"砰"的声音,于曈曈挂了一身的彩带,瞪大眼睛,被突如其来的状况吓得连连后退,随后撞到了一个人。

一个温热的胸膛,身上带着淡淡的味道,似乎怕她摔倒,还轻轻扶了一下她的肩膀。

不知道为什么,于曈曈第一反应就是跑,拔腿就跑,去年运动会跑接力的时候她可能都没这么用力跑过。

郑蕤一只手抄在兜里,面对着几个举着彩带筒,嘴巴张成"O"形的人,面无表情地说:"傻吗,男女都分不清?"

今天是什么日子啊?倒霉的事情接二连三地袭来?

于曈曈跑得腿都软了,转弯钻进了一条没什么人的小巷子里,靠着墙慢慢蹲了下来,脑海里除了呼呼啦啦的风声还有那几个男生笑哈哈的"惊不惊喜,意不意外"的声音。

可太惊喜太意外了!你们连自己的朋友都能认错吗?这是什

柠檬糖

么塑料友谊?

蹲在巷子里的于曈曈扁了扁嘴,突然砸下一滴眼泪在手背上,生理期少女的情绪就是这么不稳定,哪怕是万年老二的佛系学霸于曈曈,也没能免俗。

她哭得非常不讲道理又莫名其妙。

郑蕤追过来的时候看到的就是这样的场景,一个小姑娘,蹲在黑暗的角落里,要不是帽子上的夜光字母亮着,他都不会觉得这里有人。

"喂。"他叫了一声。

于曈曈满脸眼泪地抬起头来,瞪着一双大眼睛,睫毛湿答答地粘成一撮一撮,鼻音很重并且很凶:"你谁啊?"

不远处的路灯也没有多明亮,只能看到她哭花了的脸颊上还粘着一片蓝色的彩带,长得挺乖的,但看上去心情非常差,一边凶巴巴地说话,眼泪一边顺着脸颊往下淌。

郑蕤从来没见过女生这么哭,愣了一会儿,有点手足无措地用舌头顶了下腮,正准备说话,面前的女生突然低下头,重重地吸了两下鼻子。

不知道为什么,这一刻郑蕤的脑海里闪过的是小区里那只总是黏着他,还会躺在地上露出肚皮让他摸的流浪猫。

他勾起嘴角,蹲下来对着这个陌生的哭得鼻子皱巴巴的女生说:"吓到你了?"

后来于曈曈回忆起来,也许就是那天他的声音太过温柔,所以当她仓皇抬起头时,忘记擦掉眼里的泪水,透过蒙眬的泪眼和一闪而过的车灯，看清了那张带着点桀骜和嚣张的脸。

面前这个男生像是从漫画里走出来的，眼里的泪水帮他在周身染上了一层毛茸茸的光晕。

于曈曈瞪大眼睛，带着光晕的男生向她伸出了一只手。

六月二十六日，一个不美妙的星期天，原本应该放假的日子，准高三又被剥夺了半天假期，全都蔫蔫地排着队站在操场上听校长讲话。

讲话主题：准高三冲刺动员大会。

安市六月底的天气实在算不上好，又热又闷，昨天刚来了"姨妈"的于曈曈站了还没有十分钟，眼前的景物就变成了一片流动的金色，连校长讲话的声音都听不清。

她晃了两下，被站在身后的张潇雅发现了，紧张地叫郭奇睿一起把于曈曈扶到了树荫下的花坛边。

张潇雅一脸担忧地用手给于曈曈扇着风："曈啊，没事吧？要不要去医务室？"

于曈曈摇摇头，小声说："可能是'姨妈'来了昨晚没睡好，我在这边坐一会儿就行。"

"那你坐会儿，我去跟老侯说一声，散会了过来接你。"张潇雅递给于曈曈一瓶水，又嘱咐了几句，急匆匆地跑着回到远处的队伍里去了。

树荫挡掉阳光，暑气也没那么足了。于曈曈用纸巾擦掉额角的汗，孤单地坐在小树林边的花坛上，感觉时间过去了一个世纪

柠檬糖

那么长,她心里猜着,是不是快要结束了?

这时,校长站在主席台上慷慨激昂地拿着话筒说:"准高三冲刺动员大会,正式,开始!"

一脸蒙的于瞳瞳嘴角抽了抽。

郑蕤跟着班主任把期末考试的榜单排出来后,他们一起从教学楼里出来,班主任高老师端着枸杞养生杯挥了挥:"郑蕤,你别去动员大会了,下周还有比赛,好好准备。"

"好,谢谢高老师。"郑蕤点头。

目送班主任走出视线范围,郑蕤转身往教学楼旁的小超市走去。小超市在二楼,肖寒正站在小超市门口的露天平台上跳来跳去地跟他招手:"这儿!"

郑蕤走过去肖寒就迫不及待地勾住他的肩膀小声说:"小树林歇会儿?"

"啧。"郑蕤抬起胳膊给了肖寒一肘,"你自己去。"

郑蕤边说话边掀起眼皮往树林那边扫了一眼,就这么一眼,突然看见树林旁边的花坛边蹲了个人,他推开肖寒,眯起眼睛仔细看了一会儿,不由得挑了挑眉毛,这个蹲着的身影好像有点眼熟?

昨天晚上某个哭得稀里哗啦又奶凶奶凶的小姑娘的身影顿时浮现在他眼前,随之而来的还有临别时她哽咽未消的一句"生日快乐"。

一个站在晚风里满脸泪痕的女生,嘴角含笑地跟他说:"生日

第一章 初遇

快乐。"

肖寒扭头,看到郑蕤眼里一闪而过的温柔简直跟见了鬼一样,通常郑蕤出现这种表情都是在打游戏时对面的玩家扑上来送人头,然后郑蕤温柔地一套操作,熟练地把人头收走,还不忘发个公共信息:谢了。

所以肖寒在郑蕤出现这个表情的时候瞬间后退了一步,小心翼翼地问:"你这是,看、看见啥了?"

暑气这么重,会在开会时候蹲在那儿的,多半是有点中暑了。

郑蕤无视肖寒的发问,转身走进了小超市,从冷藏柜里拿出一杯冰奶茶,要关柜门的时候他手里的动作顿了一下。

想到昨晚无意间瞥到的女生裤子上的一点污痕,他有点不自然地抬手摸了一下脖子,心里琢磨着,特殊时期怎么也不能喝冰的吧?

郑蕤把手里的冰奶茶放回冷藏柜,从旁边的热饮柜里拿了一杯红枣马蹄茶,肖寒还扒着护栏伸长脖子往外看,也没觉得看到什么特别的,好像树林那儿蹲了个人。

"跑一趟。"郑蕤拎着袋子出来冲肖寒扬了扬下巴,"把这个给那边蹲着的女生送过去。"

肖寒猛地转过身,嘴巴张得能塞下个拳头,半天才蹦出一句:"谁啊?!"

郑蕤笑着说:"昨天你们喷人家一身彩带那个,去道个歉去。"

肖寒又猛地把头扭回去,看了两眼诧异地喊了一句:"厉害啊!这么远你都能认出来?"

柠檬糖

郑蕤没什么表情地看了他一眼，要不是怕自己送过去暴露了她昨天裤子脏了被他看见的事，怕人家会不好意思，他就亲自送过去了。

肖寒接过袋子挠了挠脑袋，他们几个也没想到会有别人戴着郑蕤的帽子出来，昨天那个女生戴的明明就是郑蕤用夜光笔写着"ZR-621"的帽子，校门口路灯又坏了，黑灯瞎火的，认错也很正常吧。

虽然把女生认成郑蕤，确实是有点离谱……

于曈曈蹲在花坛边百无聊赖地看着地上的蚂蚁搬家，面前突然多了一双球鞋，她慢悠悠地抬起头，一个陌生的男生站在自己面前。

这人好像还挺不好意思，摸了摸鼻子开口说："那个，你还记得我吧？"

于曈曈又认真地看了两眼，确定自己不认识，茫然地摇了摇头。

"就是昨天放学，咳……校门口，彩带，彩带你记不记得？"男生对着空气做了个拉绳的动作，然后学了一声，"砰。"

"哦。"于曈曈明白了，这人是昨天门口的那群男生里的一个。

肖寒看于曈曈点头，赶紧蹲了下来："对不起啊同学，我们昨天认错人了，吓到你了吧？那什么，天挺热的请你喝杯冰的解解——欸？"

大夏天的，肖寒一路跑过来额角都出了点汗，而且他们几个

第一章 初遇

哪怕是冬天也都喝冰可乐和冰汽水,所以肖寒想当然地觉得郑蕤让自己送来的是杯冷饮。

结果他摸到袋子里热乎乎的温度时,整个人都愣住了,那句"喝杯冰的解解暑"硬生生地卡在了嗓子眼儿里,憋了半天扭过头往身后郑蕤的方向看了过去。

于曈曈在那一瞬间如有所感,歪过头错开了面前的男生的身影,向他身后看去。

阳光明媚,红色的教学楼很明亮,远处的二楼超市门口站了一个男生,看上去很随意地把手臂搭在护栏上,弯着腰倚在那里。

明明是只见过一面的人,于曈曈却认出了他,他是昨晚那个长得很帅的学渣。

为什么会这么觉得呢?

在于曈曈的认知里,校服外套拉链拉到一半的这种形象,多半就是这样。跟自己的后桌二人一样,除了学习差,各种玩的都精通。

更何况昨晚他走之前接了好几个电话,从他说的"嗯,你们先玩着,我一会儿过去"来看,他还是个放学不会回家写作业的同学!

但这个校友……

于曈曈望向他,上午九点多的阳光打在他身上,那身普通得不能再普通的校服看上去也跟别人穿的不太一样。他身高差不多有一米八五,比号称自己一米八的体委看着还高一些,刘海慵懒地趴在额前,皮肤很白,鼻梁很挺。

柠檬糖

　　于瞳瞳眨了眨眼，目光落在他的手指上，蓦地想到他昨晚突然向自己伸出手，从她脸颊边拿走了一条粘在她脸上的蓝色彩带纸。

　　于瞳瞳赶紧把头垂下看着地上的蚂蚁。

　　肖寒也终于反应过来，拿出红枣马蹄茶递给于瞳瞳，生硬地说了句："请你喝茶。"

　　他实在是不能理解，在大夏天给一个疑似中暑在树下乘凉的姑娘送热饮是什么操作。

　　接到红枣马蹄茶的于瞳瞳愣了一下，热饮的温度顺着指尖滑进了心里，她眨了眨眼睛，莞尔一笑，对着面前陌生的男生说："谢谢。"

　　这句"谢谢"说出来时，于瞳瞳的余光始终是在看远处的男生的。

　　终于到了散会的时间，张潇雅带着刘峰和郭奇睿急忙跑过来，看到的不是虚弱的学霸，而是满面红光的于瞳瞳同学正蹲在地上用吸管上粘着的一小块红枣喂蚂蚁。

　　张潇雅奇怪地看了眼于瞳瞳手里的红枣马蹄茶，心想，不是说红枣马蹄茶有股奇怪的味道吗，怎么又想起来买了？还喝了个精光？

　　赠人玫瑰手留余香，可刚给人送完红枣茶的郑蕤和肖寒不但没留下余香，还在操场上与拉着脸的教导主任狭路相逢。

　　严主任看到郑蕤冲他招了招手："郑蕤啊，比赛准备得怎

第一章 初遇

样了?"

"严主任好。"郑蕤笑着,嘴角的一弯弧度透露出一股志在必得的自信,但出口的是谦逊的两个字,"还行。"

严主任点点头:"省里的比赛你也不是第一次去了,别紧张,按你正常实力来,你们班主任说你前三没有问题。"

郑蕤谦虚地点点头:"不紧张,我会尽力的。"

"哎哟,前三哪够看的,他怎么不得拿个第一回来!"肖寒欠兮兮地在旁边接了一句。

严主任笑脸一收:"肖寒!你今早是不是又迟到了,我在办公室里都看见你翻墙了,再有下次通报批评!"

"严主任您不能这样!比赛那天我可是要陪着他去的,你罚我,回头我妈一生气就不让我去了,谁给咱安市一中的种子选手端茶倒水、打伞扇风啊?"肖寒跟在严主任身后开启了无限贫嘴模式。

"刘峰你昨晚又干什么了,一上午光听你打哈欠了?"郭奇睿嫌弃地问。

刘峰用手搓了搓脸:"给朋友补过生日去了,闹到挺晚的,今早差点没起来,还是我妈拿着鸡毛掸子把我抽起来的。"

走在前面的张潇雅和于瞳瞳都笑了,连郭奇睿都笑得一抖。

于瞳瞳跟着张潇雅他们几个一起回到班里,坐进自己的座位,扭头就看到左手边窗外的绿色人工草坪上站着三个人。

张潇雅也看见了,幸灾乐祸地说:"准是又有人犯事被主任给

柠檬糖

抓住了,噫,严主任可凶了!"

如果说在树林边时,于瞳瞳能够看清远处站在超市门口的人是因为视力好,那这次,她认出那个穿着校服的男生背影,完全是出于女生神奇的第六感,她就是觉得,那个背对着她站在操场上的人一定是那个同学。

于瞳瞳对着窗口幽幽地叹了口气,在心里嘀咕着,让你不去开会倚在小超市门口耍帅,被逮了吧?

被"准高三动员大会"折磨了一上午,又被班主任和各科老师发了一堆试卷,可怜的准高三学生们终于迎来了为期半天的假期。

半天假期也是假,高二文(1)班里热闹得跟要过年似的,一个个收拾好了书包都不舍得走,跟前后左右的人商量着准备出去嗨一嗨。

"瞳瞳,你下午干什么去啊?"

张潇雅偷偷把杂志放进桌斗里,然后熟练地用"王后雄"压住:"咱们去吃金街那家的酸辣粉吧,我超级想吃。"

于瞳瞳左手按在肚子上,"姨妈期"整个人都懒懒的,金街太远了,打车来回也要半个小时,但想到那家酸辣粉的味道……

于瞳瞳咽了咽口水:"那就去吧,顺便去书店买本习题。"

万年老二也是很注意成绩的,虽然名次总是毫无惊喜的样子,但这次英语考试明显没太发挥好,还是多做点阅读理解练练,比较有把握。

第一章 初遇

"哎,同桌,你看见我帽子了吗?"刘峰在桌斗里摸了一圈,还不死心地蹲在地上往桌子里看。

郭奇睿不耐烦地应道:"没有没有,没看见。"

啊!帽子!

于曈曈赶紧从自己的桌斗里把那顶纯黑色的鸭舌帽拿出来往身后一递:"抱歉抱歉,昨晚我借你帽子戴了一下,早晨忘记还给你了。"

她在心里打了一遍草稿,万一刘峰问她大晚上的为什么要借帽子戴,她就昧着良心夸一下这顶啥特色都没有的黑帽子做工优良、设计巧妙、版型独特、样式迷人!

反正就闭着眼睛夸就行了,她就不信她那心大到上地理课能拿着政治书划重点的后桌,还能刨根问底地问她到底是哪里样式迷人。

"没事,我以为丢了呢!这帽子不是我的,是我朋友的。"刘峰的重点完全没在于曈曈为什么借帽子上,而是宝贝地接过帽子拍了拍,"丢了我就死定了,只此一顶的帽子呢!"

只此一顶?!

于曈曈眼皮一跳,有种不祥的预感。

一直坐在旁边往桌斗里藏杂志的张潇雅听到这话纳闷地问了一句:"不就一顶黑色鸭舌帽吗,还只此一顶?"

刘峰下巴一扬,顿时开启了嘚瑟模式:"你不知道了吧?这帽子可值钱了,我朋友去看球赛的时候,球星用夜光笔签过名的!我朋友还在上面写了个'ZR-621',就是他自己名字的缩写和生

柠檬糖

日,反正晚上看巨酷!"

刘峰一边说着还一边冲张潇雅招手:"来来来,我给你展示一下。"

于曈曈眼看着刘峰用手捂住了帽子,绝望地闭了闭眼睛。她昨晚担心自己戴着帽子狂奔时沾上了汗水,回家之后特意用洗衣液刷了两遍,今早还有点潮,用吹风机吹了半天才吹干的。

刘峰还在那儿说:"看见了吗?蓝色的夜光是好看,要说还是郑蕤会,谁能想到带着夜光笔让偶像给签名呢!"

谁?!刘峰朋友是谁?

郑蕤……

于曈曈僵硬地抬起头,面色复杂地盯着那顶被张潇雅用手捂着看的黑色鸭舌帽,昨晚的记忆跟放电影似的唰唰唰地在脑子里闪现。

男生一只手抄在兜里倒退着走了两步,另一只手指了指她头顶的帽子,嘴角勾起一丝意味深长的弧度:"你帽子不错。"

于曈曈当时莫名其妙地瞥了他一眼,就一顶纯黑色的鸭舌帽,能有啥不错的?她疑惑地看着男生笑着转过身大步离开的背影。

所以说这帽子,其实是他的吗……

张潇雅捂着帽子看了半天:"没有啊?哪儿呢?也没看见夜光的签名啊?"

刘峰也看了两眼,挠了挠头:"可能是白天光线太亮了吧,我也没看见,反正晚上看挺好看的,是吧于曈曈,你昨晚看见了吧?"

第一章　初遇

"我看见个……"

于曈曈心想，我用刷子沾着洗衣液刷得起劲的时候，那个签名可能就已经没了……她小心翼翼地问了一句："那个球星，现在还卖签名吗？"

拿着帽子准备走人的刘峰笑了两声："想什么呢，人家都退役三年了，还签什么名！"

于曈曈非常纠结，她慢慢地捂住了脸，昨晚对着人家又凶又哭已经够丢脸的了，更别说回家之后才发现自己脸上沾了一片蓝色的印记，那个破彩带居然还掉色。

今天再遇见，人家不但没介意还托人送了杯热饮过来，简直人好到犯规。

结果她用姥姥从超市买回来的五块九还买一赠一的特价洗衣液，把人家帽子上的签名给刷没了，一个笔画都没剩下。

不过，一中这么多人，叫什么"瑞、睿、蕊、锐"的也不少，万一不是同一个呢？

于曈曈抱着最后一丝幻想问刘峰："你朋友生日是6月21日？不是昨天？"

"啊？"刘峰挺诧异的，因为他前桌于曈曈很少主动问起什么，他们前后两桌的友谊全靠他和郭奇睿厚着脸皮整天问题、借作业才能建立起来，"是6月21日，但昨天才补过的，有几个外校的朋友只能周末来这边。"

最后的幻想破灭了。

一直到跟着张潇雅走进酸辣粉店，于曈曈还有点浑浑噩噩，

柠檬糖

没想好怎么办，是不是应该买点东西主动去找人家赔礼道歉？

如果换个人，于瞳瞳是有勇气这么做的。但帽子的主人是那个男生，不知道为什么她就有点打退堂鼓，非常抗拒在人家面前出这个丑。

17岁的小姑娘还没意识到自己之所以不想面对，是因为不想破坏自己的形象，只是莫名地纠结要怎么办才好。

好在酸辣粉的味道可以短暂地让人放松下来，两碗带着红油的酸辣粉一端上桌，香味挡不住地往鼻子里蹿。

于瞳瞳叹了口气，拿起筷子安慰自己，算了，还有半天的假期，不如就用来好好想想怎么跟人赔礼道歉吧。

刘峰拎着一兜子饮料走进台球室，把饮料往沙发上随意一丢，帽子轻轻地放在旁边的桌子上，冲着拿着台球杆瞄准的男生说："帽子给你放这儿了啊。"

刘峰父母经营这家台球厅，他们有时候会来帮忙，顺便玩两把。

随后他又跟旁边两个人打招呼："我买了饮料，凉的，过来喝点。"

肖寒赶紧把台球杆往旁边一放："哎哟，真贴心啊我的峰，我让蕤总赢得手心都冒汗了，快把里面那罐饮料拿给我消消火。"

郑蕤手臂一收，台球杆撞上白球，白球以一个刁钻的角度轻碰了一下花色红球，发出清脆的响声后，花色红球掉进中袋洞里。

刚喝了一口饮料的肖寒一屁股坐进沙发里，冲着刘峰说："瞧

第一章 初遇

见没,这是又要一杆收了,一点活路都不给我。"

果然跟肖寒说的一样,郑蘅几杆下去,最后轻松地把黑8打进底袋。

郑蘅笑着:"你跟刘峰玩两把找找自信,我去隔壁买点东西。"

他转头看到桌子上的鸭舌帽,扬了扬眉毛,轻笑了一声,昨晚这帽子还戴在某个掉眼泪的女生头顶上呢。

他把球杆递给刘峰,从桌子上拿起鸭舌帽往头上一扣,迈着步子往台球室外走去。

刘峰接过郑蘅的球杆,看着郑蘅的背影跟肖寒说:"我怎么觉得今天他心情特别好呢?"

肖寒把球拢好,笑眯眯地说:"今天郑蘅给一个女生买奶茶了。"

"什么情况?"刘峰听完肖寒的话第一杆直接打偏了,球都没炸开,更别说进球了。

眼看着刘峰开球失误,肖寒达到目的地大笑着:"坑你的情况啊,哈哈哈,让一让这位同学,该我了!"

郑蘅从店里拿完东西,从兜里掏出钱夹时顿了顿,钱夹里夹着一张皱了的蓝色彩带纸,边角有一块褪了色的干涸水痕,眼前又浮现出小姑娘眼泪顺着脸颊噼里啪啦往下掉的样子。

他把彩带纸拿起来,想了想,又放进了钱包的夹层里,这才付钱走出去。

撕掉外层包装的玻璃纸,郑蘅抬眸,突然就笑了。

柠檬糖

这人挺不禁念叨啊？一天里这都第三次遇见了，他饶有兴趣地靠在店门口，抬头看着她跟她的同伴一人拎着一个书店的塑料袋边走边聊着什么，她的心情大概不错，眼睛弯弯的，很可爱。

于瞳瞳买了新的练习题和一本《口袋英语》，张潇雅买了一本新的杂志还得了一张海报正美滋滋地跟她说："哎，要不是我对着沈学长的照片发过誓不贴别人的海报，我真想把这张贴在我床头上。"

"晚上起夜的时候看着不吓人吗？"

于瞳瞳作为一个不追星的女生，不太能理解把海报贴在卧室的行为。

张潇雅一脸陶醉："当然不……咦？瞳瞳，快抬头，我们斜前方有个穿我校校服的帅哥！巨帅的那种！快看！"

于瞳瞳正在抬手拦出租车，被张潇雅拽了一下袖子，条件反射地顺着她的目光看了过去。

便利店门口的阴凉处靠着一个人，校服外套的拉链拉了一半，一只手插在兜里，正微扬着眉毛打量着她。

他戴着那顶纯黑色的鸭舌帽，哦，原来这帽子也不是很普通呢，戴上很帅啊，于瞳瞳抿了抿嘴角，心里只剩下这么一句话：皎如玉树临风前。

静静地对视了两秒，于瞳瞳的目光落在他的黑色鸭舌帽上，隔着将近十米的距离她感觉自己都闻到了鸭舌帽上的洗衣液味儿，顿时一阵心虚。

这时候一辆出租车停在于瞳瞳身边，司机师傅降下车窗问：

第一章 初遇

"去哪儿啊？"

于曈曈看看斜前方的人，又看看出租车司机，在零点五秒的时间里做出了一个非常"鸵鸟"的决定，以迅雷不及掩耳之势拉着张潇雅钻进了出租车里。

正准备抬手打招呼的郑蕤，眼看着她像是被踩了尾巴的猫，瞬间钻进了出租车里扬长而去。

"光阴似箭，日月如梭啊！"张潇雅抱着一摞杂志趴在桌子上一脸悲愤，"时间都去哪儿了！"

半天假期一晃就过去了，星期一像个无情的杀手，悄无声息地潜入准高三可怜的孩子们的生活里。

毕业生早就离开了母校的怀抱，高一学弟学妹们已经放假了，就只剩下高二。

于曈曈骑坐着椅子，把下巴放在椅背上，拿着《口袋英语》一边背单词一边在上面画重点记笔记。

她这个后脑勺对着黑板的坐姿主要是为了掩护正忙着赶作业的两位后桌，如果有老师来了，刘峰和郭奇睿会气定神闲地说是遇见难题了，让她给他们讲题呢。

刘峰写作业嘴也不闲着："我曈就是仗义，没有我曈我每天都会因为没写完作业被老侯拎去办公室吊打！"

"嗯，还得跪着键盘给老侯唱《嘴巴嘟嘟》。"郭奇睿飞快地往卷子上写着答案惊恐地说，说完他和刘峰同时打了个哆嗦，两人对视一眼，继续赶作业。

柠檬糖

老侯确实是个不按常理出牌的老师,高一的时候两个人因为一个礼拜没写作业被老侯叫去了办公室,老侯慈祥地看着他俩,随后亲切地问:"不交作业是有什么困难吗?"

二人支支吾吾地回答不出来,能有啥困难,就是不想写和不会写呗,难道要跟班主任说不想写吗?

"没困难的话,这事我有两个解决办法,咱文(1)班非常民主,你俩选一选,看看喜欢哪种办法解决。"老侯笑眯眯地说完,从桌上拿起个小盒子,"这是我在(2)班代课时没收的,挺有意思,来刘峰,你抽一张。"

当时刘峰不明所以,心说这老师干啥呢,给我俩玩抽奖吗?随即大大咧咧地从盒子里抽出一张纸,上面写着"跪在键盘上唱《嘴巴嘟嘟》"。

刘峰和郭奇睿大惊失色,最后还是颤抖着选择了通知家长这个选项,最后各自被家长训了一顿,从此再也不敢偷懒不写作业。

刘峰从桌斗里拿出一盒糖,铁盒子的包装很好看,他打开盒盖往于瞳瞳的方向推了过去:"我瞳,学习辛苦了,来来来,吃糖。"

于瞳瞳伸手拿了一块放进嘴里,柠檬味道的,很好吃。

张潇雅一边噼里啪啦地按着手机,一边伸手也拿了一块:"哎,这糖哪儿买的?挺好吃啊。"

"不知道,从朋友那里抢来的。"刘峰说。

朋!友!

他哪个朋友?!

第一章 初遇

于曈曈动作僵了僵,现在她听到刘峰的"朋友"就如临大敌。

张潇雅没心没肺地随口问着:"你那个有球星签名的朋友吗?"

"对,郑蕤。"刘峰忙着赶作业随口回答道。

于曈曈在听到"郑蕤"这个名字时被自己的口水呛了一下,整个人都不好了,咳得脸都红了。

郭奇睿敏感地抬头看了于曈曈一眼,不知道是不是错觉,好像每次刘峰提到他那个朋友,于曈曈的反应都有点不太对劲儿。

"曈曈你这是怎么了?快快快,把糖吐出来喝点水。"张潇雅拿着纸巾放到于曈曈嘴边,轻拍着她的后背。

于曈曈摆摆手,起身坐正后趴在自己桌上头疼地想,这位"朋友"也不知道发没发现自己帽子上的签名已经没了。

"于曈曈。"郭奇睿叫了她一声。

于曈曈还有点没回过神,慢悠悠地扭过头去:"嗯?"

郭奇睿把手里写完的试卷递回来:"谢啦,我写完了,这个《口袋英语》是你的吧?给你,写个名字吧,不然丢了怎么办,你这笔记不是白记了?"

于曈曈接过来道了个谢,拿起笔翻开《口袋英语》的扉页准备签上自己的名字,她比较喜欢在写名字之前先画个小小的爱心,然后写上"曈曈"。

于曈曈拿着笔熟练地勾了个饱满的爱心,刚写了个"日"字旁,身旁的张潇雅突然小声惊呼了一声,然后拉住了她的胳膊:"曈曈快看,我知道他是谁了!"

柠檬糖

于曈曈一脸莫名其妙地看着她的同桌："谁？知道谁？"

"就是昨天咱们从书店出来看到的那个呀！穿校服的帅哥！"张潇雅激动地说着，顺便得意了一下，"我就说，这么帅的人在学校，不可能无迹可寻，这不，我就在贴吧里给找见了！"

于曈曈整个人都怔住了，昨天穿校服的帅哥？

一瞬间，早自习嘈杂的教室像是被人按了静音键，张潇雅的嘴一开一合，笑着说："他就是郑蕤。"

这句话的声音仿佛是一只蜗牛，拖着慢吞吞的步子，从空气里不紧不慢地滑进了她的耳道，每一个字都被放慢又拉长。

没有注意到于曈曈的失神，张潇雅还沉浸在凭借一己之力知道对方名字的兴奋里，她拿过于曈曈手里的笔，随手在她的《口袋英语》上写了个"蕤"字："喏，这个'蕤'，是不是连名字都带着点帅！"

于曈曈这才回过神似的茫然地往桌上看去。

"蕤"。

不是"睿"，不是"锐"，不是"瑞"，也不是"蕊"。

是郑蕤，草木葳蕤。

于曈曈觉得这个名字起得真好，仿佛看到了一片带着清香的绿地，地上的小草随风摇曳，轻轻地在她心上挠了一下，让人心痒痒。

实际上贴吧里还说了挺多信息的，这人在理科班很有名，可惜理科班三个年级和文科楼隔着一整个操场，两栋楼遥遥相望，消息几乎不怎么流通，张潇雅觉得自己白白浪费了两年看帅哥的

第一章 初遇

机会!

　　这人居然还是个年级第一,比沈学长还帅呢,搞不好回头高考成绩更好。张潇雅想了想,还是忍住了想要拉着于曈曈八卦的心思。

　　他们前后两桌只有于曈曈一个成绩好的,虽说是万年老二,但也是重点保护对象,不能影响人家学习!尤其是郑蕤这稳居第一的成绩,还是别跟曈曈说了,虽说她是无欲无求的学霸,但万一心里不舒服了呢。

　　大大咧咧的张潇雅难得心细一次,为自己的体贴在心里鼓掌。

　　夏至过了之后天气是真的热,郑蕤坐着篮球,长腿一伸靠在车棚的阴凉处看单词,昨天看到某个女生拎着的英语习题之后,他也鬼使神差地跑去买了一本一样的,还拿了本《口袋英语》。

　　回台球室的时候肖寒和刘峰看着他手里的《口袋英语》惊得下巴差点掉下来,他也懒得解释。

　　他头顶的鸭舌帽还带着点洗衣液的清香,昨天他就发现帽子八成是被洗了个干净,果然晚上一看,球星和自己的签名都消失得无影无踪。

　　郑蕤无奈地笑了笑,像是对待小区里那只蹭着他裤腿撒娇的猫一样宽容,接受了一裤腿的猫毛,也接受了没有签名的帽子。

　　午休时间教室里比较吵,有塞着耳塞睡觉的,聊天打闹的也不少,他喜欢坐在车棚这边背阴的地方复习,但好像在这儿也没多清净……

柠檬糖

"蕤总!"肖寒拿着两听冰可乐从食堂那边跑过来,"你猜我找到了什——咦?"

肖寒看到郑蕤手里的《口袋英语》时脸色古怪地愣了愣,讪讪地问:"你拿了?"

"什么?"郑蕤扫完这一页的最后一个单词,随手翻了页,然后抬起头来,不解地看着肖寒一脸惊诧的表情。

肖寒支支吾吾地比画了两下,叹了口气,从校服口袋里拿出了一本一模一样的《口袋英语》:"我买完可乐一扭头,看见咱俩吃饭的那个桌子上有本这玩意儿,我以为你忘拿了呢,我就给拿过来了,你这……不是你的啊?"

肖寒挠着脑袋,这要不是郑蕤的,估计就是别人故意留下放在那里占座的。

郑蕤笑着接过可乐:"看看名字,给人送回去吧。"

"唉,这都什么事啊,我都没想到还有第二个人能在中午吃饭的时候揣本英语单词出来看。"肖寒翻开《口袋英语》的扉页,随即脸色更古怪了,猛地抬起头盯着郑蕤看。

"嗯?"郑蕤感受到肖寒的目光,微扬起眉毛跟他对视。

肖寒拎着可乐蹲在了郑蕤身边,清了清嗓子眉飞色舞地开口:"我没想到,你的魅力这么大?"

肖寒故意勾人胃口似的用慢动作翻开《口袋英语》的扉页,把扉页上的字展示在郑蕤眼前:

一个小爱心,日,蕤。

郑蕤眉毛扬了起来,随即轻笑了一声:"哦。"

第一章 初遇

于瞳瞳有点郁闷地趴在桌子上,中午吃饭的时候她用自己的《口袋英语》在食堂占了个座位,结果打完饭菜回来,桌子上坐了两个陌生的小姑娘,人家说没看见自己的那本《口袋英语》。

昨天记了一下午的笔记呢!

于瞳瞳有点心疼地闭上了眼睛,随后问张潇雅:"小雅,你说的那个水逆,什么诸事不顺那个,再给我讲讲吧,我最近好像有点犯那个。"

"哎哟,我们瞳居然对这个感兴趣了?来来来,让小张老师给你讲讲!"张潇雅摩拳擦掌跃跃欲试。

还没等开口,身后的刘峰突然爆发出一阵大笑,引来了班里不少午睡的同学不满的眼神,他赶紧捂住嘴,连连跟周围的人道歉:"不好意思不好意思,你们继续睡,我不是故意的。"

看着同学纷纷趴回去刘峰才松了口气,随后对上了前桌两位美女疑惑的眼神,刘峰忍着笑把手机递了过去,掐着自己大腿努力让自己不要大笑出声,小声说:"给你们看,咱学校女生什么都敢写啊。"

手机上是肖寒发来的一张照片,于瞳瞳和张潇雅低头一看,上面明晃晃地躺着她丢了的那本《口袋英语》的扉页。

于瞳瞳:"⋯⋯"

张潇雅:"⋯⋯"

张潇雅一脸惊恐地伸手指着刘峰手机屏幕,哆哆嗦嗦地问:"这不是⋯⋯"

这不是瞳瞳的《口袋英语》和我写的"蘸"字吗?

柠檬糖

但她没来得及问出口,手一下被于瞳瞳攥住了,凭借着两年同桌的默契,张潇雅到嘴边的话硬生生地转了个弯:"这不是你那个有球星签名帽子的朋友吗!"

于瞳瞳扶额,能不能不要再提那顶有签名的帽子了。

刘峰拿着手机边给肖寒回着信息边应着:"是啊,就是他啊。"

一旁的郭奇睿没有参与到对话里,但手机里的游戏已经在短短的几分钟内第二次黑屏了,手机左下角队友们的叫骂和埋怨他仿佛看不见,他皱着眉看着于瞳瞳的侧脸,原本在阳光下白出透明感的耳朵现在染上了一抹粉红。

她瞪着一双玻璃珠一样清澈的大眼睛,像一只被什么吓到了的惊魂未定的小白兔,无意识地抿着嘴,看起来非常紧张。

那种古怪的感觉又来了,郭奇睿有点烦躁地用手撑着额头看着桌子上的一堆习题。

于瞳瞳是个不爱主动与人交流的人,从高一到高二她身边唯一走得近的就是张潇雅,有时候郭奇睿怀疑她连自己班里的同学都认不清,前几天她还笑眯眯地对着生活委员鲁甜甜同学喊:"孙甜甜,黑板我擦好啦。"

自己班的同学都这样,外班的同学更没听她提到过了,何况是对面理科楼的郑蕤。

他们应该没有任何交集才对,但又是为什么,每次于瞳瞳听见刘峰说"郑蕤"都这么反常呢?

郭奇睿叹了口气,缓缓地趴在了桌子上。

张潇雅做贼心虚地环视了一下四周,然后凑到于瞳瞳耳边用

第一章 初遇

手挡着嘴小声问："疃啊,你那《口袋英语》咋办啊?要不咱们去找那个郑蕤解释一下再把书要回来吧,我看你记了好多笔记呢。"

"不用!不要!不可以!"于疃疃的头摇得像是拨浪鼓,"我也没记多少,不用了。"

这要是被别人误会于疃疃也不会有什么反应,但这人是郑蕤,于疃疃宁愿自己再重新买一本《口袋英语》也不想去跟他解释一遍,毕竟,她说不清自己的扉页为什么会出现人家的名字这件事。

那本《口袋英语》就留给他吧!

反正他学习不好,没准多学学还能提提成绩呢,于疃疃破罐子破摔地想着。

张潇雅有点意外,但理解地点点头,谁愿意去帅哥面前出丑呢,张潇雅仗义地拍拍胸脯："这事毕竟是我瞎写人家名字才搞出来的误会,让我请你喝奶茶来谢罪吧!"

于疃疃犹豫了两秒,还是开口跟张潇雅说："那个,潇雅,你能不能把这件事当成秘密……别告诉别人?"

"没问题,天知地知你知我知!"张潇雅满脸理解。

于疃疃感动地握住张潇雅的手："你还是给我讲讲那个吧!我最近真的太不顺了!"

张潇雅尽职尽责地给于疃疃全方位讲解了一下,并且从自己的手机壳里拿出一张写着"水逆驱散"的小纸片郑重地递到了于疃疃手里。于疃疃也一脸严肃,两个人就像是两代皇帝交接传国玉玺一样,全程绷着脸完成了"水逆驱散"符的传承。

这个符有没有成功挡住于疃疃在关于郑蕤的事情上的背

柠檬糖

运不得而知,反正是没抵挡住一中的老师们对准高三孩子们的"关爱"。

老侯站在讲台上语重心长地说:"孩子们,一定要珍惜这次考试机会,这是我们一中领导再三跟省重点中学沟通才求来的试卷,祝你们考试顺利!"

一中校长从省重点中学拿回了那边老师精心出的押题宝卷,并迫不及待地在期末考试大榜刚贴出来两天之时准备再举行一次考试。

班里四十多颗脑袋同时无力地垂了下去。

这可真是一个天大的……噩耗!

第二章

柠檬糖

考试这天，于曈曈坐在考场里第一次走神。

她看着地理试卷上的选择题"夏至日（6月21日），下列哪个城市正午影子最短"，脑子里浮现的不是太阳直射点在北回归线上、北半球各地白昼最长黑夜最短这些该想到的知识点，而是刘峰说的那句："我朋友还在上面写了'ZR-621'，就他自己名字的缩写和生日。"

他的生日是夏至呢。

于曈曈反应过来自己对着一道选择题愣了两分钟都没下笔，突然对自己有点恨铁不成钢。

不就是把人家鸭舌帽上的签名给刷没了吗，至于连考试都走神吗？她掐了自己一把，重新投进考试的怀抱。

认真答起题来，学霸还是学霸，离考试结束还有半个小时于曈曈就答完了，她略略扫了一眼，没有漏题，起身交卷走出了考场。

省重点的考题也没有多难，化学又是郑蕤最擅长的，他从坐在考场上开始就一直是漫不经心的态度，甚至一边转着笔看着试

第二章　柠檬糖

卷一边还分心在脑子里想了两道周末比赛的竞赛题型。

突然，他转笔的动作一顿，笔掉在桌子上发出一声轻响，他的睫毛又直又长，睫毛下的目光落在第三道选择题上。

"自然界中几乎不存在纯净的水，若要对自然界中的水进行净化处理，下列操作中相对净化程度最高的是？"

他脑海里不可抑制地浮现出的是某个蹲在巷子里哭的女生，抬起脸的瞬间眼泪大滴大滴地往下流。

郑蕤从桌上捡起笔，心想，最纯净的水，大概是她的眼泪吧。

这个诗意的想法只在脑海里停留了零点一秒，随后就被理科尖子生郑蕤同学甩了甩头，甩出了脑海。

他心里嗤笑了自己一声，是不是傻，眼泪里除了水还有无机盐、蛋白质、溶菌酶等，哪里纯净了。

郑蕤自嘲了一番，然后飞快地答完题，扫了一眼，嗯，没漏。准备交卷子的时候他才看见这个考场他旁边那张桌子的左上角，画了一个爱心，写着——

暄暄

他眯起眼睛，肖寒捡到的那本《口袋英语》里的字体跟这个字体几乎一样，尤其是那个爱心，画得都是左边小右边大。郑蕤扬起眉毛，他可能是找到《口袋英语》的失主了。

可能是觉得挺有意思的，郑蕤勾了勾嘴角，起身交卷往考场外走去，他得去自己教室把那本丢在肖寒桌斗里的《口袋英语》拿

柠檬糖

回来。

　　这次分的考场是理科班和文科班调换的,郑蕤从文科楼里出来,手插在兜里慢悠悠地往理科楼走,穿过操场的时候给肖寒发了个信息,再抬头,跟从楼道里走出来的某个人相差不过三米的距离。

　　宽松版的校服外套穿在女生身上把她显得更瘦了,她正抬手捂着嘴打着呵欠,眼睛眯缝着带着点弯弯的弧度,郑蕤早就发现她长着一双笑眼,哪怕哭的时候都像是一对"小月牙",看着特别可爱。

　　不过这会儿人家没哭,她从楼道里走出来,瞬间接触到阳光,一时间有些晃眼,额前的碎发被微风吹起,像是慵懒的猫咪。

　　下一刻,女生打完呵欠睁开眼睛,抬眼看见了他。

　　四目相对,她的眼睛从弯弯的新月变成了圆溜溜的满月,她张了张嘴,似乎有点尴尬,最后也不知道是跟什么妥协了,幽幽地叹着气抬起手跟他摆了摆,干巴巴地挤出一句:"嗨。"

　　会提前交卷的只有两种人:

　　考试都会,心态又好,都写完了百无聊赖,交了卷跑出来透风。

　　或者什么都不会,写都懒得写,熬到能提前交卷的时间赶紧从考场上逃离。

　　于曈曈从安静的理科楼里走出来,没想到一抬眼就看见了刚才在考场里想到的人。唉,已经学习不好了,他不多蒙几道题还提前交卷?她犹豫了一下,还是抬起手主动跟那人打了个招呼。

　　郑蕤对着她笑了笑,那一笑比正午的太阳还要耀眼。

　　于曈曈有点失神地想,这要是放在古代,郑蕤如果是个女生,

第二章 柠檬糖

肯定是个祸国妖姬,"一笑倾人城,再笑倾人国"那种。

郑蕤主动开口,笑着说:"这么巧。"

这时候于瞳瞳才意识到自己又走神了,她蹙了一下眉,对自己最近总是走神的状态有点不满。

也许是因为做了坏事心虚,于瞳瞳心里想着,不能再拖下去了,还是早点把帽子的事跟人家坦白比较好。

想到这儿于瞳瞳有点讪讪的,她抬起头认真地看着郑蕤的眼睛,小声说:"你是不是那天晚上,就看出来我戴的是你的帽子了?"

这是二人所有或远或近的遇见里,于瞳瞳对他说的最长的一句话,可惜,是个认罪的前奏,他心里有点不是滋味。

"嗯,女生戴着还挺好看的,有点意外。"郑蕤笑着拉开了话题。

"啊?"没想到他会这么说,于瞳瞳有点不好意思,终于下定决心,"那个,你帽子上的签名——"

郑蕤打断了于瞳瞳一脸视死如归的阐述:"别提了,我妈把我帽子给洗了,放洗衣机里一通搅,什么签名都没了。"

他遗憾地耸了耸肩,眼看着面前的小姑娘先是一愣,随后眼里闪着光,兴奋地问:"是吗?已经没了吗?被你妈妈洗掉啦?"

好像如果不是当着他的面,她马上就要叉着腰仰天大笑三声了。

郑蕤有点好笑地点点头,偏过头咳了一声才勉强忍住自己差点笑出声来的冲动,看着小姑娘眼睛亮晶晶的样子,忍不住逗了

柠檬糖

她一句:"怎么你听说我帽子上签名没了,好像很高兴?"

"没有没有没有!绝对没有!"

于曈曈惊慌地否定了郑蕤的话,做出一副惋惜的样子,伸出两根食指往下扯了扯嘴角,假惺惺地说:"好可惜啊,听说那个球星都退役了呢。"

郑蕤忍笑忍得辛苦,于曈曈倒是放下了一桩心事,整个人都变得轻松了。她指了指不远处的小超市,非常兴奋地说:"我请你喝杯冷饮吧,那天,谢谢你的红枣马蹄茶。"

她后半句的声音放得很轻,有点不好意思。

郑蕤盯着她的笑脸,点头应下:"好。"

于曈曈往前走了两步,像想起什么似的突然回过头,带着些责备的眼神说:"你下次别这么早交卷了,还是多写几笔吧,哪怕写个'解'或者写个'答'呢,总比交白卷要好得多,交白卷在我们班是要跪在键盘上唱《嘴巴嘟嘟》的!"

这个时间的校园里是没什么人的,毕竟哪怕是一直在成绩单最后一页吊车尾的学生们,也多少会顾忌着像老侯这种会让人跪在键盘上唱《嘴巴嘟嘟》的班主任,以及拿着鸡毛掸子问成绩的家长,鲜少有人会提前交卷。

但于曈曈平时成绩稳定在文科班第二,她真的不了解成绩不好的同学的生活,也想不到他们也会咬着笔,在考场里绞尽脑汁地想多得几分混个及格,并誓死耗到最后一秒才交卷的拼搏精神。

此时她觉得自己见过的成绩最不好的人,就是身旁这位校服

第二章 柠檬糖

外套永远能穿出一丝痞气的郑蕤同学。

可能是心里念叨人家的次数比较多，这会儿走在郑蕤身边的于曈曈反而没有了那种紧张感，有句话怎么说来着……

与君初相识，犹如故人归？

于曈曈好笑地摇了摇头，自己应该只是解决了"签名"事件，因而放下了压在胸口的大石头的欢雀吧。

两人隔着不到半米的距离并肩而行，郑蕤微微侧着头看着身边安静的小姑娘，能闻到她身上不知道是洗发水还是沐浴露散发出的酸酸甜甜又很清新的柠檬味道，跟那天晚上闻到的一样。

郑蕤手插在兜里，摸到兜里的几颗柠檬味道的糖，他以前经常会吃薄荷糖保持口腔清新，自从那天见过她之后，他去买糖时就鬼使神差地买了柠檬味道的。

身旁的小姑娘安静了一会儿，又开始苦口婆心地劝导："后面大题的第一问通常都是基础知识，用公式套一下就行，能得好几分的。或者你写个公式在上面，也能得两分。"

看着她一本正经的样子，郑蕤扬了扬眉毛，眸光微动，没跟她解释自己的成绩，反而顺着她的话懒洋洋地开口："公式我哪儿会啊，我只会选择题。"

于曈曈有些疑惑地看了他一眼："选择题就不需要会公式了？"

"不需要，三长一短选最短，三短一长选最长，剩下的都选'C'，15道选择题起码能对一半。"

能感觉到身边的女生猛地回过头看了他一眼，他轻笑一声，

柠檬糖

故意目不斜视地往前走。

于曈曈心累地摇了摇头,算了,学渣的世界她果然不懂,还是别影响人家发挥了。万一回头人认真做了,反而一道没对,那自己罪过就大了。

小超市里一个人都没有,只有收银台的大姐靠在柜台上打着哈欠玩手机,他俩进来时大姐连头都没抬。

于曈曈走到饮料柜前,热饮柜里还有红枣马蹄茶。

以前她特别不喜欢这个饮料,总觉得甜得有点奇怪,而且枣皮会在不经意间卡在嗓子眼儿,特别难受,她一直想不通谁会喜欢这玩意儿。

直到前两天她收到了一杯来自郑蕤的红枣马蹄茶,温热的、甜丝丝的,还有补血养气的红枣,真是又好喝又营养的饮品呢,于曈曈想。

她伸手进去拿了一杯红枣马蹄茶,然后往制冷柜里看去,想了想,拿了最贵的一杯奶茶,回过头问郑蕤:"这个行吗?"

郑蕤笑了笑:"可以,谢谢。"

于曈曈心里嘀咕,不用谢了郑同学,你那个签名我买下一冰柜的奶茶也赔不起。

"郑蕤!"肖寒的声音从他俩身后传来,"哎哟,不愧是你,这么快就出考场了,我还以为得是我等你呢。"

肖寒就是那种百里出一,不畏惧强权,非常执着地每科只写选择题的人。

于曈曈听见肖寒的话嘴角抽了抽,提前出考场有什么可骄

第二章 柠檬糖

傲的,还要比谁先吗?她再次在心里感慨,同一个世界,不同的梦想。

肖寒嚼着口香糖晃悠悠地走过来,看见郑蕤身后的于瞳瞳突然脚步一顿,随后夸张地冲着郑蕤挤了挤眼睛,又仿佛老熟人似的跟于瞳瞳打了个招呼:"嗨!你也提前交卷啦?考试题难吗?"

于瞳瞳一看就是个学习好的女生,长相就带着乖样,又乖又甜,难怪郑蕤上次还特意让他去道歉,肖寒第一次看郑蕤身边有女生的身影,兴奋地拉开了话匣子跟于瞳瞳聊起了考试。

其实不太难,但于瞳瞳怕这么说伤到两个同学的自尊,犹豫了一下,小心地说了句:"还行吧。"

肖寒非常自来熟:"那郑蕤这次又没问题了,他跟我可——"

他后面的话还没说出来,郑蕤迅速出手把人揽了过来,手勒着肖寒的脖子,接着他的话说道:"我跟肖寒,倒数垫底手拉手,谁先及格谁是狗。"

肖寒一脸茫然地看了郑蕤一眼,他为什么突然要这么说自己?

不过肖寒成绩虽差,但情商意外地高,看了眼郑蕤的脸色就顺着往下胡咧咧:"那是,我这个'寒'可是寒窗苦读的寒,别的不说,选择题一半的正确率还是有的。"

于瞳瞳小心地问:"你选择题也……"

"三长一短选最短,三短一长选最长,剩下都选'C',巨管用。"肖寒骄傲地说。

郑蕤把吸管戳进奶茶里,掀起眼皮扫了肖寒一眼:"文明点。"

柠檬糖

于疃疃叹了口气,她可太怕再听见点什么答题专属的口诀了,下午自己进考场要是脑子一抽也这么写,她可能就打破稳定,从年级前十掉出去了。

她抬手看了看时间,该去考场外面等张潇雅了,说好一起吃午饭的:"郑蕤,我先走了,我同学快要考完了。"

郑蕤似乎怔了一瞬,随后突然靠近于疃疃,轻声说:"认识我?"

于疃疃在郑蕤靠近的时候条件反射地往后仰了仰头,躲开了他,但没躲开他带着调侃的好听的声音。就那么一两秒的时间,于疃疃还是清楚地闻到了男生身上清爽的洗衣液的味道,她只能又往后退了半步。

于疃疃不知道怎么解释自己知道他名字的事,支吾了一下,慌忙退开转身往外跑:"我、我先走了!"

郑蕤看着她慌乱的背影再次轻笑出声,突然想起他还没问过她叫什么名字呢,不过算了,来日方长,早晚会知道的。

名字可以晚点知道,眼下倒是有一件事一定要做,郑蕤往前追了两步,趴在二楼的护栏上喊了一声:"喂。"

于疃疃停下小跑的脚步站在操场上转身往二楼看去,郑蕤笑着倚在护栏上,额前的刘海随着微风拂动,她心里无端就冒出他的名字。

草木葳蕤。

"接着。"郑蕤从兜里掏出一块柠檬味的糖,抬手往下一丢,裹着淡绿色包装纸的小糖果在空中划出一道漂亮的抛物线。

第二章 柠檬糖

于瞳瞳条件反射地伸出手接住,看清手里的东西之后,她扬起愉快的语调,灿烂一笑:"谢啦。"

十七岁的女孩子站在初夏的阳光里,笑脸比阳光更灿烂,眉眼弯弯,粉唇勾起可爱的弧度,郑蕤不自觉地也跟着笑了,然后目送她像是发射的小火箭一样嗖地跑远了。

站在郑蕤身后的肖寒目瞪口呆地看着他这一波操作,盯着郑蕤的后脑勺僵硬地说:"你什么时候变成这样了?"

郑蕤笑而不语,从兜里摸出一块柠檬糖,剥开糖纸放进嘴里。

情商高是情商高,但肖寒还是不能理解,他这个突然给人家丢下去一块糖的举动到底是什么意思,就像上次他不能理解,为什么大热天的郑蕤让他给人送了杯热饮一样。

肖寒絮叨了半天郑蕤也不理他,他口干舌燥地看向了郑蕤手里的奶茶:"哎,给我喝两口,怎么想起买奶茶了,不是说太甜太腻吗?"

他还记得有一次路过一个网红奶茶店,他排了好长时间的队买了几杯奶茶,郑蕤喝了一口就皱起了眉头,随后连游戏都不玩了,硬是跑出去买了几瓶矿泉水回来。

郑蕤把手抬起来,肖寒抢了个空,错愕地听见郑蕤轻飘飘地说:"我最近就喜欢甜的。"

"肖寒!郑蕤!"刘峰考完试一马当先地蹿出教室来找他们,跑到超市楼下抬头喊,"走啊?去吃午饭啊?"

肖寒自己唱了半天独角戏,这会儿看见刘峰来了顿时又开始精神抖擞,他清了清嗓子把嘴里的口香糖吐到包装纸里,然后包

柠檬糖

成一个小球,冲着刘峰喊:"你站那儿别动!"

刘峰不明所以地站在超市楼下,仰着头问:"干吗?"

问完就看见肖寒突然把校服外套的拉链往下一拉,拉到大概肚子的位置,然后活动了一下筋骨,还瞥了郑蕤一眼,随后露出了一脸变态的笑容,趴在栏杆上对刘峰温声喊道:"喂。"

刘峰一脸嫌弃:"喂什么……"

"接着!"肖寒学着郑蕤刚才的举动抬手一扬,手里的口香糖球裹着包装纸也在空中划出了一道弧度。

但刘峰站得太近了,口香糖砸在了他的脑门上,然后弹到了地上。

刘峰:"……"

肖寒:"……"

郑蕤实在是不忍心看肖寒的行为,笑着偏过头。

"你能解释一下你的所作所为吗?"刘峰气冲冲地从楼下冲了上来。

肖寒笑着后退了两步:"哎,兄弟,大丈夫动口不动手,我错了,我这不是怕你错过好戏吗!"

刘峰问:"什么好戏?"

肖寒终于有了用武之地,神秘地指了指郑蕤。

刘峰猛地看向郑蕤,后者慢悠悠地喝了口奶茶,冲着刘峰扬了扬下巴:"你上次说的那个,戴了我帽子的女生,叫什么名字?"

第二章 柠檬糖

两天的考试时间一晃就过去了，于曈曈后面的考试没再提前交卷，怕在考场外面遇见郑蕤，但又在检查完卷子后百无聊赖地往窗外看，想着会不会看到某个身影。

一直到坐在教室里，于曈曈还有点发蒙，掏手机的时候摸到了校服外套兜里的一个什么东西，她掏出来一看，一颗淡绿色包装的柠檬糖静静地躺在手心里。

于曈曈看了一会儿，把糖纸拆开拿出糖放进了嘴里，酸酸甜甜的柠檬味瞬间填满了口腔。

好吃！

拜这颗糖所赐，郑蕤现实中的形象重新鲜活了起来，他那天趴在护栏上笑的样子终于把脑海里穿西装的"霸道总裁"郑蕤给打败了，于曈曈含着糖舒了口气，突然看到桌角上她写的名字下面多出来一句话。

像是用英语的涂卡铅笔写上去的，在她的"爱心"和"曈曈"下面写了一句诗。

千门万户曈曈日

于曈曈眨了眨眼睛，有点好笑地看着这句诗，心里琢磨着是谁考试的时候这么闲，在书桌上写字玩？

字倒是好看，架构非常大气，于曈曈看了眼自己写的"曈曈"两个字，圆乎乎得像是小学生写的一样。

于曈曈酸了，嘴里的柠檬糖也非常应景，她决定把这句诗

柠檬糖

擦掉！

她伸手在桌斗里找橡皮的时候意外地摸到了《口袋英语》的轮廓，有那么一瞬间的茫然，于瞳瞳把《口袋英语》拿了出来，翻开扉页，只写了个"日"字旁的名字和那个"蕤"安静地躺在纸张上，是自己的那本。

可是这本《口袋英语》，不是在郑蕤手里吗？

一个大胆的猜想从于瞳瞳脑海里划过，她蓦地抬头向桌子上的那句"千门万户瞳瞳日"看去，忽然就笑了。

这句诗好像有跟他送来的那杯红枣马蹄茶一样的温度。

不过这么一比较，自己的字真的是幼稚，堂堂年级第二被他的字给比下去了，简直丢脸！于瞳瞳翻出橡皮把自己的名字擦掉了，只留下一句疑似郑蕤写的诗。

就这么一句诗，她反复看了好几遍，听着课的时候视线总是不由自主地往桌角看去。

上完一天的课也没什么机会看了，桌角早被各科老师发下来的卷子占领了。

这次考试成绩出得非常快，晚自习时班主任老侯就拿着文科榜宣布了成绩，毫无惊喜也毫无意外，万年老二绝对不是白叫的，于瞳瞳看着榜单上排在第二位的自己的名字微微抽了抽嘴角。

"我……"身后的刘峰本来想跟往常一样叫于瞳瞳"我瞳"，这是跟张潇雅学的，借作业的时候这么叫显得关系更铁，但想到那天郑蕤的眼神，刘峰硬是把没说出口的话憋了回去，"咳，于瞳瞳，卷子借我一下，我改个错题。"

第二章 柠檬糖

于瞳瞳拎着一沓试卷回过头来："哪科？"

"全部！"刘峰一脸纠结，"我就没一科及格的，老侯说了，让我把错题都重新写一遍，写不完家法处置！"

张潇雅笑着问："什么家法？跪在键盘上唱《嘴巴嘟嘟》吗？"

郭奇睿正好从办公室回来，脸色铁青地纠正她："规矩改了，老侯说（2）班的同学告诉他广播站的键盘是学生会新换的机械键盘，跪在那儿更酸爽，唱歌还能方便全校欣赏。"

要是平时，刘峰肯定是要咬牙切齿地接一句"（2）班这帮人就是看不得咱们好！"之类的，但今天他没有，或者说他就没听张潇雅和郭奇睿的对话。

看着于瞳瞳的卷子，刘峰就想起前天中午和郑蕤对话的场景。

郑蕤靠在小超市门口的护栏上冲着刘峰扬了扬下巴："你上次说的那个，戴了我帽子的女生，叫什么名字？"

刘峰没反应过来郑蕤好端端的为什么突然问这个，随口说："就我前桌的一个女生，学习特别好。"

郑蕤喝着奶茶，似是漫不经心地掀起眼皮瞥了他一眼，但刘峰莫名地从他的眼神里看到了一丝不满。

肖寒情商到底是比刘峰高，抬手拍了一下刘峰的后脑勺，带着一脸"傻人有傻福，可你没有"的表情说："问你叫啥呢！"

"叫于瞳瞳，怎么了？"刘峰呆呆地问。

肖寒把刘峰往一旁拉了拉，小声跟他说："那天我跟你说的那个郑蕤让我送了杯热饮的，还有刚才给人家扔糖的，好像就是你

柠檬糖

那个前桌于瞳瞳,是不是挺白的,看着有点乖?"

刘峰瞪着眼睛点点头,回头正好看见郑蕤勾着嘴角饶有兴趣地重复了一遍:"于瞳瞳?'日'字旁的那个瞳?"

此时,刘峰看着于瞳瞳卷子上整齐的小字愣了会儿神,他觉得郑蕤那个笑容非常不像人,简直像是只狐狸,偏偏眼睛里还带着一丝温柔,他默默地打了个冷战。

于瞳瞳拿着重新回到手里的《口袋英语》比之前更加用功,不一会儿就又记了好几页的笔记。

张潇雅偷偷地把脸埋在桌子下面喝完了一盒酸奶,随后摇晃着空酸奶盒扭头问:"瞳瞳,你有没有垃圾要丢?"说着想要把于瞳瞳桌边的一张糖纸拿去一起丢掉。

于瞳瞳从英语单词里抬起头,看见张潇雅的动作伸手紧忙拦住了她:"……这个先别丢。"

"留着记牌子吗?好吃?"张潇雅疑惑地看了一眼糖纸,起身拎着酸奶盒走了。

于瞳瞳松了口气,拿起糖纸小心翼翼地把褶皱压平,对折了一下夹进了《口袋英语》里。

她的这些举动都落在了坐在张潇雅身后的郭奇睿眼里,郭奇睿叹了口气,心里总有些不好的预感,他抬起头突然开口叫了一声:"于瞳瞳。"

刚把糖纸收好的于瞳瞳吓了一跳,手抖了一下才回过头问:"怎么了?"

郭奇睿深呼了一口气,不自然地用力捏着手里的笔:"你今天

第二章 柠檬糖

能不能晚点走?"

于曈曈有点纳闷地问:"晚点走?"

郭奇睿没再犹豫,他总有种再不说就要一辈子憋在肚子里的预感:"我有几个知识点不会,想让你给我讲讲,咱们去学校外面的奶茶店坐一会儿行吗?不会耽误你太久的。"

看出于曈曈有点踌躇,郭奇睿又说:"老侯刚才找我谈话了,说我成绩再这样下去就要找家长聊聊了。"

"那行吧,你也别太着急,我给你讲讲卷子上的基础知识点?"于曈曈一听说后桌要被找家长,好心地答应了郭奇睿的提议。

郭奇睿暗自松了口气,她确实是人美心善,气松到一半,刘峰突然抬起头一脸激动地说:"奇睿!缘分啊!老侯也找我聊了,晚上要不我跟你俩一起去吧,我也听听基础知识点,万一就学会了呢!"

缘分你四舅姥姥!

郭奇睿在心里说了刘峰半天,有点愁眉不展,他需要一个跟于曈曈独处的时间,要是刘峰去了还怎么说?

于曈曈倒是先答应了:"那我叫上潇雅吧,本来说周日休息的时候给她讲数学的,今天正好就一起吧。"

于曈曈都这么说了,郭奇睿也没办法反驳,只能飞速运转着脑子想想用什么办法单独跟她说几句话。

"郑蓣,今天叫上刘峰玩俩小时,然后咱们去吃个夜宵吧?"

柠檬糖

肖寒背上书包建议道。

郑蕤正在做竞赛题，头都没抬："都行，你叫他。"

肖寒给刘峰打电话，按了免提放在桌子上，空出手来重新紧了紧自己的鞋带："峰子，走到哪儿了？校门口见啊。"

"你们先去吧，我得晚一会儿。"刘峰的声音从电话那边传来，身旁好像还有两个女生说话的声音。

郑蕤笔一顿，肖寒笑着逗刘峰："干吗去啊？我可听见女生的声音了。"

刘峰那边挺吵的，估计是跟操场上的放学大军走在一起，他说："我们老侯说我的成绩再后退就找家长，我是真怕我妈的绝世鸡毛掸子，我先去补补课，你俩先玩着。"

肖寒意外地看了丢在桌上的手机一眼，捏着嗓子问："我没听错吧？你这是要好好学习天天向上？"

"我这也是被逼无奈，我妈前天刚买了根擀面杖，不跟你说了，我要跟学霸取经去了，于曈曈、张潇雅，这边还有位置！什么奶茶？啊加冰加冰——"刘峰喊完这一嗓子就把电话挂了。

肖寒听到这个于曈曈的名字条件反射地看向郑蕤，但后者好像没什么反应，还在唰唰地写题，肖寒不太理解，前两天明明还一顿操作来着，怎么今天就没反应了？

他收起手机问："走啊？咱俩先去，刘峰补课去了。"

郑蕤没抬头，把最后一道题写完，笔往桌子上一丢，随便收了两本习题放进书包里，书包往肩上随意一拎："走。"

"去哪里？"肖寒也跟着起身。

第二章 柠檬糖

郑蕤拿着桌上的成绩单，随手折了几下塞进兜里，肖寒眼尖地看见上面的名次，还是理科第一，总分比自己高出快四倍。

还没等到肖寒感叹，郑蕤手往兜里一插，笑着说："不去玩了，我正好有几道不会的题想去找学霸给我讲讲，走吧，校门口奶茶店。"

肖寒脚步一顿绊在桌腿上差点摔倒，没摔成，但也是一脸怨气的表情，心说，你一个次次大榜第一的理科生，能有什么不会的题找文科学霸问？！

郑蕤走了两步突然回过头来冲肖寒扬了扬下巴："你数学练习册，借我用用。"

晚上八点半，一中对面的奶茶店里人不算多，但里面都是双人卡位，坐得下四个人再留俩椅子放书包的桌子只有两张，此时于瞳瞳他们就占据了一张。

疲惫了一天的"准高三生"们，下了晚自习还不回家的除了他们这一桌嚷嚷着要学习的清流，只剩下三两桌。

于瞳瞳也是个死心眼，压根儿没琢磨郭奇睿的动机，直接把英语试卷摊开，用红色的笔把选择题里的语法都勾了出来，耐心地给张潇雅、刘峰和郭奇睿讲着。

郭奇睿看着于瞳瞳垂着眼帘认真讲题的样子，心里划过奇异的感觉，前后桌坐了两年，今天终于要说出口了，他拿起冰奶茶喝了一口，紧张的情绪稍微有所缓解。

郭奇睿悄悄深呼吸，计划着等于瞳瞳讲完这道题就叫她出去

柠檬糖

一下，哪怕刘峰和张潇雅起哄他也不在乎了。

这时候的郭奇睿还没想到，就这么几分钟的时间，便出现了重大变故。

于曈曈认认真真地把知识点讲了一遍，又举了两个例子，再抬头时不知道为什么就往奶茶店的门口看了过去，正好对上推门而入的郑蕤的一双含笑的眸子。

她眨了两下眼睛，这是什么妙不可言的缘分哪？

统共一周的时间，遇见了几次于曈曈这会儿都有点数不清了。不是真的多到数不清的地步，只不过在她看到郑蕤的一刹那脑子突然就不转了，跟刚才给人叭叭讲题时完全不是一个状态。

郭奇睿注意到于曈曈的状态，皱着眉回过头去，看到走进来的两个男生。

有时候人就是会有些奇怪的第六感，当看到走在前面手插在兜里的男生勾着嘴角的笑脸时，郭奇睿的眼皮突然就跳了一下。

脑海里闪过什么，还没来得及细想，就听到身旁的刘峰"咦"了一声。

刘峰有些意外地站起来跟来人打招呼："你俩怎么来了？不是说先去玩吗？"

"路过，买杯奶茶，这么巧。"郑蕤收回一直落在于曈曈身上的目光，淡淡地打断了刘峰的话。

身后的肖寒默默翻了个白眼，心里有一句吐槽的话，就是不敢讲出来。

郭奇睿静静地打量着这个被他同桌无数次提起的男生，心里

第二章 柠檬糖

莫名地有些不安。

一旁的张潇雅看上去比于曈曈还激动,摇着于曈曈胳膊小声说:"是郑蕤。"

郑蕤从容地面对着几个人的视线,一脸不知情的样子问刘峰:"你们这是干吗呢?"

"啊。"刘峰并没觉得有什么不对,他本来就不像肖寒似的情商高,老老实实地回答着,"我今天被我们班主任给说了一顿,我怕他找家长,叫我们班学霸给讲讲知识点,你们那边听说没?小道消息,下礼拜又要考试。"

三天两头就考试,唉。

准高三生难啊,准高三生太难了,刘峰有点愁地叹了口气,他是真不想被找家长。

郑蕤拍了拍刘峰的肩膀以示安慰,随后就开始发挥演技了,拿着肖寒的练习册一扬,笑着问:"正好,我刚遇见两道题做不出来,让你们学霸帮我讲讲呗?"

郑蕤说这话的时候视线越过面前的刘峰看向了于曈曈,于曈曈虽然心里管人家叫学渣也有点小小的优越感,但被郑蕤称为学霸的时候脸一烫,有点慌乱地低下头去。

刘峰张了张嘴,郑蕤整天跟他和肖寒厮混在一块儿是不假,但人家其余时间都是在学习的,午休不打篮球的时候就坐在篮球场上看书,听肖寒说郑蕤还次次都是理科榜第一,他还能有不会的题?

不等刘峰把嘴里的疑问问出口,肖寒一把把刘峰拉过来,用

柠檬糖

力捏了捏他的肩膀,笑着说:"这道题折磨他一个晚自习了,可算是碰到恩人了。"

肖寒冲着于曈曈眨了下眼睛,然后跟刘峰小声解释:"我猜,郑蕤今天又要'搞事情'了。"

顿了顿,看没人注意他俩,肖寒又提醒了一句:"劝你多喝奶茶少说话,啥都别问装哑巴。"

这是肖寒作为当事人在身临其境地体会后总结的心得,他现在大公无私地把它传授给了一脸迷茫的刘峰,说完,松开刘峰潇潇洒洒地买奶茶去了。

于曈曈看着郑蕤一笔没动的九成五新的数学练习册,一边唏嘘一边谦虚道:"我数学也不是特别好,我先看看你是哪两道题不会吧。"

旁边的张潇雅明显也不明白理科优等生有啥不会的题需要她同桌来指点,但一想到同桌一句话不说光凭借成绩好就把他引过来主动搭讪,她对于曈曈的钦佩立马升级到了五体投地的地步。

郑蕤这人,非常擅于利用各种优势,早在往过道走的时候就把于曈曈所处的方位观察好了,过来时顺手拉了把椅子坐在了于曈曈身旁。

于曈曈倒是没避开,也存着点私心,她想看看郑蕤写字什么样,想知道她桌子上那句"千门万户曈曈日"是不是他写的。

于是各怀心思的两个人展开了非常正经的学习交流。

从郑蕤进门起再也没得到过于曈曈半分余光的郭奇睿紧皱着眉,要是他读书读得多,此刻也许还能发出一些类似"我与春风

第二章 柠檬糖

皆过客,你携秋水揽星河"的诗意感叹。

但郭奇睿只是个酷爱游戏的少年,诗意什么的简直太难为他了,他盯着郑蕤,在心里狠狠地想:人要脸树要皮,人不要脸天下无敌。

于是郭奇睿带着一脸"那我也不要脸"了的表情,吸了口气拿出一支笔在英语卷子的作文上随便写了两句,他故意把"Hello"拼错成"Holle"然后递过去,不轻不重地问:"我这么写,语法有问题吗?"

于曈曈刚帮郑蕤梳理好一道题的知识点,正被郑蕤认真的眼神看得有点不好意思,郭奇睿递过来的卷子正好给了她把目光转开的理由。

郑蕤淡淡地掀起眼皮扫了坐在对面的郭奇睿一眼。

"语法没问题,就是……你这个拼错了。"于曈曈说。

郑蕤伸长脖子一副很好奇的样子凑过去,状似不经意地笑着说:"我知道怎么拼,是不是 h-o-l-l-o?"

于曈曈刚觉得两人的距离有点近,但注意力马上被他拼的单词吸引过去,有点无奈地看着郑蕤:"你认真的吗?难道不是 h-e-l-l-o 吗?"

郑蕤耸了耸肩:"不知道,我不会写,我只会写 h-i 那个。"

刘峰死死地咬着吸管不让自己笑出来,买了奶茶回来的肖寒看到刘峰吸管上的牙印,笑着说:"你什么毛病,我今天刚看网上说,咬吸管不好。"

肖寒话音一落,除了郑蕤以外的四个人齐刷刷地抬起头看着

柠檬糖

他,四人面前的奶茶吸管上都留着明显的牙印。

肖寒:"……"

张潇雅是第一次近距离看到郑蕤本人,而且看着于曈曈和郑蕤的互动不知道为什么就有种"吾家有女初长成"的欣慰,激动地咬了半天吸管。

郭奇睿看着坐在于曈曈旁边的郑蕤有些牙痒痒,不自觉地就把吸管咬成了那副样子。

于曈曈坐在郑蕤旁边,看着是挺淡定的,心里多少有些紧张,也把吸管咬出了牙印。

这句话说得几个人都有点尴尬,郑蕤像是没听见肖寒的话似的,打断了众人的沉默,指着练习册上的另外一道数学题问:"这个我也不太懂,要用哪个公式带入?"

他说话的时候目光不动声色地从于曈曈带着牙印的吸管上扫过。

于曈曈没再管拼错单词的郭奇睿,拿起笔帮郑蕤分析起他说的那道数学题。

于曈曈讲了一遍,抬头正对上郑蕤的目光,眉心一蹙:"你有没有在听?"

郑蕤笑着:"在听呢,我可以一心二用的。"

"哦。"于曈曈对他是否在听自己讲题这件事还是抱有怀疑态度。

她眼睛里的怀疑写得明明白白,郑蕤把刚才她讲的思路都重复了一遍,眼看着她打消疑虑,郑蕤开始扯没用的了,开口说话

第二章 柠檬糖

时还把声音压得很低:"哎,我第一次看见,女生脸上还有一层小绒毛的吗?为什么男生没有?"

他说的话比他的姿势更容易吸引人注意,于瞳瞳被他的发言惊呆了,她扭头看过去,对着灯光看到了他白皙皮肤上的一小层绒毛,于瞳瞳不满地皱了下鼻子:"你也有啊。"

说得好像女生都是没进化完的猿人似的,难道你就没有了吗!

她急着证明"脸上的小绒毛是男女同有的"这件事,丝毫没有注意到两人的距离。

郑蕤好笑地打断她对自己脸上绒毛的研究,笑着说:"哎,你数学是不是考得特别好?试卷借我看一下?"

于瞳瞳有点不自在,心里觉得拿出来给郑蕤看的话像是在炫耀,但又莫名地有点骄傲,只能给郑蕤打了个预防针:"有几个题型我们数学老师前不久刚刚讲过的,考得也就还行。"

郑蕤接过试卷,考得确实还行,就比自己低了三分,他眉毛一扬,也不知道为什么,总想逗逗她。

这时候对面的郭奇睿也按捺不住了,不就是装傻吗!他也可以!郭奇睿再次准备把英语单词写错一两个,没料到对面的人比他先出手了。

郑蕤拿着铅笔往于瞳瞳试卷上一勾,带着笑意说:"你这个写得不好看,都写歪了,我帮你改改。"

"写得不好看"这句话瞬间引起了于瞳瞳的注意和警惕,她早就看出郑蕤的字比自己写得好了,还以为他要嘲讽自己,听完一

柠檬糖

惊,顺着他修长的指尖看过去,生怕自己急着答题真的把哪个字写得奇丑无比。

结果于瞳瞳的目光越过郑蕤骨节分明的手,看到他把自己写的一个"∞"勾掉,在旁边写了个"8"。

"噗——"

"咳——"

"咚——"

肖寒偏过头把奶茶喷了出去。

正在喝奶茶的张潇雅被呛到。

刘峰为了掩盖笑意猛地低头撞在了桌子上。

连郭奇睿都愣住了,他有些难以置信地看着郑蕤,兄弟!成绩再差也不至于连无穷符号都不认识吧?!

像市一中这种建校七十多年的重点老校,收学生也是有标准的,哪怕郑蕤学习再差,也不至于连个符号都认错吧?

于瞳瞳在众人的反应里幽幽地偏过头看了郑蕤一眼,看得郑蕤眉心一跳。

他伸手从于瞳瞳的笔袋里拿出一块橡皮抛了两下,笑着说:"逗你呢,别生气。"说完动作迅速地把他写的"8"擦掉了,然后拿起一旁的奶茶戳上吸管,放到于瞳瞳手边,"喏,赔罪的奶茶。"

奶茶递过去,郑蕤还不忘赞许地扫了肖寒一眼。

早在进门前郑蕤就看到于瞳瞳他们这一桌了,就坐在奶茶店的窗边,她拿着笔认认真真地边讲着什么边在纸上写着,四颗脑

第二章　柠檬糖

袋凑在一起。郑蕤看了眼桌上的四杯大杯奶茶，别人的都喝了一大半，刘峰的甚至都快见底了，只有于曈曈面前那杯，看着跟没喝似的，杯身带着霜气，一看就是加了冰的。

这才几天，她大概还不方便喝凉的。

郑蕤皱了皱眉跟肖寒说："一会儿帮我点杯温奶茶。"

肖寒这几天早就摸出了规律，不懂别问，所以高情商的肖寒同学默默地给郑蕤点了一杯温奶茶，并在现在，此时此刻，收获了郑蕤一个赞许的目光。

于曈曈被突然递过来的奶茶弄得一愣，有点不好意思地指了指自己放在桌上的那杯："……不用了，我有的。"

郑蕤把奶茶放在她面前，漫不经心地笑着："这杯给你。"

郑蕤说完这句话后就去拿于曈曈那杯奶茶了，也不解释，只是倾身拿奶茶的时候，轻声地说了句："我那杯是温的。"

郑蕤就像是没看到她和桌上其他几人的目光似的，自顾自地拿过于曈曈之前的那杯奶茶，把吸管抽了出来，放在一旁的餐巾纸上，直接掀开盖子喝了一口。于曈曈看着他自然的动作，又想到蹲在花坛边煎熬时的那杯红枣马蹄茶。

郑蕤这个人，真的很温柔。

他大概第一天遇见她时就看到了她裤子上的污渍，但半句都没提过，只在隔天遇见时送了杯热饮。今天也看出了她不方便喝冰奶茶，当着其他人的面仍然没有直说，又给她换了一杯温热的奶茶。

这些想法就像是自己那本放在窗台上晒了一中午的练习题，

柠檬糖

拿起来时还浸着阳光的温度,在她心里留下了余温,每次她拿起那本练习题时,都会觉得有种暖洋洋的触感。

而当她想起郑蕤时,也会有那种余温,他是个温柔且心细的人。

于曈曈拿起奶茶喝了一口,温暖了被空调吹得有些凉的身体,她抬起头莞尔一笑,认真地看着郑蕤:"谢谢。"

郑蕤也没说什么,只拿着铅笔在数学试卷上随便指了一道题:"帮我看看这道题?"

于曈曈笑着点头。

眼看着两人又开始正经学习,肖寒默默看了眼旁边表情变幻莫测的郭奇睿,心里又开始同情他。

肖寒算是看明白了,郑蕤酷的时候是真酷,同班的女生都没几个敢跟他搭话的,毕竟人家长了一张虽然帅气但看着十分难相处的脸。但人家想当暖男的时候,能暖得像阳春三月似的,实在温柔。

这不,那个叫于曈曈的小美女将一脸的笑容和感动全都无偿送给郑蕤了,半点没留给身旁这个倒霉的小哥。

张潇雅自始至终呆若木鸡,她看着于曈曈和郑蕤两个人交流学习满脑子都是弹幕,她压根儿没听两人都说了些什么,脑子里倒是把以后都给想好了,一直放在校服兜里的"护身符"——也就是沈学长的照片,早就被她团成小团丢进了书包里。

张潇雅悄悄地掏出手机,点开照相机,默默地往后移了移椅子,用镜头对准了于曈曈和郑蕤的画面,她正襟危坐,为了看到

第二章 柠檬糖

手机里的画面而缩着脖子,差点挤出了"双下巴"。

功夫不负有心人!

瞧瞧她看见了什么神仙画面!

画面里郑蕤用手撑在太阳穴上垂眸看着于瞳瞳,一脸认真,嘴角含笑,帅得让人合不拢嘴。

于瞳瞳则是微微偏着头,用手指着一个公式在跟郑蕤解释,说完看见郑蕤点头,她丹唇一抿,笑得又乖又可爱。

张潇雅看到面前这两个学霸相视而笑的样子,简直太激动了,连着点了好几下拍照键。

"咔嚓。"

激动中,张潇雅忘记了自己在放学后就会把手机静音给关掉的习惯,拍照的声音把一桌子人的视线都吸引了过来,但她眼里只有手机屏幕上的于瞳瞳和郑蕤。

两人同时望过来,一个眉毛微扬似是有点诧异,一个眼睛瞪得圆圆的一脸无辜。

张潇雅没忍住,手一抖,顶着众人的目光愣是"咔嚓"一声把这一幕也拍了下来。

于瞳瞳茫然地瞪着眼睛:"潇雅?"

"啊?我就是……我,那个,我自拍呢,打扰到你们了。"张潇雅干巴巴地扯出来借口之后就闭嘴不说话了。

鉴于她经常自拍,于瞳瞳也没怀疑,看了看时间后询问大家:"有点晚了,今天先到这儿吧?"

郭奇睿看了一眼郑蕤,攥了攥拳还是开了口:"于瞳瞳,

柠檬糖

我……我顺路送你！"今天他已经用光了所有的勇气。

肖寒和刘峰立马看向郑蕤，后者正没什么表情地按着手机。

张潇雅终于从激动和兴奋里走了出来，奇怪地问郭奇睿："我怎么记得你家跟瞳瞳不顺路啊？"

郭奇睿也管不了那么多了，顺口胡说："我奶奶家在那边，我去我奶奶家。"说完不安地看了郑蕤一眼，结果对上郑蕤看透一切的目光，但郑蕤只是看了对方一眼就收回视线，垂下头继续看着手机。

肖寒和刘峰不敢说话，背着书包装起了哑巴。

张潇雅心里特别希望郑蕤能送于瞳瞳，但残酷的现实是，人家郑蕤又没说要送她的宝贝同桌，张潇雅只能问于瞳瞳："那……你跟郭奇睿一起回家？时间是有点晚，你一个人我也不放心。"

郭奇睿故作轻松地说："放心吧，保证把人安全送回去。"

车灯闪过，一辆出租车停在了奶茶店门口，郑蕤抬起头笑着跟于瞳瞳说："我叫了辆车。"

一直沉默着的于瞳瞳听见郑蕤这句话蓦地抬起头来，她也不知道自己为什么会是这样的反应，带着点茫然和不易察觉的期待，看着郑蕤。与此同时，站在旁边的郭奇睿攥紧了书包的带子，随后又无力地松开了，他垂着头看着自己的鞋尖，沮丧地想：没机会了，以后这些话也没机会说出口了吧。

"时间有点晚，你们坐车走吧。"郑蕤迎着于瞳瞳的目光笑了笑，"位置定的是我家，上车记得跟司机报一下自家地址。"说完又笑着加了一句，"不然，就把你们拉到我家去了。"

第二章 柠檬糖

于曈曈面对这样的玩笑，点头道谢："那谢谢你。"

但郭奇睿猛地抬起头看向郑蕤，一脸诧异。

郑蕤什么意思？

不只郭奇睿不懂，张潇雅和刘峰也不懂，连肖寒都有一点蒙，只有郑蕤一个人始终带着笑意，把于曈曈送到车边，帮她拉开车门。等她坐进去后，郑蕤用手扶着车框，俯身低头，温声地跟坐进车里的女生说："谢谢你的讲解。"

于曈曈歪头一笑："谢谢你的出租车。"

郑蕤轻笑了一声，深邃的眼睛对上于曈曈的明眸，勾起嘴角说："晚安，于曈曈。"

于曈曈在听见他叫自己名字的时候，手指突然蜷缩了一下，有一种汗毛都要竖起来的感觉，她愣愣地看了郑蕤几秒，突然扬起灿烂的笑容，学着他之前逗她的口气，夸张地说："认识我？"

郑蕤眉毛一扬，笑了两声才帮她关上车门，对着于曈曈摆了摆手。

郭奇睿坐进车里，看了看郑蕤，有点别扭地说了一声："谢了。"

只有郭奇睿自己心里清楚，他谢的是什么。

郑蕤不在意地扬了扬下巴："走吧，时间有点晚了。"

肖寒和刘峰拦了辆车把张潇雅送走，又陪着郑蕤目送于曈曈和郭奇睿离开，出租车的影子很快便消失在了街角。

刘峰憋了一晚上终于憋不住了，扭头问："让我同桌送于曈曈回家没问题吗？"

郑蕤淡淡地说："没事。"

柠檬糖

十七岁的少年,正是"春风得意马蹄疾"的年龄,郑蕤有他自己的骄傲和自信,他不会去干扰其他人。

刘峰一脸的莫名其妙,莫非郑蕤真的是来听"∞"和"8"的区别的?

肖寒瞥了眼正在往奶茶里插吸管的某个人,恨铁不成钢地拍着刘峰的肩膀,叹着气摇头:"目测你那个同桌,基本上没戏。"

"哦,也是,他就会打游戏。"刘峰似懂非懂地跟着分析。

第三章

鬼楼的秘密

"一二三，嘿——"刘峰和郭奇睿同时用力，搬起讲台桌往右侧挪了一小段距离。

"慢点慢点，好了！"刘峰放下讲台桌后抹了下额头上的汗，扭头问班主任，"老侯，您看放这儿咋样！"

侯勇往后退了几步，比了个 OK 的手势："可以，跟咱们以前教室的布置差不多就行。"

"老侯你吓死我了，你这个手势一出，我还以为要再挪三米，那咱班的讲台桌就得放走廊里去了。"不用上课的日子，刘峰胆量大增，都敢跟班主任开玩笑。

侯勇是个只在上课时严肃的老师，私底下非常亲和，听刘峰说完后只是笑了笑："你们收拾吧，收拾完早点回去，好不容易放一天假。"

张潇雅和于瞳瞳抱着两盆花从外面进来时正好听见这句话，张潇雅立马皮了起来："早点回去干吗啊，放一天假还不是要做一大堆卷子！"

虽说放了一天假是没错，但各科老师都不甘示弱，谁也没少留作业。

第三章 鬼楼的秘密

刘峰插了一句叹息:"唉,这都搬到高三教室来了,以后的作业估计是只多不少。"

"再努力一年,明年这个时候你们就解放了。"侯勇走到教室门口,想了想,又回过头来不放心地叮嘱了一句,"于曈曈,你给手里那盆花浇点水,那花叫'一帆风顺',得好好养着,吉利。"侯勇说完,班里干活的同学都笑了,班主任为了他们的高考也是操碎了心。

"好的。"于曈曈笑着把"一帆风顺"摆在了窗台上,拿起旁边的喷壶,开始浇水。

张潇雅一看班主任走了,立马凑到于曈曈身边:"曈曈,你今天看见郑藜了吗?"

张潇雅除了那天晚上之外,后来她都没看到过两人再见面,所以她也只能整天捧着那天偷拍来的照片给自己喊口号:好好学习!

于曈曈有点无奈:"理科班和文科班隔着一整个操场呢,那还能天天遇见了?"

可当她这么说的时候,她都没发觉自己的语气中带着细微的失望。

那一晚,坐在奶茶店里一起学习的短暂时光,就像是毫无特色的干面包片突然被蘸进了盛满花生酱的小碟子里,甜滋滋的,仿佛是准高三紧张生活里的调味剂。

可惜只有一次,之后还是要啃干面包的。

在随后的两天里,学校的生活回到了原本的平淡,最近,二

柠檬糖

人只在操场上遇见过一次,寒暄了几句就各自散了,了无新意,即便如此,却也让于曈曈在下午上课时走了两次神。

唯一称得上有变化的就是郭奇睿了,自从那天和她一起坐出租车送她回家后,就像是被人灌了哑药似的,不言不语的状态一直持续到现在。张潇雅还旁敲侧击地问了几次,不过郭奇睿没说太多,只说自己需要静养。

上午十点的阳光洒在窗台上,于曈曈盯着盆栽里翠绿的叶子,想起了某双含笑的眼睛,一时间走了神,但手里拿着的小喷壶还在嗖嗖地喷着,不知不觉中就喷歪了,几注水流顺着敞开的窗户飞了出去,紧接着楼下响起了一声叫喊。

于曈曈如梦方醒,一边喊着"抱歉抱歉"一边伸着头往窗外看去。

"你怎么来了?"肖寒抱着一卷胶带,回头看到站在新教室门外的郑蕤时有点意外,他扭头看了眼身后一片狼藉的教室,小声说,"我是不是忘记跟你说了,这周日是放假的,没有课,学校说让咱们正式搬到高三教室。"

郑蕤笑着说:"我知道。"

肖寒一时没反应过来:"知道你还来?我们这些过来打扫的都是被高老师抓来的苦力,你来无私奉献吗?"

郑蕤没理他,胳膊撑在走廊的护栏上抬眼往对面的文科楼看去,像是自言自语:"来看看。"

肖寒正低着头摸索着胶带口的位置,摸了半天也没摸到,艰难的任务分走了他的大半思绪，随口接了一句："看啥？看我？"

半天没听到回应，肖寒抬头，跟随着郑蕤的目光往对面看了两眼，突然福至心灵，凑到郑蕤身边："刘峰也来了，在新教室里打扫卫生呢，过去看看他？"

肖寒一边说，一边在心里骂自己：人家郑蕤昨天刚参加完省里的比赛，本来今天应该在家休息的，能是为了看你就来学校？

郑蕤把胳膊撑在护栏上，漫不经心地往文科楼那边看着，目光突然落在一个穿着白色短袖和牛仔裤的身影上。

今天不上课，大家都没穿校服，这还是郑蕤第一次看见于瞳瞳穿着常服的样子，紧身牛仔裤，短袖领口比校服要大一些。

他勾起嘴角，默默地注视着女生抱着一盆花从文科西楼的楼道里出来，马尾辫随着她的脚步一晃一晃的，很快又进了文科东楼的楼道里。过了一会儿，三楼的走廊里又出现了她的身影，跟身旁的女生有说有笑地进了高三文（1）班的教室，隔着一整个操场，就在他们高三理（1）班的正对面。

肖寒有点近视，看不清对面的人，索性直接扭过头观察郑蕤，果然看到了那熟悉的温柔微笑。

郑蕤揽过肖寒的肩膀，口是心非："走吧，去看看刘峰。"

两人晃晃悠悠地沿着操场东侧往文科楼走，路过小超市时，郑蕤进去买了一把柠檬糖。

刚走到文科东楼的楼下，郑蕤突然停下了脚步，肖寒也不明所以地跟着停了一下，正好听到楼上有人说："瞳瞳，你今天看见郑蕤了吗？"

柠檬糖

原本就是在暑假期间,还是个连准高三都放假了的周末,校园里空旷又安静,楼上的声音便显得格外清晰。郑蕤停下脚步微扬起头,听到了于曈曈的声音:"理科班和文科班隔着一整个操场呢,哪还能天天遇见了?"

他早在有人叫出第一声"曈曈"的时候就敏感地停下了脚步,没想到听到了一句跟自己相关的话,郑蕤愣了一下,站在楼下细细品了品小姑娘说这话时的语气。

怎么感觉听起来,有点失望?

他就这么半仰着头静静地站在文科楼下,突然楼上洒下来一股水,直接落进了郑蕤的眼睛里,身旁的肖寒也被波及了,摸着头顶的水叫了一嗓子。

"抱歉抱歉!"于曈曈趴在窗台上往外看了一眼,只看到两个男生的后脑勺,她有点着急地把喷壶往窗台上一放,脚步匆匆地跑了下去。

郑蕤听见那两句抱歉就已经知道是谁了,用手捂着眼睛缓了一会儿,放下手睁开眼睛的时候正好从模糊的视线里看见女生从楼道里冲了出来。估计是跑得急,她脸颊带着粉红,喘着气停在楼道口望了过来。

看见他的时候女生一愣,眼睛瞪得圆圆的看了两秒,像是才看清人似的松了口气,眼睛又变成了弯弯的新月,笑着说:"怎么是你们呀?"跟刚才在楼上说"哪还能天天遇见了"时的语气不同,是愉快的、上扬着的语调。

郑蕤用手背扫掉了脸边残留的一滴水,有点好笑地看着于曈

第三章 鬼楼的秘密

瞳,再一次想起了他家小区里的那只猫。

小姑娘刚才的一系列动作就像是那只圆乎乎的猫一样,从绿化带里蹦出来的瞬间看到了人影,僵立在原地谨慎地竖起了飞机耳,但看清来人是他之后,又放松警惕,黏糊糊地过来开始蹭他的裤腿。

郑蕤笑着:"来看看文科楼高三的教室。"

肖寒在心里吐槽:呵,男人的嘴骗人的鬼,刚才还说来看刘峰,现在就是看教室了,简直是个"大猪蹄子"!

于瞳瞳看到郑蕤的右眼眼角有点红,不好意思地说:"是不是水喷到你的眼睛里去了?对不起,我正浇花呢,没想到喷到窗户外面了,你眼睛怎么样?"

郑蕤也没想到,小姑娘会如此认真,他抿了抿嘴,微微仰了一下头:"我没事。"

但话还没说完,于瞳瞳看到他眯着眼睛,还以为是眼睛里真的进了东西,有点着急。

郑蕤看着她担忧的神色,无奈地笑了笑:"真的没事了。"

"真的?你的眼角还有点红呢。"于瞳瞳歪着头,看着他说。

看着她一脸愧疚,郑蕤又想逗她,半眯着眼睛:"有点不舒服。我本来以为天上掉下来的是鸟类的排泄物,砸了我一脸,正郁闷呢,什么'转运'之类的自我安慰都准备好了,结果没用上,大概是因为气的,眼睛才红。"郑蕤收回手,揣着兜随便贫了两句,转移着于瞳瞳的注意力。

于瞳瞳听他说完果然眼睛一弯,笑了出来,顺了口气:"没事

071

柠檬糖

就好,吓死我了。"

郑蕤也暗暗松了口气,笑着说:"刘峰在教室里?"

于曈曈点头:"我带你们去找他。"

文科班跟理科班的教室布置到底是不太一样,文科班这边女生多,连女老师都比理科班里更多一些。

黑板、讲台、课桌和椅子,还有堆在各个课桌上做不完的习题,虽然教室里不变的都是那些东西,但人家文科班教室的窗台上摆着盆栽,黑板的右上角已经用花体字写上了高考倒计时,讲台桌上还专门放了一个薄荷绿的小盒子,里面把用过的粉笔和没用过的分开放着,看着还挺整齐的。

郑蕤迈进教室扫了一眼,觉得跟自己班里那种讲台桌上都是粉笔灰,粉笔丢在破烂的纸盒子里的感觉不一样,非要形容一下的话,似乎更加温柔?

他看了一眼走在前面的于曈曈,她的马尾用一根普通的黑色发圈绑着,随着她的步伐小幅度地晃着,发尾扫在她白皙的脖颈下方。

郑蕤嘴角微扬,也可能,只是因为这是她的教室,才觉得格外温柔?

毕竟以前在文科班级的考场里考了很多次大大小小的考试,但从未有过这种觉得某间教室"温柔"的感觉,心里永远都是"这题不太难"或者"题出得有难度"这样的印象。

刘峰和郭奇睿正站在桌子上往班级墙上贴毛笔字,一幅为

第三章 鬼楼的秘密

"天行健,君子以自强不息",另一幅是"地势坤,君子以厚德载物"。

于瞳瞳把郑蕤带到刘峰的座位,笑着说:"你坐这儿吧,他俩贴完这个应该就没事了。"

郑蕤坐在刘峰的座位上,看都没往刘峰那边看一眼,胳膊搭在桌子上,像是上课时老实听课的好学生样子,他仰着头问于瞳瞳:"那你呢?"

"嗯?"于瞳瞳转过身,以为郑蕤问的是她要干什么活,带着点笑意说,"我们文科班女生虽然多,那也都是被惯着、宠着的,登高爬梯、脏活累活什么的,都不用我们。"

她冲着讲台旁边的窗台指了指:"我就负责把我们的班花'一帆风顺'照顾好就行了。"

郑蕤笑了笑,突然说:"班花不是你吗?"

"那你可小看我们文科班的颜值了,都美着呢。"于瞳瞳掰着手指给他数,"我有挺多外号的,但没有班花这一说,学霸、瞳瞳、佛系瞳,还有'二姐'。"最后一句她是小声说的,带着点不好意思。

郑蕤笑了声:"为什么是'二姐'?"

这还是第一次听她说起她自己的事情,这趟学校回对了,在家躺着睡觉可不能让他更加了解于瞳瞳,他做出洗耳恭听的姿态,扬着头看她。

唉,怎么就谈到这个了!

于瞳瞳拍了一下自己的脑门无声地叹气,她从自己的桌斗里

柠檬糖

拿出一沓钉在一起的成绩单:"看一下你就知道了,这是潇雅给我做的,让我留个纪念。"

郑蕤翻了几页,每张成绩单上,印着于瞳瞳成绩的那一栏都被人用淡粉色的记号笔给涂上了颜色,旁边还打着一个小星星。他有点好笑地一张张翻过去,每一张上于瞳瞳都在相同的位置,文科大榜第二,无一例外。

于瞳瞳一直观察着郑蕤的表情,看到他勾着嘴角笑,自己也跟着笑了起来:"是不是挺有意思的?每次都是第二呢。"

"嗯,是很有意思。"郑蕤点点头,带着笑意说,"我每次也都在相同的位置。"

"啊?"于瞳瞳诧异地瞪着郑蕤,不会是她想的那个意思吧。

"啊什么,每次都是第一啊。"郑蕤把手里的成绩单放下,靠到椅背上漫不经心地说,说完就看见小姑娘一脸"唉,果然"的表情。

于瞳瞳看了眼肖寒的方向,凑过去小声地问郑蕤:"真的假的?我以为你的成绩怎么也要比肖寒好一点点的,居然是倒数第一吗?你是不是真的每次都交白卷啊?"

郑蕤看着于瞳瞳把手竖在脸边,挡着嘴悄悄问他的样子,突然就笑出了声,笑得停都停不下来。于瞳瞳叹了口气,伸出手推了一下他的胳膊:"你别笑了!"说完又瞪了他一眼,"果然是不能以貌取人的!"

郑蕤好不容易绷住了笑,听完于瞳瞳的话,嘴角又勾了起来:"怎么,在你眼里,我长得比肖寒好看?"

第三章　鬼楼的秘密

于曈曈张了张嘴，决定逃避这个问题，直接起身："我去浇花了。"

"哎。"郑蕤叫了她一声，"我刚才那句'那你呢'不是在问你干什么活，是问你是不是一会儿也没事了。"

"啊？没事了呀，浇完花就可以走了。"于曈曈没反应过来郑蕤是什么意思，老老实实地回答。

另一边，刘峰和郭奇睿停下了"呲啦"的撕胶带的声音，刘峰疑惑地站在桌子上往身后看："我怎么好像听见郑蕤的声音了？"

肖寒坐在一旁："峰啊，你可算是发现我们来了。"

"你们什么时候来的？"刘峰跳下桌子，没站稳还晃了两下，"不是昨天刚去省里比完赛？今天怎么没在家休息？"

刘峰看着坐在自己座位上的郑蕤，突如其来地感动："你是特意来接我的吗？都说了一会儿中午的时候咱俩去找他的，还特地跑一趟，太感人了。"说着就像找到了妈妈的小蝌蚪一样，欢快地冲着郑蕤扑了过去。

肖寒嘴角抽了抽，是感人，刘峰的智商可太感人了！

抬头看见沉默着从桌子上蹦下来的郭奇睿，肖寒非常自来熟地凑过去勾住他的肩膀："兄弟，上厕所吗？"

郭奇睿皱了皱眉："走。"

肖寒推着郭奇睿往三楼的厕所走，边走边说："你那天是不是不顺利？"

男生的友谊其实有时候来得特别奇怪，在一起随便聊两句，

075

柠檬糖

就是兄弟了。

要是再一起被老师逮住批评一顿，那简直就是过命的交情了。

进了厕所，郭奇睿说："我那天那么明显吗？"

肖寒靠着墙笑了："明显。"

"那她也没看出来。"郭奇睿嘀咕了一声，又自嘲地笑了笑，"我后来根本就没开口，我其实心里面本来就觉得不合适。"

郭奇睿想起那天在出租车上，于曈曈坐在副驾驶的位置上，盯着倒车镜一直看着郑蕤的身影消失在视野里的样子，他说："一年多了，连给她买瓶水都是带着张潇雅和刘峰的份儿一起。"

"不过我看于曈曈压根没看出来！"肖寒说。

被讨论的于曈曈正在走神，手里的喷壶都没水了她还在那里按得起劲。

这是于曈曈第一次带着外班的同学来自己班级，她有种奇妙的感觉，这样的感觉在之前的几次碰面中都没有，像是把他带进了自己的世界。尤其是刚才领着他们进到高三文（1）班的教室的那一刻，她甚至在心里轻声地说了一句"欢迎来到我的世界"。

这种感觉前所未有，于曈曈并不是一个善于交际的女生，她性格远没有自己的同桌外向，郑蕤可能是她唯一一个外班的朋友了。

哦，还有肖寒，怎么把他给忘了。

于曈曈觉得自己把肖寒忽略了这件事特别好笑，她眼角含笑地抬头看向刘峰的座位，郑蕤正坐在那儿。

这也是她第一次看郑蕤穿常服，黑色的短袖上面印着凸起的

第三章 鬼楼的秘密

倒三角形和字母暗纹,比他经常穿出痞气的宽松校服更显出肤色冷白,看着有点桀骜不好接近,但其实是个温柔又细心的人。郑蕤的睫毛很长,垂眸的时候遮住阳光在下眼睑上透下一小片阴影。

就在这时郑蕤突然抬起头,四目相对,他笑了笑。

于曈曈有点慌乱地移开眼,这才想起张潇雅一直都没回来,她疑惑地问刘峰:"潇雅呢?"

刘峰回忆了一下:"好像接了个电话就跑了,是不是回家了?"

"那我问问她吧。"于曈曈掏出手机给张潇雅拨了个电话。

电话里,张潇雅说她表姐来接她出去逛街,于是她就先跑了,当时没看见于曈曈就以为她也回家了。当问到班级里还有谁在的时候,张潇雅在电话里听到了郑蕤的名字,她一声尖叫,把于曈曈吓了一跳。

"快把电话给刘峰,让我跟他说两句。"张潇雅非常急,这可是个好机会!

于曈曈不明所以地把电话递给了刘峰,然后听见郑蕤轻声问她:"吃糖吗?"

她转过头,看到郑蕤摊开掌心,手里放着几块淡绿色包装的柠檬糖,跟上次给她的一样,于曈曈伸手拿了一块:"谢谢。"

另一边,刘峰临危受命,张潇雅在电话那边飙着高音:"你快给我拍一张曈曈和郑蕤在一起的照片,我有急用,要拍得美一点,别拍花了。记住要偷拍,千万别被发现。"

刘峰被她叨叨得有点蒙,茫然地掏出自己的手机对着正在剥

柠檬糖

糖纸的于瞳瞳和垂眸看着于瞳瞳的郑蕤按下了拍照键。

"咔嚓！"

两人同时回头，刘峰干笑了两声，对着手里举着的正在通话的手机小声说："我被发现了。"

经历过相似场面的张潇雅显得非常镇静："就说你在自拍。"

刘峰疑惑地抬头，对上了于瞳瞳和郑蕤的目光，有点不确定地说："我，我在自拍。"

"于瞳瞳这个姑娘吧，看着好说话，但就是不好接近，我跟她前后桌坐了两年了，就没有一次是她主动跟我和刘峰聊天的，就算是聊天也是学习上的事。"郭奇睿摇着头感慨，"可太难了。"

"郑蕤也是，看着挺外向的吧？其实在班里话挺少的，说话次数还不多，就是'言简意赅'那种你懂吗？"肖寒也跟着摇头感慨，"尤其是他看书的时候，我要是在他身边说句话或者放个音乐，那脸色，能冻死人的！"

郭奇睿点头认同："郑蕤一看就不是刘峰那种和谁都能聊到一块儿的人，估计是个事不少的。"

肖寒一拍巴掌："于瞳瞳一看就是那种心无旁骛的乖孩子。"

两人越聊越嗨，喜滋滋地交换着彼此朋友的信息，最后像是古代皇上身边的大太监似的，掩嘴偷笑：这两个人一个迟钝一个事儿精，就让他俩互相折磨去吧！

"走，咱俩回去瞅瞅，万一咱们不在，刘峰又傻乎乎的，尴尬了怎么办？"肖寒和郭奇睿喜滋滋地担心着。

第三章　鬼楼的秘密

肖寒和郭奇睿的快乐建立在幸灾乐祸上,两人勾肩搭背地从厕所回来时听到刘峰大喊一声:"不!别说了!"

肖寒和郭奇睿飞快地对视了一眼,怎么回事?刘峰终于不堪学习重压,在搬进高三教室的第一天就疯了?

刘峰惊恐地瞪着眼睛看向于瞳瞳和郑蕤,他不过就是说了一句"东楼这边的教室确实比之前大,但就是离鬼楼太近了",于瞳瞳和郑蕤两人居然就着鬼楼的话题聊上了,还咔嘣、咔嘣地嚼着嘴里的柠檬糖,吓得他大夏天的汗毛都竖起来了。

生怕一会儿于瞳瞳突然嘴角流着血说:"刘峰⋯⋯"

然后郑蕤再接一句:"你猜猜你身后有谁⋯⋯"

刘峰越想越恐怖,简直要吓成"刘疯子"了!

正好这时候肖寒和郭奇睿从外面进来,刘峰就像是见了亲人一样扑了过去,十分委屈地向他俩告状:"他们讲鬼故事,太恐怖了,吓死我了!"

刘峰委屈完突然动了动鼻子,控诉道:"你俩去厕所为什么不叫我!"

肖寒和郭奇睿越过刘峰的身影看向他的身后,郑蕤坐在刘峰的椅子上,用胳膊撑着桌子,一只手托着头,懒洋洋地浸在从窗外洒进来的阳光里。于瞳瞳则倒骑着椅子,趴在刘峰的桌子上,阳光抚着她的侧脸,衬得她的脸白得格外晃眼。两人听到刘峰的抱怨后同时动了,郑蕤偏过脸,于瞳瞳仰起头,沐浴在阳光下相视一笑。

被控诉的肖寒和郭奇睿根本没空理刘峰,他俩正满眼错愕地

柠檬糖

看着郑蕤和于瞳瞳，无声地交换着眼神——

怎么回事兄弟，不是说你们的学霸只聊学习上的事吗？

说好的互相折磨呢？说好的尴尬呢？

刘峰不满地给他俩一人一拳："我问你俩为啥不叫我！你俩还在这儿眉来眼去的？"

肖寒最先从震惊里回过神来，奋起反击："什么鬼故事给你吓成这样？！"

郑蕤又和于瞳瞳对视了一眼，难得地笑着解释了一句："不是鬼故事，就是你上次跟我说的那个，鬼楼里总有哭声的那件事。"

于瞳瞳也笑了："没想到刘峰这么怕鬼？我还是前阵子听潇雅说的，说有人听到鬼楼里有哭声。"

她跟每次给刘峰和郭奇睿打掩护时一样，倒着骑坐着椅子，趴在刘峰的桌子上，这种背对着黑板的坐姿每周都要上演几次，但这一次又格外不同。

好像在安市一中上了两年的学，这还是第一次在班级里真正地聊得开怀。

"哦，那个事啊，我也是听别人说的。"肖寒坐在不知道是谁的桌子上，拍了拍刘峰的肩膀，"哪个学校还没有几个鬼故事了，都是假的。"

刘峰一脸感动，"小鸡吃米式"地连连点头："对，都是假的。"

肖寒突然又开口，话音一转："但是在咱们学校的众多传说里，有一个是真的。"说到这里他刻意放缓了语调，神秘兮兮地说，"你们知道吗？咱们学校这个位置啊，在建校之前是个

第三章 鬼楼的秘密

坟地……"

"啊!"刘峰吼了一嗓子,抱着头蹲在了地上,"肖寒你闭嘴!"

屋里的几个人哄堂大笑,肖寒看着于瞳瞳笑得还挺欢,有点意外:"你好像不怕鬼啊?"

郑蕤早就发现她这点了,不但不怕,聊起来还一脸兴致勃勃的样子,他笑着偏过头问:"不怕?"

可能是气氛太好,于瞳瞳得意地扬着下巴:"不怕!我还有个鬼故事你们要不要听?"

刘峰拿出耳机插在手机上,幽幽地说:"你们讲吧,我听会儿《嘴巴嘟嘟》洗洗脑。"

郭睿奇还是第一次见于瞳瞳这么活跃的样子,他看了眼跟于瞳瞳隔着一张桌子的郑蕤,两人的胳膊仍然距离很近,但又好像谁都没有注意到似的,自然又大方,他自叹不如。也是,人家郑蕤刚才是怎么说的?偏过头目光温柔地问,"不怕?",这要是自己会怎么说?多半是"你居然不怕鬼?厉害了"。

郑蕤看刘峰有点厌地把耳机戴上,对上于瞳瞳跃跃欲试的目光,扬眉一笑:"给我们讲讲?"

于瞳瞳有点不好意思,先是笑了一下给自己做了个心理准备,然后才清了清嗓子冲着肖寒和郭奇睿招手:"那我可开始讲了?"

"讲!"肖寒和郭奇睿好奇兮兮地瞪着眼睛等着听,气氛一营造起来,连刘峰都有点好奇,悄悄地关了手机里的音乐。

于瞳瞳声音好听,咳了一声一本正经地开口:"从前

柠檬糖

从前——"

"噗——"

"噗——"

于曈曈刚开了个头,肖寒就笑了出来,郭奇睿也跟着笑了,郑蕤把头偏到一边看不到表情,但能看到他的肩膀一抖一抖的,也在笑!

小姑娘不乐意了,嘴一扁:"你们笑什么啊!"

郑蕤不放过每一个机会,迅速转过头看着于曈曈,勾着嘴角逗她:"还以为你要给我唱歌呢。"

"什么歌?"于曈曈有些疑惑地问,她这会儿一心惦记着要讲鬼故事,一时间没反应过来。

"从前从前,有个人爱你很久。"郑蕤看着她的眼睛,旁若无人地唱了一句。

于曈曈愣了一下,郑蕤的声音真的很好听。

但这个想法一闪即逝,她还是惦记着要讲鬼故事的大任,她轻轻拍着桌子,严肃地说:"我换个开头,不许笑了!"

于曈曈神色认真地讲完鬼故事,教室里瞬间安静了两秒。

"哈哈……"

教室里一时间充满了笑声,刘峰也不怕了,抹着眼角笑出来的眼泪:"于曈曈你这是个笑话吧!这哪是鬼故事?"

于曈曈也笑了,笑里带着点调皮,耸了耸肩膀:"就是笑话呀!"

到底是十七岁的少男少女,玩到兴头上胆子也更大了,不知

第三章 鬼楼的秘密

道在一片笑声中是谁先叫嚣了一句"想刺激的话去鬼楼看看",然后一群人的笑声都停下了,最先响应的居然是刘峰,他一脸视死如归地说:"那就去看看吧!"

连胆子最小的刘峰都开口了,肖寒和郭奇睿马上附和:"去就去,看看到底有没有东西!"

要是在平时,郑蕤可能就起身走了,他绝对不会参与这种幼稚的活动,关于"鬼楼",在他眼里就是一栋破旧的教学楼而已。

确实,鬼楼是安市一中建校时用的教学楼,后来盖了新楼就废弃了,旁边的礼堂倒是还用着,鬼楼就一直荒废了,一楼堆了些运动器材什么的,二楼往上一般都没人去。

高中生活到底应该以学业为主,在学校的每一天都被"数理化""史地生"占据着,学业枯燥,学生们就苦中作乐,给废弃的教学楼编排了一堆神秘的故事,然后一届一届地传了下来,无辜的教学楼就变成了"鬼楼"。

不过,在同龄学生里,像郑蕤这种理智的毕竟是少数,就比如坐在教室里的这五个人,除了他其余都是眼睛放光的状态,连于瞳瞳都是一脸兴奋。

郑蕤一笑,她想去,那就去呗。

于是一行人有说有笑地往鬼楼走,走到门口又都噤了声,看着鬼楼破旧的大门,刘峰突然又怂了,他吞了吞口水:"那个,咱们还去吗?"

肖寒把刘峰推了进去:"快走,这么多人你怕什么,磨磨叽叽的还不如女生呢!"

083

柠檬糖

郑蕤跟在于曈曈身边，小声问："真的不怕？"

于曈曈一脸轻松地摇头："不怕，我小时候就总跟着我妈妈看恐怖片，都习惯了，现在看着恐怖片都能睡着的。"

鬼楼里常年没人来，建筑又落后，也不是坐北朝南的好朝向，采光更是不怎么好，这会儿进了楼里确实跟外面不太一样，不用空调都阴冷阴冷的。

两人说着话，没注意到身后的三个人已经落后好远了，于曈曈也确实跟她自己说的似的完全不怕，蹦蹦跶跶地往楼上走着。郑蕤跟在她的身后，她突然停下脚步，回过头来有点郁闷地问："我刚才讲的那个鬼笑话，你在哪儿听到的？"

郑蕤站在她下面的一节楼梯上，正好跟于曈曈现在差不多高，他看着于曈曈："我也忘了，就在网上看到的。"

可能是两个人之间的气氛太好了，郑蕤一时没多想，脱口而出："你洗我那个帽子的时候是不是搓得也挺用力的？"帽子上的洗衣液味道到现在还没散呢。

说完他就后悔了，于曈曈诧异了一瞬，随后面无表情地看了他几秒，开口说："你知道了。"

"你知道了。"

不是问句，而是陈述句。

于曈曈心里确定郑蕤知道了帽子上的签名是她洗掉的。

也是，好不容易在帽子上搞了个签名，要是她自己的话肯定是要站在沙发上叉着腰跟家里人宣布"千万不许洗我的帽子"的。

第三章　鬼楼的秘密

虽说以郑蘷的外表来看，他不像是会叉腰站在沙发上的人，但也一定跟家里人说过这件事，还说什么是他妈妈洗的，郑蘷这个大骗子！

于曈曈一边在心里说他是骗子，一边又觉得郑蘷真的是太会为人着想了。

"早该想到的，你妈妈怎么会不知道你的帽子上有签名呢。"于曈曈低着头有点沮丧地说，"对不起啊，我那天晚上不是跑了很久吗，觉得帽子肯定沾上汗了，回家就给刷了，确实，刷得还挺用力的……"

他嘴角一勾，逗她："是用的洗衣液吗？"

"啊？"已经准备好被埋怨的于曈曈诧异地抬眼，撞进了一双含笑的眼眸，他的眼睛迎着楼道窗子里的一束阳光，像是夜晚映出灯火的多瑙河。

"或者，是洗衣粉？"郑蘷继续逗她。

签名没了确实有点心痛，毕竟那场比赛是那个球星退役前的最后一场比赛，在紧张的赛事里连拿了11分，像个英雄一样完美谢幕。

但一个签名，换来了认识于曈曈的机会，郑蘷觉得很值。

于曈曈终于被逗笑了，她抬手揉了一下有点发烫的耳垂，看着郑蘷的眼睛小声地说："都不是，要不我请你吃饭吧，多请你吃几顿，想吃什么都行。"

于曈曈转过身去继续走楼梯，郑蘷跟着她往上走，老旧的楼房里有一股灰尘和腐木混合的味道，青色的墙皮层层脱落，斑驳

085

柠檬糖

的墙体上还挂着蜘蛛网,架个摄像机就可能被当成恐怖电影的取景场地了。

两人刚迈完最后一节台阶走上二楼,突然听到空旷的二楼楼道深处传来一声抽泣。

"叶公好龙"型人物代表于瞳瞳吓坏了,猛地往后退了一步,眼睛瞪得老大,僵硬地慢慢转过头看着郑蕤,眼睛里的意思非常明显:你听到了吗?是不是听到了?听到了吧?听到了吧!

两人谁也没说话,走廊里只有隐隐约约的抽泣声,以及抽泣声的回音,像是恐怖片的背景音乐一样,郑蕤看着于瞳瞳惊恐地瞪着他,感觉在她脸上仿佛看到了无数条弹幕,他轻笑一声,可这一声笑惹毛了正在脑海中闪过无数恐怖片的于瞳瞳,她咬牙切齿地小声说:"你还笑!听到哭声了吗?"

这个奶凶奶凶的模样,跟第一次见面时满脸眼泪地质问他"你谁啊"的时候一样,郑蕤只扬起了眉毛,没敢笑,怕把人家惹生气了,赶紧顺着于瞳瞳的话点点头。

"呲拉——"这时走廊深处传出来几声撕东西的声音,这声音突然出现在寂静的鬼楼里简直恐怖极了,脑补了无数种恐怖场景的于瞳瞳跟着一抖,脸都有点吓白了,说是害怕但又要了命地好奇,她伸出手拉了一下郑蕤的衣摆,用眼神示意他一起走进去看看。

明明害怕,还想去看,这要是在恐怖电影里,最先阵亡的就是她这种人物。

郑蕤的嘴角扬起一弯弧度,颇为享受这种被小姑娘紧紧拽着自己衣角往前走的感觉，但没走几步，走廊深处撕东西的声音停了下来。

于曈曈僵在了原地，郑蕤比她反应更快一步，千钧一发的瞬间把她拽进了身旁一间敞着门的老教室，并且直接拉着人蹲在了墙角。

郑蕤的家庭环境比较复杂，这也导致他并不怕鬼神之类的传说，这些在他眼里都没有笑里藏刀的人心更让他不寒而栗，眼下这一系列的动作也不是因为恐惧。他的想法很简单，不管走廊深处开门的是个什么玩意儿，是人还是鬼，他只担心会吓坏跟着自己的小姑娘。

郑蕤低下头，他蹲在于曈曈身后，小姑娘两只手死死地攥着他的衣袖，郑蕤往后靠了靠，跟她拉开了点距离。

鬼楼里静得吓人，除了两个人的呼吸声，就只剩下走廊里的脚步声了，还混杂了一些类似什么东西在地上拖动的声音，让人想不害怕都难。

于曈曈这会儿仍处于高度紧张和兴奋的矛盾状态，脑子里一片空白，听着走廊里的声音不由得抖了一下。

郑蕤压低声音，温声说："别怕。"

走廊里的声音她已经听不见了，只觉得耳边的呼吸声特别清晰。

"依稀看见乌云压过来轰隆隆，果然期待的事又落空……"

郑蕤的手机铃声突兀地在这个静谧的空间里响了起来，意外地有点应景。被突如其来的铃声吓了一跳的不只郑蕤和于曈曈，

柠檬糖

还有走廊的脚步声,脚步声停顿了一下之后变得更急,听声音应该是往楼梯下面跑了。

来电显示上明晃晃地闪着肖寒的名字,郑蕤接起电话听到那边的肖寒不知道跟谁喊着:"咋样吧!一会儿请客吃饭!"

郑蕤"喂"了一声,肖寒赶紧停下:"你在哪儿?刚才那是谁啊?"

"你们在哪儿?碰到人了?"郑蕤问。

"我们在鬼楼门口呢,刚才有个女生从鬼楼里跑出来了,差点撞到我,吓我一跳。"肖寒说。

郑蕤想了一下:"楼下等我吧,我和于瞳瞳这就下去。"说完就把电话挂了。

老教室里太过安静,于瞳瞳能清晰地听到郑蕤的电话那头肖寒在说什么,听到这儿松了口气,小声问:"是人?"

郑蕤笑着反问:"不然呢?"

他站起来低头对于瞳瞳说:"去看看走廊里面有什么,刚才不是听到撕东西的声音了吗?"

"嗯。"于瞳瞳嘴上应着,蹲在原地没动,对上郑蕤略带疑惑的眼神,她有点不好意思地说,"等我缓一下,我腿麻了。"

那个哭着撕东西的人跑了,被她营造出来的恐怖气氛也跟着散了,于瞳瞳和郑蕤慢慢地走在空旷的走廊里,在灰尘上留下两串崭新的脚印。

最里面的那间教室关着门,郑蕤走过去轻轻推开门,老旧的木门发出一声刺耳的响声,灰尘在光线里乱舞,教室里的场景让

第三章 鬼楼的秘密

郑蕤愣了一下,身旁的于曈曈好奇地凑过来往教室里看了一眼,小声惊呼:"这是什么?"

于曈曈站在老旧的教室门口,扒着门缝看见教室里的场景后整个人都愣住了,她抬起头跟郑蕤对视了一眼,两人的眼神里都有些意外。

鬼楼已经闲置很多年了,教室里的桌子还是那种很长的木桌,连椅子都是长长的需要好几个人共用的木板凳。这里桌椅凌乱,堆积着厚厚的灰尘,灰尘上的手印就在这样的空间里显得格外清晰,地上还有凌乱的脚印和被扫把扫出来的一条一条的痕迹。

身后的楼道里吹过一阵阵阴冷的风,被推开的门发出一声"吱拉——"的声音。

这些凑在一起就已经很像恐怖片的拍摄现场了,最要命的是,黑板上还用红色的粉笔写了很多个字形夸张的"崩溃",看上去每一笔都格外用力,甚至看着那些字都能想象出写的人用粉笔划过黑板时的刺耳的声音。

于曈曈紧张地看着这样一间老旧的教室,有种意外闯进了另一个时空的错觉。

相比之下郑蕤更容易抓住重点,他扫了一眼教室的情况,从容地迈进去,并在门后找到了一个铁皮垃圾桶,里面有很多被撕成大片的碎纸,他蹲下拿出来一片,上面居然是考试题,好像是地理?文科的?

郑蕤拿起一片碎纸转头想要问问于曈曈:"这是……"

但当他回过头的时候正好看到女生扒着门框,探着头小心翼

柠檬糖

翼地往教室里打量,发际线上的碎发毛茸茸的,翘了起来,还有一撮头发不怎么听话地立在那儿。立着呆毛的某人对自己的形象毫无察觉,到底是个女孩子,一副好奇又不太敢进来的样子在门口踌躇着。

他像一只到了新环境动着小鼻子谨慎地闻来闻去的猫。

这是第几次觉得她像小区里的那只猫了?于是郑蕤没问完的问题在嘴边愣生生地转了个弯,变成了一句与当下情景毫不相关的话:"你喜欢猫吗?"

于曈曈这才收回一直落在黑板上的目光,不解地看向郑蕤:"猫?"

郑蕤不自然地顿了一下,扬了扬手里的纸片,像是什么都没发生过一样,开口把之前的问题问完:"这是你们的考试题吗?"于曈曈接过纸片蹲在郑蕤身边,纸片上面是地理试卷后面的材料分析题,答题的字迹也很工整,一看就是女生的字体,她蹙眉想了一下,有点惊讶地说:"这是前两天考的那套省里的题。"

所以说鬼楼里的哭声很可能是某个压力大的学生?还是文科生,在考试之后躲在这里自己一个人哭和发泄?

郑蕤不知道想到了什么,把于曈曈手里的纸抽走丢回垃圾桶里,有点严肃地问:"你们文科生,压力那么大吗?"

他倒是听刘峰抱怨过每天要背的知识点都很多,历史、政治和地理都有大段的要背的东西,尤其是政治和历史。

其实于曈曈是没感受过什么学业上的压力的,看她的名次就知道了,她确实担得起"佛系学霸"这个称号,而且家里人每次拿到成绩单第一句话都是"又考第二？都说了多玩玩，放松放松，怎么老是考得这么好啊！"

在成绩这件事上，于曈曈的家长比她更淡定。

"我还好，没觉得压力很大。"于曈曈老实地说。

没什么压力就行，郑蕤看到于曈曈一脸轻松的样子，放心地勾起嘴角："走吧，我们已经打扰到人家缓解压力了，那就别在这儿待着了，肖寒他们在楼下等着呢。"

于曈曈点了点头，跟郑蕤一起往楼下走去，还没走到大门口就听见肖寒他们三个人热热闹闹地不知道在说什么。

郑蕤把手插在兜里嗤笑了一声："还说三个女人一台戏，你们三个也不差。"

跟在他身旁的于曈曈也跟着笑了。

肖寒勾着刘峰的肩膀笑着嘲讽刘峰："知道我们为什么脱节了没跟上你俩吗？刘峰这个胆小鬼，假装系鞋带，趁我和郭奇睿不注意'嗖'的一下跑了，跑得比兔子还快。"

刘峰抹了抹鼻子想要解释："我就是——"

"停，别找借口，我刚才在厕所逮着你的时候你怎么说的？"肖寒马上打断了刘峰的话，看向郑蕤和于曈曈，"你们都猜不到他说了什么，我算是知道他妈妈为什么总用鸡毛掸子抽他了，撒谎都不会！"

郭奇睿没忍住"扑哧"一声笑了出来，并且笑得停不下来，捂着肚子跟不明所以的郑蕤和于曈曈说："他说他饿了，去厕所找点吃的，哈哈哈！"

柠檬糖

肖寒也忍不住了，跟着一通笑："你说你这借口找的，去厕所能找什么吃的？"

肖寒一笑手里也没力气了，刘峰终于把他的胳膊从脖子上推了下来，幽幽地叹了口气："我那不是被吓的吗，我一迈进鬼楼，我的汗毛都竖起来了，总觉得有股阴气！"

刘峰一边说一边搓着胳膊："你们别笑了，真的，当时那种情况别说问我跑去厕所干什么了，要是问我叫什么，我都有可能说我叫刘博仁！"

于瞳瞳笑着蹲在地上，她以前真的没有感受过，原来这群人凑在一起说话这么有意思。

郑蕤淡淡地问了一句："刘博仁是谁？"

"啊？"刘峰愣了愣，讪讪地说，"我爹。"

"哈哈……"刘峰话落，几人间又响起了阵阵笑声。

说好了刘峰请客吃饭，几个人一同往校门外走去，准备去他们常去的那家烧烤店吃点东西，于瞳瞳也没拒绝，跟着他们一起，路上肖寒问起鬼楼里都有什么，郑蕤就把看到的讲了讲。

"所以说，他们一直传的鬼楼的哭声，很可能是一个文科女生因学习压力大而痛哭的声音？根本不是什么闹鬼？"肖寒问，"就是那个从鬼楼里跑出来的女生？"

于瞳瞳点点头："你看见是谁了？"

"没有，跑得太快了，没看清。"肖寒说。

"原来是这样啊，早知道我不跑了，又不是鬼。"刘峰非常马

第三章 鬼楼的秘密

后炮地说。

郑蕤说:"嗯,大概是想找个树洞,那楼又常年没人去,就找到那儿去了,这事跟别人不要说。"

肖寒理解地点点头:"也是,估计那个女生的压力太大了,要是再听说自己的事都被人知道了肯定更难受,过了今天咱们就当什么都没发生过吧。"

于瞳瞳抬起头看了眼身旁的郑蕤,她比郑蕤矮一些,从这个角度能看到他棱角分明的侧脸和高挺的鼻梁,眼角微微上扬,带着点不可一世的少年特有的嚣张。

她曾经以为动漫里那种灰色的、绿色的、鲜红的或者幽蓝色的眼睛才会让人忍不住多看,但今天才发现,郑蕤这种纯粹的亚洲人的深棕色眼睛,也会让人记忆犹新。尤其是当下,他淡淡地说出"这事跟别人不要说"时,他的脸迎着阳光,瞳孔像是温暖的琥珀一样。

郭奇睿跟在他们身后,开口道:"学霸的压力真是大啊,一个小姑娘,能克服恐惧自己跑楼里哭去,勇气可嘉。"

刘峰点头附和:"可不,我宁可跪在键盘上唱《嘴巴嘟嘟》,我也不敢躲这楼里哭。"

"人跟人不一样吧。"肖寒随意地说,"郑蕤压力那么大,也没哭啊。"

于瞳瞳猛然侧过头去,什么意思?郑蕤为什么压力大?他看上去挺潇洒自由的啊?

被郑蕤的目光淡淡扫过的肖寒知道自己说错话了,立马缩着

093

柠檬糖

头,闭嘴当起了哑巴。

郑蕤转头对上了于瞳瞳怀疑的目光,笑了一声,开口逗她:"你以为我稳定在这个名次容易吗?我需要顶着多少压力呢?那可相当难了。"

"你什么名次?"于瞳瞳面无表情地问。

郑蕤一脸"你不是知道吗"的表情,耸了耸肩膀笑着说:"你说呢?"

也是,连刘峰和郭奇睿这两个年级中下等的都天天被老侯找去谈话,像郑蕤这种稳定在倒数第一的名次,怕是班主任嘴皮子都要磨破了吧,于瞳瞳有点沉痛地说:"真是难为你为全年级的同学垫底了。"

"日行一善。"郑蕤忍着笑,好心情地嘴欠道。

走在他俩身后的三个人发出了共同的心声:次次考年级第一的人还装上瘾了,演得还挺像那么回事。

比他们三个都真实?!

进了烧烤店后于瞳瞳先去了一趟洗手间,其他人先进包间里去了,郑蕤靠在椅子上,拿起茶壶给自己倒了杯水,抬手喝水的时候扫了眼他们几个的座位,扬起了眉毛。

他发现了一个非常严重的问题——

屋子里的餐桌是正方形的,每一面都有一个能坐下两人的小沙发,包间里一共能坐六个人,留了一面没摆椅子是因为要从这儿上菜。

第三章 鬼楼的秘密

郭奇睿和肖寒占了一张小沙发,正凑在一起讨论,刘峰自己坐在一张小沙发中间刷着手机也不知道在傻乐什么。

郑蕤自己也占了一张沙发,平时他自己坐惯了,这会儿正敞着腿靠在沙发里占据了百分之七十的空间,意识到他们几个在旁边,他放下了手里的水杯,往里面挪了挪,留出半个沙发的位置给于曈曈。

想了想他又拿起水壶,准备给于曈曈倒杯水。

这时候于曈曈回来了,她想都没想就直接冲着郑蕤走了过去,很自然大方地坐在了郑蕤身边。她扭头看见郑蕤正提着水壶,离她更近的桌子上有一杯水,回过头笑着跟他说:"谢谢。"说完拿起杯子喝了两口。

郑蕤拿着菜单熟练地勾了一堆吃的,然后把菜单放到于曈曈面前,笑着问:"看看还有什么想吃的?"

"差不多了,先这样吧。"于曈曈小声说。

郑蕤:"烤面包片吃吗?涂了蜂蜜的那种。"

于曈曈点头:"吃。"

郑蕤又加了两份烤面包片,把菜单递给服务员:"谢谢。"

服务员是个看着年纪不大的姑娘,对郑蕤这样的长相没什么免疫力,不由得多看了他两眼,但郑蕤根本没注意到这些。

郑蕤往肖寒那边瞥了一眼,含着笑拿刘峰开涮了:"刘峰整天说这家烧烤好吃,他都没跟你提过?下次别给他讲题了,就让他跪在广播站的机械键盘上给全校唱《嘴巴嘟嘟》吧。"他挑了一个文(1)班的同学都熟悉的"梗"逗于曈曈,就好像自己也是他们

柠檬糖

班的一员似的,悄无声息地拉近着彼此之间的距离。

果然于曈曈一听郑蕤这么说就笑了:"那你们以后有什么好吃的记得叫我,我还没吃过这家的烧烤。"

这么说完于曈曈自己都愣了,是不是有点太自来熟了?

她鼓了鼓嘴,又小声地问了一句:"是不是不方便?"

之前她就听到过班里的男生讨论,说不乐意跟女生一起玩,觉得女生娇气还事多,动不动就生气,还哭之类的,一个个都是公主病,非常麻烦。

巧了,她第一次见郑蕤时就哭得跟洪水泛滥似的。

于曈曈有点紧张地抬头看郑蕤,郑蕤莞尔,压低声音跟她说:"有什么不方便的,之前不是还说要多请我吃几次饭来着吗,这么快就忘了?"

聪明如郑蕤,他说的每一句话都在观察着女生的脸色,开玩笑知道什么叫适可而止,分寸把握得非常好,不会不顾及于曈曈的感受让她感到不好意思。

"那是什么?"郑蕤往于曈曈扣在桌上的手机上扫了一眼,适时转移着于曈曈的注意力。

"什么?"于曈曈顺着他的目光看过去,指着自己的手机壳问,"这个吗?"

她的手机壳是透明的,里面镶了一层流沙似的薄荷色的小星星,还有一只呆呆的小鸭子在里面,这一层是软的,用手指按下去会有点像触到果冻的感觉。

但郑蕤问的不是手机壳,是手机壳下面的那张"水逆驱散"符。

第三章　鬼楼的秘密

于曈曈把手机递给郑蕤看，笑着给他安利："这个是用来转运的！"

小姑娘说了一堆关于什么水星逆行的事情，听起来神神道道的，有点像路边拉着人，给人看手相的老太太。

这要是刘峰或郭奇睿之类的男生，估计早就不耐烦地挥挥手说：你们这些小姑娘就是喜欢信这些有的没的！哪怕是换了情商高的肖寒，估计也是勉强听完，然后不着痕迹地换个话题。

但郑蕤没有，他觉得这是于曈曈难得有兴致讲的东西，好好听着就行了。

郑蕤听了一会儿，的确是有点听不懂这些小女生的东西，只好从里面筛出能听懂的信息理解。他伸手按了一下于曈曈软乎乎的手机壳，里面的小星星跟着动了动，他指着手机壳下面的纸，有点好奇地问："真的？"

"水逆驱散符"画得极可爱，上面画着一只胖胖的锦鲤和一个粉色的小星球，一看就是那种少女心爆棚的设计。

能不能转运于曈曈也不确定，毕竟她刚拿到的那天就被老侯通知了第二天要考试，但女孩子嘛，就是觉得带着这种可爱的东西心情也会跟着变好。

眼下看着郑蕤有些好奇，于曈曈决定忍痛割爱，她把手机壳一掀，拿出那张薄薄的"水逆驱散符"，手往郑蕤面前一伸，问他："你手机呢？"

她这个语气和动作都太自然了，他扬起眉毛把手机掏出来放在了于曈曈的手心里。

097

柠檬糖

于曈曈看着郑蕤光溜溜的黑色手机愣了一下，脱口而出："你怎么不戴手机壳？"

郑蕤本来也没多想，顺着她的话回了一句："戴上手机壳不是很影响质感吗？"

他是喜欢原始手机这种轻薄的感觉的，穿牛仔裤的时候随便往兜里一塞也不碍事。

郑蕤看着正拿着他的手机愁眉不展地研究着该把纸片塞在哪儿的于曈曈，默默把杯里的水一饮而尽。

于曈曈琢磨了一会儿，扭头跟郑蕤商量："你这个没地方放啊？要不然放在钱包里？你带钱包了没？"

郑蕤这会儿心情特别好，他勾着嘴角掏出钱夹，打开的时候愣了愣。

他不喜欢烦琐的东西，钱夹买的也是简洁款，就一个放卡的透明槽，里面现在放着身份证和学生卡，最上面的一层明晃晃地放着那天他从她脸上摘下来的那片蓝色彩带纸。彩带纸上还有一块褪色的地方，是干涸了的水痕，那是于曈曈的眼泪干了的痕迹。

郑蕤皱了皱眉，这个不能给她看。

说句实话，再熟的错觉也都是错觉，他俩统共没见过几次，对话都寥寥无几，现在拿出来如果被她看见，误会就不好了。

郑蕤对着钱夹叹了口气。

"这个你收着吧，我觉得我最近还行，不算太倒霉。"郑蕤把钱夹收起来，摸着下巴逗她，"等我倒霉了再去找你要，到时候别不舍得给我。"

第三章 鬼楼的秘密

于曈曈不知道郑蕤钱夹里面有什么,只看到他笑着把钱夹拿出来后,不知道看见了什么,突然皱了下眉,似乎还叹了口气,最后又把钱夹收起来了。

她以前并不是一个敏感的人,这会儿竟然把身边人的一举一动记了个仔细,于曈曈悄悄扁嘴,有点不是滋味。

两人各怀心事,但很快被端上来的烤串香气给冲淡了,五个人凑在一块儿吃得开心,肖寒和刘峰再加上郭奇睿简直就是三个活宝,笑话段子一个接着一个。

快要吃完的时候郑蕤偏过头问:"下午有事吗?"

于曈曈先是摇摇头,随后又点点头:"得回家写作业了,还有几个知识点要复习。"

她是个认真学习的好学生,郑蕤看过她那本记了密密麻麻的笔记的《口袋英语》,他也不能真拦着她不让她学习,笑着说:"一个女孩子不安全,一会儿吃完陪你回家。"说完还扫了郭奇睿一眼。

正在喝饮料的郭奇睿呛了一下,偏过头咳了半天才缓过来,无语地摇摇头,又冲着郑蕤耸了耸肩膀做了个握拳的手势。

于曈曈正小口小口地呼着气,小心地咬着热乎乎的烤面包片,涂了蜂蜜的面包片被烤得金黄,让人移不开眼。

她现在满眼都是美味的面包片,根本没注意到身旁的男生们的小动作,手机突然振动的时候还吓了她一跳,嘴里叼着的面包片"啪嗒"一声掉进了面前的盘子里。

她手上有点油乎乎的,艰难地用小拇指点开了视频,张潇雅

柠檬糖

的声音顿时从手机另一边传了过来:"瞳瞳,你在哪儿啊?收留收留我吧,我表姐无情地把我给抛弃了!"

刚准备陪于瞳瞳回家的郑蕤,面无表情地看着小姑娘手机屏幕里的张潇雅各种撒娇地忽悠人,然后成功地把于瞳瞳给截和了,而且还语气兴奋地说个没完:"我就知道瞳瞳最好了,那你在烧烤店等我吧,我打车过去,五分钟就到,给你买奶茶哦!"

第四章

陪你回家

郑蕤把于瞳瞳送上了张潇雅坐的出租车，关上车门后，小姑娘放下车窗，伸出头冲着他摆了摆手，甜甜地说："快回去吧，这会儿太阳正晒，会中暑的。"

得到她的一句关心，郑蕤觉得今天又去鬼楼、又倒水的倒是也值了。郑蕤把手插在兜里，倒着往后走了两步，目光还停留在于瞳瞳的脸上，他扬起嘴角冲人一笑，带着点少年特有的朝气和张扬："走吧。"

于瞳瞳趴在玻璃窗沿上，扭着头一直看着郑蕤的身影越来越小，到车子转弯前似乎还看见他跟自己招了招手，好像还笑了？

她蓦地回过神来，他不会是在笑自己吧？车都开出来好远了还在看人家，于瞳瞳有点恼，自己是不是特别像个花痴？她索性扭过头来坐直把车窗关了。

于瞳瞳才坐好，身旁的张潇雅马上拖着调子："哟，终于回神了？"

于瞳瞳也不知道自己这是怎么了，上次从奶茶店里出来跟着郭奇睿一起坐车走的时候她就发现这个毛病了——盯着倒车镜，直到郑蕤的身影消失为止。

第四章　陪你回家

那天是华灯初上，郑蕤拎着奶茶斜挎着书包站在未央的夜色里，就像是第一次见到时的惊鸿一瞥，少年如玉、朝气蓬勃。

今天郑蕤站在正午的阳光下，头发染上了阳光，变成了棕色，叫人移不开眼。

张潇雅看着手机里刘峰给她发的那张偷拍失败的照片，照得有点模糊，画面里于瞳瞳在低头剥糖纸，坐在一旁的郑蕤正垂头看她，嘴角勾起，带着淡笑。

于瞳瞳家离学校也不算远，坐着出租车没一会儿就到家了，她带着张潇雅走进自己家的楼道，刚进屋就听到姥姥不知道因为什么事情笑得正开心。

"姥姥，我回来啦！"于瞳瞳笑着说。

于姥姥穿着紫红色的宽松短袖坐在沙发上，举着手机回过头，笑得很是慈祥："瞳瞳回来啦，潇雅也来玩啦？"说完又把手机转过来对着她俩，"看看，瞳瞳带着同学回来了呢。"

张潇雅熟练地对着姥姥和她手里的手机说："姥姥好，叔叔阿姨好。"

于瞳瞳帮张潇雅拿完拖鞋，自己连拖鞋都没穿就跑过去对着手机说："爸妈，怎么样？南方好玩吗？"

于爸爸和于妈妈是工程师，常年要为了工程奔波，这次是去南方的一个偏远山区里修路，过年才能回来，两人戴着黄色的安全帽凑在镜头前，笑着说："这几天都不太忙，正赶上雨季，总在下雨，勘测工作也都停了下来。你最近怎么样？学习累不累？"

柠檬糖

张潇雅笑着凑过来:"叔叔阿姨,我们前两天又考试了,你们猜瞳瞳考了年级第几?"

姥姥连同手机屏幕里的于爸爸和于妈妈都装成一副沉思的样子,又摇头又耸肩的,说太难了猜不出来。

于瞳瞳和张潇雅笑成一团,最后掏出成绩单,五个人都笑了。于妈妈抹了一下额角的汗:"瞳瞳别太辛苦,多跟潇雅出去玩一玩,别总宅在家里面学习,总宅在家里面身体是要垮掉的。"

于瞳瞳乖巧点头:"知道了妈妈,我不累,今天还跟同学一起去吃了烧烤。我们搬到高三的教室了,以后就是正经的高三学生了。"

于妈妈和于爸爸一听说她跟同学一起吃了烧烤,开心得不行,于姥姥也很高兴,笑眯眯地冲着视频说:"不说了不说了,挂了吧,我要去市场上买点菜,晚上潇雅就在我这儿吃吧!"

"好!谢谢姥姥收留!"张潇雅嘴甜地说。

两个小姑娘进了于瞳瞳的卧室,屋子里收拾得干干净净,淡橘色的小熊床单,床头上还摆着几个毛绒玩具,张潇雅往床上一扑,捞过一个毛绒小猪抱在怀里,满怀憧憬地说:"瞳瞳,我每次来你家时都超级羡慕你,你家里人怎么这么好啊,还鼓励你出去玩,我爸妈只会催我多看书、多做题。"

张潇雅周末经常来于瞳瞳家,和于瞳瞳在一起,哪怕是做作业也是开心的,于姥姥会切各种水果送进来,也会让她们多休息别把眼睛看坏了,对于瞳瞳的成绩也没有任何要求,反而更担心她总在家学习会闷,一家人总是想方设法地劝她出去多玩一玩。

第四章　陪你回家

简直是高中生眼里完美的理想型家长。

于曈曈一笑，没说话也没解释，拉开书包问："歇一会儿后我们一起做地理题吧，地理老师留的作业最多了。"

张潇雅点头，趴在于曈曈的床上第无数次看起了她偷拍的郑蕤和于曈曈的合影，对她来说二人现在就是她学习的动力！

于曈曈也拿出手机，翻到朋友圈的时候她看见上面显示了一个刘峰的头像，一般有人刚刚发过动态的话，这里才会有那个人的头像，她不知道为什么，点开朋友圈的时候有点小紧张。

刘峰新发的朋友圈是一张照片，照片的一半都是刘峰的脸，他身后是抱着台球杆蹲在地上的肖寒，还有坐在沙发上玩手机的郭奇睿，最抢眼的是拿着台球杆正在瞄准的郑蕤。

郑蕤的背弓起一个好看的弧度，修长的腿，握着台球杆的手臂肌肉线条很好看，微微眯着眼睛，像个猎人。

配文：郑蕤又开始虐杀了，肖寒已经自闭。

于曈曈心虚地抬起头看了眼趴在她床上玩手机的张潇雅，然后点开照片，照片加载了一瞬后突然放大占满了屏幕，于曈曈抿着嘴，仔仔细细地看着照片里的郑蕤。

她屏着呼吸把照片放大了些，能看出他正眯着的眼，很是专注，嘴角勾起了一个自信的弧度，不知不觉，于曈曈也跟着照片里的人一起勾起嘴角，露出了一个微笑。

郑蕤推开家门的时候迎接他的是满室漆黑的静谧，每天他回来时都是如此，空旷的房间和冰冷的家具，住在房子里的另一个

柠檬糖

人,也就是他的妈妈江婉瑜,几乎一个月都跟他碰不上一次面。

他打开灯,眯了眯眼睛,适应了灯光之后,他发现放在玄关处的大花瓶被换掉了,之前那个金色的不翼而飞,换成了白色的。郑蕤微微皱眉,又被摔碎了?

茶几上放着一沓钱,下面留了张字条:蕤蕤,妈妈最近很忙,你照顾好自己。

郑蕤对着纸条无声地舒了口气,只是工作忙的话倒是没什么,他把钱放进钱包里转身从家里退了出来。

他是单亲家庭,妈妈是个女强人,忙得每年都到处飞,有时候即使过年也只有他一个人窝在家里放着春晚吃外卖。

郑蕤家周围的外卖,哪家好吃,哪家一般,哪家新出了什么,他都了如指掌。

街上倒是热闹,郑蕤穿梭在便利店的货架里,拿了一瓶饮料和一盒麻辣香锅拌面,又挑了几串关东煮放在纸杯里,加热过面之后他独自倚在便利店的桌子边吃了起来,麻辣香锅拌面是上周这家店新出的,味道其实还可以,但他吃在嘴里的时候味同嚼蜡。

中午的烧烤吃得倒是挺满足的,小姑娘鼓着腮嚼东西的样子像只可爱的小仓鼠,捧着烤面包片细细吹凉的样子也好可爱,郑蕤回忆起瞳瞳,嘴角终于勾起了一弯弧度。

手机在桌面上振动了一下,关东煮纸杯里的汤汁也跟着晃出了一层层纹路,郑蕤把手机解锁后看了眼,是话痨肖寒发的新消息。

台球小霸王:自己吃饭呢?寂寞不?

第四章　陪你回家

台球小霸王：孤寂凄凉的漫漫长夜，点击台球小霸王头像，怀着赤诚的心打下"肖寒台球天下无敌"即可收获……

郑蕤从关东煮的签子上咬下一个丸子，笑着给肖寒回复。

Z.R：还知道留悬念呢？

台球小霸王：真的，今天我太没面子了。先是被你虐了一顿，刚才又被郭奇睿那个看上去没什么技术的菜鸟赢了三局游戏，人生灰暗。

Z.R：菜鸡互啄？

台球小霸王：我本来想给你发于瞳瞳的照片的。

Z.R：哪来的？

台球小霸王：我那天在奶茶店加了张潇雅的微信，机智不？

台球小霸王：夸我！快夸我！

Z.R：……

Z.R：肖寒台球天下无敌。

台球小霸王：算了，这话从你嘴里说出来跟骂我似的。

郑蕤叼着关东煮的签子，坐在人来人往的便利店里点开了肖寒发来的照片，是张潇雅朋友圈的截图，配文：我跟学霸一起做作业的周末。

照片上，小姑娘正低着头认认真真地在写着什么，眉眼微垂，视线落在桌面上摊开的习题册上，学习桌边放了一盘切好的哈密瓜和火龙果，有一块哈密瓜被咬了一口，留下月牙形的小牙印。

郑蕤拿着手机轻笑了一声，继续看照片，这应该是她的卧室，背景里照到了一部分床头，床头的柜子上摆了一盏样式简

柠檬糖

洁的小台灯，还放了一个粉色小猪的毛绒玩偶，能看到床单是淡橘色的。

她的生活环境跟她的人一样，哪怕是眼泪滂沱的时候，也给人一种暖暖的感觉。

郑蕤买了根火腿肠走出便利店，慢悠悠地往家里走，这个城市有千万盏灯火，却没有一盏为他而亮，但托了小姑娘这张照片的福，今晚他走在熙熙攘攘的人群中并不觉得荒凉。

他想到那天考试时在操场里遇见，她走在他身边絮絮叨叨地叮嘱他考试不要交白卷的样子。

真可爱，郑蕤想。

"喵……"

郑蕤扬着眉停住脚步，扭过头看见一只圆滚滚的小花猫从小区的绿化带里钻出来，正冲着他喵喵叫着。

"你又知道了？万一我什么都没给你买呢？"郑蕤从兜里拿出火腿肠蹲在地上。

小花猫跑过来一边呼噜着一边亲昵地用额头蹭着郑蕤的掌心，他撕开火腿肠的外包装笑着说："我遇到一个跟你挺像的小姑娘。"

高中时期对优秀的或者相貌出众的异性有点崇拜都很正常，但一般这种事通常都不用老师和家长出手，尤其是高三生。

实际上对高三生来说，那些一闪即逝的崇拜之情会被突如其来的考试拍进尘埃中，并且狠狠地镶嵌进泥土里，烂成一声撕心裂肺的："又有考试！"

第四章　陪你回家

"又有考试!"刘峰抱住脑袋,崩溃地喊了一嗓子。

星期一本来就是告别了短暂周末的"痛苦日",一听说这周还有考试,整个高三楼里都充斥着哀号,于曈曈在阵阵哀号里敲打着自己的小算盘,如果提前交卷,会不会再遇见他?

可惜这次的考试题出得格外难,对于刚搬进高三教室里的可怜孩子们来说,这是他们第一次见到什么叫真正的文综或理综试卷,并且这次考试还把所有科目挤在了一天,上午数学和语文,下午英语和文综,一整天下来,于曈曈都没机会提前交卷。

忙着反应考试题的脑子偶尔也会转一下关于郑蘷的事情,会偷偷猜测那个交白卷的家伙面对这么紧张的考试安排会不会依然我行我素,也许他现在就倚在小超市外面的护栏上悠闲地喝着奶茶呢。

于曈曈笑了一下,又赶紧投入到紧张的考试中去了。

一整天的考试结束,放学铃响起时连走廊里的脚步声和说话声都比平时消沉,高三生麻木地背着书包往外走,有一个人却在人群中逆行,艰难地穿梭着,边跑边喊:"曈曈,于曈曈!"

于曈曈抬起头在人群里看到了张潇雅,有些诧异地问:"你怎么来了?不是说你表姐来接你回家吗?"

"快走,去严主任办公室,郭奇睿被抓了!"张潇雅有点急地拉着于曈曈边跑边解释,"听刘峰说好像是考试的时候严主任巡考场,正好在后门玻璃看见郭奇睿作弊,直接就把人揪走了!"

于曈曈一惊,皱着眉说:"郭奇睿不可能作弊!"

一中其实算是比较开放的学校,并没有传说中的那么死板,

柠檬糖

但对考试作弊的态度却很坚决，绝不姑息。

校长讲话的时候无数次说，不会可以学但决不允许作弊，所以在一中，考试作弊是要被记到档案里，一辈子带着的。

于曈曈和张潇雅都很了解郭奇睿。考试遇见不会的就空着，连挣扎都不挣扎。

就这样一个人，他怎么会作弊啊？

张潇雅跟于曈曈说："刘峰说这事得多找几个人证明，咱们平时都是凑在一起学习的，大家都去帮他说说情。"

于曈曈跟着张潇雅在人群里穿梭，脑子飞快地转着，想着怎么说才能对郭奇睿有利，记档案的处分可不得了，那可是要跟着档案带一辈子的！

好不容易跑到主任办公室门口，两个小姑娘都有点紧张，她们连这层楼都没来过，更别提主任办公室了。

教务处这层格外安静，安静得有些可怕，于曈曈拉着张潇雅悄悄靠近了几步，看到严主任办公室的门半开着，不止刘峰和郭奇睿在，肖寒和郑蕤也都在，于曈曈的脚步顿了一下。

郑蕤今天还挺正经的，站得笔直，校服都穿得规规矩矩，拉链拉到了胸口上面，他似乎感觉到了什么，慢悠悠地偏过头来，看到于曈曈的一瞬间，微微勾起嘴角，露出了一个淡淡的安慰的笑。

于曈曈因为狂奔和紧张而跳得仿佛快要蹦出胸腔的心脏因为他的一笑慢慢地平静下来，她深吸一口气，敲了敲门冲着屋里的严主任喊了一声："报告！"

第四章　陪你回家

严主任本人跟他的姓氏差不多，往办公桌后面一坐不苟言笑，看到于疃疃和张潇雅进来还皱了皱眉："我抓一个作弊的学生，你们一个个都跑来干什么？"

于疃疃跑了一路，这会儿刚顺过来气，额角还带着星星点点的汗水，听到严主任的话突然忍不住出声："郭奇睿他不会作弊……"

她只能干巴巴地说出这一句，可她要怎么跟主任解释，难道跟主任说他只会打游戏和睡觉吗？于疃疃很急，但又不知道该怎么帮郭奇睿，她说完这一句话后脸都急得有点红了，但就是想不出来要怎么说才好。

严主任被于疃疃的话刺激了一下，严厉地开口："我从带他出考场到现在，已经快一个小时了，除了咬定自己没作弊以外一句话也不说，让我怎么相信他？"

郭奇睿依然低着头，闷闷地说："我没作弊。"除了这句话他又什么都不肯多说，只保持着沉默。

气氛有些僵持，郑蕤和肖寒也是刚进办公室不久，都不了解状况，又怕贸然开口惹严主任生气，张潇雅和刘峰急得不行，于疃疃也有点没主意，她根本没经历过这种事，刚才跑来的路上想到的说辞都忘了个干净，这会儿抬起头无意识地看向郑蕤，像是在寻求帮助。

在这种情况下，她为什么会觉得他站在那里就让人有些安心呢？

郑蕤的确没受周围气氛的影响，冲着她轻轻地摇了下头，然

柠檬糖

后态度诚恳、语气礼貌地开口:"严主任,我们挺了解郭奇睿的,觉得他不会作弊,您……"他看到严主任桌上的手机,"您是因为他在考场玩手机才认定他作弊吗?"

他的意思很明确,郭奇睿要只是玩手机,大不了就把手机没收了,起码不会记过。

一提到手机严主任就来气,指着手机开口:"在考场玩手机?我一过去他就把手机给关机了,死活不肯开机,这不是作弊是什么?"

肖寒一愣,猛地回头:"不是吧奇睿?你是因为这个才被抓的?"

郑蕤敏感地捕捉到肖寒语气里的疑惑,用眼神示意他如果知道什么内情就赶紧说。

肖寒也是个人精,不等郭奇睿回答就把手机掏出来往严主任桌子上一放:"主任,您连我手机一起收了吧,给他发信息的是我。"

严主任显然没想到事情是这样的,皱着眉头问:"你给他发什么了?考试还玩手机?有没有点规矩!"

于瞳瞳空白的脑子终于开始转了,她意识到如果只是玩手机的话不会有那么严重的后果,严主任看着是在批评肖寒,但脸上的寒霜似乎退下去一些了。

郭奇睿赶紧拦了肖寒一下:"别——"

他的阻拦被肖寒挡了回去,肖寒把聊天界面调出来给严主任看:"主任,这件事其实怪我!"

第四章 陪你回家

严主任接过手机一看,差点气死。

台球小霸王:睿啊,考完了吗?不会别挣扎了,交卷出来吧!

台球小霸王:去树林啊?

台球小霸王:咱俩打两局游戏吧,我练了个新人物!

肖寒看到严主任的脸色后,嗖地退后一大步,躲在了郑蕤身后,嘴里嘟囔着:"严主任,息怒,我上周还送郑蕤去省里了,没有功劳也有苦劳,我在外面脸都晒脱皮……"

郑蕤去省里考试的时候是肖寒陪着去的,据他说自己还端茶倒水、打伞扇风地帮学校照顾着他们一中的学霸代表,肖寒一看危机解决了,就开始打友情牌了。

严主任不为所动:"肖寒你真行,上学迟到,考试玩手机,还打游戏是不是?你还是台球小霸王?明天就把你家长叫来!"

说完他话锋一转,指着郭奇睿:"我说你怎么死犟着不说话,包庇是吧!你也把家长叫来!"

郑蕤适时地挡在了他俩前面,带着点笑,像是跟主任聊家常一样,态度轻松地开口:"严主任,我们这个年龄的男生总叫家长容易叛逆……"

"你闭嘴!"严主任喝了口大茶杯里的枸杞茶,生气地说。

于曈曈一直观察着严主任,总觉得他看着挺生气,但对郑蕤说话的时候明显语气好了很多。看着一脸淡定地跟主任对话的郑蕤,于曈曈想了想,鼓起勇气小声提议:"要是,要是下次考试他俩的成绩能进步,是不是可以暂时放过他们?"

113

柠檬糖

办公室里的几个人都愣了一瞬,于瞳瞳看了看肖寒和郭奇睿,背在身后的手紧张得手心里都是汗:"主任您看行吗?我给他们几个补课?"

严主任平时打交道的都是年级里那群又淘又皮的坏小子,被他揪到办公室里的不是打架斗殴就是迟到逃课,突然有个成绩好的小姑娘乖乖地站在这儿跟他商量,他一时间有点反应不过来。但他转念一想,惩罚不是目的,让学生进步才是,其实郑蕤说的对,他们这个年纪的孩子真是让人头疼,不管不行,管多了又叛逆,找个折中的法子的确是可行的。

严主任琢磨了一会儿才开口:"于瞳瞳?你们班主任总跟我提起你,这样吧,这件事我先压下来,也不跟你们班主任说,他俩下次考试要是真的有进步我就不找家长了。"

于瞳瞳显然也没想到会这么顺利,她眨了眨眼睛,有些不好意思地笑了,"唰"一下鞠了个躬:"谢谢主任,我会多带着他们学习的,谢谢主任!"

屋子里的几个人有样学样,都给主任鞠了个标准的九十度躬:"谢谢主任!"

严主任露出一丝笑,摆摆手:"别谢太早,还是要看成绩的,还有你俩,手机我没收了,下次考得好就还给你们!"

事情就这样解决了,几个人从主任办公室里出来后都还有点没回过神,郭奇睿耳朵通红地跟众人道谢:"谢谢你们相信我,我都没想到你们会来……"

肖寒捶了他一拳:"你也太够意思了!怕我被没收手机就准备

第四章　陪你回家

自己扛下来作弊这事？这会被记档案的你知道吗？"

"煽情小王子"刘峰又开始为美好的兄弟情感动了，他揽着郭奇睿的肩膀，非常深情地说："好兄弟就得有难同当，下次别自己扛！"

危机解除，郑蕤也懒得理他们，上前两步走在于曈曈的身边，看着她耳朵通红地发呆不知道在想什么的样子，勾起嘴角，向她那侧弯了弯身子，笑着开口调侃道："刚才有点酷啊。"

于曈曈其实也不知道刚才自己为什么会那么冲动，她真的很少在那么多人面前一本正经地开口说什么，她一直都拒绝当各种班干部，连运动会举牌都会推托，今天会帮他们出头完全是受了郑蕤的影响。

他笔直地站在主任办公室里，有条不紊、不卑不亢的样子，太引人注目了，不自觉地就想向他看齐。

于曈曈这会儿再想起来自己跟主任的保证，脸颊发烫地叹气，举起一只手给郑蕤看："我现在还紧张呢，我都没跟主任说过话，听说他可恐怖了。"

说完她抬头冲着郑蕤一笑："不过，好像也没传说中的那么恐怖。"

郑蕤看着小姑娘伸出来的手，皮肤白皙细腻，手指纤长，指尖微微发抖，说不上是吓的还是紧张的，指尖染上了一抹淡淡的粉色，夕阳打在她的手掌上，掌纹里的汗水亮晶晶地闪着橘色的光。

他突然想揉揉这个家伙的脑袋，明明害怕，还一副要保护所

柠檬糖

有人的姿态。

郭奇睿在后面叫了一声:"于曈曈。"

郑蕤和于曈曈同时回头,听见郭奇睿特别不好意思地说了一句:"刚才谢了。"

刘峰立马夸张地帮郭奇睿补充:"一句谢了不够!你现在就发誓,以后曈姐说往东你不能往西,曈姐说要月亮你不能摘星星,曈姐说打谁你必须冲上去,不能退缩!"

张潇雅翻了个白眼,肖寒给了刘峰后脑勺一下:"闭嘴,回家多学学习,多读书不吃亏!"

好歹前后桌坐了两年了,郭奇睿是知道于曈曈的,集体活动几乎不参加,刚才她站在主任办公室里肯为他和肖寒说话让他特别意外,还有点感动,郭奇睿酝酿着,本还想说点什么,但被郑蕤轻飘飘的一句话给打断了。

"我要去棠杉路一趟,你们有跟我同路的吗?"郑蕤淡淡地问。

话里面虽然说的是"你们",但目光只落在了于曈曈身上,肖寒在那一瞬间似乎看到了郑蕤的头上长出了两个尖尖的犄角,简直是魔鬼!

郭奇睿在心里疯狂呐喊,并且给肖寒递着眼神:看哪,这个人又要开始了,他居然还利用他兄弟刚从鬼门关里走出来的这种时刻!

于曈曈的注意力果然被吸走了,回过头有些意外地问:"你要去棠杉路?"

第四章　陪你回家

郑蕤勾起嘴角："对，棠杉路，花都小区。"

于曈曈这回可不只是意外了，语调里还带了些说不出的惊喜，几乎脱口而出："我家也在那个小区。"

郑蕤心想：当然知道你家也在那个小区，不然我去那边干什么？他早就在那天帮他们用软件叫了车之后就知道于曈曈家的住址了。

郑蕤表面不动声色，还带着点同样意外的表情："是吗？那一起走吧，我去看我姥姥，正好跟你同路。"

等他们走了，迟钝如刘峰，非常纳闷地问："蕤总的姥姥家跟于曈曈一个小区？"

肖寒翻了个大白眼："他的姥姥都已经去世不知道多少年了！"

"啊！"刘峰吼了一嗓子，用力地拍着肖寒的肩膀，"不许你讲鬼故事！"

带着微风的夏日黄昏，火烧云把半个天空都烧得通红，于曈曈跟郑蕤一同往学校外面走着，她还沉浸在自己第一次跟同学"共患难"的事件里，突然感觉到身边的人落后了几步。

于曈曈停住脚步，回过头去看郑蕤，他站在漫天红色的火烧云下，身后是披着晚霞的校园，手插在兜里，笑着说："不容易，终于有机会陪你回家一次。"

这时，一辆拉货卡车鸣着笛从于曈曈身后的街上呼啸而过，把郑蕤说的话盖了个干净，于曈曈茫然地看向郑蕤，待卡车的喇

柠檬糖

叭声彻底消失才开口:"你说什么不容易?"

郑蕤笑了笑没说话。

于瞳瞳看了他两秒,突然大惊失色,紧张地往回跑了两步,拉着他的书包带问:"完了,我刚想起来,郭奇睿不止一个手机,他能老老实实地学习吗?"

"肖寒也不止一个手机。"郑蕤笑着提醒于瞳瞳。

听完郑蕤这句话于瞳瞳更紧张了,双眼放空地嘀咕着:"那他俩都不学,下次考试……"

郑蕤提议:"我帮你监督?"

于瞳瞳心说,你自己都不学,还交白卷,选择题都有蒙答案的口诀,甚至连英语单词都拼不对,你怎么监督?

她忧伤地想,大概是拿着手机一边打游戏一边指挥着肖寒和郭奇睿:快点做,三长一短选最短,三短一长选最长,其他的都给我选"C"!

郑蕤看着小姑娘忐忑不安的样子,轻笑了一声,给她吃了一颗定心丸:"放心,会学的。"

"会吗?"于瞳瞳有点不确定地问。

"会。"郑蕤走在她身边,一本正经地给她分析,"如果单纯是为了手机,还真就不会。但今天是你帮他们说了话,肖寒和郭奇睿都是讲义气的人,为了你这份信任他们也会学的,起码在下次考试之前都会比平时努力。"

"在肖寒眼里,你帮他在主任面前说话,这可是过命的交情,幸亏你走得快,要不然他可能会拉着你去校门口的雕塑面前拜把

第四章 陪你回家

子了。"他淡笑着说。

于曈曈小声嘀咕："拜把子得拜关公,拜蔡元培没用。"

过命的交情吗?她突然又有点不好意思,沉默了一会儿才带着些隐隐的兴奋说:"我还是第一次这样,我其实觉得自己的性格有点无聊,不像潇雅他们,跟谁都聊得很开心。"

郑蕤扬眉:"不无聊啊,上次那个鬼笑话就很好笑。"

嗯?他喜欢这种类似鬼故事的笑话吗?

于曈曈突然想起来她还有一个类似的笑话,在心里重温了一遍,又想,这个他肯定没听过吧?最好能吓他一跳。

郑蕤发现身边的小姑娘安静了下来,偏过头看了一眼,小姑娘正看着他捂着嘴偷笑,郑蕤好心情地勾起嘴角:"看到我这么开心?"

"啊?不是,我没有……"于曈曈越说声音越小,不知道自己肚子里的那点打算早就被人看穿了,装模作样地开口,"对了,我又看了个新的鬼故事,你要不要听?"

她很少在人面前主动发言,下意识地问出了"你要不要听"这样的话,但又不知道为什么,总觉得郑蕤是个可以随心所欲聊天的人,不用担心他觉得自己无聊。

于是于曈曈对着郑蕤笑了笑,带着十七岁少女独有的天真活泼,她的笑点亮了她的眼睛,像弯弯的新月带着光,笑眯眯地说:"快说你想听。"

郑蕤愣了愣,也跟着她一起笑,声音里都掺杂着笑意,应和着:"迫不及待地想听!"

柠檬糖

于曈曈跑了几步:"那快走,这边不适合讲鬼故事,要到前面的小巷子里才有气氛!"

在粉红色混合着暖橘色的晚霞下,她和比她高一头的男生一起肆意地跑着,晚风拂过她额前的碎发,她的笑都染着暖洋洋的霞光,不像是夕阳,倒像是初升的金乌。

要是肖寒或者是张潇雅在,一定是要感叹一句的,但他们没在,于是于曈曈和郑蕤,走进无人的窄巷,兴致勃勃地讲起了鬼故事。

"有一家饺子馆的老板十分怕鬼,所以他总是在夜里十二点之前关店,因为他听说十二点之后是百鬼夜行的时间。

"这一天,夜里十一点三十分,饺子馆的老板正在收拾店面准备打烊,一个披头散发的白衣女人冲了进来,她跟老板说,我要一份饺子。

"饺子馆的老板非常不情愿,他拒绝了白衣女人的要求,客气地说:'不好意思小姐,我们要打烊了,明天你再来吧。'

"女人摇了摇头恳求老板:'求求你了,我一天都没吃东西了,已经饿得走不动路了,你就给我煮一份饺子吧。'

"老板看女人的脸色有些白,嘴唇干裂,心里有些同情她,只好跟她说:'那你快点吃,我十二点之前必须关店门。'女人点点头答应了。

"饺子馆的老板飞快地煮了一份饺子,一看时间,距离十二点整只剩十分钟了,他把饺子端给白衣女人后跟她说:'你快点吃,马上就要到十二点了!'

第四章　陪你回家

"老板坐在一旁焦急地等着白衣女人吃完饺子,时间离十二点越来越近,十一点五十九分的时候女人还有两个饺子没吃完,老板急了,催促道:'你快吃啊!'"

"这时夜里十二点的钟声响了起来,发出了'当当当'的声音。"

于曈曈转过身,面向郑蕤,绷着脸语气阴森地说:"只见女人慢悠悠地抬起头来,眼睛通红,脸色发青,嘴角流着血,她开口跟老板说——"

郑蕤突然开口打断她,用快了一倍的语速抢先道:"都是你催我吃得那么快,我咬到舌头了!"

于曈曈卡了一下,然后笑着推了他一把:"讨厌!你又听过?"

这人真是的,明明听过了,还非要等她讲到最后才说,还是在整个故事最关键的时候!

她正面向着郑蕤倒着往前走着,并没注意身后有一块老旧的石板凸起了一部分,脚跟磕在石板上,重心失衡突然向后倒去。

郑蕤眼疾手快地拉了她一把,把她往自己的方向一带。

于曈曈顺着郑蕤的方向扑了过去,她蒙了一瞬,待站稳后,郑蕤绅士地先退后了一步,拉开了两人之间的距离。

于曈曈回过神来,回头看了眼地上凸起的石板,舒了口气:"谢谢。"

郑蕤的表情难得地绷了起来,语气也有点严肃,他沉声开口:"你以后别讲故事了。"

柠檬糖

"啊？"于曈曈猛地抬起头来，眼底有些惶然，心里也有点发凉，果然是因为她讲话有点无聊吧？她转念一想，也是，两次讲的笑话都是人家听过的，肯定会无聊，那他是不是有点不耐烦了？

郑蕤原本是想逗逗她，她一讲起故事便眉飞色舞的，连路都不看了。

可是，小姑娘仰头看着他，有点不知所措，还有点委屈，不知道是不是今天的火烧云太大了，郑蕤觉得她眼眶都红了，过了好一会儿她才干巴巴地小声开口："那我以后不讲了。"

郑蕤也有点蒙了，他在心里怨自己，让你瞎逗，差点把人逗哭了。

他这才赶紧解释："瞎想什么呢，我是想说你讲故事不看路，容易摔跤。"

郑蕤什么时候跟人解释过，这会儿突然让他解释他都不知道怎么说才能说明白，说到一半自己先笑了："反正不是你理解的那个意思，别哭啊。"

于曈曈本来有点沮丧，正走神呢，听到郑蕤笑着解释了几句，她鼓起了嘴，在心里唾弃自己：于曈曈，你这是怎么了？

郑蕤看她不说话，好了伤疤忘了疼，扬了扬眉毛又想逗她："小姐姐，生气了？要不，我给你跪一个？"

"跪？不是……别！"于曈曈还没来得及反应，郑蕤的脸突然从眼前消失了，她吓了一跳，不由得叫了一声。

结果嘴上说着"要跪"的男生只是蹲在了地上，听见她着急

第四章　陪你回家

的惊呼，回过头抬起食指竖在嘴边，跟她说："嘘——"

于曈曈一愣，不明白他在干什么，但也跟着他放低了声音，小声说："怎么啦？"

怎么突然就蹲下了呢？脚抽筋了？

郑蘸从书包里掏了掏，竟然掏出一根火腿肠。

这是干什么呢？于曈曈都惊呆了，她实在是没明白，这人说要跪一个，然后突然蹲下，还冲她神秘兮兮地嘘了一声，结果就只是为了让她站着挡住阳光，好让他蹲在阴影里吃根火腿肠吗？

你就这么饿吗？！

蹲在地上撕火腿肠包装的郑蘸没注意到她满脸的莫名其妙，冲着她身后的方向小声地叫了两声："咪咪。"

于曈曈更茫然了，不是，你们吃火腿肠之前还要喊个卖萌的口号给自己打气？

"喵……"

一声奶声奶气的猫叫从她的身后响起，于曈曈随着声音，条件反射地回过头去，看到一只白色的小猫踮着脚尖小心翼翼地靠近他们。于曈曈终于明白郑蘸这一系列匪夷所思的举动是在干什么了，她也跟着蹲了下来，小白猫大概是闻到了火腿肠的香味，乐颠颠地跑了过来。

于曈曈小声地说："它好可爱啊。"

郑蘸把掰碎的火腿肠递给小白猫，只笑着看了于曈曈一眼，心说，你比它可爱多了。

小姑娘试探着伸出手摸了摸小白猫的头，小白猫缩了一下，

柠檬糖

警惕地打量着她,过了一会儿才低头继续吃起火腿肠。

"你怎么知道它叫咪咪啊?"于疃疃小声问。

郑蕤耸了下肩,吊儿郎当地说:"不认识的小猫都叫'咪咪',不认识的小狗都叫'旺财',准没错。"

于疃疃笑了起来,看着他手里的半截火腿肠,好奇地问他:"你还随身带着零食?"

郑蕤这人,真的跟普通人不太一样,刘峰和郭奇睿不会带零食,饿了就去小超市或者食堂,根本不委屈自己。可郑蕤会随身带着火腿肠,兜里随时都有柠檬味的糖,但又是个随时把手插在兜里的酷哥,这让于疃疃总觉得郑蕤有点反差萌。

小姑娘瞪圆着眼睛看着他,郑蕤勾起嘴角轻笑了一声,她现在一脸好奇的样子真的跟自家小区里的那只小胖猫一模一样。

郑蕤没回答她的问题,突然问:"我刚才是不是在你快要摔跤的时候拉了你一把?"

您是失忆了吗?

于疃疃眨了眨眼睛,顺着他的话说:"是啊。"

"要不,你报答一下吧。"郑蕤认真地看着她说。

于疃疃有点没跟上他的思路,傻乎乎地跟着点头:"怎么报答?"

郑蕤一笑:"有空的话,跟我去我家小区看看,帮我喂只猫,是个小胖子。"跟你的表情特别像。后面的话郑蕤没说出口,他就是突然想看看她和小胖猫凑在一起的样子,想想觉得有点好笑,没忍住勾起嘴角笑了一声。

第四章　陪你回家

于曈曈听完郑蕤的话松了口气,她刚才有一瞬间的胡思乱想。

她笑着应道:"好呀,我挺喜欢猫的。"

郑蕤笑问:"怎么你好像松了口气?你以为我会让你怎么报答?"

"没……"

他轻声说:"要不,我们结拜?"

于曈曈扭过头看了他一眼,有点无语地说:"你也是电视剧看多了吗?"

郑蕤敏感地捕捉到她说的是"也",心情颇好地起身,问:"答应了?有空跟我去喂猫?"

"嗯,答应你。"于曈曈也跟着站了起来。

于曈曈的家离学校并不远,她自己走的时候也就不到二十分钟,跟着郑蕤一块儿说说笑笑还停下来喂猫,竟然从霞光漫天走到了暮色四合,连路灯都亮起来了。

走到楼门口的于曈曈回头跟郑蕤挥挥手:"拜拜,我先上楼啦!"

郑蕤笑着挥了挥手:"去吧。"然后目送她一蹦一跳地跑进了楼道里。

看着楼道里声控灯亮起来的灯光,郑蕤便知道了于曈曈家住在二楼,还听见女生一句脆生生的"姥姥!我回来啦!",郑蕤站在原地,嘴角含笑地听着她和姥姥的对话。

"今天回来得有点晚,先吃点水果,我去做饭。"

柠檬糖

"嗯,今天跟同学喂了一只流浪猫,特别可爱,这个瓜好甜哪!"

"去去去,先洗手再吃。"

"知道啦!"

很温馨的对话,一个声音里带着欢快,一个言语里透着关爱,这样的家庭才是正常的家庭吧?郑蕤垂眸看着灰扑扑的地面,眼前浮现的是他家被灯光晃得惨白的冰冷客厅。

二楼西侧的一间窗突然亮了,灯光把郑蕤眼前的空地也给照亮了,他抬起头,看见女生的身影出现在窗前,下一秒就看到她的鼻尖抵在纱窗上,诧异地"咦"了一声。

于瞳瞳把纱窗打开,探出头小声说:"你怎么还没走呀?"

郑蕤仰头淡笑,随便找了个借口:"愣了会儿神,这就走。"

少年站在华灯初上的夜色里,面前是充溢着饭香和笑语的热闹小区,身后是车水马龙的繁华街道,但他的眼底浮动着细微的落寞,被他纤长的睫毛挡在了深棕色的瞳孔下。

于瞳瞳也说不上来为什么,她趴在窗边看到郑蕤孤零零地站在楼下的身影,突然就觉得他有点……孤单?

她晃了下头,暗笑自己瞎想,这人可不孤单。他身边有形影不离的肖寒,还有个死忠粉刘峰,最近连郭奇睿都常跟他在一起。

温柔又细心,很有人格魅力,他怎么会孤单呢?

这也能发呆?看着她不知道在想什么的模样,郑蕤终于勾起嘴角:"走了。"

"郑蕤!"于瞳瞳突然叫住了他。

第四章　陪你回家

"嗯?"已经转身的郑蕤偏过头,两个小黑影一前一后地从开着的窗子里飞了出来,他上前一步堪堪接住,摊开手心,两块淡粉色包装的糖静静地躺在手心里。

于曈曈眼睛弯弯,笑着说:"跟你那个柠檬糖一个牌子的,这个是水蜜桃味的。"

窗子里是暖橘色的灯光,她不知什么时候解了马尾,松散的头发披在肩上,被照出一层暖融融的光晕。

郑蕤冲着她扬眉一笑,挥了挥手,转身走出小区,他拿出一块糖剥开糖纸,把带着点白色糖霜的小糖块儿丢进嘴里,舌头卷动一圈。

啧,真甜。

也不知道是不是因为最近经常考试,老师们判卷的速度都提升了,仅仅一晚上,试卷就判完了。

高三文科(1)班这节课倒是很统一,全都正襟危坐地装哑巴。

英语老师裴圆圆正叉腰站在讲台上嗖嗖地从眼里往出飞刀子,人虽然叫圆圆,但长得是真的瘦,颜值也很高,是文科楼里出了名的美女老师,就是脾气非常大。

"让我说你们什么好?这个句型我讲了多少次了!你们不认识它?它都快认识你们了!

"讲完的知识都给我当耳旁风是不是?上次考试就有人错,这次考试还有人错,都是属金鱼的?记忆只有七秒是吗!

柠檬糖

"一个个的,坐在教室里干吗了?披星戴月是挺辛苦的,但还有一年就高考了同学们!就这么个句型都记不住?!

"胡昶,你还是英语课代表,这个句型你也给我错?考三次错三次?你给我说说你的理想是什么?你想考个什么大学?学个什么专业?什么专业不用学英语啊!"

被点了名字的胡昶吓了一跳,不敢说话。

这节英语课一下课,文科(1)班全员都悻悻的,班主任侯勇笑着进来,把试卷往讲台上一放,开始唱红脸:"打起精神来,裴老师也是为了你们好,现在是你们人生的关键时期,确实不能松懈。

"看你们一个个,蔫巴巴的,连着考试的确辛苦,这样吧,今天我这一科就不留作业了,咱也搬进高三教室了,回去都想想,自己的梦想是什么,现阶段你有没有为自己的梦想努过力。"

侯勇到底是班主任,要顾着学生们的情绪,他用了十分钟给学生们加油鼓劲,随后才不紧不慢地开始发试卷讲题。

于曈曈坐在下面有点走神,梦想是什么?大学想考哪里?想学什么专业?这些离她明明应该很近,但她非常迷茫。

从小到大,每一次写关于"梦想"这个题材的作文,于曈曈都不带重样的,这次是想当老师,下次就是想当医生,当够了老师和医生,再来个宇航员、科学家之类的当一当。基本上她都是按照老师们喜欢的高分题材写的,非常不走心。

到了高中,"梦想"题材也要写议论文了,她就把名句名言套一套,再加几个励志的名人故事,结尾再搞个高深的排比句,这

第四章　陪你回家

就是一篇中规中矩的高分作文了。

什么"梦想是海上的灯塔,照亮我人生的方向",什么"梦想是起航的风帆,载着我远航",这些她都信手拈来。

至于她自己真正的理想职业,那是没有的,连家里人对她的要求都是平安快乐地长大。

有一句话不是说,人如果没有梦想跟咸鱼有什么区别。

于曈曈就是那条没有梦想的"咸鱼"。

她坐在课堂里默默地走神,目光扫过桌角的"千门万户曈曈日",突然想到了郑蕤这个倒数第一的同学,于曈曈欣慰地笑了笑,并且非常一厢情愿地为自己找了个盟友。

不就是没有梦想吗?这算什么,交白卷的郑蕤看上去过得也相当自在呢!

她在心里盘算着,这人要是好好练练字,以后没准儿能去书法班当个老师。

郑蕤就是长得太出众了,于曈曈在心里叹了口气,打工估计很难,万一老板是个嫉妒心强的,看他长得又高又帅给他穿小鞋怎么办?

对啊,颜值这么能打,干脆去当模特得了。

自己还是条"咸鱼"的于曈曈,饶有兴致地转着笔给成绩垫底的同学安排着出路,非常有爱心。

下课铃声再次响起,张潇雅凑过来:"曈曈,你大学准备考哪儿啊?咱们要是在一个城市就好了。"

于曈曈没什么想法,敷衍地说:"看成绩吧。"

柠檬糖

张潇雅似乎有点遗憾,她抱着一本杂志:"我很想去厦门,我看我表姐之前去玩发来的照片,那边好美啊,语文老师不是说'人杰地灵'吗?我也想去吸吸灵气!"

"要是有成都的学校要我,我就去成都,天天吃火锅、打麻将!"身后的刘峰随口说着。

郭奇睿难得地正在做题,他下次考试得拿出成绩来,不能辜负这帮朋友的信任。

张潇雅笑着趴在郭奇睿的桌沿上:"后桌,你打算考哪儿啊?"

郭奇睿停下笔想了想:"沪市吧,游戏比赛经常在那边举行,再学个游戏设计什么的专业,就是不知道能不能考上。"

于瞳瞳还挺意外的,连刘峰和郭奇睿都有目标?"咸鱼"慢慢地蹙起了眉。

高三理(1)班的教室里,肖寒无聊地打了个哈欠,伸手往郑蕤挂在椅背上的校服摸去,摸到兜口,伸进去抓出一把糖放在了桌子上。

"呦。"肖寒看着被他放在桌上的糖,淡绿色的糖纸里躺着一块粉色的,上面画了个小桃子,他用食指和拇指把这块特殊品拎了出来,下一秒就被郑蕤用笔敲了一下手背,"啪"的一声,非常不留情。

"嘶!"肖寒委屈巴巴地收回手,"咋了?你居然为了一块糖打你的同桌兼兄弟!"

第四章　陪你回家

郑蕤掀起眼皮扫了他一眼，把那块水蜜桃味道的糖拿起来放在自己桌子上："这块不行，其他的你随意。"

"你怎么还喜欢上水蜜桃了？"肖寒一脸无语。

郑蕤变了，从一个喝矿泉水、吃薄荷糖的干净清爽大帅哥变成了一个喝奶茶、爱吃水蜜桃糖果的"精致男孩"？一瞬间，肖寒被自己的想法恶心到了，拿起两块柠檬味的糖一起剥了糖纸后放进了嘴里，咔嘣咔嘣地嚼着。

郑蕤改错题的手一顿，突然抬起头，露出了一个微笑，他指着桌上水蜜桃味的糖，笑着说："这块，是于瞳瞳送我的。"

"咳……"肖寒瞪大眼睛，欲哭无泪。

因为昨天的主任办公室事件，肖寒已经坚持着听了好几节课了，甚至还举手问了老师一道题，现在困得眼皮都要耷拉到嘴角了，非常艰难，都这么艰难了，还……

肖寒心想：我太难了。

他张了张嘴，没来得及说话——

"肖寒！吃东西还堵不住你的嘴？还跟你同桌说话？你站着听！"讲台上的老师咆哮着。

肖寒无奈地站了起来，下课铃刚好在这个时候响了，他嗖地坐回椅子里，喜滋滋地跟郑蕤说："我果然是上天眷顾的男人，刚站起来就下课了！"

郑蕤披上校服外套笑了一声："走吧，去厕所，我也有点困了。"说完还不忘把桌上的水蜜桃糖放进外套兜里。

理科班一堆大大咧咧的男生，指不定谁就把他这糖给吃了，

柠檬糖

必须得保护好。

两人在理科楼西侧的厕所里,听到操场上突然热闹起来。

"那人干什么?!"

"真的,有个女生在天台上!她干什么呢?"

"这是哪个班的女生啊?"

……

操场上已经站了许多人,郑蕤站在理科楼的楼下远远地看了几眼,只见文科楼的天台上有一个小小的身影。没一会,屋顶上又多了几个成年人的身影,应该是老师。郑蕤转身,准备回自己的教室,正巧碰到几个女生站在理科楼的大厅里,跟同伴交流着讯息:

"说是文科那边的,文(1)班的!"

"文科压力这么大吗?我文科那边的同学说,这个女生的成绩还不错啊。"

"不过听说她比较内向,会不会是家里面有什么烦心事啊?"

……

几个女生的话一字不落地传进了郑蕤的耳朵里,他刚迈上一节台阶,突然停下脚步说:"给刘峰打电话!"

肖寒刚反应过来,郑蕤已经从他面前消失了,正大步地往文科楼那边跑。

肖寒赶紧掏出手机拨通刘峰的号码,追着郑蕤就跑了出去,手机那边传来冰冷的女声:"您拨打的电话已关机……"

肖寒追上郑蕤,他哑着嗓子在郑蕤身后喊:"刘峰关机了,我

第四章　陪你回家

给郭奇睿打！"

那一瞬，郑蕤从未如此慌过，于曈曈她那么乐观，昨晚还在家跟姥姥一起吃水果呢，而且她自己也说过没觉得有什么压力，但他还是控制不住地瞎想。

突然，于曈曈蹲在小巷子里大滴大滴地往下砸眼泪的样子，浮现在了郑蕤的脑海里。郑蕤眉头紧锁，咬着牙说了一句："快打！"

文（1）班的班级内，于曈曈他们几个人正聊有关大学的事，突然一个男生冲进班级，大声吼道："不好了！你们班鲁甜甜出事了！"

这个男生不是文（1）班的学生，但他的朋友是文（1）班的，刚才两人趁着课间约在天台上聊天，结果一转身，他的朋友便看见鲁甜甜拎着一沓子试卷上来了。

看见鲁甜甜，那名同学本想搭个话，结果发现她的脸色特别不对，拿着试卷直接去天台了。

"鲁甜甜！你干什么！怎么了？"两人哪见过这阵仗，当时就被吓得手脚冰凉，好在男生还有点理智，让作为鲁甜甜同班同学的朋友留下看着，自己则跑到文（1）班去报信。

另一边，侯勇站在天台上温声劝着鲁甜甜，几位任课老师也都在天台上，老师们的声音放得很轻，跟平时上课完全不一样。

而文（1）班几乎全体同学都站在天台门口的楼道里，此刻大

柠檬糖

家都在担心着鲁甜甜。

英语老师站在天台门口,按着太阳穴问道:"你们班平时谁跟她玩得最好,闺密、朋友什么的,给我站出来安慰安慰啊!"

被英语老师这么一问,文(1)班的学生你看我、我看你,最后还是鲁甜甜的同桌站出来,战战兢兢地说:"她平时也不怎么跟我聊天的,最多就问问作业。我也没发觉她有什么异常……"

鲁甜甜是班里的生活委员,平时负责安排人值日和擦黑板之类的,跟谁都说过几句,但又跟谁都不算很熟,平时在班里存在感也很低。

英语老师眉头皱得老紧,紧张地看着天台外面的一举一动,班主任侯勇回过头用眼神询问:有好朋友什么的知道原因吗?

英语老师遗憾地摇了摇头,侯勇没说什么,又转过头去开始安慰鲁甜甜。

于瞳瞳站在楼道里,从人群和门板的缝隙里能看到鲁甜甜的手里捏着几张白纸。

那是什么?试卷吗?她脑海里有一个想法飞快地闪过,还没来得及细想,突然感觉自己被人拽了一下。她木然回头,竟然看到了郑蕤。

于瞳瞳怔了一瞬,有点诧异地问:"你怎么来了?"

郑蕤额前的碎发被汗水打湿,他皱着眉撩了一把头发,露出饱满的额头,声音里还带着点喘:"来看看情况,怎么样了?"

于瞳瞳紧张地踮脚看了眼天台的方向:"好像有些激动?我也不清楚,似乎正在撕试卷。"

第四章　陪你回家

说完于瞳瞳和郑蕤两个人都愣了，这个场景似乎十分熟悉，于瞳瞳和郑蕤顿时异口同声地说："鬼楼！"

"那个女生，成绩怎么样？"郑蕤问道。

于瞳瞳摇了摇头，蹙着眉回忆着："应该在中等偏上。"

"我们也许能帮帮她，你别紧张，去跟她说几句话。"

于瞳瞳猛地摇头："不行，我其实不太会说话，我怕她会……"

郑蕤安慰道："别怕，我帮你，我说什么你就转达给她，就够了。"

天台上的鲁甜甜还在一言不发地撕着卷子，她就像是被抽走了灵魂的木偶，机械地重复着撕纸的动作。

于瞳瞳站在天台门口，身后是英语老师和郑蕤，她紧张到手心出汗，不由自主地回过头看了眼郑蕤，郑蕤冲着她淡淡地笑了一下，于瞳瞳深呼吸，对着天台上的人喊了一声："孙甜甜！我是于瞳瞳，我永远都是第二名，我无论怎么用功都是第二名！我也累了，我压力特别大！"

这是郑蕤教她说的，他说最好是引起鲁甜甜的共鸣，让她知道有压力的不只是她一个人。

英语老师在后面捅了于瞳瞳一下，小声提示："她叫鲁甜甜！"

于瞳瞳太紧张了，她已经听不到英语老师的声音了，郑蕤在她身后小声安慰她："你是来安慰她的，别紧张。"

于瞳瞳定了定神，鲁甜甜对于瞳瞳的声音置若罔闻，只是顿

柠檬糖

了一下，然后继续撕纸。

郑蕤继续说道："讲讲鬼楼，就说你也去那边发泄过。"

于瞳瞳又吸了一口气："我也去鬼楼里哭着撕过试卷！我在鬼楼里踢过课桌和椅子，我压力太大了，不知道该怎么缓解才好！"

这句话一出，鲁甜甜的动作停下了，她抬起头向于瞳瞳看去。

于瞳瞳看到鲁甜甜的目光，愣了一下，鲁甜甜的眼里有茫然、有无措，还有很多她看不懂的东西。但就是那么一瞬间，于瞳瞳对着这样的一双眼睛情不自禁地说："我还是个没有梦想的人，我不知道自己以后该做什么，我不知道该去哪儿上大学，也没有自己喜欢的职业，连学科都没有自己喜欢的。

"大家都有自己想去的城市，只有我没有梦想，孙甜甜，你呢？你有没有喜欢的城市？你想去哪所大学？"

于瞳瞳身后的郑蕤短暂地皱了下眉，他知道这是她的心里话。

鲁甜甜没有在意自己被叫错名字的事，她愣愣地看了于瞳瞳两秒，看到于瞳瞳发红的眼眶和满脸的泪水，她才反应过来为什么大家会这么紧张。

鲁甜甜丢掉手里的试卷，颤抖着说："你们误会了，我就是压力太大来天台转转。

"我想去电影学院，可是……可是我去不了了！

"为什么我的成绩这么差？为什么老师讲过的东西我记不住？为什么我总是考不好？我永远也考不上了，我……"

鲁甜甜崩溃地大哭了起来，她的哭声回荡在天台上，女老师抱住她拍着她的背，这场误会也终于进入了尾声。

第四章　陪你回家

郑蕤垂眸看着于瞳瞳满脸的眼泪，带着她从人群里走过，下了两层楼，然后停在了空无一人的高三老师办公的五楼，安慰她："没事了。"

于瞳瞳慢慢冷静下来，抹了抹眼泪有些不好意思，小声说："幸好有你，她没事了，孙甜甜她没事了……"

郑蕤温柔地安慰道："你做得很好。"

鲁甜甜被女老师们搀扶着带回办公室，等着她的家人接她回去。各班的老师也开始组织纪律准备继续上课，郑蕤得回自己的教室去了。

于瞳瞳向他挥挥手："快回去吧，我也去上课了。"

郑蕤点头，但走了两步又转身回来，沉声说："把你手机号给我。"

看着于瞳瞳有点愣神儿，郑蕤勾起嘴角，逗她："怎么？不乐意？"

"不是的。"于瞳瞳摇头，"你带手机了吗？"

郑蕤往自己衣服兜里摸了两下，摊手："没带。"

"那你记哪儿啊？"于瞳瞳问。

郑蕤笑了，说："你还怕我记不住啊？"

于瞳瞳眼睛一横："那我就说一次，记不住拉倒。"

鲁甜甜已经被家里人接走了，还请了几天假稳定情绪。文（1）班里说是继续上课，但这件事的主角到底是自己班里的学生，连老师都有点不在状态，更别提其他学生了。

于瞳瞳在天台上喊的话不是假的，她是真的觉得没有梦想的

柠檬糖

自己跟周围的人有点格格不入,看起来如此温和的鲁甜甜都有目标,她怎么就没个奔头呢?

晚上回家于瞳瞳咬着筷子问:"姥姥,你说我大学考哪里好呢?"

于姥姥依旧慈祥地笑着:"哪里都好,我们瞳瞳喜欢哪儿啊?"

于瞳瞳垂眸,盯着碗里的饭粒子:"我也不知道,我都不知道以后想做什么职业。"

"别像你爸妈似的常年在外面跑就行。"于姥姥给于瞳瞳夹了一块红烧肉,"三百六十行,行行出状元,干什么都行,姥姥就希望你别太累。"

于瞳瞳没再问,她知道家里人哪怕爸妈在的时候都很少谈这些问题,他们只希望自己平安健康就好,自己的家庭已经失去过一次家人了,不能再看到她有任何闪失了,所以只有平安和健康最重要。

但被无条件宠着的于瞳瞳,看到身边的人都有了目标后,现在的她整个人都迷茫得像是被丢进了漫无方向的海底,一直一直地往下沉着。

这时,手机在口袋里振动了一下,于瞳瞳机械地拿出手机,一般没人会给她发消息,除了垃圾短信和天气预报,群消息也早都被她屏蔽了,当她瞄到手机屏上的信息时,手中的筷子突然顿了一下。

17×××××621:我的记性可还行?

于瞳瞳一愣,迷茫的眼神渐渐柔和,都没发觉自己的嘴角染上了笑意。

第五章

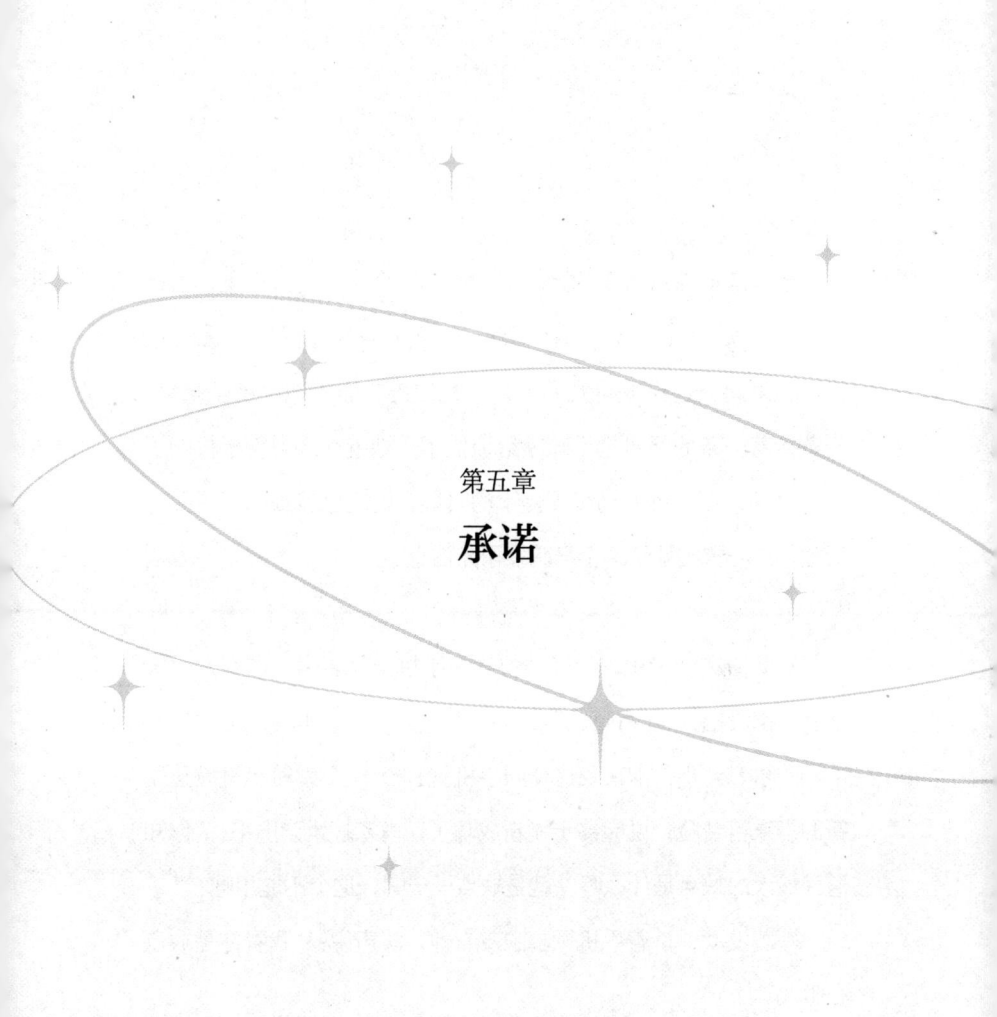

承诺

于曈曈那点对未来的迷茫就持续了半个下午，饭桌上，当她收到第一条信息的时候，看到那句"我的记性可还行？"，就知道肯定是郑蕤，还没来得及回复，手机便接二连三地振动了起来。一条接着一条的信息把于曈曈给惊住了，她就这么看着手机响了十多分钟，在手机振动终于停下的时候，她眨巴着眼睛，点开对话框，小心翼翼地给那个号码发了条信息。

　　郑蕤倚在沙发里，手速飞快地在手机上打着字，按了发送键之后头都没抬："还有吗？"

　　"你等会儿，本来我这个旧手机就有点卡。"举着手机疯狂刷新的肖寒苦着脸，说完终于刷新成功了，肖寒赶紧读出来，"你知道我最大的缺点是什么吗？就是缺点……嗯，这个不能用吧？"

　　郑蕤没动，举着手机掀起眼皮看他，淡声说："我看你是缺点心眼儿。"

　　"这怎么变成土味语录大集合了。"肖寒挠挠脑袋，"我记得我点的是金句生成器啊。够了吧，这都发了多少条了？"

　　郑蕤随手往上滑了一下，自己发出去的信息居然一下都没滑

第五章　承诺

到尽头，是差不多了，他点头："别查了，差不多了。"

郑蕤这边愣着神，手里的手机突然响了一声，显示收到了一条新消息。

小太阳：请问，你是哪位？

小太阳是他给于曈曈的手机号存的名字，可能是受到她那本《口袋英语》扉页上"日"的启发，郑蕤每次看到她名字上那个日字旁都觉得很有意思，干脆就给她备注成了"小太阳"。

但他这个"小太阳"发来的信息，怎么看怎么不爽。

多么陌生又见外的语气？

要说男生犯起小脾气来也不比女生讲道理多少，郑蕤一点也不觉得是他发的那堆话让人以为自己被盗号了，只觉得是于曈曈这个"小白眼狼"刚跟自己分开没几个小时就不认人了。

郑蕤直接打了个电话过去。

肖寒正跟刘峰在微信里聊天瞎贫呢，坐在旁边的郑蕤突然轻笑了一声，肖寒木木地抬起头，果然看见郑蕤勾着嘴角，手机贴在耳边，不知道在给谁打电话。

果然，他听见郑蕤懒洋洋地对着手机说："几个小时不见，就把我忘了？"

肖寒搓了搓手臂，一言难尽地给刘峰发信息。

台球小霸王：有福同享有难同当，考验我们兄弟情的时候到了！

台球小霸王：接通别说话，听着就行了，有事打字交流！

台球小霸王：发起了视频通话。

柠檬糖

郑蕤不知道那边肖寒正跟刘峰连麦偷听自己讲话，实际上就算知道，他说话也不会有什么变化。

可能是在家里又是晚上，于曈曈的声音听起来有点软乎乎的，她说："郑蕤吗？我还以为不是你呢。"

"那你觉得是谁？"郑蕤耷拉着眼角有点不太高兴，"找你的人还挺多？"

"没有呀，我开始觉得是你，后来你发了一堆信息过来，我也没大看懂你是什么意思，就有点犹豫了。"

小姑娘的语气又乖又认真，郑蕤重新勾起嘴角，拖着声音慢悠悠地说："后面那些都是肖寒拿我手机发的。"身旁的肖寒无辜背锅，嗖地抬起头，用眼神控诉郑蕤，你的良心不会痛吗？

这会儿肖寒家只有他们两个人，郑蕤手机里传来的于曈曈的说话声肖寒也听得清，他亲耳听到于曈曈笑了笑，声音欢快地说："这样呀，肖寒真可爱。"

我一米八三的纯爷们儿，你说我可爱？

肖寒小声抗议："我——"

郑蕤直接打断了他，听上去于曈曈的情绪也没有他想象中那么差，那他就放心了，电话都打了，就聊两句吧："夸别人夸得那么顺口，也夸夸我呗？"

手机那边的人似乎愣了一下，又响起一些窸窸窣窣的细微声音，小姑娘对着手机开口："你是神、你是上帝、你是天使，你是上天派来拯救人间的精灵。"

这话怎么这么耳熟呢？

第五章　承诺

郑蕤一扬眉，有点好笑地说："你倒是挺会偷懒的。"

于瞳瞳念的是之前他发过去的某条网络上的金句，听到他拆穿她倒也不急，对着手机笑了起来，笑声传进郑蕤的耳朵里，这份快乐把他也感染了。

明明是想安慰她，结果被她带得心情反而更好了。

郑蕤听着她的笑声突然有点心痒痒，想看看她现在的样子，她在做什么呢？做习题或者准备睡觉？

一旁的肖寒和肖寒手机里的刘峰听到瞳瞳那通没有感情的话，闷声憋笑，两人跟开了振动模式似的，笑得哆哆嗦嗦的，郑蕤扫了眼肖寒的手机里刘峰的大脸，有点受到启发。

打什么电话？打个视频多好啊！

"先不说了，挂了。"郑蕤也不做解释，直接挂断了电话。

肖寒看着郑蕤起身，连忙把手机丢到一边，问："干吗去啊？"

郑蕤把手机放进衣兜里："回家了，不是说要学习吗？别一会儿又睡着了。"

"啊？你不在我家住啊？"肖寒问，"这么晚了，反正我爸妈也不回来，你留这儿得了，真要学习我还能问问你。"

郑蕤把书包往肩膀上一拷，眉心微蹙："这几天不行。"

肖寒打量着他的表情，试探着问："该不会又……"

"嗯。"郑蕤笑了笑，笑容里有着一丝不易察觉的疲惫，他揉着眉心说，"前几天玄关的花瓶换了一个，昨天连桌上的烟灰缸都换新的了。"

柠檬糖

肖寒叹了口气:"那你回去吧,路上小心点。"

于曈曈停下笔,忍不住扭头盯着黑屏的手机发呆,郑蕤说了句"先挂了"之后就结束了通话,听起来有点急的样子,这么晚了会有什么事啊?

不行,不能走神,赶紧把这套题做完。

过了大概十多分钟,手机又振了一声,于曈曈丢下笔有点期待地拿起手机,咦?微信的好友添加?

她点开微信一看,"Z.R"申请添加您为好友,头像是一簇泛着幽光的小火苗,看着挺高深的,于曈曈看了眼自己的头像,是一条被绑在紫菜寿司上的咸鱼……

原本她还挺喜欢自己这个头像的,这会儿突然就觉得有点拿不出手了,总觉得没有郑蕤的头像看着高大上。

点了添加之后,两人的对话框里突然多了一行提示:您与Z.R已经成为好友,现在可以开始聊天了。

于曈曈盯着自己的咸鱼头像,有点犯难,聊点什么呢?

她这边正愣着神,郑蕤的视频邀请突然就打过来了,于曈曈被吓了一跳,手机差点摔到地上,手忙脚乱地接住了手机,不小心碰到了接受键。短暂的延时过后,郑蕤的脸出现在屏幕上,画面有些暗,只能看清他勾起的嘴角。

于曈曈举着手机有点不知道该说什么好,听见郑蕤笑着说:"给你介绍个朋友。"

"啊?"她愣了一下,赶紧捂住了摄像头,"介绍谁?不行,

第五章 承诺

等我把头发梳起来。"

于曈曈忘记是从哪儿看到的了,据说总梳马尾辫,发际线容易上移。小女生哪有不爱美的,于曈曈自从看过那个不知真假的文章之后,每次回家换完鞋后的第一件事就是把马尾辫解开。

听着她这边手忙脚乱的声音,郑蕤好像又笑了:"别紧张,是猫。"同时手机里传来一声黏糊糊的猫叫,拖着长音,似乎很开心,"喵……"

听到猫叫,于曈曈慢慢松开捂着摄像头的手,看着视频里的小猫,圆乎乎的,有点胖,是一只带着橘色和黑色的三花猫,眼睛特别大,正对着手机叫着。

"我之前跟你说过的,我家小区里的小胖猫,可爱吗?"郑蕤问。

于曈曈盯着手机里的小猫看:"可爱,它的眼睛可真大。"

她想了想,又问:"这么晚了,你怎么还在外面?"

画面晃了两下,郑蕤的脸重新出现在手机里,他扬着眉毛:"怎么,你准备睡觉了?"

"还没,做完这部分练习题就睡。"于曈曈切换了手机的后置摄像头给他看,"都是英语选择题,做得也快。"

另一边,郑蕤坐在小区的椅子上,一只胳膊搭在腿上,一只手举着手机,他看了眼不远处的楼房,他家的窗永远都没有光亮。也许是寂静的黑夜使人脆弱,郑蕤淡淡地开口:"那怎么办呢?我想跟你多聊几句。"

手机画面还停留在她桌子上的英语习题上,郑蕤飞快地看了

柠檬糖

眼那一页的选择题，真是一会儿不逗她就心痒痒，他勾起嘴角："CABBA。"

"什么？"小姑娘可能是有些惊讶，摄像头还没切换回来，画面仍旧停留在英语习题上，他看着后面的题又开了口："BACAD。"

说完，画面终于换成了小姑娘的脸，她那双清澈的眼睛瞪得圆圆的，似是有些不解："你说什么呢？"

郑蕤特别喜欢看她这副样子，脸上的笑容越来越灿烂："打个赌呗，要是我刚才说的答案对了一半以上，你陪我聊会儿？"

"……你是蒙的吗？"于曈曈问。

"是啊，不然呢？"郑蕤摸了摸脚边的猫，抱起来放在腿上揉了两把，"赌吗？"

可能是觉得有意思，小姑娘低着头正唰啦、唰啦地翻着什么，郑蕤估计她是在翻答案，笑着问："用我重复一遍吗？"

"嗯，重复吧。"她说。

"CABBA，BACAD，怎么样？有一半吗？"郑蕤盯着手机里的人，等着她说话。

电话那边的人安静了一会儿，于曈曈突然抬起头惊呼："郑蕤！你居然全对？一个错的都没有！"

手机画面里，她的眼睛亮亮的，嘴边的弧度很可爱，郑蕤看着这个可爱的小姑娘，他终于大笑起来，笑声回荡在晚风里，还有一句轻到听不见了的："傻姑娘。"

第五章　承诺

凌晨三点,一个女人轻手轻脚地输了密码打开房门,从包里掏出一沓现金放在了客厅的茶几上,正准备转身离去的时候,客厅的灯突然被按亮。

女人条件反射地抬起手挡住眼睛,愣了一会儿才适应突如其来的光线,缓缓睁开眼睛,这个体型偏瘦、留着一头干练短发的女人叫江婉瑜,是郑蕤的妈妈。

郑蕤靠在卧室门口,穿着牛仔裤和短袖,眼里一点睡意也没有,淡淡地说:"我等你好几天了。"

江婉瑜看着自己的儿子,眉心蹙起,掩饰似的偏过头去:"我不是留了字条说最近很忙吗?"

"是忙还是逃避?"郑蕤的眸子犀利地看向她,"要是忙,家里会换花瓶和烟灰缸?你又开始摔东西了?他找你了?"

"没有!你不要瞎想,没有发生任何事。"江婉瑜的手有些抖,一直不肯看郑蕤的脸,只盯着茶几上的烟灰缸说,"你早点休息,高三了,学业很辛——"

"妈。"郑蕤叫了她一声。

江婉瑜的话被打断,她攥紧手指回过头看着郑蕤,目光在他的脸上停留了不到两秒钟就移开了,她轻轻地叹了口气:"我会调整自己的。"

七月底,安市天气正热,下午的课让大部分学生昏昏欲睡,于瞳瞳也一边听课一边困得不行,下了课琢磨着买个凉的东西吃两口提提神,突然听到身后有人叫她,一个带着笑意的好听的声

柠檬糖

音,在闷热的午后轻轻地叫了她的名字:"于瞳瞳。"

她回过头,看见郑蕤一只手拿着手机,另一只手插在兜里,眼角含笑地走过来。

于瞳瞳刚从冰柜里拿了支冰棒,眼睛弯弯地跟他打招呼:"这么巧。"

不知道是不是错觉,她看到郑蕤的眼底有一条细细的血丝,像是没睡好的样子,于瞳瞳拿着冰棒凑过去小声问:"郑蕤,你昨晚没睡好吗?"

郑蕤愣了一下,他这几天确实都没怎么睡,但男生嘛,熬夜什么的都是常事,有个黑眼圈、红血丝什么的,一般都被认为是贪玩,这几天也没人多问他。只有她瞪着水汪汪的大眼睛,好奇里似乎带着担心,问他是不是没睡好。

郑蕤勾起嘴角,也学着她的样子小声说:"通宵了,是没怎么睡。"

这个回答惹得她瞪了他一眼,随后郑蕤的额头上突然一凉:"感觉舒服点了吗?我也是觉得有点困才买的。"

于瞳瞳手里的冰棒贴在郑蕤的额头上,看着他略微一惊的眼神,她弯弯的眼睛里露出点奸计得逞的笑。郑蕤扬眉轻笑,小姑娘学皮了!

郑蕤从于瞳瞳手里拿下冰棒,笑着问:"分我一半儿?"

"啊?"于瞳瞳意外地歪了歪头,"我再给你买一根吧。"

她有点不好意思,分冰棒都是小时候才会跟小朋友或者家里人一起做的事,从中间细细的地方掰开,一人一半分着吃。但现

第五章 承诺

在都高三了,这个人居然要跟她分冰棒吃。

"不要,太多了,掰成两半,你一半我一半。"郑蕤坚持说。

从进了超市就被两人忽视得彻底的肖寒,面无表情地看着两人拿着根冰棒让来让去。

肖寒一扭头,看到了靠在外面护栏上喝水的他的好兄弟刘峰。他顿时眉开眼笑地从郑蕤身后挤过去,拿了根冰棒又跑到刘峰身边,冰棒往刘峰的大脑门上一贴,说:"感觉舒服点了吗?"

被吓了一跳的刘峰一口水喷了出去,呛得咳嗽了几声,缓过来说:"你一个大老爷们儿不会好好说话?"

肖寒还在戏里没出来,强行勾着刘峰的脖子:"我自己吃不完,太多了,掰成两半,你一半我一半。"

刘峰一脸无语的表情:"你自己吃一大盒两斤装的冰激凌蛋糕都没事,一根冰棒你吃不完?"

郑蕤举着半根冰棒跟于瞳瞳一起从小超市里出来,看了一眼就知道肖寒又在搞事情,他回头看向于瞳瞳,"你先回教室吧,快上课了。"

于瞳瞳也不想在太阳下奔跑,点点头,叼着半根冰棒跟几个人挥了挥手,含糊不清地说:"那我先回教室啦。"刚一转身,又被郑蕤拉住了衣摆,她有些莫名其妙,顺着衣角看到了一只骨节分明的手,耳边传来郑蕤的声音:"过几天放假,你别忘了跟我的约定。"

于瞳瞳回眸,看到郑蕤冲着她眨了下右眼,还勾着嘴角跟她说:"拉过钩的。"

柠檬糖

听郑蕤说约定，于曈曈还蒙了一下，但提到"拉钩"这件事她就想起来了，那天放学一起回家的时候答应郑蕤去看他家小区里那只胖乎乎的小花猫。

喂猫就喂猫呗，非得说是约定。

怕小姑娘脸皮儿薄，郑蕤松开手，看着她跑远了。

肖寒和刘峰被郑蕤惊得目瞪口呆，刘峰手里的饮料瓶举起来好几次，但实在是喝不下去，叹了口气："我也回教室了。"

郑蕤淡淡地瞥向肖寒，看着他手里的冰棒，冷笑了一声："这么巧，你也吃不完？要不我跟你分？"

肖寒马上退了两步，一脸惊恐："峰子，等等我！"

带着这些零零碎碎的小快乐，艰苦的准高三生终于迎来了暑假，为时十二天，虽然不算多，但也比平时那些一天、半天的假期更让人兴奋。

用张潇雅的话说，连空气都变得清新了。

放假的第三天，于曈曈被拉到了一个群里，张潇雅、刘峰、郭奇睿、肖寒都在群里，当然还有郑蕤，一群人不甘寂寞地在群里嚷嚷，说是要出去聚一聚。

这还是于曈曈第一次这么郑重地被拉去参加这种集体活动，跟上次搬教室的时候不太一样，那次是正好凑在一起就随便吃了个饭，这次是几个人认真地提前计划去哪儿玩，总觉得很正式。

一群人讨论了半天也没个结果，最后一直没说话的郑蕤在群里说：来我家？

第五章 承诺

肖寒第一个举双手双脚赞成,刘峰和郭奇睿也马上附和,活动地点就顺理成章地定在了郑蕤家。

于瞳瞳连张潇雅的家都没去过,抱着床上的毛绒小猪开始冥思苦想,去同学家玩是不是该买点东西才合适呢?要不要带着习题?要不然一大堆人坐在一起都干什么好呢?

要不……把姥姥的跳棋背着?

郑蕤这两天放假认真计划了一下,单独叫于瞳瞳出来可能人家还会不好意思,大家凑在一起就不会了,一起聊聊天吃吃东西,再一起看个电影学学习什么的,而且他还能带着她去楼下喂喂猫。

放假三天没见到于瞳瞳,这小姑娘也不爱发朋友圈,唯一关于她的动态还是肖寒截图的张潇雅发的照片,俩女生又凑在一起学习呢。

郑蕤有点怕于瞳瞳闷坏了,跟肖寒说让他建了这个群,顺便叫大伙出来玩一玩。

第二天先到郑蕤家的肖寒和郭奇睿来得有点早,被还没睡醒的郑蕤说了一顿,站在楼下吹了十多分钟风才被放进去。

郑蕤的脖子上搭了个毛巾,显然是刚冲了个澡,头发还湿答答地趴在额前,浑身散发着寒气,眉头皱得老高:"你见谁家约定出来玩从早饭就开始的?这才几点?"

的确是挺早的,刚早上七点钟,肖寒打了个哈欠小心翼翼地说:"你是不是没看群消息?于瞳瞳要请大家吃早饭,特意叮嘱了让早点来……"

话都没说完,郑蕤整个人的气场就变了,也不知道是不是听

柠檬糖

到于曈曈要请客吃早饭这件事让他心情好，总之这会儿再看郑蕤，什么"寒气"，那都是不存在的，连眼睛里都带着笑："是吗？那他们到哪儿了？"

"估计是快到了。"靠在沙发里的郭奇睿举起手机晃了晃，也打了个哈欠，"刘峰说已经进小区了。"

肖寒靠在郭奇睿旁边，捞过沙发上的抱枕小声嘀咕："一会儿不能又是学习吧？你俩要再装模作样让人给你们讲题什么的，我就在沙发上睡一觉，不用叫我。"

郑蕤没理他，简单地擦了擦头发，拎着外套和手机往出走："我下楼去接他们一下。"

肖寒想到他跟郭奇睿站在楼下没人开门的惨状，哀叹："同人不同命啊！"

于曈曈和张潇雅第一次来郑蕤家，张潇雅倒是挺自来熟的，带着她满屋子参观，肖寒和郭奇睿正在客厅里边吃早餐边摆弄着郑蕤的游戏机。

几个人都是一副不拘小节的样子，只有于曈曈略微有些拘谨，坐在餐桌前安静地喝着热牛奶。

郑蕤坐在她身边，拄着桌子打量着于曈曈，小姑娘吃东西的样子特别乖，在文（1）班教室里吃糖的时候也是，剥了糖纸往嘴里一放，弯着眼睛一副餍足的样子。

还有上次吃烧烤，捧着烤面包片吃得像某种乖巧的小动物，还会嘟着小嘴呼热气。

郑蕤知道她这是有点不好意思了，笑着找了个话题聊："一会

第五章 承诺

儿一起玩？"

于曈曈咽下一口牛奶，有点紧张地说："可我不会啊。"

郑蕤："我教你？"

"我怕我学不会。"于曈曈想到郭奇睿玩的时候那个暴躁的样子，撇撇嘴，小声问，"会不会被说啊？我有时候听郭奇睿说人说得挺厉害的。"

于曈曈："那你教我吧，万一他们说我，我也不太会还嘴，你帮我撑回去！"

"行，我帮你撑回去，不用怕他们，一个比一个菜。"郑蕤笑着说，说着拿起一个鸡块蘸了两下酱料，转过头问，"吃不吃？"

于曈曈这会儿终于喝完了她那杯牛奶，正两只手拿着猪柳汉堡吃着，口齿不清地说："我一会儿再吃吧，已经没有手了。"

郑蕤看了眼盒子里的两三块鸡块，直接把手里蘸了酱料的递过去："一会儿他们几个狼崽子回来，哪儿还有你的份儿，吃吧。"

炸鸡的香气还是让人难以抗拒，于曈曈眼睛一弯，也没多想，腾出一只手，直接把鸡块从郑蕤手里拿了过来。

"咔嚓——"

叼着鸡块的于曈曈和手没来得及收回的郑蕤同时回头，张潇雅干笑着："哈哈，这儿的光线怎么这么好呢，你们继续，我就是自拍一张。"

郑蕤家每天都有阿姨来打扫，家具简直一尘不染，客厅的大沙发前面是一张又大又厚的米色毛毯，淡色的装修风格显得整个

柠檬糖

屋子都格外明亮，几个人席地而坐懒洋洋地凑在一起。

时间很早，吃过早饭才八点多，他们有漫长的一天用来潇洒。

肖寒趴在沙发上抱着个抱枕，说："先说好，今天谁都别提学习啊，现在是暑假！暑假一刻值千金，千万别跟我提学习。"

把手伸进背包里准备拿出习题的于曈曈很无语。

她默默地把手从书包里抽了出来，身旁的郑蕤看到了她的这个小动作，笑着小声跟她说："彻底放松一天吧，平时也够紧张的了。"

于曈曈诧异地看了他一眼，这人还知道平时学习紧张？他不应该跟肖寒勾肩搭背，然后附和着说谁跟他提学习就赶紧离开他家吗？或者像刘峰和郭奇睿一样，早餐都没吃完就开始急着玩了。

抱着一个灰白色靠垫的于曈曈在舒适的空调风里眯了眯眼睛，心里隐约升起了一丝怪异，总觉得郑蕤跟刘峰他们有些格格不入呢。

这一闪而过的感觉还没来得及仔细揣摩，于曈曈就被他们几个人拉着下载了游戏，几个男生决定趁着大好时光彻底放纵，于是组局开了游戏。

不会玩游戏这个事情，真不是于曈曈谦虚，之前她手机里唯一的游戏还是张潇雅给她下载的换装游戏，跟郑蕤他们这群男生玩的游戏完全不搭边。

一开始劝的时候肖寒没觉得有什么，现在游戏里的女玩家也挺多的，于曈曈那么聪明，玩游戏估计也不会太差。

但随着游戏开始，刘峰和肖寒简直用尽了毕生的耐心，眼睁

第五章 承诺

睁地看着于曈曈晃晃悠悠地一次又一次被打死，可能是郑蕤确实够厉害，这才堪堪赢了这局。

郭奇睿从一开始就没参加，打游戏最恐怖的不是对手太厉害，是队友技术太烂，而且，跟于曈曈一起玩游戏还不能说别人。

因为——

对面几人把肖寒堵在角落一顿暴揍，肖寒气得直喊："我——"

郑蕤掀起眼皮看了肖寒一眼。

刘峰被对面的一通操作弄得直接黑屏了，张嘴就要泄愤"我——"！

郑蕤一边帮于曈曈挡掉对面的伤害一边扫了刘峰一眼。

刘峰："我……我的老天鹅啊！"

……

郭奇睿一高兴忘了是跟张潇雅两人在玩了，自己顺溜溜地过了好几关，一回头看到张潇雅幽怨的眼神，他咽了咽口水，眼睛一闭，操纵着红帽子的游戏角色直接撞上了一只乌龟，结束了自己的第一条命。

张潇雅满意地拿起了游戏手柄。

郑蕤这边带着于曈曈打了两局，问："规则差不多熟悉了？"

一直在游戏里死去活来的于曈曈还挺兴奋，眼睛亮晶晶的，点了点头。

郑蕤一笑，把自己的手机往身后的沙发上一丢，起身坐到了于曈曈左侧偏后的位置上，垂头看着她的游戏界面，修长的手指

柠檬糖

点在她的手机屏上:"选这个,我来教你怎么操作。"

郑蕤冲着肖寒扬了扬下巴:"给我瓶水。"

郑蕤教了她一个小时之后,于曈曈终于独立地取得了她游戏生涯中的第一次胜利,她兴奋且激动地笑了一声,偏过头去,想要跟她耐心的导师郑蕤同学分享她的喜悦。

"就这么高兴?再不回神来不及了。"郑蕤淡笑着打了个响指,提醒于曈曈她游戏里的人物又要倒霉了。

"啊!"于曈曈这才回过神,毫无章法地在手机屏上瞎点一气,没能拯救自己,光荣地牺牲了。刚才那点气氛烟消云散,她有气无力地扑倒在抱枕上:"我不该骄傲的!"

几个人在郑蕤家里玩了一上午,又叫外卖一起吃了个午饭,吃午饭肯定是不能安安静静地吃,几人随意地瞎聊着,时间就不知不觉地溜走了,等收拾完快餐盒一看时间,已经下午三点多了。

饭饱神虚,几个人各自坐在沙发上发着呆,郑蕤把窗帘拉上,屋子里顿时暗了下来,他点开手机:"放个电影?"

一群人又来了兴致,张潇雅一拍沙发:"文艺片!"

肖寒赶紧摇头:"漫威,看漫威!"

郭奇睿皱着眉心:"枪战,必须是战争枪战,我不看科幻。"

刘峰举着双手欢呼:"来个恐怖片,诡异的、惊悚的!"

郑蕤直接略过兴奋的众人,看向了于曈曈:"你呢?"

于曈曈想了想,她好像也不怎么看电影,总不能说看个高考题型全解吧?她摇头,笑着说:"我都行,你们决定吧。"

张潇雅叉着腰,气势汹汹:"女士优先!"

第五章 承诺

刘峰翻了个白眼:"你算什么女士,上周翻墙的时候,你翻得比我都快!"

你懂什么!张潇雅心里想。

"那石头剪刀布。"张潇雅扬着下巴。

三个男生嘴上说着幼稚,但还是跟张潇雅对决了,结果人家一个拳头赢了他们三把剪刀,张潇雅叉着腰仰天大笑。

拉了窗帘,屋子里黑乎乎的,张潇雅选了一部看名字感觉挺伤感的青春电影。

据说这是一部"男女主上学时互相暗恋,最终在社会里走散,多年后再重逢,却发现一方已经有了家庭"的狗血剧。

电影时长为一百八十分钟,算是挺长的了,可电影放到一半几个人就被狗血剧情撂倒了,姿势各异地沉入了梦乡。

于曈曈在男女主角分开的悲伤时刻,第无数次昏昏欲睡,最后抱着抱枕缩在沙发上也睡着了。

她这一觉睡得居然很沉,醒来时客厅还是昏暗的,电影也不知道放到哪儿了,拉着窗帘的客厅,让人有种奇异的,不知今夕是何夕的感觉。

于曈曈动了动,发现自己身上盖着个薄薄的灰色小毯子。

郑蕤轻笑着问她:"睡醒了?"

"嗯。"于曈曈心不在焉地应了一声。

郑蕤看了眼手机的时间,已经是晚上八点多了。其他人都还睡着,他想了想,压低声音问:"跟我走吗?"

"啊?"于曈曈一惊,猛地看向郑蕤。

柠檬糖

"要不要跟我去看看那只小胖猫？"郑蕤扬眉笑着，指了指房门的方向。

于疃疃的注意力终于被拉了回来，想到之前在视频里看到的那只胖乎乎的小花猫，她眼睛一弯，小声说："要。"

郑蕤竖起食指放在嘴边跟她比了个"嘘"的动作，然后自己先慢慢站起来，冲着于疃疃招了招手。两人轻手轻脚地走出了郑蕤家，到电梯里于疃疃把手拢在嘴边，小声说："我们现在去哪儿？"

郑蕤好笑地看了她一眼，也学着她的样子小声说："去给小胖猫买火腿肠。"

看到郑蕤眼睛里的笑意于疃疃才反应过来，早就不需要小声说话了，意识到自己又被逗了，她鼓了鼓嘴，像个气鼓鼓的小河豚。

郑蕤靠在电梯里，手指搭在楼层按键上，轻声哼唱着。

"叮——"，电梯门开了，晚风带着清新的空气涌进电梯，吹散了那一丝若有若无的气氛。

出了楼道于疃疃诧异地发现，外面的天已经黑了，便利店倒是格外明亮，货架上的东西被店里的灯照得泛着光，郑蕤拎着一包火腿肠，又拿了一袋柠檬糖，转身问于疃疃："还吃别的吗？"

于疃疃摇了摇头："不吃了，晚上吃什么？"

"想吃什么？"郑蕤饶有兴致地问，边问边往收银台走。

于疃疃思索着吃什么这件事，视线随意地落在郑蕤掏出的钱夹上，上次吃烧烤的时候他似乎很不想让别人看到他钱夹里的东

第五章 承诺

西,那这次呢?她脑海里突然闪过这么个疑问。

郑蕤把手里的东西递给收银员,刚打开钱夹,像是想到了什么似的,突然把钱夹合上放回了裤子的口袋里,拿出手机笑着对收银员说:"手机结吧。"

站在他身后的于瞳瞳敏感地蹙了下眉。

第二次了,这是郑蕤第二次当着她的面把钱夹收起来了,所以他的钱夹里到底有什么不得了的东西?

于瞳瞳说不上来为什么,舌尖像是舔了柠檬片一样,泛起一丝酸涩。

从便利店里出来,回去的路上于瞳瞳异常沉默,郑蕤走在她身边偏过头看了看,小姑娘没理他,抿着嘴,一副若有所思的样子。

这是不开心了?

郑蕤把刚才在便利店里的画面在脑海里过了一遍,没发现什么让小姑娘不开心的事情。而避免于瞳瞳看到钱包里的蓝色彩带纸是郑蕤的下意识动作,他完全没意识到这是个会引起误会的情景。

猜不到原因,不如直接开口问,郑蕤迈着长腿两步走到于瞳瞳面前,面对着她倒着往前走,笑着:"怎么了?"

"啊?"于瞳瞳从思绪里回过神来,抬眸看向了自己眼前的人。

于瞳瞳茫然地看向郑蕤,有些不明白他为什么突然这样,郑

柠檬糖

郑蕤脸上笑容一收,突然停下脚步略微俯身,眼睛直视于瞳瞳的目光,似是有些无奈:"我不知道你为什么不开心,看上去闷闷不乐的。"

前面的人突然停下来,于瞳瞳也不得不停下,听到郑蕤说自己不开心,她下意识地反驳:"我没有不开心吧……"

她很想反驳郑蕤,可话一出口却又没什么底气,自己刚才的确不是很开心,可是又为什么不开心呢?

仅仅是因为郑蕤已经两次在自己面前回避他钱包里的东西吗?

每个人都有隐私,无论是多亲密的朋友都会有属于自己的秘密,于瞳瞳明白自己不应该为这种小事有任何不满,但她又的确不开心,这种情绪是她前所未有的,并且陌生的。

郑蕤观察着于瞳瞳的表情,看到她皱了皱眉,似乎是有些茫然,他扬了扬手里的那袋火腿肠,笑着逗她:"是想跟小胖猫抢口粮?"

于瞳瞳扫了眼郑蕤装着钱包的裤兜,一仰下巴:"才不是呢!"

"我觉得你是啊,要不我分你几根?"

"我都说了我不是!"

"想吃就说啊,不用不好意思的,小姐姐。"

"我不吃火腿肠!"

"真的不吃?"

"真的!"

第五章 承诺

两人一路斗着嘴，于疃疃心里那点莫名其妙的不爽就这么轻而易举地被郑蕤带跑了。

走进小区里郑蕤突然压低声音："慢慢走，别说话，一会儿小馋猫就来了。"

于疃疃点点头，两人慢悠悠地走在花坛旁边，突然听到身后的灌木丛里响了两声，接着就是一声黏糊糊的奶音："喵……"

郑蕤和于疃疃相视一笑，同时回过头去，身后果然多了一只胖乎乎的小花猫，正瞪着大眼睛看着他们。可能是因为于疃疃对它来说是陌生人，小胖猫的脚步有些犹豫，它谨慎地看着她，紧贴着花坛边小心翼翼地靠近着，走到郑蕤腿边蹭了蹭他的裤腿。

于疃疃慢慢蹲下，从郑蕤手里拿过火腿肠，也瞪着大眼睛看着小胖猫："你的口粮可是在我手里！"

小花猫是只没有原则的胖子，在于疃疃撕开火腿肠的肠衣后就叛变了，黏糊糊地用额头去拱她的手心，讨好地叫着。

郑蕤蹲在一旁，好笑地抬手戳了戳小胖猫脑门上的一撮黄色的花纹："小叛徒！"

见于疃疃和小胖猫玩得开心，郑蕤干脆坐在了一旁的花坛边，头顶上的绒花树一团一团地开得正旺，随着闷热的晚风散发出一阵阵淡淡的清香。小姑娘蹲在地上，仔细地把火腿肠掰成一个个小块，放在手心里，温柔地笑着朝小胖猫伸出手去。

郑蕤拿出手机，悄无声息地拍了张照片。

于疃疃用指尖去点小胖猫的鼻尖，纤细的手指被小猫伸出小舌头舔了一口，郑蕤眯了眯眼睛，突然就有点羡慕这只小胖猫了。

柠檬糖

这个角度能看到他家的窗户,没拉严的窗帘缝隙中隐约露出电视的光,他搬来这个小区已经有几年了,但只有今晚觉得这里有温馨的味道。

于瞳瞳把吃饱了的小胖猫抱起来,转过头看到坐在花坛边的郑蕤,他的胳膊搭在膝盖上,正眼角含笑地看着她和她手里的猫。

蝉鸣和花香,夜晚和暖灯,一切都像是她看过的动漫里的夏天一样,也许是少年嘴角的弧度太过好看,于瞳瞳鬼使神差地开口问:"郑蕤,你有什么梦想吗?"

郑蕤笑了笑:"有啊。"

"你也有啊。"于瞳瞳把猫咪放在地上,走过去坐在郑蕤身旁的花坛边上,垂眸低声说,"我没有,好像周围的人都有,只有我没有。我好像是在往前走,但究竟要去哪儿呢?我也不知道。将来要成为什么样的人,又要去什么样的地方,去过什么样的生活,我对这些都没有计划。"

郑蕤偏过头去,看着她沉静的侧脸,他轻声问:"也没有羡慕的人?"

"好像也没有。"于瞳瞳摇了摇头,也偏过头跟郑蕤对视,"你家里的人,爸爸或者妈妈,跟你聊过这类的问题吗?"

郑蕤一扬眉,突然自嘲地一笑:"没有吧。"

于瞳瞳看着郑蕤突然显露出来的自嘲,就好像如果她的听力再灵敏一些,就能听到他不屑的"哼"声,这让她有种找到同类的感觉。

"我家里人也没有,他们不跟我聊这些,姥姥跟我说只要我顺

第五章 承诺

顺利利、平安健康地长大就行了,但是有时候我会想,我不只要长大,我应该要去做一个优秀的大人吧,但怎么算优秀我又不太明白。就像现在,他们觉得我已经是一个优秀的学生了,时时刻刻怕我累、怕我辛苦,可是我不能一辈子都只是个学生,等我结束了学生的身份,我又该做什么呢?我能理解姥姥的想法,也能理解爸爸和妈妈……"于瞳瞳说到这里顿了顿,有些不确定地问,"你想听这些吗?我只是想找人说说,你如果不喜欢听——"

郑蕤打断了她的话,他声音温柔得像是温暖的海洋,他说:"这是你的秘密吧?很荣幸听你把这些没跟其他人讲过的事情讲给我听,继续吧。"

于瞳瞳眼眶一热,突然有种想哭的冲动,这个少年真的太温柔了。

于瞳瞳在这个普通的夜晚,把藏了很久的心事慢慢道来:"我有个小舅舅,但我从来没见过他,他比我妈妈小十岁。听家里人讲,他是个非常优秀的人,二十岁就已经得到大学教授的青睐,跟着一起做研究了。他不仅优秀,还很努力,是家里人的骄傲。但是他出了意外。

"小舅舅二十一岁的时候,在实验室里熬夜做研究报告,第二天被人发现他趴在试验台上,据说是心源性猝死,被发现的时候已经,已经不行了。我没经历过,但能想象到家里人的那种悲痛欲绝,听姥姥说,姥爷就是在小舅舅出事的半年后去世的。"

这些话她可能从没跟人讲过,所以在讲出来的时候整个人带着点紧张,声音有些颤抖,她用最简单的句子勾勒出了一个痛失

柠檬糖

亲人的家庭以及那一段兵荒马乱的悲痛时期。

郑蕤是个非常合格的倾听者,他不只静静地听着,也把那些弦外之音在心里推敲得差不多了。

她这个优秀的舅舅,大概是全家的骄傲,但也正是因为这样,他的意外才给了一家人沉重的一击,也许这就是她的家里人希望她平安的原因。

于曈曈讲到这里停顿了一下,突然蹙起了眉:"我初中的时候,家里来了一个阿姨,是我妈妈的好朋友,我无意间听到她问我妈妈,问她以前不是不喜欢孩子,想做丁克家庭吗?为什么突然又想要孩子了。"

一丝不好的预感从郑蕤的心头划过。

"我妈妈告诉那个阿姨,她和姥姥都需要有个孩子来代替小舅舅,就像是一种寄托。"于曈曈眨了眨眼,一滴眼泪砸在了石砖上,"所以姥姥和妈妈,哪怕是爸爸,都只要我平安健康,我能理解的,我真的能理解的。"

那一瞬间,郑蕤突然觉得呼吸有些困难,心脏像是被人紧紧攥住了一样,这个看上去很佛系又很乐观的小姑娘,她的心里藏了这样一段往事,让她不安、让她迷茫。

但郑蕤明白,她的不安和迷茫并不是像她说的那样,只是因为没有梦想。

梦想这种事,每个人的定义都不一样。张潇雅想去厦门,刘峰想打麻将、吃火锅,郭奇睿想学与游戏相关的专业,这对他们自己来说就算是现阶段的梦想了。

第五章 承诺

肖寒甚至把每天躺在床上睡到自然醒这种事叫作梦想。

而像于曈曈这样没有梦想的，也大有人在，但他们大多数都并不沮丧，因为没有梦想并不会让人感到孤单。

郑蕤在这个红着眼眶的小姑娘眼里，感觉到最多的就是孤单，她不知道这些话要跟谁去诉说，也不知道孤立无援时要去找谁索要一个拥抱。

哪怕是她的家人，也许只会在她迷茫的某个时刻里，对她说不用有那么多的想法，你只要健康、平安就好。

你只要活着就好。

郑蕤垂眸，睫毛挡住了他深棕色的瞳孔，那里藏着难以言说的心疼，凝聚成了一声呼唤："于曈曈。"

"抱歉，我也不知道怎么就哭了。"于曈曈抬手抹了抹眼泪，小声说。

这有什么可抱歉的。

郑蕤认真地跟她说："带你去个地方，你走在我身后，可以放心地哭，我不会偷看的。"

他一直走在前面，走进了楼道的安全门里，他家在十五层，他们没坐电梯，避开了人群走在静悄悄的安全通道里，整个通道里只有他们的脚步声和呼吸声。

爬楼梯很累，只有累，才能转移人的注意力，于曈曈小声的啜泣慢慢变成了沉重的呼吸，郑蕤感觉到小姑娘正在一点一点平息下来。

"我腿有点酸了。"于曈曈主动开口。

柠檬糖

郑蕤没有回头，带着她继续迈上一节一节的台阶："我很无聊又不想跟人讲话的时候，就来爬楼梯，这是第一次我带着别人一起，其实在他们心里你是谁都不重要，你要做的只是你自己，要找到梦想，也只能靠你自己。"

安全通道里的每一层灯光都随着他们的脚步声提前亮了起来，郑蕤低沉磁性的声音在楼道里回荡着，两人艰难地走到了十七层，他突然停住脚步，似乎是笑了一声，回过头从高处望着于瞳瞳："但你比较幸运，有人会陪你。"

于瞳瞳有些愣，在这个不算宽敞的安全通道里，背景都只有向上或向下的楼梯，她面前的少年却认真地告诉她，会有人陪她。

"给你变个魔术。"少年眉眼如画，带着让人安心的力量。

他掏出一个打火机，一手握拳，一手半按着打火机的按钮抵在拳心，打火机里的易燃气体嘶嘶地蹿进他的掌心里。

楼道里的声控灯突然灭了，于瞳瞳在一片黑暗中看到墙上亮起来的淡蓝色夜光笔的痕迹，墙上有很多很多的星星像是银河一样，甚至还有带着一圈"帽檐"的土星，安全通道里像是一片淡蓝色的宇宙。

很美，在这一刻，静谧的安全通道是只属于他们的宇宙。

"你不是要找梦想吗？"郑蕤在泛着淡蓝色夜光的黑暗里张开手掌，按动打火机，他的手掌上燃起一瞬的火苗，照亮了他那双深邃的眼眸，他说，"我陪着你。"

最简单不过的魔术了，郑蕤想，梦想也许要靠你自己找，但我会一直一直陪着你。

第五章　承诺

安全通道里的灯光随着郑蕤说话的声音重新亮起来,他甩了甩手凑到于曈曈耳边,轻声说:"我说话算数的。"

安全通道里短暂的黑暗,黑暗的瞬间墙上亮起来的蓝色荧光,在这一片荧光里,又有一束火焰从他的手掌中升起。

这一切都像是幻觉,也像是梦。

但最动人的是少年的话。

他说:你不是要找梦想吗?我陪着你。

他说:我说话算数。

这几句话点亮的不只是楼道里的声控灯,还有于曈曈的眼睛。她眼眶有些酸,却又词穷得不知道说什么好,只能对着郑蕤,轻轻地点了点头。

就像是在回应他的话一样。

我陪着你。

好。

郑蕤的手机铃声突然响了,在安静的安全通道里突兀地唱起歌:"依稀看见乌云压过来轰隆隆,果然期待的事又落空……"

于曈曈和郑蕤都被吓了一跳,郑蕤"啧"了一声,接起电话,听筒里传来肖寒的大嗓门:"你俩去哪儿了?吃不吃饭啊!饿死了!你再不回来你家会多出四只饿死鬼!"安全通道里的温馨气氛瞬间消散,充斥着肖寒跟机关枪一样一刻不停的声音,郑蕤无奈地冲着于曈曈笑了笑,跟电话里的肖寒说:"就在门外,马上回去。"

柠檬糖

挂了电话，他冲着于曈曈扬了扬下巴："走，家里那群人睡醒了，嚷嚷着饿呢。"

肖寒的话于曈曈其实是听见了的，她点点头，伸出手拉住了转身要走的郑蕤，就像上次他在超市门口拉住她一样，同样是用手指勾住对方的衣摆，露出一个笑，很认真地说："郑蕤，谢谢。"

郑蕤回过头伸出食指晃了晃："不用谢我，我陪你的时候你也在陪我，不是吗？"

我陪你的时候，你也在陪我。

就像第一次去深海潜水，一个人也可以，但总觉得有些恐惧和胆怯。正踌躇不前的时候，刚好遇见了另一个想要潜水的人，他跟你说，一个人吗？我也是。

于曈曈看着郑蕤勾起的嘴角，莞尔道："你说得对。"

两人相视一笑，于曈曈突然好奇地问："你手机铃声是什么歌？听起来有点伤感。"她已经不止一次听见过他的手机铃声了。

郑蕤一笑，她以前绝对不会问出这样的问题的，看来这一晚上没白忙，起码她在自己面前能敞开心扉地随意聊天了。

"不伤感，单听这一句的错觉而已。"他笑着说。

两人从十五层半的安全通道里继续往下走，离郑蕤家十五层楼只剩下半层，郑蕤一边走一边唱："我想要看春天的雨漫，也想要闻夏天的傍晚，我想拥有秋天的落单，这些在冬天里哑声呼喊。"

于曈曈跟在郑蕤身后，听着他用好听的声音随意地唱着歌，不由自主弯了弯眼睛，露出笑脸。

第五章　承诺

郑蕤好像就是有那种能随时抚平焦躁和蹙起的眉心的温柔魔力。

"我想要唱东边的呢喃，也想要踩西边的海岸，我想靠近南边的温暖，这些在北边静静上船。"

如果有他陪伴，就这样走在他身后听他轻唱，再高的楼层也不觉得累吧。

刘峰扒着肖寒的手机确认着："龙虾丸点了吗？鱼籽龙虾丸！"

郭奇睿马上说道："苕粉！红薯苕粉！没有这个的火锅没有灵魂！"

肖寒点头，眼睛扫着手机里的菜单："点了点了，主要是肉，多点些肉，牛肉、羊肉、小酥肉！"

刘峰补充："再来点鸭血和毛肚。"

张潇雅本来在旁边生着闷气，她睡醒之后发现郑蕤和于瞳瞳不见了，整个人都十分兴奋，因此她并没有声张。

结果她去阳台给家里打电话的几分钟，三个男生就醒了，嚷嚷着开始找人，可把她气得够呛。

但生气归生气，听着这三个人一直在说吃的，再想到一会儿外卖送来后，辛辣的锅底汤料在锅里咕嘟咕嘟地冒泡，张潇雅就气不起来了，脑补的戏码输给了饥饿，开口道："茼蒿和莜麦菜，一点青菜都没有怎么行。"

"对了。"刘峰问，"于瞳瞳爱吃什么你帮她点一下？"

柠檬糖

张潇雅想了想:"瞳瞳好像不挑食,等他俩回来让他俩看一眼再下单吧,也不差这一会儿。"

"这两个人干吗去了?"刘峰自己嘟囔着,说完猛地一拍大腿,"这俩不会是看咱们睡着了,出去讨论题去了吧?"

肖寒看了一眼自己的兄弟,手指在手机上一滑,加了两份猪脑花,还是给他补补脑吧,吃哪儿补哪儿!

这时候房门被打开了,郑蕤和于瞳瞳一前一后从外面进来,肖寒扬起了手里的手机:"你可回来了,你来看看还吃点什么,我要下单了,快点,我都饿了。"

如果说刘峰的情商抵得上半个猪脑的话,肖寒起码是十二个,什么"你们去哪儿了""你们干吗去了""你们怎么才回来"这种问题他根本不会开口问。

但刘峰就不一样了,看见两人回来后特别激动,毕竟他俩回来了就意味着快开饭了,张嘴就喊:"你们去哪儿了?你们干吗去了?你们怎么才回来!"

郑蕤听到刘峰的话一扬眉,他是听懂了,但没打算开口,毕竟这种事,一开口就露馅了。

他偏过头看了眼于瞳瞳,她估计没明白刘峰嚷嚷的是什么,以为是那种平时开玩笑说的话,她笑了笑:"我们去看小区里的猫啦,久等啦!"

肖寒无力扶额,又加了两个猪脑,赶紧补!

那天几个人在郑蕤家里煮了一顿热闹的火锅又闹了一会儿才各自回家,于瞳瞳和郑蕤也从那天之后变得更加熟悉,甚至互相

第五章　承诺

之间会发几条消息。

Z.R：今天小胖猫不怎么黏我啊？

于瞳瞳：倦怠了呗。

Z.R：这么说话有点伤人吧？

郑蕤的手噼里啪啦地按着键盘，手机在桌上振动了一声，他扫了眼手机屏，勾起嘴角拿起手机。

"蕤……"肖寒鬼哭狼嚎到一半，突然闭嘴了，他面无表情地扭过头看着身边的郑蕤，"是什么让你变得如此冷漠，就眼睁睁地看着，无动于衷。"

郑蕤拿起手机冲肖寒一晃，反问："你说呢？"

肖寒"嗖"的一下把头转回来，突然又有点好奇："怎么样了？"

郑蕤深深地吸了一口气，嘴角勾着弧度："高三了，学习压力大，我哪敢随便打扰她？"

听听！这是什么语气！

郑蕤看着手机里小姑娘发来的晚餐的照片，他不想影响到她备考……

还是放在心里，慢慢来吧。

郑蕤看了眼手机里于瞳瞳发来的消息，琢磨着现在这样也不错。

但他没想到还没开心几天，小船就翻了。

十二天的假期也是转瞬即逝，转眼就到了开学的日子，高三

柠檬糖

生不得不背起书包,打着哈欠,继续回到校园里死磕成绩。

开学这天的一中校园挺热闹的,有不少没穿校服的人进进出出,估计都是新高一来报到的,郭奇睿和刘峰趴在窗口撅着屁股往外看,一边看还一边讨论,不过讨论得有点话不投机——

"哎,那个穿粉衣服的女生,看着不错啊,挺白的。"

"哪儿呢?我看见了,个子也太矮了吧?有一米五吗?"

"那后面那个,穿牛仔裤,背橙色书包的,个子够高吧?"

"高是挺高,长得太一般了。"

刘峰翻了个白眼:"同桌,你还是打游戏去吧,你这眼光也太高了。"

"是你审美畸形!"郭奇睿耸耸肩,重新坐回座位里拿起了手机,他看了眼前桌的于瞳瞳,总觉得她越来越开朗了。

于瞳瞳平时这个时候都在发呆或者看书,今天也破天荒地跟张潇雅趴在窗台边,听张潇雅对每一个走进校园里的新高一的男生评头论足——

"这个,人长得挺硬朗的,妈呀,走路有点外八字。

"这个不错,不过看起来不聪明。

"这个腿够长,就是太瘦了,感觉胳膊比我的都细?

"这个笑起来挺阳光,好像肤色稍微黑了点,是不是被晒的啊。"

……

于瞳瞳听了半天也看了半天,有点无聊地揉了揉眼角,没觉得下面形形色色的新生有什么特别。

第五章　承诺

她看着感觉都一样，要说学校里有特别帅的男生吧，她觉得郑蕤是那种一眼看上去就很吸睛的男生，让人很难移开眼。

怎么想到郑蕤了？于曈曈摸了摸自己的脖子，觉得有点不自在。

"于曈曈！"

听到有人叫她，于曈曈回过头，班主任侯勇正站在班级门口跟她招手："来，帮我办点事。"

"你去趟理科楼，去五楼办公室找一下高老师，就说我找他要一份理科班的数学押题卷。"侯勇说。

于曈曈点点头："知道了。"

"去吧。"侯勇说完又补充了一句，"对了，自己去啊，别拉帮结伙的，这几天严主任重点抓理科班那边下课走廊打闹的呢。"平时这种事情他都让刘峰他们几个"皮猴"去，但这几天严主任抓得严，侯勇就找了个班里的乖乖女，让于曈曈去肯定不能惹出事来。

于曈曈对理科楼不太熟悉，走到楼里还看了眼一楼的指示牌，再一抬眼就看见严主任在大厅里叉腰站着，饶是她这种不惹事的学生冷不丁看见严主任也有点紧张，赶紧礼貌地问了声好往楼上走去。

"高老师叫你什么事啊？"肖寒靠在门边，刚准备叫郑蕤，就有班里的同学说班主任找郑蕤。

郑蕤从桌斗里抽了一本数学习题，扭头对肖寒说："可能竞赛

柠檬糖

成绩出来了,你自己去吧。"

到办公室门口,郑蕤看见高老师正在接电话,他站在外面等了一会儿,随手翻了翻手里的练习册,这是放假前高老师给他的任务,让他大略做一遍,看看里面的题跟他们用的那几本习题的重合度有多少。

他正翻着,眼角的余光突然看到一个熟悉的身影正往楼上走。

小姑娘今天梳了个丸子头,可能是被外面的阳光晒的,脸颊有点粉乎乎的,垂着头,甩着宽大的校服袖子一节一节地踩在台阶上。

郑蕤被突然出现在理科楼里的于瞳瞳吓了一跳,反应极快,练习题往脑袋后面一放,靠着练习册把后脑勺抵在了墙上,手往兜里一插,一副十足的差生模样。

等郑蕤做完这一系列动作,小姑娘刚好抬起头,看见他愣了一下,眨了眨眼睛,走近了才小声开口:"你怎么站在这儿啊?"

郑蕤笑了笑:"不明显?"

于瞳瞳看着他叹了口气:"都说叫你少玩了,作业没写完被罚了?"

她这个语气郑蕤特别喜欢,前几天她跟他说"你又在玩吗?作业不写了?"的时候他也挺高兴的。

他当时明明在看书,为了逗她便多说了几句,愣是装样子,小姑娘恨铁不成钢似的说了他几句,后来妥协了,问他要不要帮他写点。

郑蕤因为这件事高兴了一整天,肖寒打电话问题的时候他都

第五章 承诺

格外耐心,讲完还贴心地问了一句"听懂了吗",吓得肖寒以为他发烧烧坏脑子了。

"早知道让你帮我写点了。"郑蕤一脸后悔的表情。

于瞳瞳想了想,开口道:"要是罚你写个公式什么的,我可以帮你的。"

她表情挺认真的,小胸脯一挺,一副仗义的模样。

郑蕤嘴角勾起弧度,突然逗她:"来理科办公室干什么?为了看我罚站啊?"

"我差点把正事忘了!"于瞳瞳一拍脑门,"我先进去要题,我们班主任还等着我呢,你要是需要帮忙的话,就给我发信息吧。"

于瞳瞳敲门进了理科办公室,没两分钟就抱着一沓题出来了,跟郑蕤挥了挥手,急匆匆地跑了。

郑蕤这才敲门进去:"高老师。"

"郑蕤啊,猜猜我找你什么事?"高老师一看是他,笑得嘴都合不拢,眼角纹也挤出来了。

郑蕤笑了笑:"竞赛结果出来了?省第一?"

"没错!"高老师看上去非常兴奋,拍了两下郑蕤的肩膀,"郑蕤好样的!老师为你骄傲!"

"谢谢老师。"郑蕤对这个结果倒是不意外,他答题的时候就觉得自己没什么问题,"老师,这个练习册给您,我把不重复的题型都勾出来了,不是很多,没必要都买。"

高老师接过练习册翻了翻:"那我就印到卷子上给班里同学练

柠檬糖

吧,对了,学校领导说让我给你个任务。"

校级任务?郑蕤突然就有种不祥的预感……

"你也知道,不少同学上了高三压力确实也大,学校领导说明天升旗的时候让你作为高三优秀学生代表上台讲话,分享一下学习技巧什么的。"高老师眉飞色舞地说。

升旗台上讲话,很好。

郑蕤扶额,叹了口气,该来的总会来的。

第六章

瘀痕

"肖寒！把你的校服外套穿好了！哪里有个学生的样子！"严主任叉着腰气咻咻地冲着肖寒喊，"等会儿，别走，让我检查检查。"

"哎哟！"肖寒一脸笑，"严主任你干吗呀，大清早的这么大火气，饮料给你，消消火。"

刚进校门就被逮住一顿怼的肖寒半点遇见主任该有的慌乱都没有，利索地把兜里的东西掏出来递给严主任，手指头一勾，罐装饮料发出"啪"的一声脆响。

严主任也没跟肖寒客气，肖寒他爸当年就是自己的学生，这个皮小子跟他爹一个样儿，他接过饮料喝了一口："跟郑蕤走得那么近，你也没学点好！"

"郑蕤是那么好学的吗？我俩一起上下学一起上课，然后他年组第一，我倒数后十。"肖寒撇了一下嘴，"严主任，你说我这个脑子是不是随我爸了？就不是学习的料！"

"你爸当时比你的成绩可强多了。"严主任说，说完一皱眉，"这什么音乐，我得去让人换了！"

肖寒看着严主任的背影摇了摇头，学校的领导压力都挺大的，

第六章　瘀痕

他瞅着严主任的头，秃顶好像更严重了，都快成"秃鹫"了。

高三正是抓成绩的紧张时刻，安市一中既要保证升学率又要为学生的心理状态格外着想，整个一中里，比高三生还紧张的就属这群校领导和老师了。

学校广播室见缝插针地在各种非上课时间放纯音乐，为的就是给高三生减压，今天不知道是谁当值，放了个听着惨兮兮的调子，不怪严主任听得直皱眉。

肖寒正想着，刚走出去几步的严主任突然回头："回班记得跟郑蕤说，一会儿升旗时的发言积极向上点啊！"

什么？郑蕤要发言？

"发什么言啊？"肖寒一脸蒙地问道。

严主任说："优秀学生代表。"

天啊！

肖寒愣了不到一秒钟，拔腿就跑，优秀学生代表发言！还是在升旗的时候！那郑蕤不就露馅了吗？发什么言，急得他嗓子都有点要发炎了！就连广播室里放的歌曲变成了《别看我只是一只羊》肖寒都没工夫吐槽，直奔教室。

不过等他跑到教室门口，抹了一把额头上的汗，再抬头时，肖寒觉得自己简直就是"皇上不急太监急"，人郑蕤正靠在教室的窗边，沐浴着早晨的清风背题呢。

肖寒走过去用胳膊肘碰了碰郑蕤："我听严主任说一会儿升完旗你要发言啊？"

"嗯。"郑蕤靠在窗边，一只手拿着习题，另一只手插在兜

179

柠檬糖

里，英语选择题他一般都不动笔，看一遍就知道答案了，这种固定的句式语法对他来说都不难。他翻了个页，突然勾起嘴角笑了，想起前阵子跟于瞳瞳视频时，看到她在写英语题就逗了逗她，这个小笨蛋还以为他蒙题蒙了个全对，眼睛放光地在视频里说他好厉害。

肖寒一扭头，目光落在郑蕤嘴角的弧度上，他居然还笑得出来？肖寒实在是忍不住了，开口问："你不怕暴露啊？你之前装倒数第一装得可是挺……"

挺真的。

后面的话肖寒没说，但看郑蕤高高扬起的眉梢，他大概明白了郑蕤要说什么。

郑蕤莞尔："她也该知道了，我作为优秀学生代表发言不帅吗？"

肖寒面无表情地看了郑蕤一眼，郑蕤表面上虽云淡风轻，心里其实也很忐忑。

昨天晚上还跟她视频问了几道题，顺便卖了个惨，说自己没写作业果然被罚了，今早在小超市门口遇见，她看他神色疲惫像是没睡醒似的，还给他买了瓶酸奶。

结果他只是昨天被江婉瑜女士摔东西的声音吵醒了才没睡好，根本不是因为什么补作业。

平心而论，他这个祸闯得够大。

郑蕤从兜里掏出手机，给于瞳瞳发了个信息，他觉得自己急需一块"免死金牌"。

第六章 瘀痕

"别看我只是一只羊,羊儿的聪明难以想象,天空因为我变得更蓝……"刘峰哼着校园里放的歌,欢快地写着作业,顺利地在升旗前赶完了最后一道题,把笔一丢,"终于写完了,手都要断了!"

郭奇睿还在奋笔疾书:"别收,我还差两道题!"

于疃疃面对着他俩正在背历史,她嘴里含着一块酸甜的柠檬糖,这是早晨在小超市门口遇到郑蕤时,他给她的。想起郑蕤靠在护栏上打哈欠的样子,她心里有点想笑,大概是昨天补作业熬得挺晚吧。

于疃疃还真的想象不到,郑蕤要是像刘峰和郭奇睿似的奋笔疾书地补作业会是什么样子,不耐烦的?

不过郑蕤那张看上去有点不好接近的脸,于疃疃倒是从来没在他脸上见到过不耐烦的样子。

正想着,兜里的手机嗡地响了一下,于疃疃拿出手机,屏幕上显示她收到了一条新消息,她还没来得及解锁,手机又"嗡"了一声,一条新消息变成了两条。

Z.R:小姐姐。

Z.R:如果你发现朋友欺骗了你,你怎么办?

于疃疃有些疑惑,一大早的,这是什么灵魂拷问?

"当然是绝交了!"张潇雅一拍桌子,"有欺骗的友情就不配叫友情!"

"啊?"于疃疃被张潇雅拍桌子的声音吓得一愣,这才发现自己刚才不知不觉间把郑蕤发来的信息读出来了。

柠檬糖

被朋友欺骗怎么办？

于曈曈还没来得及考虑，张潇雅、刘峰和郭奇睿倒是先就着这个问题讨论了起来。

刘峰挠着头发大大咧咧地说："那要分是什么事情了，小事的话都能原谅，肖寒打游戏的时候成天跟我说他赢了郑蕤，实际上都是郑蕤赢他，这种事骗就骗了，男人都要面子。"

"也是，我偶像明明都谈恋爱了，前段时间还说自己是单身呢。"张潇雅耸了耸肩，"都是生活所迫啊，没办法的事。"

"我也整天跟老侯说没带作业，但他没原谅我，要找我家长。"郭奇睿终于赶完了作业，把习题一收，趴在桌子上也加入了讨论。

高三生就是这么无聊，只要不谈学习，谈什么都觉得津津有味。

于曈曈想了想，她也觉得这个问题是要看情况的，郑蕤也没说具体是什么事，她不禁有些担心，该不会是他被朋友骗了吧？

她回了条信息过去：你要不，先听听对方怎么解释？

这边刚发过去，手机又振了一下，郑蕤回信息的速度飞快。

Z.R：解决方式是，先给个机会听解释，对吧？

怎么感觉他今天说话怪怪的？于曈曈纳闷地看着郑蕤的信息，回了个"嗯"过去。

"下楼排队！穿校服！快点快点！"体委喊了一嗓子，"走，准备升旗了！"

升旗其实很快，但每次都会加上各种领导讲话什么的，要在阳光底下暴晒半个小时。

第六章　瘀痕

　　于曈曈看郑蕤没再回信息，把手机放进口袋里，跟着张潇雅他们一起下楼了，她回信息的这段时间，其余三个人已经把"被欺骗怎么办"的话题升级成了"怎么回击才能更胜一筹"。

　　集合前，郭奇睿轻飘飘地说了一句："漠视就是最好的报复。"

　　随后几个人就各自回到自己的位置上排队去了，一般这种校领导讲话的时刻，于曈曈多半都用来发呆，她乖乖地往队伍里一站，两眼放空，开始神游四海。她神游得正高兴，听见斜后方男生队伍里的刘峰带着点疑惑地小声嘀咕了一句："咦，那不是郑蕤吗？"

　　也不知道是因为大家都格外安静，还是因为"郑蕤"这个词太过于敏感，总之于曈曈就是隔着一米多的距离听见了刘峰的这句话。

　　她瞬间回神，抬眼往前望去，主席台旁边站着一个高高的男生，跟所有学生一样穿着校服，但又跟其他人有些不同。

　　到底哪里特别呢？

　　于曈曈突然笑了笑，大概是特别好看吧！

　　看着他被阳光染成咖啡色的头发，校服今天也穿得挺正经的，拉链拉到了胸前，手背在身后站得笔直，这样看还挺有学生样子的。白色的校服外套衬得他皮肤更白了，桀骜的脸，高挺的鼻梁，他微抿着薄唇，像是正在思考什么……好像还皱了下眉？

　　于曈曈突然从郑蕤的颜值里惊醒，她瞪着眼睛看着郑蕤的身影，心里有点着急，他这是怎么了？怎么还站到主席台上去了呢？

柠檬糖

　　一般站在那里的都是等着要在全校面前念检讨的，还有记过和受处分的，反正不会是好事。

　　她皱了皱眉，他昨天不是说因为没写完作业才挨罚的吗？难道还犯了别的事？

　　于曈曈想起刚才郑蕤发的那条信息：如果你发现朋友欺骗了你，你怎么办？

　　她有点愁地想，欺骗不欺骗的先另说，这都高三了，万一背了处分，毕业前又没消掉，是会放在档案里一辈子的！

　　会是什么事？

　　打架？逃课？或者……

　　于曈曈忽地瞪向郑蕤，可能是她的目光太直接了，郑蕤突然转过头，视线穿过层层人海看了过来。

　　她愣了愣，看到郑蕤好像有些欲言又止。

　　"好，下面我们有请优秀学生代表，高三理（1）班的郑蕤发言！"

　　严主任说的话打断了两人隔着人群的对视，于曈曈突然就蒙了。

　　她茫然地想，优秀学生代表？

　　"郑蕤同学非常优秀，从高一入学起成绩就一直蝉联理科班的第一名，几次代表咱们安市一中去省里比赛都取得了优异的成绩。上个月郑蕤同学代表咱们学校，取得了化学竞赛全省第一的好成绩！有请郑蕤同学给大家分享一下他的学习心得。"

　　严主任的声音不停地传进于曈曈的耳朵里，她周围的同学都

第六章 瘢痕

在鼓掌，于瞳瞳有点怀疑自己是生活在什么平行空间里，一不小心穿越了。要不然她认识的郑蕤，怎么跟站在主席台上从容地拿着麦克风的郑蕤，不太一样呢？

郑蕤听着严主任不停地说着他的成绩，心里默默叹了口气，从他这个角度其实看不清远处站在队伍里的于瞳瞳是什么表情，但他就是有点心虚地觉得，她脸上的表情越来越淡。

严主任终于说完了，郑蕤举着麦克风看了眼远处面无表情的那个人，握拳放在嘴边轻咳了一声，开口说："大家好，我是高三理（1）班的郑蕤。"

于瞳瞳站在自己班的队伍里静静地听着郑蕤发言，他甚至没拿演讲稿，全程脱稿，嘴边勾着从容又自信的弧度。

"别听严主任刚才夸我夸得起劲儿，其实我上台前严主任还威胁我，让我站在台上千万别提自己爱玩的事。"

下面的学生哄堂大笑。

郑蕤面对台下熙熙攘攘的人群并不紧张，相反的，还轻松地开着玩笑，说完回头看了眼一脸严肃的严主任，哈哈一笑，再次开口："别紧张啊严主任，我其实就是澄清一下，我也不是天才，一出生就会背公式什么的，一定是学了才能有成绩的，其余的只是个放松方式。"

台下的掌声就没断过，他每次稍稍有点停顿，都会引起一阵雷鸣般的掌声。

于瞳瞳看着站在台上的郑蕤，这是她第一次听到这种发言，不是中规中矩地念稿子说什么"知识就是力量"，郑蕤更像是在闲

柠檬糖

聊,会说自己上课睡着被老师用粉笔头打醒,也会说自己背题太专注把洗面奶挤到了牙刷上。

他没有用那些形式主义的高大上的词,就像随意聊天一样,逗得大家哈哈大笑,但又话锋一转,突然说:"高三是挺累的,逃学又不行,会被严主任批评,他最近还跟文科班的侯老师学了个新招,说逃课迟到的要跪在键盘上唱《嘴巴嘟嘟》,我一琢磨,那就好好学吧,反正还有一年,不考出点成绩也对不起用洗面奶刷牙的自己啊!何况,不过是学习而已,我们这个年纪有什么做不到的?"

很自信,但也没说错。

真的学了好像也没什么难的。

郑蕤把让人头疼的、几乎没有喘息时间的高三生活说得如此轻松,下面的学生似乎都被感染了,这个周一的欢呼和掌声都送给了郑蕤。

于曈曈垂眸,原来这才是他。

升旗仪式结束后,各个班级原地解散,于曈曈他们几个刚走到操场中间,就听到身后郑蕤的声音:"于曈曈!"

她回过头,郑蕤已经站在她身后了,于曈曈脑海里突然浮现出之前郭奇睿说的那句话,"漠视就是最好的报复"。

于曈曈的目光穿过郑蕤,就像没看见他似的,对着他身后的刘峰和郭奇睿说:"好像听见有人叫我呢?你们俩快走啊,要上课啦!"

说完她马尾一甩,转头就走了。

第六章　瘀痕

郑蕤："……"

郑蕤翻着手机里的聊天记录，于瞳瞳已经连着两天不理人了，上学找、放学拦的愣是连半个眼神也得不到，在学校里碰见了，人家也是一副不认识自己的表情，目不斜视地从他身边走过去。

第一天中午郑蕤和肖寒在食堂里遇见了于瞳瞳他们，郑蕤端着餐盘坐到她对面，刚准备开口，于瞳瞳喝完最后一勺汤，端起餐盘目不斜视地走了。

第二天郑蕤特意打听了她值日的地点，校园南侧的花坛边，他特地从南边进来，准备来个惊喜瞬间，出现在于瞳瞳面前。

刚有动作，小姑娘拎着大扫把说："严主任，我们这边扫完了，您来检查一下吗？"

郑蕤看着严主任越来越近，咬牙退了回去。

现在聊天记录里一长串的信息，都是他发的，解释也解释了，道歉也道歉了，连跪着磕头的表情包他都弄了五十个不重样的发过去了，甚至录了自己一段抑扬顿挫的"莫生气"朗读，但人家连个标点符号都不给他回。

其实倒也能理解，她可能需要几天时间缓缓，但郑蕤就非常烦躁，她这种爱答不理的状态搞得他晚上都失眠了。好不容易睡着，还破天荒地做了个噩梦，梦到她拎着个巨大的行李箱跟他说拜拜，还长出一对小翅膀，扑棱扑棱地扇动着，说："我其实是帮你学习的天使，你成绩已经这么好了，我可以回去了，拜拜啦！"

他当时一身冷汗地惊醒，他倒是第一次发现自己这么没出息。

柠檬糖

郑蕤走着神,手指一动,碰到了屏幕上他发过去的视频,安静的教室里瞬间传出了郑蕤的声音:"莫生气,人生就像一场戏,因为有缘才相聚,相扶到老不容易,是否应该去珍惜……"

班里一阵哄堂大笑,肖寒睁开睡意蒙眬的眼睛,在旁边笑得直哆嗦。

化学老师推了推眼镜:"肖寒!好好听课,别总搞怪!"

肖寒一脸诧异地看着化学老师,最后认命地叹了口气,跟郑蕤小声说:"化学老师这眼镜是不是该换换度数了?我刚才分明在小憩!"

郑蕤用拳头抵在鼻子下面,勾了勾嘴角,突然跟身旁的肖寒说:"晚自习给你换个同桌?"

"啊?"肖寒茫然地从桌上抬起头,揉着睡觉压的一额头褶子,他没听清郑蕤说的是什么,但郑蕤这个表情他熟!

正逢下课铃响,郑蕤给刘峰拨了个电话:"肖寒说他寂寞,想让你陪他上晚自习。"

正准备走的肖寒背着书包缓缓回头:"什么?"

晚自习,于曈曈捂着肚子在教室里写着作业,姨妈期是真的难熬,她现在恨不得自己是个男生,她疼得额角渗出一点汗,无力地把下巴放在桌子上。

这道数学题她没什么思路,如果是郑蕤呢?

他大概不会觉得难吧,毕竟成绩那么好呢。

于曈曈偏过头看了眼对面的理科楼,灯光明亮,能看到里面

第六章 瘀痕

穿着校服的学生和坐在讲台上看晚自习的老师,她把目光落在高三理(1)班的教室窗口上,轻轻地叹了口气。

这两天她的手机格外热闹,虽然调了静音,但只要她拿起手机就能看到郑蕤的消息,一开始是解释,也认真地道歉了,可道歉之后的消息就有点一言难尽了。有时候是一堆笑话,有时候是一堆表情包,有时候是他家小区里那只小胖猫的照片,甚至还有肖寒淌着口水睡觉的丑照。

可能是随手一拍,没话找话。

于疃疃叹过气之后又轻轻笑了起来,其实她不理郑蕤也不是因为生气,仔细想想,最开始一口咬定人家学习不好的还是她自己呢,傻乎乎地嘱咐人家别交白卷。

她鼓了鼓嘴,在心里怨自己,我真傻,真的!

不过郑蕤这人……

"我和肖寒倒数垫底手拉手,谁先及格谁是狗。"

骗子!

"我不会写,我只会写 h-i 那个。"

骗子!

"真是难为你为全年组的同学垫底了。"

"日行一善。"

骗子!

"打个赌呗,我刚才说的答案对了一半以上,你陪我聊会儿?"

"你是蒙的吗?"

柠檬糖

"是啊,不然呢?"

骗子!

肚子又开始疼了,于曈曈用手按了按小腹,抽着气小声嘟囔:"大骗子!"

张潇雅正把杂志夹在习题里偷偷看着,听到于曈曈说话,茫然地扭过头问:"什么?"

于曈曈:"……"

这时候身后的人轻轻戳了她后背一下,于曈曈想都没想,从桌斗里把写完的卷子拿出来,直起身子慢慢往后靠,看了讲台上的老师一眼,把头往后微扬着,小声问:"哪科?"

刘峰晚自习叫她基本都是为了写作业,于曈曈都习惯了。

身后的人似乎是凑近了些,于曈曈愣了愣,她几乎能感觉到对方的呼吸了。

她微微偏过头,又问了一遍:"哪科?还是哪道题不会?"

身后的人轻笑了一声,距离太近,她闻到了一丝丝柠檬糖的味道,这种感觉,让于曈曈想到了某个总爱吃柠檬糖的人。

正准备回头,耳边突然传来了男生压低了的声音:"我不用赶作业。"

于曈曈猛地瞪大眼睛,僵着身子没动,还瞄了眼坐在讲台上批阅试卷的老师。

是郑蓦!他为什么会在自己教室里?

趁着前面的老师没注意,她嗖地转过头去,正对上郑蓦一双含笑的眼睛,他嘴角勾起一丝弧度,笑着用口型问:"惊喜不惊

第六章 瘀痕

喜？意外不意外？"

这是于瞳瞳在上课时间，第一次跟郑蕤坐在一个教室里，还听着他在教室里讲悄悄话！

这人哪像个学霸？

还是个得了省级竞赛第一名，理科大榜稳坐第一的学霸。

于瞳瞳愤愤地看了他一眼，把头转回来默默地往前挪了挪椅子，在她身后的郑蕤正面对着郭奇睿幸灾乐祸。

郑蕤瞥了他一眼，拿起郭奇睿的本子，撕下来一张纸："借用一下。"

郭奇睿："……"

算了算了，撕吧！

于瞳瞳心不在焉地拿着笔在练习册的空白处瞎画着，画出了一团乱线。她不理郑蕤不是跟他生气，而是跟自己生气，生理期整个人都变得更加敏感，他在主席台上拿着麦克风侃侃而谈的姿态又回到眼前。

也就是那天，于瞳瞳才意识到，郑蕤很优秀，非常优秀。

于瞳瞳在高一开学的时候也上台发过言，那时候她刚到新班级，老师布置的任务她不敢拒绝，准备了一个多星期，在教师节的时候拿着演讲稿站在礼堂里做了个小发言。面对着下面黑乎乎的一堆人，她当时捏着演讲稿紧张得要死，手心都出汗了，照着念还念错了两处，估计下面听着的人都要睡着了吧。

再想想郑蕤，要不是有校领导在，估计下面的学生会一直尖叫到结束，严主任都跟着笑了呢。

柠檬糖

这是于曈曈第一次"嫉妒",也是她第一次觉得自己不够优秀。

之前她只是迷茫,没什么目标的那种,她从来没觉得自己不够优秀,可是跟郑蕤比的话……于曈曈鼓着嘴,心想,比不了。

鲜衣怒马少年时,一日看尽长安花。

哪怕是以前觉得他学习不好的时候,他眉眼间那股狂劲儿都隐藏不住,别说是现在了。

一个小纸团突然落在了于曈曈面前,在她桌子上弹了两下,滚到了她的笔尖下。

于曈曈眨了眨眼,忍住了没回头,伸出手拿起纸团慢慢地拆开,入眼的是郑蕤那一手龙飞凤舞的好字,她下意识地看了眼自己桌角那行被她留下的诗。

于曈曈想起后桌刘峰和郭奇睿卷子上那惨不忍睹的字迹,以前自己是怎么想的?郑蕤哪有点学渣该有的样子。

纸条上只有一句话:"放学一起走吗?"

于曈曈没给郑蕤回纸条,也没再回头跟他说话,一直到放学铃响,她慢腾腾地收拾着书包,没忍住往身后一看,刘峰的座位空空如也。

他走了?

于曈曈看着刘峰的桌面有点发愣,还有点说不上来的失落。

她自己背好书包慢悠悠地往教室外面走,走廊里的人都已经走得差不多了,于曈曈可以说是"一步三回头",最后一次往教室看的时候后面的同学都已经准备关灯了。

第六章　瘀痕

"找我吗？"郑蕤靠在走廊拐角处看着小姑娘的侧脸笑着问。

于瞳瞳听到他的声音突然转过头，看到郑蕤的一瞬间没忍住，脱口而出："我还以为你走了。"

郑蕤眼底都是笑："没走，怕你同学看到我就出来了。"

其实应该拒绝的，她还没消气呢，但于瞳瞳没开口，她没意识到自己心里也希望郑蕤跟她一路走。

两人并肩走出了教学楼，郑蕤带着她走了个近路，路过车棚的时候他突然开口："我第一次见你是不是就在这儿？"

她戴着他的帽子，当时上面蓝色的夜光笔签名特别亮。

于瞳瞳看了他一眼："别提这么丢脸的事。"她一点也不想回忆她那尴尬的模样。

郑蕤笑了："还生气呢？别生气了小姐姐，你不理我，我这两天寝食难安的，你看我是不是瘦了？"

"我昨天在食堂看见你了。"于瞳瞳面无表情地说，"你点了大份的猪扒饭，还加了一对鸡翅。"说起这个她还挺愤慨的，用手在空气里比画了一下，"那么大份！刘峰说他都不点食堂的大份饭，太多了吃不完，你一点也没有寝食难安的样子！你吃那么多呢！"

郑蕤偏着头看她，小姑娘一脸不忿，控诉着他吃了大份猪扒饭的罪行，说完还噘了下嘴，看着挺委屈的，小鼻子都有点皱起来了，平时笑起来弯弯的像新月一样的眼睛，现在也不弯了，瞪得圆溜溜的。

两人从校园里走出来，郑蕤逗她："那你是没看到我平时吃多少，我平时是吃两份猪扒饭的，吃一份已经算是食欲减半了。"

193

柠檬糖

"你又骗人！"于曈曈气得快要爆炸了，抬起手推了他的胳膊一下，"我以前都没见你吃那么多，你明明都是吃面的，乌冬面还有牛肉面，有时还吃麻辣烫，而且从来都不加鸡翅！"

郑蕤愣了愣，勾起嘴角："我吃什么你都知道？"

"啊？"于曈曈没料到他会这么问，跺了跺脚就要跑。

郑蕤叫住了她："别生气，我不逗你了，那天我那俩鸡翅是帮肖寒买的，他当时好像是去买饮料了，又怕回来的时候鸡翅被抢光，我才帮他买的。"郑蕤心里有些好笑，怎么就解释起自己吃了什么这种事情上来了？

"谁要管你到底吃没吃鸡翅！"于曈曈气鼓鼓地甩着手快步往前走，大有一种要跑起来的架势。

夏天的夜晚有些闷热，郑蕤说："你别跑，要不要买杯热奶茶喝？"

对上于曈曈诧异的目光他无奈地笑了笑："瞎想什么呢，我成绩可能还行，但真不是那种料事如神的，不然我早支个摊子算命去了，还上什么学？"

于曈曈小声嘀咕："那你怎么知道我，我不舒服？"

"晚自习的时候看见你揉肚子了，笨蛋。"郑蕤笑着。

两人这一路走着，已经到了上次那条没什么人的小巷子。

于曈曈听见"笨蛋"这两个字突然就爆发了，积攒了两天的不爽和委屈，在生理期被敏感地放大，她看着郑蕤的脸，鼻尖轻轻颤了一下，眼泪毫无征兆地顺着脸颊滑了下来："我是笨，我就是个笨蛋！"

第六章　瘀痕

突如其来的眼泪把郑燊吓了一跳，他愣了半秒之后才开始满衣服兜里摸索，找了半天也没找到纸巾，只能温声安慰着："别哭啊，哭什么啊，我不是说你笨，别哭了别哭了，哎别哭啊。"

他是真挺怕她哭的，再加上她这两天都没理他，郑燊这会儿也有点词穷，翻来覆去的只有一句干巴巴的"别哭啊"。

"你骗我，说什么'谁先及格谁是狗'，还说什么'三长一短选最短'，你还说你看不懂无穷符号！"于瞳瞳的眼泪噼里啪啦地往下砸，她哽咽着，断断续续地说，"骗子，你是个大骗子！"

于瞳瞳哭着哭着也觉得自己有点丢人，猛地转过身去背对着郑燊开始抹眼泪。

郑燊："再哭……"

她还伤心着，他咬了一下自己的舌尖，把没说完的话咽了回去，胳膊递到她眼前，想说，来吧，用我袖子把眼泪擦擦。

但还没等他开口，她突然伸手抓住了他的胳膊，狠狠地掐了上去。

等出了气，她才反应过来。

"你疼吗？"

"我不是故意的，就控制不住地用力了。"

"对不起……"

于瞳瞳的眼眶还红着，眼泪早都干了，眨巴着一双兔子似的红眼睛小心翼翼地问着郑燊。

她也不知道自己这是怎么了，就觉得自己一肚子憋屈，打也打不过，骂也不会骂，正好郑燊伸着胳膊在她眼前晃悠。

柠檬糖

她没来得及多想，抓起他的胳膊就掐了一下。

郑蕤一声不吭，由着她随便掐。

理智回笼后，于曈曈放开郑蕤的胳膊，后知后觉地尴尬起来，问了几句之后又不知道该怎么办了，手足无措地仰着脸，瞪着大眼睛愣愣地看着郑蕤。

郑蕤觉得于曈曈的性格真是挺有意思的，刚才还一副奶凶的样子，气势跟要吃人一样。这会儿又是一脸的茫然和无辜，红彤彤的眼睛里写满了"我是谁，我在哪儿，我在干什么"的迷茫。

他动了动胳膊，小姑娘心挺狠，他半个胳膊都疼。

好歹气是消了，郑蕤笑着伸出另一只手，拉着于曈曈的书包带晃了两下："消气了？别愣着了，这地方气氛这么好，要不……我给你讲个鬼故事？"

幽深的巷子里除了偶尔的虫鸣，连路灯的光都有些昏暗，还有两个路灯是坏的，这气氛是好，但小姑娘不是不高兴吗。

郑蕤装模作样地动了动胳膊："不疼，隔着校服呢，就你那点小劲儿，跟挠痒痒似的。"

于曈曈一听他这么说，紧绷着的表情终于有所松动，将信将疑地小声问："真的不疼？我觉得我还挺使劲儿的。"

"啊！疼！我的胳膊，我的胳膊要断了！"郑蕤突然捂住胳膊，一脸痛苦地说。

于曈曈面无表情地看着他："别演了，我才不信你。"

郑蕤一笑，转身坐在了路边的石板上，冲于曈曈招了招手："来，给你讲个鬼故事听。"

第六章 瘀痕

说完他自己先乐了,这要是肖寒他们在估计要笑死,大晚上的,竟然给人家小姑娘讲鬼故事。

但于瞳瞳一听他要讲鬼故事,半分犹豫都没有,背着小书包就过来了,一转身就要坐在他旁边。

"啧。"郑蕤抬手拦了一下,目光从于瞳瞳无意识地捂着肚子的手上扫过,"别坐,凉。"

他把自己的书包递过去:"坐我书包上。"

于瞳瞳接过郑蕤的书包,还挺沉的,她脑子一抽问了一句:"装的什么?这么沉?"

郑蕤扬眉一笑:"游戏机?篮球杂志?零食?"

说完被小姑娘蹙着眉瞪了一眼,赶紧改口:"各种练习题呗,我们学霸书包里都是这种东西。"

"厚脸皮。"听着郑蕤大大方方地承认自己是学霸,于瞳瞳憋出了十七年来唯一一句骂人的话,并把书包丢回去砸进了他的怀里,气鼓鼓地想,明明还有别的,以前她都看到过。

啧,还挺凶,像他拿火腿肠逗猫时把小胖猫馋急了,张着嘴冲他凶的样子。

郑蕤把自己的书包往旁边的石板上一放,语气里带着点不容拒绝:"我脸皮厚不厚你也得垫着啊,不是肚子疼吗?"

于瞳瞳愣了一下,压下心底的暖流,顺从地走了过去。

两人并肩坐在小巷子里的石板上,郑蕤清了清嗓子开始渲染气氛:"先说好,特别恐怖,吓到了不许哭。"

"我才不哭呢,我可坚强了。"于瞳瞳眼圈还红着,吸着鼻子

柠檬糖

保证,说完又觉得自己这话没什么说服力,小声嘟囔着补充了一句,"是真的。"

"有一个出租车司机,从来不在晚上拉活儿,因为小时候有道士给他算命,说他身上阴气太重,所以午夜十二点到凌晨三点这个时段容易见鬼。

"一天,出租车司机拉着一位乘客去了郊区,回来的路上有些堵车,走到一个荒无人烟的墓地旁时,路上突然出现了一个穿着白色连衣裙的女人,女人站在路中间,张开双臂拦住了车。

"出租车司机吓了一跳,停住车子,僵着身子不敢动。女人走到车前敲了敲车窗说,师傅,能拉我回市里吗?这个地方太不好打车了。司机没说话,谨慎地看了眼女人,在路灯的照射下女人的影子投在地上,出租车司机马上松了口气,有影子,那肯定不是鬼了。

"于是女人上了出租车,坐在后排座位上,出租车司机载着她一路往市区走,这时候他看到显示屏上的时间,午夜十二点整,司机警觉地抬头看了眼后视镜,竟然发现后座上空无一人。

"出租车司机吓了一跳,那个白衣女人果然是鬼!他用力踩下刹车,惊魂未定地拍了拍胸脯,突然听到身后有细微的声音,司机吓得手心出汗,慢慢地转过脸去,只见女人又出现了,脸色苍白,鼻孔和嘴角都流着血,她说……"

小巷里刮起一阵微凉的阴风,头顶上的树叶被吹得沙沙作响。

于瞳瞳突然抢着开口:"我就提了一下鞋,你为什么突然刹车,我鼻子都要撞塌了!"

第六章 瘀痕

郑蕤:"是不是打击报复?"

于曈曈小下巴一仰,嘴硬道:"才不是呢!"

郑蕤看着她傲娇的样子,暗暗笑了一声,他其实早知道她看过这个笑话,故意讲出来的。

早在刚加了微信的时候,郑蕤就把于曈曈的朋友圈看了个遍,看到年初的时候她分享过一个链接,就是之前去鬼楼那天她讲的洗衣液的那个故事。

这类鬼故事都来自一个微信公众号,好巧不巧,郑蕤也关注了那个公众号,所以每次她讲的笑话他都知道结局。这次是他故意挑了一个公众号里的笑话,果然跟他预料的一样,她一直憋着,到最后才学着他之前的样子把结局抢先说出来,还露出一脸诡计得逞的小模样。

于曈曈觉得自己终于报复了郑蕤,心情立马就好了,偏过头说:"走吧,该回家……"

话没说完,她的目光撞进了郑蕤含笑的眼睛里。

郑蕤这双眼睛,真的是生得很好,锋利的眼角微扬,瞳孔像是幽深的潭水,明明该是双犀利的眸子,此时带着温柔的笑意。

于曈曈条件反射地想要掩饰,随口扯了个话题:"哇,你有喉结。"

"嗯?"郑蕤看上去有点诧异,眉梢一扬,反问了一句,"我不该有喉结?"

"不是不是。"于曈曈简直想找个地缝钻进去,她今晚明显智商不在线,开口说了一句更让自己想死的话,"你喉结挺明

柠檬糖

显的……"

"啊！也不是，我的意思是……女生就没有喉结，哈哈。"她已经不知道自己在胡言乱语什么了，干笑了两声直接站了起来，懊恼地说，"走吧，回家吧！"

郑蕤轻笑了一声，她在慌乱什么？

他有点想纠正于瞳瞳，女生也是有喉结的，只不过没那么凸出。算了，真说了今天晚上估计白忙了，她该更不理人了。

郑蕤虽然没纠正，但心情很好。

"走吧。"郑蕤起身，拎起书包往肩上一挎，嘴角的弧度显示出他的好心情。

从知道郑蕤的成绩那天之后于瞳瞳就一直没怎么睡好，昨晚两人冰释前嫌，再加上生理期的疲惫，她倒是真正地睡了个好觉。

早晨醒来时闹钟还没响，入眼的是自己卧室天花板上的小熊吊灯，晨光熹微，于瞳瞳想起郑蕤温声安慰她别哭的样子……

她翻了个身，从床边的柜子上拿起手机，准备看朋友圈的时候指尖一顿，朋友圈旁边的那个小小的圆形里印着郑蕤的头像。

他刚发过动态？这么早？

带着点好奇，她点进朋友圈里刷新了一下，果然第一条动态就是郑蕤发的，配图是一张做了模糊处理的照片，但能看清是一个手臂的轮廓，上面还有一块深红色。

配文：小猫挠的。

于瞳瞳每次生理期都难受得不行，昨天晚上又发生了太多事，

第六章 瘀痕

光是郑蕤出现在文（1）班教室里这件事都够让她震惊的了，结果她冲着人一顿哭，还打断了郑蕤的鬼故事。

反而把自己干的事忘了个彻底。

毕竟当时郑蕤说跟挠痒痒似的，根本不疼的，她就真信了，没把这段小插曲放在心上。

这会儿看见郑蕤发的照片她还挺不解，他一大早就去喂猫了？真是有爱心。

是不是伤口上有血迹什么的，比较狰狞，所以郑蕤才做了模糊处理？

于瞳瞳抱着被子在床上滚成了一个球，不知道为什么，于瞳瞳心里愉快地想，他果然是个温柔的人呀！

想了想，她在郑蕤这条朋友圈下面评论：那只小胖猫？

郑蕤早晨起来看了眼胳膊，于瞳瞳昨天掐的地方已经变成了深红色的瘀痕。

怎么说呢，疼还是挺疼的，昨晚他半个手臂都跟着一跳一跳地疼。

但郑蕤看着胳膊上的瘀痕，怎么看怎么开心，心情很好地点开了手机照相机。

这个年纪的少年都有这个毛病，有什么高兴的事总压不住想显摆显摆的心思，就像肖寒买了个新游戏机要发满九宫格的朋友圈一样。

郑蕤举起胳膊一通拍，最后选了一张，加了两层滤镜又加了

201

柠檬糖

个模糊的特效，看着还真像是猫挠的。

他轻笑了一声发了条朋友圈，手机往床上一丢，哼着歌进浴室了。

洗完澡甩着半干的头发出来的郑蕤点开了手机，看到众多评论里有一条来自"小太阳"，于是自动忽略了其他人的话。

小太阳：那只小胖猫？

郑蕤舌尖顶着腮，扬着眉给她回了一句。

与此同时，于曈曈刷到了郑蕤的回复，Z.R 回复于曈曈：不胖，还很可爱。

安市一中的早读时间是早晨七点半，大多数学生都在七点左右就到了，成绩差点的有作业要写，成绩好点的惦记着复习。

郑蕤这种就很特殊了，经常踩着时间点到学校。

昨天半夜下了场雨，早晨的空气里带着潮气未消的微凉，不少学生都在校服外套外面又套了一层外套，有一种冷叫"妈妈觉得你冷"，尤其是在高三这么关键的时刻，带牛奶喝的学生都比高一高二的时候多了一倍。

郑蕤没有这种烦恼，一方面，没人管对他来说确实很自由，没了大多数青春期少年的烦恼，可以随便掌控自己的时间，熬夜通宵都很随意，也不会在盛夏就因为下场雨被嘟囔着穿得跟个熊似的。

另一方面，一进校园，花蝴蝶似的各种颜色的外套满眼都是，郑蕤穿着个薄薄的校服就显得格外不合群。

第六章　瘀痕

　　帅还是帅的，但有种没人疼没人爱的小可怜儿的味道，郑蕤被自己的想法逗笑了。

　　但想到早晨推开门时，他妈妈江婉瑜女士冷不丁看到他被吓了一跳的样子，郑蕤的嘴角自嘲地勾了勾。

　　亲妈不愿意看见自己，这种也算是挺可怜了吧？

　　他倒是还挺羡慕那种叛逆的少年跟家里因为一件外套或者一条秋裤，就吵得脸红脖子粗的烟火气。

　　啧，是因为下过雨？今天想法很偏激啊。

　　郑蕤叼着袋已经凉了的豆浆晃悠悠地走在校园里，今早看见胳膊上的印迹太兴奋了，比平时早来了半个小时，校园里已经有很多人了，他默默地感叹，果然是一中，原来大家都这么积极的，来得真是早。

　　就这么无聊地又走了两步，他听到身后一阵小跑的脚步声。

　　连七点都不到就有人为了早点去教室而开始跑了？这要是严主任知道了，那得多感动啊？没准儿秃顶上都能多长出几根新生毛发。

　　"郑蕤！"

　　郑蕤脚步一顿，有些意外地回过头去，看到于曈曈背着书包冲他跑来，有那么一瞬间，他有种被她的声音突然从某种淡淡的负面情绪里叫醒的感觉。

　　她今天穿得挺多，校服外面套了件粉色的外套，手里抱着一个装着淡棕色液体的玻璃瓶，背着书包，不知道是跑的还是被风吹的，脸颊粉红，额前的碎发被早晨的阳光染成了棕黄色。

柠檬糖

她仰着灿烂的笑脸,离他越来越近。

郑蕤突然就勾起了嘴角,含笑看着她背着小书包跑了过来,穿得像个粉色的小粽子。

于瞳瞳停在他面前,有点喘,缓了两秒才开口:"我从一进校门就看见你了,在后面叫了你半天,你也没听见,为了追你可累死我了。"

"为了追我?"郑蕤扬眉问。

于瞳瞳现在知道郑蕤是个优等生,但仍然没看出来这人的本质,也没反应过来两人的意思并不一样,老老实实地点头,还比画了一下:"是啊,追了你大半个操场了。"

她一边说一边打量郑蕤,对于自己一进校门就能发现郑蕤这件事,于瞳瞳也挺纳闷的,以前别说是隔着大半个操场了,刘峰说他在她面前走过去,她都埋头看《口袋英语》没发现呢。

今天也是巧了,进校门的时候于瞳瞳被手里灌了热梨汤的瓶子烫了一下,把梨汤换了个手,抬头随便一看,就看到了熟悉的身影,并且凭着一个背影就确定了是他。

她抱着玻璃瓶看了眼郑蕤身上的校服,突然觉得自己找到了原因,于瞳瞳蹙了蹙眉:"今天降温啦,你怎么没多穿件外套?"

郑蕤听了小姑娘那句话,脸上正带着淡淡的笑意,突然被问了一句,愣了愣。

怎么没多穿件外套?

郑蕤斟酌着这句话里的每一个字,随即觉得刚才走进校园里看到别人都穿了外套的那点微小的不悦全都消散了,眼睛里也跟

第六章 瘀痕

着染上了笑意，啧，也不是没人担心。

心情一好，郑蕤老毛病又犯了，心痒痒地又想逗人："我们学霸，深谙知识就是力量，用知识的力量武装自己，一点也不冷。"

不害臊就是你的力量，脸皮厚就是抗冻！所以你才一点都不冷！

于瞳瞳从小就乖，这话也只敢在心里想想，看着他半敞着的校服，拉链在肚子的位置垂着，光是看着都觉得冷空气透过薄薄的衣料往郑蕤身上钻。

她忍了忍，还是没忍住，也可能是从小跟着姥姥一起，被姥姥给耳濡目染的，于瞳瞳伸出手，一手拎着郑蕤的校服拉链，"嗖"的一下拉到了他脖子下面，边拉还边絮叨："穿得少还不拉严点，会着凉的。"

郑蕤被于瞳瞳的动作惹得一怔，这还是第一次有人帮他拉拉链，想起她当时觉得自己会交白卷的时候也是这么絮絮叨叨地叮嘱了一堆，那会儿他俩还不太熟呢。

他心口一暖，这种感觉大概叫感动吧？

于瞳瞳帮郑蕤拉了个拉链还觉得不够，想了想，把手里热乎乎的梨汤递了过去："这个给你喝吧，我姥姥煮的，还热着呢。"

大批量的感动汹涌而来，击中郑蕤。于瞳瞳今天太温暖了，像个暖宝宝，郑蕤觉得自己应该说点什么。

"这么想跟我共用水杯啊？"郑蕤说。

于瞳瞳把手里的梨汤塞进郑蕤怀里，转身就跑。

郑蕤接住她塞过来的温热的玻璃瓶，失笑地看了眼她匆匆跑

205

柠檬糖

了的背影，总觉得最近她格外容易慌乱。他抱着暖乎乎的梨汤回了教室，回味了一会儿于曈曈的一举一动，才从书包里抽出本习题开始刷题，肖寒什么时候来的他都没注意到，但桌子上的梨汤一被拿起来，郑蕤立刻掀起眼皮看了过去。

肖寒举着梨汤喜滋滋地问："哪儿买的啊？你要是不喝我喝了啊？今天风太凉了，大夏天的，这是什么鬼气温……"

话音一落，手里一空，肖寒眼睁睁地看着郑蕤拧开玻璃瓶盖，咕咚咕咚地直接把梨汤全喝了，不夸张地说，一滴都没剩。

肖寒不忿地给刘峰发了条信息：峰子，我跟你说，你知道吗！郑蕤他变了！他以前很宠我的！现在连梨汤都不给我喝了。还有，上次为了一颗水蜜桃味的糖，他还凶我，凶他朝夕相处的好兄弟。

刘峰今天一睁眼就看见他妈妈从自己衣柜里拿了件巨厚的外套出去了，那件外套，从买回来他就嫌弃得不行，样式老土就算了，里面还有一层毛，穿上就像个大狗熊似的。

去年就是，班里谁都没穿秋裤，他被逼着穿了，结果跟郭奇睿在操场上闹，摔了个跟头，裤子还破了个洞，郭奇睿从他裤子的洞里揪出他的紫色秋裤笑了他一天！

被恐惧支配的刘峰，为了逃避这件狗熊一样的厚外套，趁着家里人没注意，拎着书包就跑了，连早饭都没吃完，比平时早来了二十分钟，这会儿正坐在于曈曈身边猛赶作业。

于曈曈一路跑回教室，脱离了郑蕤的视线，关于郑蕤的事情

第六章 瘀痕

在脑海里逐渐清晰。

郑蕤笑起来时勾起弧度的嘴角。

郑蕤安慰她时温柔和煦的语气。

郑蕤那双深棕色的，漂亮的眸子。

郑蕤那张桀骜帅气的，被他掌心火光照亮的脸。

于曈曈把窗子打开，深深地吸了一口窗外的冰凉的空气，冷空气入肺，脑子这才清醒了些。她有点郁闷地想，不会吧，嫉妒已经让我逐渐扭曲了？光是看到这个人就反应这么大了吗？是因为嫉妒他的成绩怒火中烧吗？

想到郑蕤的成绩，于曈曈才真正地冷静下来，蝉联第一名是什么样的感觉她并不知道，万年老二的她第一次对第一名这个名次有了点跃跃欲试的期待。

她掏出练习题认认真真地复习起来，心里盘算着，如果下一次考试，问起郑蕤的成绩，那人要是欠揍地说"我们学霸都是第一名"之类的，自己好歹也要霸气地回敬他"我也是第一名啊"这样的话吧？

于曈曈穿着厚外套，沐浴在凉飕飕的小风里，背题背得很有动力，但这可苦了她身旁的刘峰。

刘峰穿着件单薄的校服外套，看了眼手机上的天气预报，36度的高温不见了，手机屏幕上明晃晃地写着，16度。

这让他突然很是怀念家里那件狗熊一样的厚外套，他幽幽地看了眼于曈曈身边敞开的窗子，他们早晨学习火力都这么旺的吗？吹着小风背题能更快？

柠檬糖

早晨对郑蕤嘘寒问暖的于瞳瞳，并没有注意到坐在她身旁赶作业的刘峰同学，也是只穿了一件校服，在五楼的穿堂风里瑟瑟发抖。

刘峰裹紧了校服，心想，快写，写完这题我就回自己座位！

手机在桌上振动了一下，刘峰看到肖寒的抱怨不厚道地笑了出来，他给肖寒回信息：知足吧兄弟，郑蕤起码没开着窗学习，我跟你说，于瞳瞳，今早不知道打了什么鸡血，正开着窗子吹风背题呢，这些人的心思你别猜，猜来猜去也不明白。

隔着一个操场的理（1）班里，肖寒也看着手机笑了，他觉得惨还是刘峰惨，刚准备拨电话过去慰问一下，手一顿，刘峰发来的信息里"于瞳瞳"三个字突然给了肖寒灵感。

他蓦地回头，一边拨电话一边盯着郑蕤桌上的玻璃空瓶，想了想，开口问："你这个梨汤，不会是于瞳瞳送的吧？"

这话说完肖寒就后悔了，他觉得自己不应该问这种问题。

果然，郑蕤并没有让肖寒失望，他瞥了肖寒一眼，斜靠着桌子，练习题往旁边一推，慢悠悠地拖着调子说："嗯，在操场上碰到了，她看我穿得少，帮我把衣服拉链拉上又给了我一瓶热梨汤。"

郑蕤想了想，又摆出一副挺无奈的样子，勾着嘴角道："她就喜欢瞎操心，没办法。"

说完还不够，郑蕤意犹未尽地在冰冷的空气里，装作不经意地把自己的校服袖子卷了起来，不高不低，正好露出了小臂上深红色的瘀痕，他轻轻叹气："喝完梨汤还挺热，她昨晚还生我的

第六章 瘢痕

气了。"

面无表情的肖寒："……"

电话那头的刘峰："……"

肖寒面无表情地看着郑蕤，目光落到他的小臂上，刘峰那边说了几句就嚷嚷着要赶作业，肖寒也要赶作业，但作为二人组，两人依依不舍地没有挂电话，开着免提，宛如失散多年的兄弟，不停地聊着。

刘峰还挺方便，前桌就是于曈曈，肖寒就苦了，赶作业得借别人的，他的同桌郑蕤同学，成绩的确是顶尖，但郑蕤的作业写得相当抽象，会的不写，有思路的画个辅助线，难题简写，一般人看都看不懂。

肖寒一边写一边随意地跟他的难兄难弟聊着："这天气说冷就冷，是不是寒潮，那个什么西伯利亚吹过来的大冷风？西伯利亚就那么冷吗？冷就不能自己冷还非得往我们这边吹？"

作为连天气预报都不看的理科生，肖寒其实不知道什么是寒潮，反正天冷了，他就随便找理由。

"对，我估计也是寒潮！"刘峰在那边赶着作业应和着，"寒潮！绝对是寒潮，昨天还热呢，今天冻成这样了！"

作为地理都没及格过的文科生，刘峰也不知道寒潮是什么，就跟着瞎说。

肖寒的手机放在课桌的左侧，跟郑蕤的桌子挨着，手机里突然传出来一个细细的女声："不算寒潮，寒潮最低气温要在五摄氏

柠檬糖

度以下的。"

安静刷题的郑蕤听到手机里的声音，抬起头，对着手机的方向勾了勾嘴角，淡笑着接了一句："懂得挺多啊。"

那边传来"啪"的一声脆响，像是笔掉在桌子上的声音，然后是窸窸窣窣的摩擦声，刘峰喊了几声听上去像是阻止，随后电话就被挂断了。

肖寒扭头，看到郑蕤笑着耸了耸肩跟他说："脸皮儿薄。"

我脸皮也薄啊，但谁要听！肖寒在心里咆哮着。

可肖寒的咆哮郑蕤听不到，这么冷的天气，郑蕤坚持把校服外套的袖子挽在小臂上方，露出半个隐隐约约的深红色瘀痕，显摆了一上午。

午休的时候郑蕤干脆把校服外套脱了，夹着篮球跟肖寒说："打球吗？"

高二下半学期起郑蕤就很少打球了，打篮球是个耗体力的运动，下午太容易犯困，影响听课效率。

今天突然想起打球，也没什么其他原因，就是总想露出胳膊给别人多看看。

午休时间，高三文（1）班昨天一群人还大汗淋漓地喝着冰可乐，今天就都缩着脖子装鹌鹑了，电扇也不开，你搦着我，我搦着你地挨在一起取暖。

张潇雅抱着一杯热奶茶趴在窗台边翻着手机里的照片，偷拍的照片里都是于瞳瞳和郑蕤同框的样子，张潇雅满意地一张一张

第六章 瘀痕

翻着,上午被历史地理政治语文一顿虐,她需要激励才行。

看着看着,她抬头往操场上一瞅,有两个神经病大冷天的穿个短袖就出来了?

还有点眼熟,张潇雅眯着眼睛仔细看,这不是郑蕤和肖寒吗?这是要去打篮球?

她警惕地往他们周围看了一眼,果然有别的女生装作不经意的样子偷瞄他们,张潇雅扭头看看座位上埋头背题的于瞳瞳,恨铁不成钢,清了清嗓子:"啊!隔壁班去打篮球了!"

刘峰和郭奇睿回过头:"二班?跟哪个班打啊?算了,跟哪个班打都是他们输。"

"什么二班,二班不配做我们的隔壁班,我们的隔壁班是对面理(1)班!"张潇雅非常不满地反驳着。

刘峰一言难尽地看了张潇雅一眼,隔着一整个操场,算什么隔壁?

张潇雅没管刘峰,她有点急地看了眼于瞳瞳纹丝未动的背影,又抬高了点声音:"啊!郑蕤!好帅啊!"

于瞳瞳终于动了,她慢慢回过头,看了眼张潇雅,幽幽地说:"潇雅,你小点声,我背题呢。"

行,我闭嘴了。

这简直就是没有感情的学习机器!

于瞳瞳的背挺得笔直,拿着笔瞪着一行字看了半天,那句话的意思也没看进脑子里,她没有展现出来的那样淡定,反而是从听到"理(1)班"这个字眼的时候就开始走神儿了。她甚至有点

柠檬糖

怀疑，如果自己是只猫，在刚才那个瞬间，她肯定竖起了耳朵。

于曈曈叹了口气，默默地开始背起文言文："六王毕，四海一，蜀山兀，阿房出，覆压三百余里，隔离天日……"

本来想靠着这样的方式把心思拉回到学习上，人家郑蕤虽然打篮球，但人家是年级第一。

我什么都干，但我是个好男孩儿。

扑哧，于曈曈被自己逗笑了，反应过来自己又在走神，赶紧接着背："骊山北构而西折，直走咸阳……"

但有的时候，事情就是这么不讲道理，怕什么来什么，于曈曈这边刚靠着《阿房宫赋》把脑子里的郑蕤挤出去一些，身后的刘峰突然挺激动地挪了下椅子，发出突兀的"刺啦——"声响。

比椅子挪动更加在耳畔怒刷存在感的，是刘峰说的话。

"郑蕤出名了！"刘峰说。

于曈曈的后背悄悄地僵了下，悄无声息地慢慢向着身后靠，靠在了自己的椅背上，听到刘峰跟郭奇睿说："升旗那天郑蕤的发言不知道被谁录了发出去了，三中那边连老师都看了，还在班里放给学生看，我三中的朋友发信息问我认不认识郑蕤呢，哈哈，让一让让一让，我要开始显摆了！"

郭奇睿淡淡地回应："啊，上午我初中同学就问我郑蕤的事了，我没理他，原来是因为那个发言啊。"

刘峰问："你同学也是三中的？几班的啊？"

"不是，我同学是二中的。"郭奇睿说。

两人就着这件事展开了讨论，于曈曈靠在椅背上偷偷听着。

第六章　瘀痕

越听越觉得嫉妒，郑蕤确实太优秀了，一中已经开始第一轮总复习了，正当所有高三生都绷着一根神经紧张着的时候，他依然是那副悠闲自在的样子，好像对什么都有把握似的。

是因为他太优秀了，所以自己才格外关注他的吧？于曈曈蹙着眉想。

球场上的郑蕤还不知道自己因为一个发言出名都出到外校去了，此刻，外校学生眼里的优秀学生，正花式展示着自己的打篮球技巧，抬手盖帽、伸手拦球、举臂投篮，一改往日慵懒的打法，各种犀利展示。

对面的一个男生跟郑蕤也算认识，笑着问："郑蕤今天打得很燃啊，一点活路都不给我们留了？这都二十二比八了，不打了不打了，心都碎了。"

一旁的肖寒喝了口水，冷笑，心说他哪是打得燃，这是给你展示呢！

郑蕤等了半天，那个男生也没问什么，他有点不太高兴，伸出手淡着脸拍了拍人家的肩膀，随口说："还行，天冷，多动动当热身了。"

那个男生一愣，郑蕤不喜欢跟不熟的人有肢体接触的事，他们这帮总打球的人都知道，怎么今天还拍上他的肩膀了？是因为自己太菜了所以安慰自己？

男生疑惑地看了眼郑蕤搭在自己肩膀上的手臂，目光落在某块暗红色上，突然怔了一下："郑蕤，你胳膊这是怎么了？刚才撞的？"

柠檬糖

肖寒站在旁边用拳头挡着嘴，偏过头偷笑，兄弟你可算是问到正题了！

郑蕤莞尔，非常嘚瑟："没什么，小猫弄的。"

朋友圈的照片做了模糊处理，没人会起疑，毕竟看不清。但真人站在这里，对着胳膊上明晃晃的瘀痕，说是猫弄的？

郑蕤某种想展示的心理得到了满足，挥了挥手，他准备回班里擦个黑板，给班里的同学也展示一下。

郑蕤和肖寒刚离开球场，那个男生手机就响了，男生接起电话纳闷地重复："什么？你想打听谁？郑蕤？"

"你怎么知道他？哦，优秀学生代表讲话啊，确实是他。我跟他？还行吧也不是特别熟？什么电话号码？没戏！"男生举着电话跟电话里的人一边说郑蕤，一边走远了。他不知道他这一通电话，内容迅速传开了，并且越传越离谱，外校好多人都突然知道了，郑蕤这个一中的优秀学生，心里有一个崇拜的女生！

晚上放学，张潇雅和于曈曈一起往校外走，张潇雅跃跃欲试地尝试跟于曈曈聊起郑蕤，但于曈曈相当不配合，要么不说话，要么装没听见。

最后于曈曈幽幽地看着她："潇雅，我不想提郑蕤。"

于曈曈真是不想提，上课时候还好，永远有听不完的知识点和做不完的习题，高三生想忙还不容易吗？但只要是到了下课，她哪怕放松大脑一分钟，也能想起郑蕤来。

于曈曈简直苦恼死了，她竟然有嫉妒的人了，但郑蕤是她的

第六章 瘀痕

朋友啊！她竟然嫉妒自己的朋友，而且郑蕤对她还那么温柔那么友好。

于曈曈觉得自己这样不行，不能嫉妒，嫉妒不好，就算他很优秀也不能嫉妒。

所以在她同桌眼睛发光第无数次想要提起郑蕤时，于曈曈义正词严地拒绝了，她不能让自己的嫉妒毁了两人友谊的小船。

于曈曈这番复杂的心理张潇雅不知道，她只听见了自己心碎的声音，完了，学霸之间出现了危机，有裂痕了！不然于曈曈为什么拒绝提起郑蕤？！

张潇雅正糟心着，手机接连不断地进来好几条微信，她划开一看，八百年不联系的小学同学给她发来了好几条语音。

张潇雅和于曈曈也没什么秘密，当着于曈曈的面就大大咧咧地点开了，语音里一个女声兴奋地说："潇雅！你们学校，那个叫郑蕤的可太帅了！我们老师都给我们放了他的发言，简直把我们班同学迷死了！

"你认识那个郑蕤吗？他人怎么样？你们一中的女生太幸福了！

"今天听说他有崇拜的女生了？也是你们学校的吗？长得好看吗？"

第七章

崇拜的人

于曈曈失眠了,凌晨三点还瞪着眼睛窝在被子里,也不是完全没睡着,写完各科卷子快到一点的时候倒是困得睁不开眼,但她刚睡下就做了个梦。

梦到郑蕤,还有一个看不清脸的女孩,站在理科楼西边的树林里,两人不知道在说什么。

就这么个简短的梦,于曈曈挣扎着从梦里惊醒后就再也睡不着了,像是沉睡了一万年似的,精神百倍,连记忆都变得格外好。

晚上放学时候张潇雅手机里那几段语音,逐字逐句,在脑海里清晰地回响着。

尤其是最后两条,全方位无死角地环绕在脑海。

"今天听说他有崇拜的女生了?也是你们学校的吗?长得好看吗?"

于曈曈"嗖"的一下从床上坐起来,夜里空气微凉,脱离了温暖的被窝,寒气顺着睡衣往皮肤里钻,胳膊上的汗毛都跟着竖起来了,她从床头上摸到了手机后迅速钻回被子里。

手机屏幽幽地照亮了被子里狭小的空间,于曈曈点开微信,盯着郑蕤的头像发呆,她也不知道自己这是在干什么,说不清地

第七章 崇拜的人

心烦意乱,胸口像是堵着一团什么似的,难受得都有点想哭了。

郑蕤的微信头像,是黑暗里冒着幽光的小火苗,很容易让人联想到那天在安全通道里的场景。

她点开郑蕤的对话框,漫无目的地翻着两人为数不多的聊天记录,看到郑蕤发的一个表情包,于曈曈百无聊赖,也点开了自己的表情包收藏。

之前收藏这些表情包的时候还觉得很有意思,这会儿滑着手机屏,一个一个看过去,于曈曈一点也笑不出来。

她叹了口气,手指一动,不小心点了一个发出去,看着两人的对话框里突然多了个表情包,于曈曈顿时吓出了一身冷汗。

还是个气鼓鼓的表情包,一个火柴人踩在另一个火柴人身上,把它踩得直吐血的那种。

于曈曈手忙脚乱地点了撤回,轻轻呼出一口气,但那种烦闷依然憋在胸腔里,难受得很。

于曈曈看了眼时间,已经快四点了,依然没有睡意。

手机在手里"嗡"的一声,于曈曈被吓了一跳,看着屏幕上郑蕤的名字她整个人都有点呆,感受着手心传来的振动愣了两秒才接起电话,小心翼翼地"喂"了一声。

郑蕤的声音,带着点刚睡醒的喑哑,慢悠悠地从听筒里传了出来:"发了什么,还撤回?"

还是那副嗓音,低低的、磁性的,在深夜里回荡在安静的被子里,于曈曈突然就很慌,慌得手都不知道放哪儿好。

见她没说话,对面的人轻笑了一声,那个轻笑的音节从听筒

柠檬糖

里响起，拍在她耳膜上，像是有根羽毛轻轻刮了一下她的耳朵。

于曈曈有些慌乱，沉默了一会儿，才开口，小声问："是我把你吵醒了吗？"

"本来睡得也没多熟。"郑蕤声音慵懒，笑着又问了一遍，"发了什么啊？"

于曈曈把手机举远了些，这个夜晚，被笼罩在被子里的小天地太安静了，静到电话那头郑蕤的呼吸好像近在耳畔，她下意识地用手按住了胸口，嗫嚅道："没什么，就是点错了，那……我挂了？"

"发错了？"郑蕤重复着，随后又压低了声音。

"没有！"于曈曈有点急，否认得非常干脆，也不管对面的人看不看得见，一边否认一边摇头。

郑蕤笑了："怎么这么晚还没睡呢？"

"你不也没睡！"于曈曈怼了他一句，又沉默了两秒，带着点犹豫低声说，"我……做了个梦。"

深夜总是让人意志薄弱，换了是白天她绝不会把这些话说出口，但这样寂静的夜晚，听着郑蕤的声音，她突然想把那个梦告诉他，反正也是个梦。

"我梦到你了，还有一个女生，你们在学校的树林里，不知道在说什么。"于曈曈蹙着眉回忆着那个短暂的、不愉快的梦，"但脸很模糊……"

说到这儿，她自己也迷茫了，她摇了摇头，暗笑自己傻，又说："大概就是这样的，然后我就醒了。"

第七章 崇拜的人

不但醒了,还很不高兴地失眠了。

电话那边的郑蕤没说话,沉默了片刻,突然问:"你怎么想的?"

这话从郑蕤嘴里问出来,意思是这件事要是真的发生了,她怎么想。

但于曈曈没理解,这会儿她闷在被子里,有点缺氧,还莫名总觉得郑蕤的声音让她很是慌乱,还以为郑蕤是问她,想了什么才能梦到这样的梦。

她迷迷糊糊地开口,脱口而出:"因为有人说你有崇拜的女生了。"

话一出口,于曈曈恨不得咬掉自己的舌头,心虚地沉默着,电话那边的郑蕤也没说话,静了一会儿,郑蕤问:"有人说?"

他这么问,听上去像是介意别人在背后议论他似的,于曈曈以为郑蕤是生气了,赶紧解释道:"外校的,张潇雅的小学同学……"

越想越觉得不开心,于曈曈小声嘀咕,又义正词严地叮嘱郑蕤:"这样不好。"

电话那边的人突然就笑了,愉悦的笑声从听筒里传出来,笑了好一会儿,又拖着调子懒洋洋地说:"哪来的?我都不知道。"

于曈曈愣了愣:"没有吗?"

"瞎传的你也信?外校的学生还说咱们校长是秃顶呢,秃顶的明明是严主任啊。"郑蕤说。

他是知道外校的事的,下午时候肖寒也跟他说了,这事还闹

柠檬糖

到严主任那儿去了。

原本郑蕤的发言被流传出去这件事,学校还挺高兴的,被打听到时,校领导都是一副"瞧见了吗,多么优秀的学生,我们学校的"的姿态,骄傲得很。

结果传着传着就变样了,严主任拉着脸问:"郑蕤,你怎么回事?"

郑蕤当时还挺纳闷,笑着问:"哪来的啊?"

严主任松了口气,郑蕤从来不说谎,逃课就是逃课,迟到就是迟到,所以他说没有,那就是没有。

"郑蕤啊,你那天的发言效果特别好,别的学校的老师都给自己学生放你的发言录像,高一新生也拿你这个学长当榜样,这几天高一新生军训,学校的意思是你早点来,在学校门口帮忙检查仪容仪表。"严主任说。

郑蕤当然明白严主任为什么要这么做,因此他只能答应了。

但他当时没想到这个事都传到于瞳瞳耳朵里去了,还大半夜地给他发了个气鼓鼓的表情包又撤回。

于瞳瞳听完郑蕤的话,想到严主任头顶上可怜的地中海,也笑了出来。

听到他的声音,也听到他的否认,于瞳瞳心里一下子就轻松了很多。

郑蕤说:"别人说什么都信?怎么那么笨呢。"

于瞳瞳挺不乐意:"你才笨呢。"

"行,我笨,困不困?"郑蕤问她。

第七章 崇拜的人

说起来也奇怪，原本一点睡意也没有，听郑蕤轻描淡写地说了这么几句话，突然就有点困了，于曈曈捂着嘴悄悄打了个哈欠，清澈的眸子立马染上了一层雾色，她小声问："那你呢，你困不困？"

郑蕤声音里带着笑意："看你了，你困了就睡觉，你要不困我就陪你聊一会儿呗。"

于曈曈这才后知后觉，食指和拇指捏了捏自己的鼻尖："现在有点困了，睡吗？"

"那睡吧。"郑蕤说。

于曈曈刚要道晚安，电话那边的人又说话了："你是不是忘了什么？"

她有点不解："什么？"

"我说了陪你啊，睡不着可以给我打电话，不用自己瞪着眼睛翻表情包玩。"郑蕤缓缓道。

他看到她发的那个表情包了！

于曈曈先是惊了一瞬，突然又反应过来他的前一句话，于曈曈的眸色温和起来，莞尔，对着电话说："晚安。"

"晚安，明天见。"郑蕤说。

于曈曈从被窝里钻出来，呼吸了两大口外面的新鲜空气，把手机放在床边，安稳地睡去，再也没做那些乱七八糟的梦，一觉睡到天光大亮，床头的闹钟响起。她闭着眼睛按掉了闹钟，睡眼蒙眬地坐了起来，昨天跟郑蕤的通话好像是一场梦，但那团堵在胸口的烦闷也随之消失了。

223

柠檬糖

于曈曈拿起手机,翻到通话记录,对着凌晨的那通电话发了会儿呆。

郑蕤昨晚说明早见,但实际上他们在校园里碰到的次数屈指可数,尤其是早晨,唯一的一次遇见就是昨天。

于曈曈走在上学的路上,心想,还明早见,骗子!

气温开始有所回升,也还是凉的,她仍然穿着昨天那件粉色的外套,今天没有带梨汤,早晨在家里喝了一杯热牛奶,现在身上还暖乎乎的。

也或许是因为今天凌晨的通话,她脚步都很轻快。

快到学校的时候,于曈曈抬头随意瞥了眼校门口,脚步顿了一下,一中门口检查仪容仪表的几个人里,有一道身影格外熟悉。

于曈曈眨了眨眼,看见郑蕤突然转过头来,对上她的目光,勾起嘴角笑了笑,指了指自己胳膊上的红袖标。

一中的政教处特别传统,出来检查都要戴个红袖标,这玩意儿被张潇雅吐槽了无数次了,说戴上又土又丑。

郑蕤校服外面套了一件黑色的棒球服外套,红袖标格外显眼,于曈曈盯着他胳膊上的红袖标看了两眼,有点纳闷,以前的红袖标是这样的吗?怎么郑蕤戴上不土也不丑。

反而,挺帅的?

在她胡思乱想的时候郑蕤已经走到了眼前,一本正经地问:"同学,胸卡戴了吗?"

正式开学之后每天都要把胸卡别在校服外套的领子上,于曈曈掀开自己的粉色厚外套,露出胸卡,悄悄地问:"你怎么突然进

第七章 崇拜的人

学生会了?"

郑蕤冲着她无奈耸肩,也小声说:"形象好,太帅了,被拉来义务劳动的呗。"

门口好多人看着,也不方便说话,两人就说了这么两句,相视一笑,于曈曈就背着书包进校园了。

她心情挺不错的,心里想着,原来他说的"明早见"是这个意思呀。

她想着想着,忍不住回头看了郑蕤一眼,转过头想了想,又回头看了一眼,再转过头还是没忍住,再次扭过头看着郑蕤的背影。

两个穿着军训服的高一新生正在学校里跑着,其中一个跑得有点猛,没注意到频频回头的于曈曈,迎面撞上了。

于曈曈没防备,被撞得后退了两步,幸亏那个男生拽了她一把,才没摔倒。

周世栩也没料到会撞到人,拉着于曈曈的胳膊把她扶稳,连忙道歉:"抱歉啊学姐,我跑得急了没看到你,你没事吧?"

于曈曈摇摇头:"没事没事,是我没注意。"

她此时的心思还在郑蕤那里,一想到自己光顾着回头看人才发生这事,于曈曈的脸颊有点发烫,也没发觉自己还被人拽着。

周世栩正想松开手,抬眼看到于曈曈微红的脸,一双明亮的眸子带着点弯弯的弧度,他愣了愣,松开手突然笑了:"学姐,我叫周世栩,世界的世,栩栩如生的栩,高一文(3)班的,你呢?"

柠檬糖

于曈曈看了他一眼:"高三文(1)班,于曈曈,刚才谢谢你。"

郑藐拿着根笔在记录板上写下两个没穿校服的学生名字后,回头往操场上找于曈曈的身影,粉色的外套很好找,但她身边拉着她胳膊的人是谁?

郑藐看着那个穿着军训服的男生,眯了眯眼睛。

安市的夏天就是这么反复无常,下一场雨就能气温骤降,但降得快升得也快,第二天中午学校小超市的冷藏柜里的饮料就开始供不应求了。

郑藐趴在二楼的护栏上,随手剥了颗柠檬糖丢进嘴里,再往操场上看时,看到从文科楼里跑出来的女生,手里抱着老大一摞卷子,看样子是准备往理科楼那边走的。

他扬眉笑了笑,挺巧啊,拿着糖纸的手往兜里一抄就要去找于曈曈。

郑藐这边刚抬起脚,操场边上军训的一个方阵就解散了,四散的新生里,一个穿着军训服的男生拎着帽子跑到了于曈曈身边,不知道说了什么,于曈曈先是摇了摇头,随后又笑了笑把手伸了过去。

穿军训服的男生把帽子递给于曈曈,接过她手里的卷子,两人一起往理科楼走去。

两人这番互动看上去比金属护栏折射的阳光都刺眼。

郑藐收回抬起的脚,皱着眉靠回到护栏上,"咔嘣"一声咬碎了嘴里的柠檬糖。

那个穿军训服的男生郑蕤见过，唇红齿白的，看他那一笑露出八颗大牙的样子，不就是早晨跟于瞳瞳在操场上说话的那个人吗？

郑蕤阴着脸在心里给人家的长相做出了评价，一旁的肖寒打量着郑蕤的脸色，默默挪开了一米距离，刚才他顺着郑蕤的目光看着于瞳瞳从文科楼里出来时，已经做好了郑蕤要抛弃自己而去的准备，没想到半路杀出个程咬金。

再看郑蕤的脸色，黑得跟锅底似的。

肖寒终于等来了一个幸灾乐祸的机会，不怕死地煽风点火："呦，那男生谁啊？无事献殷勤！"

郑蕤靠在护栏上嗤笑了一声。

"就他？"郑蕤漫不经心地说。

肖寒托着下巴回忆，语调愉快地说："小学弟长得不差。"

肖寒幸灾乐祸得太明显了，想装看不见都不行，说话语调扬得就差唱出来了，郑蕤懒得理他，垂眸看着操场上一堆一堆的军训服，轻轻"啧"了一声。

有一句话肖寒没说错，无事献殷勤。

满操场的新生被军训折磨得半死，不是坐着就是靠着，要么喝水，要么偷着玩手机，还有急着上厕所的，就这一个例外，上赶着找活儿干？

军训那么累，还帮忙搬卷子？

要是有活力怎么不趁着休息跑个八百米再来一百个仰卧起

柠檬糖

坐呢？

郑蕤拧开手里的冰可乐喝了两口，跟肖寒两个人慢慢往理科楼走。

走到理科三楼，郑蕤一路看着手机，没注意到什么异常，肖寒眼尖地看到教室门口的一个迷彩服影子，用胳膊肘捅了捅郑蕤。

郑蕤抬眸看过去，刚才那个跟于瞳瞳走在一起，还殷勤帮着拿卷子的小学弟，现在正站在高三理（1）班教室门口，扒着门往里张望呢。

看了一眼，郑蕤把目光重新放回手机上，表情淡淡的。

肖寒就不同了，肖寒属于那种看热闹不怕事大的，热情地拍了一下那个男生的肩膀："学弟，找人啊？"

穿着军训服的男生回过头来，露齿一笑，自然地说："我想找一下杜昭。"

杜昭是高三理（1）班的班长，为人和气，要是放在古代就是个文质彬彬的书生，跟谁都能聊到一块去，成绩还行，人缘是真的好。

要是往常肖寒也不多问，但今天不一样，他可太想看郑蕤吃瘪了，前段时间的对话还历历在目。

好想看他打脸怎么办！

肖寒扫了一眼教室："杜昭好像没在啊，要不我给他打个电话？你找他有事啊？"

"不用了学长，我其实……"穿军训服的男生笑了笑，稍微压低声音，"杜昭是我哥。"

第七章 崇拜的人

男生说着撇了撇嘴，摇头又说："管我管得太严了，不该来一中的。"

郑蕤拿着手机回自己座位上去了，没再听肖寒跟那个男生瞎扯，清静了不到五分钟，肖寒踩着上课铃回座位上来了，一脸八卦后的满足，拉着郑蕤给他分享信息。

"小学弟是杜昭表弟，叫周世栩，对面楼里的文科生，高一文（3）班的，跟于曈曈离得可挺近啊？

"你是没看他说话呢，特别自来熟，跟郭奇睿那种有什么事爱闷着的可不一样，和谁都挺亲切，跟杜昭有一拼啊！

"还有啊，学弟说话挺有意思，他那个跟谁都能聊的劲儿，也跟咱们班长似的。

"还有那双无辜的眼睛，杜昭好像也是那种眼睛？刚才说话的时候，那种眼皮子一耷拉的可怜样……"

郑蕤被他烦得不行，冷着脸睇了肖寒一眼："闭嘴。"

晚自习，于曈曈看着手机上的信息有点头疼，她同意加周世栩微信的时候真是没想到这个新生学弟这么多话。

早晨跟这个学弟撞了一下之后，这一天里总能遇见，也不知道是不是这届新生精力格外旺盛，她在自己班门口都能看见周世栩，人家说楼下的厕所太挤了，上来蹭个位置。

这倒是也没毛病，那么多新生军训，一楼的厕所可能是不够用。

但下午时，周世栩又来了，热心地要帮她拿卷子。于曈曈很

柠檬糖

少麻烦别人,尤其是还不熟的人,摇摇头拒绝了。

周世栩立马低头,一副为难的样子,闷闷开口:"学姐,我其实有点事情想跟你打听,但咱们又不熟,我不帮你做点什么,也不好意思开口问……"

于疃疃想了想,把手里的卷子递给他:"那你拿着吧。"

这段时间外校打听郑蕤的人挺多的,于疃疃其实是藏了私心的,她也不知道周世栩要打听的是什么,但心里想着,要是问起郑蕤来,她还能帮郑蕤辟辟谣。

"谢谢学姐给机会。"周世栩接过卷子,愉快地走在于疃疃身边,"学姐,文科要背的东西是不是特别多啊,会比理科难吗?"

不是打听郑蕤啊,于疃疃心里有点失望地想。

失望归失望,高一的新生,想打听一下文理科差别也是正常的,于疃疃应道:"这个看个人吧,我比较擅长文科,背的东西是比理科要多一些,除了背诵,还需要理解,算是以记忆和归纳为主吧。"

"理科的话,我是觉得需要逻辑思维更强一些,要推理的东西蛮多的,看你擅长哪种学习方式了。我有个朋友是学理科的,他就学得很轻松,成绩还不错。"

还是提到了郑蕤,于疃疃笑了起来,她没发觉自己说这话的时候,语气里带着点小小的骄傲。

周世栩偏过脸看着于疃疃弯弯的嘴角和眼睛,也跟着笑了。

笑完他也没忘继续寻着话题:"我也不太清楚自己是哪一种的,除了英语,其他的成绩都差不多,学姐……我能不能加一下

第七章 崇拜的人

你的微信?军训完我去看一下学习资料,想拍下来让你帮我参考一下。"

"等开学了老师们都会讲的,不同老师用的学习资料可能不太一样。"于曈曈委婉地说。

周世栩的眼角一耷,有些为难:"那就算了,确实是太麻烦你了,谢谢学姐,我就是有点迷茫,不知道要不要在军训之后转到理科班去,想提前看看两边的习题,也方便了解自己更擅长哪边。"

迷茫?

于曈曈也有过迷茫的时候,她又想起了郑蕤那天说的,我陪你。

想什么呢!意识到自己又走神了,于曈曈甩了甩头,掏出手机,松口:"那你扫我二维码吧。"

新生军训结束得早,周世栩从五点多就开始给她发微信了,拍了很多练习册的封面,还有教材辅助的工具书,虚心地请教她哪种比较好。

于曈曈上课的时候不看手机,下课给他回了一下,按照以前的记忆,告诉他自己高一用的是哪些资料,之后,周世栩回了个可爱的表情包,还发了条语音,声音愉快:"谢谢学姐!"

原本以为事情就这样结束了,没想到的是,快下晚自习的时候他又发来信息。

"学姐学姐,我买完资料书回教室自学了一些,地理有点难啊。

柠檬糖

"救救孩子吧！我在你们班门口，放学能不能帮我看一眼，谢谢学姐！"

还发了个可怜兮兮的表情包。

于瞳瞳挺无奈的，她皱了皱眉，往教室外面看去，果然在后门看到了个鬼鬼祟祟的影子。

郑蕤一下午都宛如冰山，周边充满了低气压，有两次都掏出手机想给于瞳瞳发点什么，又怕打扰她学习，忍了忍，又把手机放回口袋里，冷脸刷着题库。

一直到晚上放学，郑蕤把书包往肩上一挎，没理肖寒，第一个大步走出教室，准备去文科楼门口等等于瞳瞳，他勾着嘴角想，不如今天送她回家吧。

这么想着，他心情好了几分。

走到离文科楼还有二三米的地方，郑蕤一眼就看见了背着书包的于瞳瞳，但紧接着嘴角绷了起来，眉头皱成了一个疙瘩。

那个叫周世栩的男生为什么又在？

男生举着两本练习册，走在于瞳瞳身边，不知道说了些什么，露出一副挺可怜的样子，然后皱了皱鼻子。

女生静静地听着，露出点淡淡的无奈，指了指其中一本，轻轻摇了摇头。

她身边的男生恍然大悟似的拍了下脑门，对着她露出了一个灿烂的笑。

郑蕤两只手插在兜里，看着两人的互动，嗖嗖地冒着冷气，

第七章 崇拜的人

托肖寒的福,他一整个下午都时常听到周世栩的名字。

肖寒给出的评价是,这个学弟的长相、性格都挺不错的,听杜昭说,刚军训两天就很受欢迎。

他现在非常想问问她,今天凌晨在电话里义正词严地教育他的人是谁?

你还给学弟讲上题了,有这时间是不是能多做两道题!怕耽误你学习,一下午都没给你发一个标点符号!

郑蕤吸了口气,转身往校门外走,走到校门口的时候,好巧不巧,跟肖寒和杜昭碰见了。

肖寒这个无聊的家伙,一下午都在拽着杜昭聊人家的表弟,时刻准备看郑蕤吃瘪。

这会儿看见郑蕤冷着脸从文科楼那边过来,喜滋滋地迎了过去,明知故问:"心情不好啊?"

杜昭站在一旁,看见郑蕤的脸色,也好奇地问了一句:"怎么了这是?心情不好?"

郑蕤没理肖寒,但听到杜昭的话慢慢扭过头去,看着杜昭那双跟他表弟差不多的眼睛,淡淡地说:"没什么。"

这三个字从郑蕤嘴里说出来,仿佛带着冰碴,冻得肖寒一哆嗦。

杜昭茫然地看了眼郑蕤,脑袋上缓缓冒出个问号。

这一天下来,郑蕤早晨在校门口遇见于曈曈那点好心情被瞬间淹没,心情相当差,走进小区里时连喂猫都心不在焉的。

柠檬糖

悲喜没有办法相通，脚边的小家伙并没有感觉到喂它火腿的人今天有什么不同。

小胖猫没心没肺地用脑袋蹭着郑蕤修长冷白的手指，黏糊糊地叫着，他低头，看着小猫瞪着眼睛的样子，脑海里浮现的是某个人的脸庞。

顺带的，也想起了今天频频出现在她身旁的，某个耷拉眼角的人。

郑蕤没什么情绪地勾了勾嘴角，用手指点了点小胖猫的额头，指桑骂槐："小没良心的。"

小胖猫突然被戳了额头，非常不满地仰着脖子反驳："喵！"

啧，也是个小没良心的！

喂过猫，郑蕤拎着钥匙进了电梯，往电梯间里一靠，闭了闭眼。

有点想打个电话给于瞳瞳，随便说几句什么都好，但他又怕自己说错话，而且她也没做错什么，正常交朋友而已，不合适。

郑蕤抬手揉了揉眉心，轻轻叹了口气，电梯门"叮"的一声打开了，他刚走了几步，突然顿住了。

站在自己家门外，郑蕤能清晰地听见里面的一声女人的嘶吼，还有什么东西被摔碎的声音。

大概是玄关的花瓶吧，这次又会被换成什么样子的呢？

屋漏偏逢连夜雨，郑蕤早就发现江婉瑜最近的情绪格外差，但他没想到会在今天突然爆发，他掏出钥匙迅速打开房门。

推开门的瞬间，他看见江婉瑜像一头暴怒的母狮，站在

第七章 崇拜的人

一片狼藉的客厅里,对着电话大喊:"郑启铭你休想!我不会让你——"

声音戛然而止,江婉瑜在看见郑蕤的那一瞬间愣住了,也不顾电话那边的人说了什么,匆忙地挂了电话,随便抹了两把脸上的泪痕,声音里带着慌乱:"蕤蕤,你,你今天回来得还挺早。"

郑蕤皱着眉,看着江婉瑜的脸,他的妈妈很美,留着短发,工作起来又强势又干练,是个女强人。

女强人都不喜欢示弱,哪怕自己满脸泪痕,她也试图在自己的儿子面前假装坚强,甚至在短短的几秒里脸上还露出了一个淡淡的笑,仿佛满地的碎片和刚才的哭喊都不存在。

郑蕤平静地走了过去,拉着江婉瑜从一地的碎片里走出来,淡淡地问:"什么时候的事?"

他听到她说"郑启铭你休想",这个血缘上是他父亲的男人想干什么?从什么时候开始联系江婉瑜的?为什么会重新出现在他们的生活里?

郑蕤有很多疑问,但江婉瑜从来没想过要跟他说这些事。

江婉瑜坐在沙发里,跟刚才失态的她好像不是一个人一样,也是一脸平静,腰背挺直,一个标准的谈判坐姿,她避重就轻地说:"我能解决,你不用管,高三很辛苦,你管好自己就行了。"

这些话郑蕤从小到大不知道反反复复听了多少遍,如果他今天没有心情不好,如果他没有出了校门直接打车回来,如果他还是跟往常一样不紧不慢地回家,郑蕤也许不会撞到这个场景,也许他用钥匙打开家门的那一瞬间,看到的会是一尘不染的客厅,

柠檬糖

玄关的花瓶也会换成新的。顶多是隔几天，他弯腰捡什么东西的时候，在某个角落里，发现碎片。

这样郑蕤也不会撞破母亲江婉瑜坚强的假象。

但偏偏他今天回来得早，郑蕤不动声色地扫了眼地上的碎片，最后把目光落在江婉瑜泪痕已干的脸上，装作看不到她迅速避开的目光，开口叫了声："妈。"

江婉瑜抖了抖，缓缓回过头，看着郑蕤那张跟前夫郑启铭几乎一个模子刻出来的脸，声音里带着点疲惫："我能调整好自己的。"

郑蕤呼了口气，压着火气问："你确定你能调整好吗？十七年了。"

江婉瑜愣了愣，这是郑蕤第一次反问她。在这之前，她从来没想过自己的儿子早就知道自己的状态不对，甚至可能很小的时候就知道了。

江婉瑜张了张嘴，但不知道说些什么好。

她对郑蕤的感情一直很复杂，她怎么可能对自己的儿子没有感情，只是哪怕郑蕤从小都没见过那个人，也还是跟那个人太像了，长相和性格都很像，这是无法改变的基因。

就像是在提醒她，江婉瑜，你曾经瞎了眼，爱过一个人渣。

这也是为什么郑蕤越大，她越不敢直视他的原因。

郑蕤沉默地看着自己母亲张了张嘴，眼里闪过很多复杂的情绪，但终究是没开口。

他自嘲地勾了勾嘴角，他时常会怀疑，自己的妈妈到底爱不

第七章 崇拜的人

爱自己。

他的妈妈是个骄傲的女人,但这些骄傲可能早在他出生之前就被现实打碎了,现在有的只是逞强,还有一些类似于创伤过后的心理问题。这些都被她压在心底,郑蕤只能在找到沙发底下或者毛毯里藏着的碎片或者家里突然被换掉的东西的时候,推测出自己母亲的状态。

因为不能问,问了就会得到"我没事""我能解决""你不用管""我能处理好"的回答。

失恋和背叛,能把人毁到什么程度呢?

看十七年都没走出阴影的江婉瑜就知道了。

江婉瑜算是个富二代,家里宠着,虽然高考失利,但还是考了一所不错的大学,那时候她被花言巧语蒙蔽了双眼,哪怕进了大学,也觉得没有什么能比郑启铭更重要。

这场恋爱一直持续到大学毕业,奉子成婚。

结婚半年,临近郑蕤出生,一段视频被发到江婉瑜手机上。

视频里的一对男女挑战着江婉瑜的自尊和高傲,男人似乎不知道有摄像头,女人频频对着摄像头发出挑衅的目光,然后娇笑着倒进男人怀里。

男人是郑蕤的父亲郑启铭,女人是他从大学起就劈腿的第三者。

视频最后两人还有一段对话,女人问,你什么时候才能离婚?

郑启铭一笑,我都是把她想成你的,再等等吧,等她愿意把

柠檬糖

她爸的公司完全交给我管的时候就离。

一个小时零三十二分钟的视频,挺着大肚子的江婉瑜咬牙看完了全程,然后颤抖着打了急救电话,生死搏斗,早产生下了郑蕤。

江婉瑜看着郑蕤,声音有些不易察觉的哽咽,但还是强稳着情绪,把即将夺眶而出的眼泪忍了回去,她指尖微颤,克制着自己想摔东西的情绪:"我叫阿姨来收拾。"

差一点点,郑蕤看着江婉瑜,他觉得妈妈有那么一瞬间,是想要跟他倾诉的。

也许是身为母亲的尊严,也许是仍然不愿意面对的执念,最终她还是没把话说出口。

已经有进步了,郑蕤点头,像是刚才的一切都没发生过一样,淡笑着说:"大晚上的,别折腾阿姨了,我来吧,收拾完还有作业要做。"

其实他跟江婉瑜很像,都不善于说出自己的苦衷,哪怕他特别想要开口问一问——

妈,你爱我吗?

于曈曈把手机设置了静音,十分钟前周世栩又发来信息,找她问地理的一个小知识点,她蹙眉看了一会儿,非常严肃地发了条语音过去——

"抱歉学弟,我也有作业要做,你可以自己多看看吗?或者在开学之后问你的老师。"

第七章 崇拜的人

这是于疃疃第一次这么不留情面地拒绝人,周世栩发了句"那就不打扰学姐了"和一个可爱的表情包过来。

于疃疃看了一眼,手机静音,摊开卷子开始做习题。

只不过这个习题做得并不是很专注,她脑海中又浮现起放学时在文科楼楼下看到的那个身影。

操场上只有教室的窗子里映出来的昏暗灯光,那是一个背对着她的高高的身影,走得很快,甚至没等她看清,人影就淹没在放学大军里了。

虽然于疃疃没看清,但那个手插在兜里走路的姿势,吊儿郎当单肩挎着书包的样子,真的很像是郑蘅。

可如果是郑蘅的话,他为什么会在文科楼楼下呢?

还走得那么快。

于疃疃也不知道自己是怎么想的,居然从那个模糊不清的背影和两脚生风的步伐里,看到了浓浓的戾气。

又走神了啊,于疃疃抬起手拍了拍自己的脑门儿,强逼着自己重新投入到习题里去。

高三生最不缺的就是习题,每天都有一堆做不完的卷子和练习册,这么一学,就学到了夜里十二点半。

于疃疃把最后一道大题写完,满意地看了眼时间,今天做题的速度还是挺快的。

把桌上的卷子和习题都收进书包里,于疃疃拿起手机,点进朋友圈随手刷新了一下。

朋友圈里突然冒出了郑蘅的头像,动态显示,他是十分钟前

239

柠檬糖

才发布的。

没有配文,只有一张图片,是他家小区里的那只小胖猫。

于曈曈盯着照片看了两秒,这不是今天的照片,而是他们去郑蕤家玩的那天的,因为她在小胖猫的身后,眼尖地看到了一小块鞋子的边缘。

那是她的鞋子,薄荷色的帆布鞋。

于曈曈自己很少发朋友圈,她会发朋友圈的原因只有两个,一个是有了开心的事情想要分享。另一个,是因为孤单。

就像于曈曈初中的时候听到那个阿姨和妈妈的聊天,她听到妈妈说,自己的出生是为了代替小舅舅。

那天她整个人慌得不行,最后在相册里选了一张随手拍下的天空,发到了朋友圈里。

郑蕤看上去跟她不一样,他有很多朋友,站在台上对着全校师生侃侃而谈的样子,一点也不像是一个会觉得自己孤单的人。

但万一呢?万一郑蕤真的不开心呢?

于曈曈蓦地想到那天郑蕤顺路跟她一起回来,在进屋很久之后,她惊讶地从窗子里看到郑蕤还在自己家楼下站着。

明明是个嚣张桀骜的少年,那天他的眼神里却带着淡淡的孤单。

这次,轮到我来陪你了。

无论发生什么事,你不要孤单地睡不着,我来陪你,就像你每次陪着我一样。

于曈曈这样想着,点开了郑蕤的对话框,她这次没有犹豫,

第七章 崇拜的人

在对话框里打字:"郑蕤,醒醒。"

然后她带着点紧张地点了发送键。

郑蕤倚在床上,手背搭在眉眼间,假寐着。

半梦半醒间,他感觉自己像是被一层又一层的海水淹没,整个人都向着没有光也没有声音的黑暗深渊里渐渐沉去。

他好像看见了已经去世了几年的姥姥,老人家依旧慈祥,连眼角的褶皱里都带着温柔,她笑着说:"小蕤,别怪你妈妈,她这一步走错,能不能站起来,全都依仗着你啊。"

那我呢,我该去依仗着谁?

我又做错了什么才没有欢声笑语的家?

我又做错了什么妈妈连跟我对视都不肯?

我又做错了什么要每天都面对着空旷的房子?

他没问出来,沉默着看着姥姥的脸渐渐消失,一片黑暗里再也没有一丝光亮,连慈祥的姥姥也走了。

"嗡——"

郑蕤猛地睁开眼睛,从梦里惊醒,顺着声源摸到了他胡乱丢在桌子上的手机。

卧室里没开灯,手机屏上的光晃得他眯起了眼睛,稍微适应了两秒,才看见屏幕上的内容。

小太阳:郑蕤,醒醒。

郑蕤盯着屏幕上的字足足看了十几秒,失笑,手指动了动,拨了个电话出去,想听她说话,随便听什么都好。

柠檬糖

小姑娘软软的、带着点甜的声音从手机里传了出来,小心翼翼地"喂"了一声。

真是个小太阳啊。

那片黑暗不见了,照进一束明亮的、温暖的光。

郑蕤从床上支起身子,垂眸看着自己用夜光笔在自己手心里画的,一个小小的蓝色的太阳,轻笑着,嗓子里带着点喑哑:"怎么了?"

那边的女生似乎支吾了一下,然后语气轻快地问:"想问问你,要不要听一个鬼故事再睡觉,还想问问你,上次给你的水蜜桃味道的糖是不是比柠檬味道的甜?"

郑蕤愣了愣,不知道女生是不是真的有第六感这种东西,很明显,小姑娘敏感地感觉到了他的某些情绪,想要不着痕迹地转移话题,就像每次他哄她一样。

眼底的沉寂终于染上了笑意,郑蕤压低声音,慢慢道:"哪个都不甜。"

高三是真的紧张,晚上有成堆的作业,做完了睡个觉的工夫,一睁眼,紧张的一天又来了。

然后又是数学、语文、英语,史地政或者理化生的死循环。

才刚早自习,高三文(1)班已经充斥着低沉的气氛,郭奇睿趴在桌子上半合着眼,一脸困倦。

班主任侯勇一进教室,看到的就是这样一个死气沉沉的教室,他拎着黑板擦在讲台上拍了几下,一片粉尘,下面的学生麻木地

第七章 崇拜的人

抬起头，面无表情地等着侯勇宣布他要说的话。

无非两种主题，"下周考试"或者"心灵鸡汤"。

毫无惊喜，没什么可期待的。

结果侯勇站在粉尘里露出一抹意味深长的笑，神秘兮兮地扫视着班里趴在桌上的学生们，迟迟没开口。

有敏感的同学察觉到了班主任今天的状态不大一样，疑惑地抬起眼看向讲台。

好奇的刘峰看着侯勇眼角舒展开的皱纹，兴奋地搓着小手，眼睛放光，小声说："狗睿，你说老侯这个表情是什么意思？是不是有什么好消息要告诉咱们？！"

郭奇睿已经被他桌上的练习题摧残得只剩下半条命，听了刘峰的话幽幽转头："你用你脑子里的铅球想想，可能吗？"

"不可能。"张潇雅靠着椅背，偏过头压低声音替刘峰抢答。

郭奇睿"哼"了一声："老侯上次露出这种表情，然后告诉我们省里的专家出了套新的押题试卷，发了一堆卷子。"

张潇雅紧随其后，怨念着说："我就请了一天假，回来时我的桌面上好像下雪了似的，白花花的一片，都是卷子。"

于曈曈也笑着说了一句："上上次老侯这么笑，是说校领导找来了省重点的考题，安排咱们第二天就考试来着。"

她现在跟这几个人关系越来越近了，不复习的时候也会主动聊几句，四人小团体终于不只是靠刘峰和郭奇睿来维持友谊了。

听了这三个人的分析，刘峰眼里好奇的光瞬间灭了，蔫蔫地趴回桌上，长叹："唉。高三算是没有一点课外活动了，秋季运动

柠檬糖

会也没咱们什么事了,无聊啊……"

刘峰这句拖着长调的"无聊啊"还没说完,站在讲台上的侯勇突然开口:"你们这个状态,我很担心啊。"

又是心灵鸡汤的气息,仅有的几个好奇的同学也趴回了桌上。

"学校说,高三要是有精力,让咱们也参加中秋晚会放松一下,我看你们状态都挺差的,那我还是回绝校长吧,别跟着折腾了,在班里上自习吧。"侯勇故作为难地说。

班里静了几秒,反应过来他话里的意思,所有学生齐刷刷地把头抬了起来,极力摇头否认。

"不不不,我们状态好得很!"

"精力相当充沛!"

"老师我们可以,要不我们给你劈个叉证明一下!"

刘峰眼里的光重新亮了起来,被突如其来的幸福砸得晕头转向,喃喃自语:"我不会是听错了吧?中秋晚会啊……中秋晚会在什么时候,端午节吗?"

郭奇睿嫌弃地看了他一眼。

看着学生兴冲冲地讨论着,脸上的神采一改刚才的消沉,侯勇心里也开心,毕竟高三压力这么大,每天都要高强度地复习,周末又只休息半天,学校能松口让高三参加中秋晚会,确实难得。

趁着学生越讨论越兴奋,侯勇笑眯眯地拍了拍手:"先别高兴太早啊,我还没说完呢,中秋之前还有个考试,用的是三中老师出的题,这回是联考,严主任说了,比三中考得好,才能参加中秋晚会。"

第七章 崇拜的人

"没问题,不就是三中吗!"

"咱们一中还考不过三中了?"

"小胖,你可争点气啊,这次数学千万要及格啊,别拖后腿!"

"必须的,让三中看看,为啥他们叫三中!"

……

侯勇对他们这个状态挺满意,笑着开口:"这可是你们说的啊,到时候考不过……"

"考不过我们就集体跪在键盘上唱《嘴巴嘟嘟》!"班里的学生异口同声地喊道。

当然,兴奋的不只是文(1)班,高三的班主任们也都憋不住,老早就把消息放出来了,文科东楼所有的高三班级都兴致勃勃地讨论着这件事,早自习结束之后,中秋晚会这个话题,几乎占据了每一个课间。

刘峰兴奋得手舞足蹈,跟肖寒发着信息:"周日下午不去玩了,咱们去郑蕤家学习吧!我这次历史必须及格!"

发完信息一扭头,刘峰脸上的笑容僵住了,飞快地在对话框里打着小报告:"那个小学弟又来了!"

"于曈曈,有人找。"坐在门口的女生叫了一声,顺便递给于曈曈一个眼神。

于曈曈听见叫声叹了口气,放下手里的笔,回头看见了站在后门边上的周世栩。周世栩扬着一脸灿烂的笑:"学姐,我去楼上高三老师办公室帮忙送东西,正好路过。"

柠檬糖

他总有理由找于曈曈，连于曈曈这种迟钝的生物，都觉得有点不对劲儿。

小姑娘不会圆滑那一套，想做什么不想做什么都明明白白地写在脸上，看见周世栩先是蹙了下眉，然后淡淡开口："有事吗？"

刘峰这边正愤愤不平呢，举着手机鬼鬼祟祟地徘徊在门边偷听，正好听见于曈曈绷着脸说话，赶紧用手机挡着脸，偏过头去"噗"的一声乐了出来。

这句话真是得他们郑蕤真传，要多不耐烦有多不耐烦。

周世栩像是没看到于曈曈的态度似的，饮料往她手里一塞，垂着眼小声说："给学姐买的。"说完也不等回答，笑了笑就跑了。

于曈曈在认识郑蕤前，连话都很少跟班里的同学说，更别说是外班的了，还是个高一的学弟。

但人都跑没影了，她只能拿着饮料蹙着眉回到座位，点开微信把钱转给了周世栩，附加了一句："谢谢你，下次不用麻烦了，我自己会买。"

她其实不太喜欢周世栩管她叫学姐，说不出来地别扭。

周围的人叫她什么的都有，她的外号也很多，但她都不反感，可是周世栩这声学姐，她就非常抵触。

刘峰这边尽职尽责地用文字直播着那个小学弟的事，肖寒看着手机里的信息，憋了一肚子坏水儿，用余光扫了眼正在刷题的郑蕤，清了清嗓子，按着语音说："什么？那个小学弟又去你们班了？还给于曈曈送饮料了？"

第七章 崇拜的人

郑蕤笔尖一顿，缓缓抬起头，掀起眼皮扫了眼肖寒。

肖寒脸上的笑顿时消失，一副"怎么回事，发生了什么"的茫然又无害的样子，其实心里乐疯了。

有生之年我还能看见郑蕤这副表情，值了！

郑蕤扫了他一眼，低下头继续在草稿纸上唰唰地写着解题过程，淡淡地叫了他一声："肖寒。"

肖寒一脸的幸灾乐祸还没来得及收起来，就听见郑蕤问："有意思吗？"

郑蕤还是那副头都不抬的样子，说话间已经解决了一道大题，开始看下一题的题干了，没什么情绪地勾着嘴角。

肖寒压下满脸的幸灾乐祸，认真分析了一下，突然从损友变成老妈子了，苦口婆心道："你是真嘴硬。"

肖寒说了半天，一抬头，郑蕤像是没听见似的，就闷头做题，也就两分钟的时间，又做完了一道。

郑蕤连着做完三道题，偏过头对上肖寒，扬眉"哦"了一声："谁告诉你的？"

肖寒心说：我差点就信了，那天晚上你拉着脸把人家班长杜昭吓得走路都同手同脚了，以为得罪你了呢？

郑蕤没理会肖寒，把笔往桌上一放，莞尔道："你那个心心念念的小学弟，快把自己作死了。"

"什么玩意儿就我心心念念？"肖寒反驳着，突然发现自己放错了重点，追问了一句，"快把自己作死了？"

"啊。"郑蕤漫不经心地伸了个懒腰，"欲速则不达。"

柠檬糖

肖寒有点不明白，茫然地看着郑蕤："是不是于瞳瞳跟你说什么了？"

郑蕤一笑："那倒没有，我们没聊过这事。"

这一笑带着强势和自信，透露出的信息是：不需要问，不需要聊，不足为惧。

肖寒心想，你就嘚瑟吧，等哪天翻船了，就不美了。

郑蕤白天在肖寒面前十分淡定，晚上放学在校门口遇上于瞳瞳时，他看着被她放在书包侧面的那瓶饮料，眸色一沉。

她从来不喝汽水，非要是碳酸饮料的话，苹果口味的倒是看见她买过几次，但大多数时候都是果汁和奶茶。

所以这汽水，大概率是那个耷拉眼角的学弟买的。

郑蕤一手插在兜里，慢悠悠地晃到小姑娘身边，轻轻俯身，低声说："好巧啊。"

没注意到郑蕤靠近的于瞳瞳被吓了一跳，小声惊呼了一下，蹦出半米远，惊魂未定地转过头，看到郑蕤才松了口气："是你啊，吓死我了，你怎么在这儿？"

第一个出教室，又在校门口晃悠了好几分钟才终于等到她的郑蕤，大言不惭地开口："我怎么在这儿？缘分呗，一不小心就碰见了，你说巧不巧？"

于瞳瞳看着他嘴角的弧度，不自然地用手指搓了搓自己的左耳，总觉得他的话还萦绕在耳畔。

郑蕤冲着她身后扬了扬下巴："汽水？"

"啊？"于瞳瞳早都忘了自己还背着一瓶汽水，听郑蕤问到才

第七章　崇拜的人

想起来,反手向身后的书包摸去,"你喝吗?"

郑蕤快她一步,伸手拎着瓶盖把汽水拿了出来,看了一眼,放到她眼前晃了晃,飞快地说:"过期的,别喝了。"

说完他一抬手,瓶子飞出一道弧度,"咚"的一声落进了于曈曈身后的垃圾桶里。

高三教学楼里,从开学伊始沉寂了一周,终于多了些开心事,中秋晚会的话题在各个课间经久不衰,在这两天里不断被提起,又以这个源头为引子,引起了不少其他的话题。

生活就是不能太一成不变,卷子其实没少,反而因为下周要考试还多了些,但有了中秋晚会的事情,课代表发卷子时都能多收到几句"又发卷子了"这样笑着的假意抱怨。

张潇雅捋顺着手里的一沓新卷子,倒是比以往安静了不少,不止安静,还一脸愁容,在草稿纸上忧郁地写着"哀莫大于心死"。

于曈曈的手机就放在桌子的右上角,一半屏幕被压在卷子底下,一半屏幕露着,静了音的手机在午休的时候亮了几下,但沉浸在题海里的于曈曈没注意。

张潇雅看得真真切切,包括上面显示的名字"周世栩"她都看得清楚,情不自禁地叹了口气。

张潇雅前两天感冒请假体温蹿到了39度,当时她拍了个体温计,发了朋友圈之后,没有得到同桌的亲切安慰,反而被后桌两个男生惊讶地夸了一波。

柠檬糖

张潇雅当时头上贴着退烧贴,咬牙切齿,生活不易,且行且珍惜啊!

桌上的于曈曈的手机屏又亮了,这次不是亮五秒就灭掉,而是亮了一会儿,张潇雅看到上面来电的名字,有点不情愿地碰了碰于曈曈的胳膊:"曈曈,你好像来电话了。"

"嗯……"于曈曈嘴上应着,但手里的笔没停,明显思绪还沉浸在习题里,写完了手里的这句话,才放下笔慢悠悠地去拿手机。

电话已经自动挂断了,于曈曈看着未接来电上的名字有点愣神,正准备装看不见,电话又打进来了。

于曈曈叹气,接起电话,声音淡淡,不冷不热:"喂?"

高中的少年,冲动且自信,很少有郑蕤这种的。

郑蕤也自信,但自信得成熟,尤其是在于曈曈的事情上,他并不自私,很多时候考虑的都是这样做或者这样说,她会不会高兴。

周世栩就不一样了,到底是学弟,哪怕看着和和气气的,也是个从小被家里惯出一些少爷脾气的纨绔子弟,所以什么都由着自己的喜好来。

哪怕不是青春年少,成年人都很容易有这种误区,觉得自己热爱的东西就是最好的,反正我觉得是最好的,我已经把我最好的送给你了。

固执又单纯。

周世栩就是这样的人,固执单纯、冲动热烈,但耐心耗得也

第七章 崇拜的人

快,眼看着一周下来了,于瞳瞳反而更疏远,他开始心急,觉得那不如就说开了吧。

这么想着,就打了个电话约于瞳瞳天台见了。

周世栩靠在天台的护栏上,眼睛盯着楼梯口,于瞳瞳慢慢推开门的同时,他也挂上了一脸灿烂的笑,高兴地挥手:"学姐,这边!"

周世栩对于瞳瞳今天的表情也比较敏感,看见她一上来就眉心微拢,周世栩抬手挠了挠头:"打扰学姐午休了吗?"

于瞳瞳这才回过神,稍微有点不好意思,笑了笑:"没有,刚才听你电话里挺急的,有什么事吗?"

周世栩张了张嘴,略显无奈,他都不知道说什么好了。

周世栩这边揣测着要怎么跟她开口,于瞳瞳又开始走神了。

今天阳光很好,把天台的护栏都烤得暖洋洋的。

于瞳瞳趴在护栏上,她看着操场上三三两两的人,心不在焉。

她站在正午的暖阳下,被操场上的阳光晃得微微眯着眼睛。

"学姐,我崇拜你。"周世栩酝酿了一会儿,才缓缓开口,然后紧张地盯着身旁趴在护栏上的人。

于瞳瞳从上了天台就像游魂一样,不知道在想些什么,原本周世栩是想着先随便聊聊,然后再说出口的。

但看于瞳瞳趴在护栏上,安安静静的,他总觉得这会儿说什么可能她也听不进去,摸不准她是不耐烦跟他待在这儿,还是也有点紧张,这种钝刀子慢慢磨的感觉太难受了。

索性就直奔主题吧。

251

柠檬糖

说完他就看见于曈曈迷茫地回过头来，好像没在听，眼神放空地往他的方向看了一眼，嘀咕着："你说什么？"

周世栩也是第一次听到这么奇葩的回复，那点紧张都没了，差点气笑，不得不重复。

"崇拜？"

对了，是崇拜吧？

一直以来对郑蕤的那种情绪，都是崇拜吧？

于曈曈突然就笑了，垂眸自言自语："原来是这样啊？"

一旁的周世栩瞬间就升起了一股不怎么好的预感，问："学姐，你听没听见我说的是什么啊？"

"啊？"于曈曈这才意识到自己身旁还有人，对上周世栩认真的目光，仔细回忆了一下，"你说你崇拜我？"

说完才意识到这句话是什么意思，于曈曈觉得这件事，简直能算是她"人生最尴尬榜"里的榜首了，只能脸上僵着笑，看着周世栩。

周世栩其实也尴尬，他心里有最差的打算，但没想到生活处处有惊喜，人家走神了。

周世栩瞧了眼自己脚上的新鞋，还是特意穿的，小心地护了一上午怕别人踩到，现在白是挺白，阳光下都有点晃眼了，可人家瞧都没瞧一眼。

他的眼角立马就耷拉下来了，幽幽地问："学姐，你刚才想什么呢？"

于曈曈也是个老实人，大实话张口就来："我刚才突然发现自

第七章 崇拜的人

己有崇拜的人了……"

说完对上周世栩幽怨的眼神，又默默补了一刀，小声嘀咕："就是今天才想明白……就有点走神……"

周世栩捂着胸口欲哭无泪，指着自己鼻子问："学姐！你这也太扎心了吧！"

于瞳瞳也觉得自己过分了，但又没处理过这种状况，只能小声说："那我不是也告诉你了。"

周世栩跟个泄了气的皮球似的，也往栏杆上一趴，叹着气："你别说话了，我感觉你再说一句，我可能都想从这儿跳下去了。"

于瞳瞳闭嘴了，实际上以她现在的智商也确实不适合再说话了。她现在心态非常爆炸，360度无死角式爆炸，残酷点说，她只能感受到自己心里的小鹿胡乱撞，扑通扑通跳个不停。

时时刻刻提醒着她，于瞳瞳你有崇拜的人啦，是郑蕤哦。

"你说，我要是拿这个东西看一眼太阳，会怎么样？"肖寒手里摆弄着个小型望远镜，兴冲冲地问郑蕤。

郑蕤靠在小超市的护栏边勾了勾嘴角，淡淡地说："那我应该能闻到一股烧焦了的眼球味儿。"

"你好像个变态！"肖寒拿着望远镜嚷嚷着。

郑蕤一扬眉："是吗？我不是在说事实吗？"

肖寒当然也知道望远镜看太阳危险，对着阳光能把卫生纸点燃，谁还没在小学的时候玩过凸透镜啊，所以他也就随口一说。

小望远镜是肖寒从班长杜昭那里抢过来的，听杜昭说，中秋晚会真要开的话，高三也是坐在礼堂最后面，什么都看不清。肖

柠檬糖

寒也知道一中的校领导有这个习惯,《孔融让梨》这个故事肯定是没少读,一有活动都是高一在前面,然后是高二和高三,这还不算,女生还必须坐男生前面。

肖寒从杜昭那里把小望远镜抢过来玩了一上午,这会儿新鲜感还没过,突然想起前阵子看的古装剧,里面的女主捋着大长指甲说的台词。戏精附体,肖寒学着女主的样子一噘嘴,捏着嗓子:"我为什么要不开心啊,你瞧,这是我从姑姑那儿偷偷拿出来的千里镜,给你也看看?"

郑蕤没肖寒闲,他哪有空看电视剧,也不知道这个情节,看着肖寒突然抽风,露出了一脸嫌弃,"无语"两个字都酝酿在嘴边了。

肖寒先一步叫了一声,拿着望远镜瞪着眼睛:"郑蕤,天台有人啊!"

郑蕤往天台上扫了一眼,确实是有两个人趴在护栏上,远远看去虽然看不清,但一个短发,一个梳着马尾,也能看出来是一男一女。

肖寒拿着望远镜还跟看不见似的嚷嚷:"干吗呢?"

郑蕤把头转回来,嗤笑了一声:"别看了,好奇心害死猫。"

肖寒还举着望远镜看过去。郑蕤对这种事情没什么兴趣,从兜里掏出块柠檬糖淡淡应着。

肖寒兴致勃勃:"跑天台上干什……"

郑蕤刚把糖纸剥开,听见身旁的肖寒说:"是于曈曈和小学弟啊!"

第七章 崇拜的人

柠檬糖从糖纸里蹦出来掉在了地上,郑燊举着沾着糖霜的手,蓦地皱着眉往文科楼的天台上望去……

于瞳瞳和周世栩这俩趴在天台上的组合,非常奇葩,一个嘴角的笑怎么都压不下去,一个皱着的眉头都能夹死苍蝇了。

但两人各有所思,谁也没理谁,都在消化着各自的心情。

阳光刺眼,打在金属上反射出来的光就更刺眼了,于瞳瞳趴在护栏上被小超市那边一个反光体晃了两下,不由往小超市看去。

看了一会儿她才发现,小超市平台上的人似乎也在往这儿看。

离得有点远,看不清长相,但身形真的是有点像郑燊。

于瞳瞳瞪大眼睛想看仔细些,可距离太远了,也看不清,但心里有个声音在叫嚣着——是他,是郑燊。

KUWEI
酷威文化
图书 影视

柠檬耀

下册

殊娓 著

江苏凤凰文艺出版社

Contents

第八章　每天都在单相思　|257

第九章　玫瑰和误会　|293

第十章　我崇拜你，比你早多了　|319

第十一章　你要去哪儿？　|359

第十二章　郑蕤，永远闪闪发光　| 393

第十三章　来找你了　| 433

第十四章　千门万户曈曈日　| 457

番　外　执手余生　| 497

这次，轮到我来陪你了。
无论发生什么事，我来陪你，就像你每次陪着我一样。

第八章

每天都在单相思

下午的前两节课往往最容易犯困,窗外阳光明媚,教室里风扇带来的风吹不散夏末午后的闷热,讲台上的老师沙沙地往黑板上写着板书,讲着某个知识点。

这两种声音混合在一起,像是催眠曲一样,不少人的眼皮越来越沉,撑着头慢慢合眼。

于瞳瞳坐在窗口的位置,半张脸沐浴在阳光里,耳朵被阳光照得几乎透明。她撑着头,眼里没有半分睡意,讲台上的老师已经讲到后面的简答题了,她手里的笔尖还停留在选择题上。

老师举着试卷讲课的样子于瞳瞳视而不见,想到的反而是那天他们一起去郑蕤家玩的场景。

那天晚上的火锅格外热闹,吃个龙虾丸都要互相争抢。筷子夹丸子本就不容易,沾着一身红油的丸子像在跟他们闹着玩儿似的,扭着滑溜溜的身体躲过筷子们的攻击,最后郭奇睿的筷子尖碰巧戳进丸子里,一脸得意地举着丸子就是一口,烫得龇牙咧嘴。

肖寒拿着漏勺捞起两颗龙虾丸,还带起了半颗猪脑,当即吆喝着:"刘峰,你的猪脑好了,快给你。"

刘峰正跟龙虾丸做着斗争,当即反驳:"你才是猪脑子。"

第八章 每天都在单相思

  一群人哈哈大笑，那顿火锅是于曈曈吃过的最热闹的一次火锅。跟家里沉默得只有细微咀嚼声和火锅咕嘟声的清汤锅不同，那天郑蕤家的火锅，辛辣的锅底红油翻滚，也不用谦让，他们幼稚地互相抢着肉和丸子，连青菜叶子都要抢一抢。

  不知道是谁的红薯苕粉"嗞溜"一下从筷子上掉回锅里，溅起的汤汁引来几句笑骂，那是幼稚却又让人难忘的热闹。

  但此时，下午沉闷的课堂上，坐在高三教室里的于曈曈想到的不是郑蕤稳稳地夹着丸子和肉片放进她碗里的瞬间，而是他那句玩笑似的"我？我喜欢华清。"

  那时不知道是谁勾起的话题，聊到了大学的事，于曈曈那天倒是第一次没有慌乱，毕竟郑蕤说了会陪她找她的梦想。

  问到郑蕤时，郑蕤正在往于曈曈碗里放鹌鹑蛋，白嫩嫩的鹌鹑蛋从汤勺里轻轻滚进小料碗中，他笑得吊儿郎当，连眼皮都没抬，勾着嘴角拖着调子："我？我喜欢华清。"

  于曈曈那时候没什么反应，毕竟那时候她眼里的郑蕤还学习不好，他说得轻松，像是玩笑，她也就真的当成玩笑听了，没觉得有什么。现在再想起来，郑蕤如果想去华清，大概并不难。

  于曈曈心沉了沉，华清大学啊，安市一中今年出了两个市高考状元，也没有一个进了华清的，倒是前几年有个省第二的学长，考到华清去了。自己那个稳定在年级第二的成绩，比下有余，要是比上的话，那不足的地方就太多了。

  原来之前所有的嫉妒都不是嫉妒，是在优秀的人面前的自惭形秽。

  女孩子发现郑蕤很优秀，不知不觉就拿自己跟人家对比起来，

柠檬糖

心里升起一点淡淡的自卑。

下课铃一响，不少强撑着的脑袋猛地趴到桌上去，文艺委员拿着一沓报名表站在讲台上拍了拍桌子："别睡了别睡了，中秋晚会可以报名了！"

趴在桌上的脑袋们瞬间抬起，顶着额头上压出来的红印子开始热闹地聊了起来。

报名表发到于曈曈他们这边时，刘峰还挺奇怪的，拉着文艺委员问："那要是咱们没考过三中呢，报名不白报了？"

"乌鸦嘴。"文艺委员是个个子挺高的女生，嗓音细细的，气得拿手里的报名表卷成筒直打刘峰脑袋，"你能不能有点志气，怎么就考不过三中了？"

刘峰和文艺委员打打闹闹，于曈曈盯着报名表上的字，以前这种报名表她看都不看，集体活动几乎都没参加过，只有高一运动会她报了个项目。

现在于曈曈拿着中秋晚会的报名表，目光落在"主持人"这三个字上，想到郑蕤站在台上拿着麦克风自然大方那一笑，下了决心似的，拿起笔在"主持人"后面的小方块里勾了个对号。

她也想闪闪发光。

周世栩坐在校门口的花坛边把手搭在膝盖上，手里摆弄着一个魔方，歪着头，肩膀和脸之间夹了个手机，杜昭的声音从里面传出来："稍等我一下，我这边还有点东西要给班主任送过去，十分钟吧。"

第八章 每天都在单相思

"嗯,我表哥真忙啊。"周世栩垂着眼睛,开着玩笑。

杜昭在电话那头笑了一声:"一会儿请你吃夜宵。"

周世栩笑了:"好嘞,就等表哥这句话呢!"

说完他抬头,看见校门口站了一个挺高的男生,手插在兜里,侧脸还挺帅,周世栩从上到下打量了两遍。

倒也没别的意思,这个年龄的男生都有种奇怪的好胜心,人群里看见出色的同龄男生,闲着没事就想多看两眼,跟自己比较一番。还没等周世栩比较出个所以然来,站在那儿没什么表情的男生突然勾起了嘴角,这么一笑,那股生人勿近的冷漠倒是消融了。

周世栩顺着男生的目光看过去,手里的魔方"啪叽"掉在了地上,他要是没看错,低着头拿着书往出走的女生,应该是今天刚在他心口上插了两刀的于疃疃吧?

周世栩捡起魔方,抛了一下又接住,突然一笑。

反正他这会儿心里不舒坦,一个人不舒坦也是不舒坦,不如拉个垫背的,周世栩瞧着,面前那个帅哥就不错!

"学姐!"周世栩站在花坛上,热情地冲着于疃疃挥了挥手。

郑蕤站在周世栩不远处,顺着声音看过去,眯了眯眼睛。

于疃疃一抬头,倒是先跟远处的郑蕤视线撞上了,愣了愣才看见周世栩,露出一个无奈的表情:"你怎么在这儿?"

周世栩自然地说:"等我表哥啊,一回头就看见你了。"

说完他用眼角的余光扫了眼不远处的帅哥,凑近于疃疃小声说:"学姐别担心,不是故意等你。"

于疃疃生怕不远处的郑蕤听见,掩饰似的:"先别提这个!"

柠檬糖

从郑蕤的角度看,这个画面可以说非常刺眼了。

郑蕤皱了皱眉,慢悠悠地走到两人面前,不轻不重地说了句:"巧了。"打断了两人的交流。

倒也是有点巧,连着两天都在校门口遇见郑蕤,于瞳瞳其实也有点诧异,不由自主地就弯了嘴角:"我收拾东西慢,出教室都够晚的了,你怎么也这么晚?"

郑蕤挺漫不经心地瞥了眼周世栩,理所当然地说:"缘分呗。你朋友?"

中午在天台都说好了,以后周世栩再也不联系于瞳瞳了。

"高一的新生,学弟。"于瞳瞳回答起来没什么压力,倒是看着郑蕤高挺的鼻梁,眉心微拢,觉得他严肃起来的样子有点好看。

周世栩往身后看了一眼,正好看见表哥杜昭从校园里走出来,他扬起笑,亲昵地跟于瞳瞳说:"学姐,我表哥来了,我先走啦?哦对了,今天天台上阳光真好,下次有机会再一起去吧?"

周世栩这种长相,一脸无害,眼睛一弯,跟邻家弟弟似的,这副表情无论跟谁说话,都无端地让人觉得两人关系很近。说完他对着于瞳瞳眨了眨眼,也不等于瞳瞳反应,笑眯眯地摆了摆手,不忘递给那个脸都黑了的帅哥一个小眼神,溜之大吉。

于瞳瞳莫名其妙地跟着摆了摆手,一回头就对上郑蕤一双凉飕飕的眸子,她条件反射地抬手摸了下脖子,奇怪,怎么突然这么冷,安市又要降温了吗?

郑蕤收回目光,再看向她时脸上的冰山已经融化了,刚才的冷漠好像是于瞳瞳的错觉。于瞳瞳看着郑蕤,心里有点欢喜。

第八章 每天都在单相思

"郑蕤,我中午好像看见你啦。"于疃疃想起天台上那个遥远的对视,主动挑起话题,顺便在心里期待了一小下,希望她那时看见的人真的是郑蕤。

真的问出口以后,于疃疃反而觉得自己好傻啊。

郑蕤倒是挺坦然,扬了扬眉毛,意味深长地说:"啊,我也看见你了,在文科楼的天台上。"

于疃疃一愣,脚步都跟着顿了一下,偏过头去看郑蕤的侧脸,有点惊喜地说:"小超市门口的人真的是你吗?你怎么知道那是我?隔着那么远呢?"

郑蕤本来看着前面的路灯,听见于疃疃略带兴奋的语气,有些不解地回过头来,看见她眼睛弯弯,一双眸子亮得像住着星星,正笑着看着他。他心里那点不快顿时散了,逗她:"是啊,我有千里眼,一眼就看出来是你了。"

于疃疃知道郑蕤这是又逗她呢:"那你有没有顺风耳,听没听到我说你了!"

"说我什么?"郑蕤问。

"说你是个骗子呀!"于疃疃吐了吐舌头,走到分岔路口,她突然问郑蕤,"你今天去姥姥家吗?"

这话问得郑蕤一怔,他之前跟她说顺路的那次,跟她说姥姥家跟她家在一个小区。

想起这事郑蕤笑了笑,他倒是挺想和她一起回家,但郑蕤听家里的阿姨说江婉瑜今天会早回家,还是想跟她谈谈,毕竟是自己的亲妈,他不希望江婉瑜一直活在过去的阴影里。而且认识于

柠檬糖

瞳瞳之后，郑蕤突然发现，女人是一种越是逞强就越是脆弱的生物，她们总是欲盖弥彰地坚强着。

就像初次遇见于瞳瞳时似的，她明明哭得可怜兮兮，却还是对着他竖起了浑身的刺，凶巴巴地吼着"你谁啊"。

也许他的母亲江女士，说的那些冷冰冰的话，也是为了隐藏起一颗柔软的内心呢？

"今天不去了。"郑蕤有些遗憾地说。

于瞳瞳点点头："哦，这样啊。"

于瞳瞳一低头，睫毛垂了下去，郑蕤看了两秒，也不知道是不是错觉，总觉得他说不去那边之后她有淡淡的失落。

于瞳瞳的确是有那么一瞬间的失望，再抬头时已经把自己的情绪藏好了，笑眯眯地说："那就拜拜啦。"说完转头就要走。

"喂。"郑蕤的声音在身后响起。

于瞳瞳侧过身去，看到郑蕤从兜里掏出一块柠檬糖，笑着丢给她："那就让它替我陪你回家吧。"

于瞳瞳接住淡绿色包装的小糖块，心情突然就好了，笑着问："一颗可能不够。"

总觉得于瞳瞳今天跟以前有点不太一样，郑蕤意外地扬眉，走到于瞳瞳面前，扯起衣兜："你自己拿，拿出多少都是你的。"

小姑娘伸出白皙的小手，试探着伸进郑蕤的衣兜抓一把糖，嘴里嘟囔着："这些够了，我先走了！"

郑蕤站在原地，看着小姑娘慌张跑开的背影，无声地笑了。

有这么个小插曲，郑蕤心情不错地往自己家的方向走，快到

第八章 每天都在单相思

小区门口时还是没忍住,掏出手机点开了于曈曈的对话框,拇指按在语音键上,拖着调子:"糖吃完了吗?"

一松手,语音发出去躺在了对话框里。

郑蕤勾着嘴角抬头,不远处的路灯下站着一个瘦高的男人,他停下脚步,两条剑眉缓缓地皱在了一起。

于曈曈一直跑到跟郑蕤一起讲鬼笑话的那条小巷,才微喘着停了下来。高三放学晚,天早都黑了,路灯也昏暗,幽静的巷子隔绝了几步之遥的车水马龙,没人看见微弱的灯光下穿着校服的小姑娘。

从学校到于曈曈家其实不远,都跑到小巷了,就已经走完一半了,兜里的手机振了一下,她拿出来一看,是郑蕤的信息。

Z.R:糖吃完了吗?

看到信息这一刻,于曈曈把掌心摊开,一把淡绿色的柠檬糖静静地躺在手心里,说不上是跑得太久了还是紧张的,手心里都出了点汗。还以为自己抓了一大把的,结果摊开手掌看一共才三块,这个数字好像不怎么好呢?

这个印象来源于她的同桌张潇雅,有一天晚自习张潇雅抱着一本杂志小声嘀咕,于曈曈好奇地问了一句,张潇雅当即苦着脸跟自己的同桌抱怨:"曈啊!我太惨了,我的偶像居然印在这本杂志的第三页,完了完了,这肯定是在暗示我,我偶像要跟我们这群粉丝散了!"

张潇雅整天神神道道的,于曈曈都习惯了,高三生脑子里要

柠檬糖

记的知识点又多,她都不知道自己怎么就记住了这么个场景。也记住了她那番迷信的"三就是散"的言论。于瞳瞳鼓了鼓嘴,拿起一块柠檬糖剥了糖衣丢进嘴里,吃了一个就不是散了,三减去一等于二,二代表什么好呢?就好事成双吧!

本来想着不给郑蕤回信息的,走了几步又有点犹豫,于瞳瞳简单地回了一句。

但郑蕤没再回复了,一直到瞳瞳回家吃过晚饭又做了两套文综卷子,手机还是安安静静地躺在桌子上,连个天气预报的提示音都没有。这种情况倒是从来没有过,郑蕤不回信息的时候通常都是直接把电话打过来,偶尔也打视频,彻彻底底的不回,这还是头一次。

于瞳瞳拿出手机看了看,没有新消息,也没有未接来电之类的,她把铃声的音量调到最大,才重新拿起笔继续做题。

快到凌晨一点的时候于瞳瞳才放下笔伸了个懒腰,手有点酸,眼睛也涩涩的,偏暖光的台灯下有细微的灰尘颗粒在飞舞,她打了个哈欠,抬手揉了揉眼角溢出来的眼泪。手机还是没动静,像坏了似的。于瞳瞳心里有点暗暗后悔,早知道就回得有意思点了,人家问她糖吃完了吗,她就呆愣愣地给人回了个"没吃完"。

回得太无聊了!难怪人家不乐意回!

她翻了翻朋友圈,看见刘峰刚发了个状态,一张照片,里面拍了今天的作业,配文说下周考试要打倒三中,并非常自信地说一中最强。写个作业像是要干什么丰功伟绩似的,肖寒在下面评论刘峰,可真是匹夫有责。郭奇睿贱贱地排了个队,也说,可真

第八章 每天都在单相思

是匹夫有责。

于曈曈笑了笑，倒是没看见郑蕤评论。

学霸估计是学习呢吧？她眨巴着眼睛想。

郑蕤认真学习的样子倒是看过，反正也不像个好学生，别人都是装成认真学习的样子光明正大地走神，郑蕤正好相反，像是走神儿似的懒懒散散，结果是在认真做题。

校服袖子往臂弯上一撩，叼着笔或者转着笔，脸上没什么表情，就那么安静地垂着一双眸子盯着习题，偶尔动一动，在某个题干上圈圈点点，然后这一页习题就完事了，伸出骨节分明的手指捏着一角，翻到下一页，继续发呆式学习。

现在一想，那时候他随便看两眼英语选择题，就能把正确答案一连串地说出来，多半就是因为郑蕤平时就是这样的习惯吧。

所以他做题快，总是提前交卷，在考场外面他俩也能遇见。

郑蕤太优秀了，还说什么陪她找梦想，她哪好意思再暴露自己的短板？尤其是第一次遇见就已经那么丢脸了……

于曈曈没睡，又看了会儿《口袋英语》，临睡前还觉得不够，搜了些主持人的主持技巧才睡。

她不擅长站在一群人面前说话，性格也不算外向，但这次她是真的希望自己能去主持中秋晚会。

从知道自己崇拜郑蕤起，她就不再是个"佛系学霸"了，甚至有点不好意思说自己是个学霸，第一名她也想考，闪闪发亮的人她也想做。未来的梦想还没找到，但她想先追上郑蕤的脚步。

郑蕤一直没再发来信息，于曈曈到底是没等来今天的好事成

柠檬糖

双,张潇雅那些神神道道的想法果然不可靠。

她点开日历,带着点小欢喜,在上面标注了一个备忘录:追赶他的第一天。

路灯下的人郑蕤从来没见过,但对视的那一瞬间两个没见过的人就已经知道了彼此的身份。郑蕤扯了扯嘴角,难怪江婉瑜女士不愿意看到自己,这张脸跟他血缘上的亲爹真是像啊。

郑启铭似乎没想过在这儿能遇见郑蕤,看上去挺意外的,踌躇了片刻竟然什么都没说转头就走了。

郑蕤站在原地目送他离去,眼里带着鄙夷。

郑蕤掏出手机给江婉瑜打了个电话:"妈,咱们聊聊吧,您这眼光真不是一般地差。"

郑蕤和江婉瑜第一次开诚布公地谈到那段令江婉瑜崩溃了十七年的过往,如果郑启铭不出现,也许江婉瑜仍然不会讲。虽然只是片面地讲了个大概,但也终于是在面对了,郑蕤也看过不少心理方面的书,对于妈妈终于能直面过去的阴影,感到一丝欣慰。

江婉瑜一直在抖,指甲几乎扎进手心里才控制住自己想砸东西的欲望。这次会讲出来,是因为她太害怕会失去郑蕤了,郑启铭是个龌龊的小人,她不知道他会为了钱做出什么样的事情,扪心自问,这些年她确实对郑蕤缺少关爱。

万一郑启铭找到郑蕤跟他颠倒黑白地乱说,毕竟血浓于水,郑蕤会不会也离开她?

哪怕她并不敢直视自己儿子的那张脸,她也不能够再承受失

第八章 每天都在单相思

去她相依为命的亲人的打击了。

这一聊就是一夜,其实大部分时间都是郑蕤在安慰,或者是两人静静地在沉默。

第二天,郑蕤揉着眉心靠在教室里合着眼休息。

肖寒一进教室看到的就是郑蕤这副"感觉身体被掏空"的状态,连黑眼圈都出来了。

"昨晚干吗去了?"肖寒把书包往自己桌子上一丢,贱兮兮地问。

"陪江女士谈心了,一夜没睡。"郑蕤直接从肖寒书包的侧面抽出他的饮料,拧开盖子灌了两口。

肖寒挺诧异但也挺替他高兴的:"阿姨愿意跟你聊了?"

谁能想到又酷又帅的郑蕤,其实是个小可怜儿,一个月见不到亲妈都是常事,最惨的是生活在同一个屋檐下,自己的亲妈连看都不愿意看自己一眼。

肖寒这边刚升起一丝"替郑蕤高兴"的激动,郑蕤放下水瓶,淡淡地说:"我看见郑启铭了。"

肖寒一脸的笑都僵了,这要是刘峰,估计得傻乎乎地再问一句:"郑启铭是谁啊?"

但肖寒几乎是在听见那个名字的瞬间,就知道这人就是郑蕤所有苦难的根源,于是皱起了眉:"他来干吗?不会是知道你这么优秀,想白捡个大儿子吧?"

郑蕤勾了勾嘴角,嗤笑了一声没回答,扭头问肖寒:"走?"

像肖寒这种不爱学习的,听见郑蕤的话,非常兴奋,眼睛一

柠檬糖

亮:"行啊,走着!你想上哪儿?"

郑蕤拍了一下肖寒的肩膀:"打会儿篮球活活血,我怕我一会儿上课睡着了。"

"没劲。"肖寒翻了个白眼。

毕竟是要跟三中比赛考试,就连刘峰都自主地把作业写完了,赶作业二人组只剩下郭奇睿自己,张潇雅趁着老师没来站在教室后面的窗台边借着晨光自拍。

操场上已经没什么人了,郑蕤夹着篮球跟肖寒一起慢悠悠地往篮球场走的行为,堪称嚣张。张潇雅看见两人的身影之后,猛地回过头去看于瞳瞳的背影,又叹了口气,张潇雅忧郁地回到座位上,不抱希望地小声说:"啊,郑蕤,好帅啊……"

原本以为于瞳瞳听见也不会有什么反应,结果认真背英语的于瞳瞳突然把《口袋英语》往桌上一扣,缓缓转过头往班级后门看了一眼:"哪儿呢?"

张潇雅见状可激动坏了,立马手舞足蹈地拉着于瞳瞳把她往窗口推:"操场上,看见了吗?"

她这一激动,整个人都挡在窗前,于瞳瞳看着张潇雅的后脑勺,踮着脚尖往外看:"哪儿呢?你起开点,我看不见了。"

于瞳瞳趴在窗边,看着操场上夹着篮球的郑蕤,绿色的草坪,红色的塑胶跑道,夹着篮球的人穿着校服,跟班上坐着的其他男生穿着无异,但又那么与众不同。

她看着郑蕤,嘴角勾起一个小小的弧度,这位少年风华正茂。

第八章 每天都在单相思

走在操场上的郑蕤就在那一刻如有所感，迎着阳光偏头往文科楼看去，看到某个眼熟的小脑袋的时候，郑蕤也笑了。

昨晚还没给她回信息呢。

窗边的身影"嗖"的一下不见了，不知道是走开了还是蹲下了，郑蕤拿出手机。蹲在窗边的于瞳瞳用手捂住自己的脸颊，手机突然响了，她昨晚调了铃声忘记关掉，慌忙开了静音模式，才来得及看新消息。

等了一夜的消息，终于静静地躺在了手机屏上。

Z.R：看我啊？

一中还是以前的一中，自己生活了两年的学校，一草一木都跟高一和高二时没什么区别，但在于瞳瞳眼里，又跟从前大不相同了。值得期待的事情变得多了起来，于瞳瞳期待的不只是中秋晚会，连考试都很期待，她想要变成郑蕤那样的人，心里憋着一股劲儿暗暗努力。

偶尔遇见郑蕤，或者偶尔有交流的机会，哪怕是隔着遥远距离的一个对视，都让这份看着挺辛苦的努力变得津津有味。

于瞳瞳这边每天过得充实而有动力，其他高三生就忐忑了，刘峰考完试那天给班里倒数后十名的兄弟们疯狂发信息，内容都一样："兄弟，考得怎么样啊？有希望及格吗？"

这种话题学习不好的同学很少聊，中秋晚会的事情打破了大家的惯例，几个人纷纷放弃了曾经的品格，你来我往地担忧起成绩来。

好在一中老师阅卷效率极高，考完试的第二天成绩就出来了，

柠檬糖

到底是把三中成绩给压过去了,高三年级组的走廊里跟要过年似的,大家的问候也跟着变了——

"呦,听说你及格了两科呢兄弟!厉害了!"

"厉害什么啊,你也及格了三科呢!"

一群人的欢天喜地里,于曈曈捏着成绩单沉默着,"万年老二"的魔咒还是挺难打破的,她看着自己仍然排在第二名的成绩,有点泄气地趴在了桌子上。

这次考试于曈曈格外认真,答完卷子都没有提前交卷,每道题都仔仔细细检查过了,她想考第一,她想骄傲地跟郑蕤说,我是文科榜第一。

结果天不遂人愿,虽说总成绩只差了一分,那她也是第二,每天背题到两点才睡的于曈曈第一次感受到了丧气,每一根头发丝儿都写满了情绪。

张潇雅和后桌两位沉浸在中秋晚会的兴奋里,扭头看见于曈曈趴在桌上,能打倒于曈曈的事可不多,张潇雅凑过去小声问:"同桌你是不是来那个了?肚子疼吗?"

张潇雅看都没看她压了一半漏出一个角的成绩单,任谁都不会觉得乐呵呵当了两年老二的于曈曈,有一天会为自己的排名惆怅。

于曈曈有气无力地随口应了一声,得到了她热心同桌沏的一杯滚烫的红糖姜茶。

放在桌斗里的手机嗡地振动了一声,于曈曈额头抵着桌子没动,半晌才慢悠悠地伸手往桌斗里摸了过去,拿出手机看见了郑蕤的信息。

第八章 每天都在单相思

希望他别提考试成绩的事情，于瞳瞳解锁的时候心里想着。

Z.R：给点安慰呗，考砸了。

没如于瞳瞳的意，到底是说了考试的事，但内容是于瞳瞳没想到的，看着郑蕤说考砸了，她突然比自己考砸了还纠结。

额头在桌沿上顶出一道浅浅的粉红色印记，刚喝了一杯来自张潇雅的热红糖姜茶，这会儿额前的碎发也随着潮湿的汗贴在额头边，于瞳瞳顾不上整理，紧张兮兮地想要询问郑蕤怎么考砸了。

但又怕说错话让他心情更差，手指在手机屏上点点停停，对话框里的字打了又删掉，可把于瞳瞳纠结坏了。

郑蕤叼着笔靠在自己的座位里，用眼睛扫着英语习题，连着十二道英语选择题在脑海里迅速做出答案，他翻了个页，扫了眼放在模拟题旁边的手机。手机屏亮着，上面是郑蕤和于瞳瞳的对话框，郑蕤给于瞳瞳的备注是"小太阳"。

这会儿"小太阳"不知道到底准备打多少字安慰他，上面一会儿显示正在输入，一会儿又变成了备注的名字，来来回回地变换了好几次，就是不见半个标点符号发过来。

郑蕤扬了下眉，眼底的笑意被微扬的眉毛带动，连深邃的瞳孔都透露着温柔。郑蕤对着手机笑了笑，继续做模拟题，他倒是好奇，小姑娘到底是要打多少字过来安慰自己。

他就这样一边期待着"小太阳"给自己发个安慰小作文什么的，一边做习题，整整二十五道英语选择题看完，手机里才慢悠悠地晃出一个白色对话框，里面只有简单的一句话。

小太阳：我还有两块糖，你吃吗？

柠檬糖

郑蕤失笑，看了眼时间，这么长时间就想出一句话？

刚想给于瞳瞳回信息，班长站在班门口喊了一嗓子："郑蕤，高老师找你。"

郑蕤拿着手机起身，走到班门口的时候，杜昭笑得温文尔雅，小声跟他说："估计是考试的事，别紧张，说起来我还很诧异，这是我高中第一次考第一呢。"

高老师找他是因为什么，不用人提醒他也料到了。这次考试他从理科第一掉下去了，虽然只掉了一名考了个第二，总分却是比之前少了不少的，毕竟以前他都能站在第一的位置上把第二名甩开15到20分。

这次是郑蕤故意考砸的，他对于瞳瞳一向心细，她从知道他成绩好之后，好像每天都学到挺晚，偶尔闲聊聊到成绩的时候也是一副跃跃欲试要比一比的样子。

高三本来就很辛苦了，他瞅着不过半个月的时间，她的下巴都比以前更尖了些。

再加上前两天考试，郑蕤有意无意地提前交了卷子在小超市晃悠了好几次，一次都没看见于瞳瞳的身影，以前她考试喜欢提前交卷，这次题的难度也没有那么夸张。

突然变得保守仔细，郑蕤只能猜到是她紧张这一种原因。

说陪她找梦想不是骗人的，他很愿意看见她为了某种目标奋进的样子，那种状态让她比之前更加耀眼，弯弯的眼睛里好像有光。

但他不希望她压力太大。他也没故意考砸，就只是数学最后

第八章 每天都在单相思

一道大题没答而已。

信息没时间回了,郑蕤索性把电话拨了过去,反正是课间,接个电话什么的也方便。

她接得挺快,不知道是不是一直抱着手机等他回信息,郑蕤好心情地扬起嘴角,含笑问:"十分钟,你就琢磨出这么一句安慰人的话?"

晚自习课间一共十五分钟,于曈曈花了一大半的时间,就憋出九个字。

电话那边沉默了两秒,带着点犹豫似的,小声说:"你不是说你没考好吗,我怕说错话让你不高兴。"

郑蕤突然觉得被人担心、被人小心翼翼地呵护的感觉,真好啊!这边嘴角刚扬起来,就看见严主任拉着脸从楼梯转角处露出半个身子,郑蕤赶紧捂住了电话,叫了声:"严主任好。"

说完也不等严主任心里"他什么时候这么有礼貌了"的疑问吐出来,郑蕤赶紧迈着长腿上了五楼,迈上最后一个台阶的时候,听见电话里的人细声细气地问:"遇见严主任了吗?"

"嗯。"郑蕤笑着说,"问你个问题,你那两块糖,不会是前几天从我这儿拿走的柠檬糖吧?"

小姑娘也是个实在人,一点花言巧语也不会,老实巴交地承认了:"对呀,就是那个,你吃吗?"

郑蕤乐了:"不吃,我没考好,你就拿两块从我这儿抢走的糖糊弄我啊?"

眼看着走到严主任办公室门口了,郑蕤说:"我要去找高老师接

柠檬糖

受批评教育去了,你再想想,走点心,换个方法,放学我来查收啊。"

郑蕤对十几分的题不痛不痒,但办公室里的班主任高老师可要气死了,刚跟三中的老师自夸完,说自己班里有个好苗子,肯定甩他们三中的大榜第一好几条街。

说完不到三天,高老师就被打脸了,要是普通的失误也就罢了,毕竟谁也不能保证每次都发挥得那么好,郑蕤连续两年次次大榜第一,已经够稳定了,不能太苛责孩子,孩子也不是故意的……

直到高老师看完郑蕤的数学卷子,深呼吸了两次,安慰自己,郑蕤不能是故意的,他这不是故意空着不答的,这大概是没看见。

不能,他不能是故意的……

这么大一道题,占了最后一张试卷二分之一的版面,他又不瞎,能没看见?!

高老师鼻孔都气得大了两圈,让杜昭把人给拎了过来。

郑蕤在班主任办公室接受批评教育时,于曈曈也被侯勇叫到了办公室。

侯勇拿着手里的中秋晚会报名表,问于曈曈:"你想好了?想当主持人?"

办公室里安安静静,于曈曈目光坚定地点头:"老师,我想试试。"

对于于曈曈想做主持人这件事,其实侯勇是挺意外的,他想了想:"你以前做过主持人吗?校内校外都算。"

于曈曈心里有点忐忑,是不是没有经验不行啊?

第八章 每天都在单相思

但她也没隐瞒:"没有,我以前站在人前说话还挺慌的,也没经验,这段时间看了不少主持的视频,我觉得我能做好。"

作为教了于瞳瞳两年的班主任,侯勇当然知道于瞳瞳的短板,乖是乖,也踏实认真,就是太没想法了,对什么都没追求似的。

当初让张潇雅跟于瞳瞳一桌也不是没有原因的,张潇雅这个学生活泼,对什么都能有三分热度,就是不踏实,侯勇当时就想着让这俩小姑娘互相影响一下。

但他没想到一直乖巧沉默的于瞳瞳能提出想要做主持人的想法,这还是他第一次在这个学生眼里看见坚定的眼神。

有追求就好,有追求、有目标总比没有强,侯勇点点头,鼓励于瞳瞳:"行,那你准备准备,这个名额老师帮你争取,这次考试总成绩也有进步,别急,慢慢来。"

真的能做主持人就好了,好想让郑蕤看到自己,告诉他,她也不差,于瞳瞳在心里想。

晚自习之后,于瞳瞳走在放学大军里,目光悄悄往理科楼那边瞟,突然被人拍了一下肩膀,做贼心虚的于瞳瞳吓了一跳,小声叫了一声又捂住嘴回过头去。

郑蕤勾着嘴角问:"胆子这么小?不是爱看鬼故事吗?拍一下吓成这样?"

于瞳瞳瞪了郑蕤一眼,掩饰道:"我想事情呢,你突然一拍,谁都会吓一跳的。"

郑蕤也不反驳,就这么不紧不慢地跟在于瞳瞳身后,带着笑意,一路走出校门,又走到分岔路口,还没有要分开的打算。

柠檬糖

于曈曈偏过头,看着郑蕤的侧脸,有点诧异地问:"你不回家吗?"

"我来要安慰啊。"郑蕤说得理所当然。

于曈曈沉默地看了郑蕤一眼,这人脸上哪有半点需要安慰的样子?

但她其实悄悄问了肖寒,肖寒说郑蕤这次理科榜第二,被他们班主任叫到办公室批评了半个多小时。

她没考过第一,也没试过蝉联第一的感觉。

但郑蕤应该挺失落的吧,只不过没表现出来?

于曈曈突然停下脚步,她轻声说:"不难过,我陪你。"

小姑娘的瞳孔是淡棕色的,迎着路灯散发出暖橘色的光,湿润的眼球里流动着奇异的温柔,仿佛能从这双清澈的浅色眸子里,看见层层金沙。她踮着脚,睫毛随着她眨眼的动作轻轻浮动,像某种小昆虫的纤细翅膀,忽闪着,但挡不住她眼里的光。那些光从她的眼里,照进郑蕤心里,真的就像小太阳一样。

郑蕤愣了愣,十七年来第一次有人这样安抚他,小姑娘的安慰歪打正着地抚平了他深深压在心底的那些来源于家庭的烦躁、不安、不满和孤单。

郑蕤轻轻叹了口气。他闭了闭眼睛,声音低低地说:"谢谢你。"

不算热闹的街角,偶尔有人匆匆而过,可能会诧异地打量一眼这对少年和少女,两个人都穿着安市一中的校服——深蓝色的长裤和白色的校服外套,静静地站在夜里华灯明透的街头。

第八章 每天都在单相思

周围的一切都不重要,郑蕤小心翼翼地看着于曈曈,像是看着一朵易碎的云彩,两人中间隔着距离。

于曈曈在郑蕤说"谢谢你"的时候,第一次感觉到他声音里带着深深的疲惫,好像有什么真相即将破土而出,也许这才是他最真实的一面。

但她并不如郑蕤聪明,她不能在某个微小的蛛丝马迹里窥见真相,也没办法像郑蕤一样不动声色地摸透别人的本性。

于曈曈打开家门时愣了愣,爸爸妈妈和姥姥都坐在沙发上,如果是往常,她大概能注意到他们脸上的一丝不自然和强行掩饰下去的凝重。但今天她没有,她还在想着郑蕤的事,于曈曈不明白为什么一次考试失败会让郑蕤展现出疲惫,回来的路上心里总有些担心。

所以在看见爸爸妈妈也在家里时,她只诧异了一瞬,甚至忽略了那些不太对劲的气氛,有些惊喜地跑过去:"爸爸!妈妈!你们怎么回来啦?工地那边完工了?"

于爸爸温和地笑了笑:"暂时休息几天,过几天还要回去的。"

于曈曈坐到爸爸妈妈中间的沙发里,带着笑说:"还以为要到过年才能看见你们呢!"

见到爸爸妈妈的惊喜短暂地掩盖了她心里对郑蕤的担心。

姥姥做了一大桌菜,席间爸爸妈妈跟往常一样,问了她很多学校的事情,于曈曈跟他们聊着聊着,变得有些心不在焉。

一直到晚饭后一家人又坐在一起吃了点水果,于曈曈才抱着书包回到自己的卧室。"咔嗒"一声关上了门,站在黑暗里的于曈

279

柠檬糖

瞳抬手捏了捏自己右耳的耳垂，后知后觉地回忆起郑蕤的低语。

于瞳瞳紧紧捂着自己的嘴靠着卧室门无声地呐喊，她突然有点理解张潇雅每天抱着杂志尖叫的那种心情了。

那种呐喊每天于瞳瞳都能听见，之前她并不明白这都有什么可激动的。但今天，现在，她心里明白了。

郑蕤那天晚上的疲惫和脆弱，就像是于瞳瞳的错觉，还没等于瞳瞳琢磨明白，第二天在学校遇见时，他已经变回了之前那副吊儿郎当的样子。

于瞳瞳倒是比考试前更忙了，整理错题，巩固知识点，每天学习都能学到两点，第二天还要早起，最早的一次四点半她就起床了，对着镜子一遍一遍地念着主持词。

想到真的可以为中秋晚会做主持人，于瞳瞳还是有点紧张的，但越紧张就越逼着自己一定要做好，主持词是学校文艺部写的，她练了几遍之后又做了些修改，最后拿着主持词过去找文艺部的老师时，老师还夸她改得好。

侯勇觉得瞳瞳这种性格多锻炼锻炼也是好事，但没想到于瞳瞳对这次主持的事情这么上心，他把于瞳瞳叫到办公室，叮嘱于瞳瞳："别那么紧张，还是学业为重，主持词熟悉熟悉就行，不用太在意。"

于瞳瞳表面上乖乖应着，实际上心里有自己的想法，她不想照着主持词念，那天郑蕤的发言就是脱稿的，一双含笑的眼慢悠悠地扫视着台下的人，那画面在她脑海里挥之不去。

到底是年轻，侯勇做了这么多年班主任，学生的变化他哪能

第八章 每天都在单相思

看不出来,于曈曈这孩子平时老老实实的,又乖又懂事,但最近眼里突然迸发出光彩,好像找到了目标的攀登者,带着一股想要登顶的执着。

这个状态倒是好,就是怕耽误学业,侯勇笑了笑:"高三了,别耽误成绩。"

于曈曈点头,语气肯定地说:"我每天都很认真地在复习呢。"

于曈曈要当主持人的事她暂时没跟别人说起,郑蕤也就不得而知,他靠在小超市门口看着小姑娘神采飞扬地抱着一小沓习题从理科楼里跑进文科楼,宽大的校服随着她的动作摆动着。

郑蕤总觉得小姑娘看起来更瘦了些,不由得皱了皱眉。

一旁的刘峰和肖寒正在交谈,郑蕤转身走进小超市拎了两瓶温热的牛奶出来塞进刘峰怀里。

刘峰吓坏了,一脸惊喜和感动,说话都结巴了:"你,你怎么知道我早饭没吃饱,我真是太感动了!"

刘峰一手抱着牛奶的玻璃瓶,一手张开向着郑蕤的方向迎过去想要拥抱郑蕤,郑蕤慢悠悠地后退一步,错开了刘峰的拥抱,淡淡地说:"拿回去给于曈曈。"

"啊?"刘峰还没反应过来这两瓶牛奶的去向,身旁的肖寒"扑哧"一声笑了。

肖寒笑得捂着肚子:"你是猪吗?早晨吃了两屉小笼包、一个茶叶蛋,还喝了一大碗粥,你说你没吃饱?赶紧把牛奶给你前桌送回去吧,峰峰。"

刘峰捂着胸口一脸受伤,最后愤愤地抱着牛奶跑了。

柠檬糖

于曈曈接到温热的牛奶时有点诧异,趁着课间给郑蕤发了个微信:"牛奶收到啦,谢谢,不过……怎么突然想起买牛奶了?"

郑蕤那边信息回得很快,几乎是她刚发过去回复就过来了。

Z.R:牛奶趁热喝,凉了伤胃。

看见信息的于曈曈沉默着把手机放回口袋里,拧开牛奶瓶咕嘟咕嘟地喝了起来。

一旁的张潇雅无意间瞥了一眼于曈曈的手机,惊魂未定,赶紧把相册里删了的照片都恢复了。

看出于曈曈变化的不只是郑蕤,这天晚上于曈曈学到两点多正准备收拾东西睡觉的时候,于妈妈敲门进来了,面色不佳地问:"曈曈,最近学习上是有什么困难吗?怎么每天学到这么晚?"

于妈妈从回来起就一直在观察,每天于曈曈都晚睡早起的,果然跟于曈曈的姥姥在电话里说的一样,她和于爸爸就是为了这件事才从工地上请假回来的。

他们不能再失去一个亲人了,什么都可以没有,于曈曈必须健康。

于曈曈从习题里抬起头,书看多了,眼睛有点涩涩的,但挡不住的神采奕奕,摇着头:"没有,就是复习的时候发现有很多知识点记得不太清晰,多看了看。"

她这个神情看得于妈妈一怔,仿佛时间倒流,从前多少个夜晚,炎炎也是这样,眼睛发光地说自己有很多东西要学要看。

于妈妈眼眶悠地一红,对着于曈曈失神地叫了一声:"炎炎。"

于曈曈握着笔的手顿住了,带着一脸没来得及掩饰的错愕,猛地回过头去看着自己的妈妈。她知道,炎炎是小舅舅的小名。

第八章　每天都在单相思

于妈妈也只是恍惚了一瞬间，回过神之后不知道想到了什么，脸色更加难看了，难得严厉地对于瞳瞳说："太晚了，睡觉去，以后不要熬夜，十二点就睡觉，身体最要紧。"

于妈妈一边说一边拉着于瞳瞳的手腕把她往床边推："说了多少次了别熬夜，熬出病来怎么办。成绩好坏都没事，爸爸妈妈希望你健健康康的，知不知道？"

隐藏了几年的委屈，在这一瞬间爆发，于瞳瞳突然挣开妈妈的手，直视着她的眼睛，轻轻地摇了摇头："不要，我不要每天十二点就睡觉。"

"你说什么？"于妈妈语气一变，难以置信地问了一句。

于瞳瞳从小就乖，单纯又乐观，整天笑呵呵的，也不会顶嘴，从来都是他们说什么就是什么，今天是她第一次反驳家长的话。

但，她不可能一辈子做一个乖巧的提线木偶。

"妈妈，我不会十二点就睡觉，我还有想做的事情没做完，做完自然会睡。熬夜的也不只是我一个，班里的同学都很拼，我觉得这样很好，我很喜欢自己这样的状态。"于瞳瞳说。

我不想成为谁的替身，我也不想成为谁的影子，我不要因为别人经历了一些难过的事，就缩在壳子里不去做自己想做的事情。

于妈妈突然变得有些激动："不行！什么事情能比健康重要，你考不好就考不好，学不会就学不会，大学就考个家门口的就行，安市师范就很好，每天中午还能回来吃饭。以后工作稳定就行，爸爸妈妈赚的钱都是你的，熬夜对身体不好你知不知道，你这样会生病，会生可怕的病，搞不好……"

柠檬糖

搞不好哪天就会像你舅舅一样突然离开我们了!

于曈曈突然就觉得很委屈,眼眶一点点红了,轻轻吸了一下鼻子,垂着头小声说:"可我是于曈曈,不是炎炎。"

于妈妈愣了一下,猛地抬手握住了她的肩膀,崩溃地边摇她边喊:"你说什么?你说什么!不许提他,不许你提他!"

"这个队友……"

郭睿奇说到一半,突然觉得气氛不对,抬起头,看见刘峰和张潇雅眼睛一眨不眨地盯着自己,都伸出食指放在嘴边。一个噤声的"嘘"的口型。

早自习只要老师不来,班里就跟课间似的乱糟糟的,这种时候"嘘"什么?郭奇睿条件反射地看向后门,班主任也没来啊?

再看刘峰和张潇雅疑重的表情,他愣了愣,用口型问:"怎么了?"

张潇雅指了指趴在桌子上的于曈曈,然后两根手指放在自己双眼下,画着波浪线向下移动,也用口型回他:"好像哭了。"

郭奇睿诧异了一瞬,盯着于曈曈安安静静的背影看了两秒,哭了?哭什么?

三个人的脑袋凑在一起,研究了半天也没研究出个所以然来,一上午于曈曈都没说话,上课就撑起头听课,下课就趴回桌子上,三个人轮番上阵也没哄好。

午饭于曈曈也就吃了两口,郑蕤家楼下那只肥猫可能都比她吃得多,下午上课前,郭奇睿拿起手机,找到郑蕤的对话框,想了想又关上,直接拎着手机走了出去。

第八章 每天都在单相思

一直走到卫生间,郭奇睿才把电话拨了过去,电话那边的郑蕤懒洋洋地"喂"了一声。

郭奇睿看了眼门外,确定没人在,才开口问:"你惹于瞳瞳了?"

也不怪郭奇睿这么想,他跟于瞳瞳前后桌坐了两年多,这姑娘没心没肺的还慢热,从来就没有什么事能让她哭的,之前一直安安静静的话也不多,认识郑蕤之后才慢慢地有些变化。

会有小情绪,也会上课走神,哪怕最近学习格外发狠,郭奇睿都觉得跟郑蕤脱不了关系。

所以会突然哭这种事,他只能想到是郑蕤惹的。

郑蕤在电话那边似乎沉默了两秒,声音再响起来时没了之前的那种拖着调子的懒散,听上去挺严肃的:"她怎么了?"

"哭了,中午还没吃饭。"郭奇睿说,他这边刚想再具体描述一下,电话就被挂断了。

等他回到教室时,一时没反应过来,看着坐在他座位上的张潇雅,挺纳闷地问:"怎么坐我这儿了?"

张潇雅转过脸,两只手死死地捂在嘴上,像是看见什么东西似的眼睛瞪得超级大,郭奇睿被她吓了一跳,顺着她的目光往前座看去,看见郑蕤坐在张潇雅的座位上,正小声地跟于瞳瞳说着什么。

"晚上放学我来接你,有事就给我发消息,还能上课吗?"

于瞳瞳大半张脸都埋在宽大的校服袖子里,只有一双通红的还肿着的眼睛露在外面,带着点鼻音,小声应了一声:"嗯。"

郑蕤抬手飞快地拍了一下她的头:"那放学见,别哭了,眼睛

柠檬糖

都肿成核桃了。"

于曈曈小幅度地点了点头。郑蕤起身又弯下腰来,压低声音,声音温柔:"吃点东西,我从肖寒那儿搜刮的,跑得太急还被他用书包砸了一下,吃点。"

说完转身看了眼身后目瞪口呆的三个人,踩着预备铃往出走。

到底还是惦记着于曈曈的状态,郑蕤整个下午都冷着脸沉默地坐在自己位置上刷题。郑蕤时不时抬起头,拿手机给于曈曈发个消息,也不说什么,专门挑搞笑的表情包,每次就发一个,每隔二十分钟半个小时的就发一次。

小姑娘这阵子学习状态好,每天都忙忙碌碌的,郑蕤顶多让刘峰或者郭奇睿带些吃的喝的送过去,一开始她还发信息来问问为什么给她送东西,后面她也就不再问了。

因而两人的对话框这段时间里都没什么内容,今天听说小姑娘哭了,郑蕤把之前没联系的都补上了,对话框里一连串的表情包。倒不是说发几个搞笑表情包就能把人哄好了,郑蕤只是想通过这种方式告诉她,我陪你。

这是于曈曈长这么大第一次跟家里人发生争执,昨天晚上妈妈喊的那几声把家里人都喊了起来,爸爸穿着睡衣从卧室里出来,拉开妈妈紧紧抓着她肩膀的手,轻声安慰着,姥姥听说她们争执的原因,也一直坐在沙发里流眼泪。

小舅舅是家里不能提及的话题,他们都迷失在失去亲人的悲痛中迟迟走不出来。

失去至亲确实难以释怀,这些于曈曈一直在试着理解,她想

第八章 每天都在单相思

要理解他们，但从来没有人尝试着去理解自己。

家里的三个大人沉默着，却像是在她和他们之间用沉默划出了一条深深的沟壑。

于曈曈在那一刻觉得自己孤立无援。哪怕现在坐在热热闹闹的教室里，听着老师在讲台上慷慨激昂地讲着习题，听着周围偶尔有同学窃窃私语，她也觉得自己像是被罩在一个玻璃罩里，与外界隔离开。

但每当觉得自己马上就要沉入深渊时，桌斗里的手机屏幕都会轻轻地亮一下，屏幕上永远是郑蕤发来的信息，一个表情包不足以逗笑她，但郑蕤的名字像是唯一能隔着玻璃罩向她伸出手的人一样，轻轻地拉了她一把。

放学铃声响起后，班级后排的女生看着门外的郑蕤开始窃窃私语。

肖寒的情商也是高，这会儿陪着郑蕤一起来了，站在门口跟郭奇睿和刘峰随便聊着。

于曈曈心不在焉地收拾着书包，她还没想好回家怎么面对爸爸妈妈和姥姥，也就没注意到后门的动静。

一直到她背起书包，刘峰还扒着郑蕤不松手："干什么！我还不走呢！我还想唠两毛钱的呢！"

肖寒和郭奇睿站在刘峰两边，拖着人就走。

这会儿放学的人都走得差不多了，空旷的走廊里回荡着肖寒咬牙切齿的声音："让你天天喝好几瓶饮料，脑子喝进水了，你还唠两毛钱的，你看郑蕤想理你吗！"

柠檬糖

于曈曈从班门口出来就被一个高大的身影拦住了,班里的人早就走光了,郑蕤靠在门边,嘴角含笑地望着她:"喝杯奶茶吗?"

他心里有一百二十分的担忧,从听说她哭了之后就心烦意乱,但他清楚,溺水的人不需要有人在旁边问她,她只需要一根救命的稻草。

郑蕤就是来做那根稻草的。

于曈曈对郑蕤的态度有些意外,她其实还没想好要怎么跟他说,郑蕤下午来时就没问过自己究竟怎么了,但晚上放学等她明显是想让她说说自己发生了什么事情。

可是她心里很乱,不知道怎么说出口,毕竟是家里的事,所以她在看到郑蕤时心里也有些不安。

但于曈曈没想到的是,郑蕤一出现,态度跟平时也没什么两样,一双含笑的眸子,吊儿郎当地单肩挎着书包,还伸出手在她面前打了个响指,笑着问她:"去喝杯奶茶吗?我今天不知道怎么回事,就想喝学校对面那个红豆奶茶。"

漫不经心的语气,痞痞的态度,仿佛他并不是来看她的,只是路过这里,然后语气随意地找她去喝杯奶茶。

明明需要陪伴又说不出口的是她啊。

于曈曈看着郑蕤,突然很安心,慌乱了一天的心就这么悄然释怀了,像是离群的孤兵突然找到了友军。

她点点头:"走吧,去喝奶茶。"

两人慢慢地走在校园里,路过南楼旁边的树林时,于曈曈突然抬起头,小声问:"去树林吗?"

第八章 每天都在单相思

其实她没有多想,她这个提议来自她同桌的建议。

张潇雅在放学前给她传了个纸条,上面写着:同桌,我不知道你发生了什么,但郑蕤肯定比我更会劝人,你要是跟他诉苦的话,我帮你们想到了一个好地方,学校的树林,安静,适合谈心!当时于瞳瞳没什么心情,现在回想起来对张潇雅那张纸条后面的惊叹号,倒是记忆犹新。

学校的树林确实是没什么人去,正好路过,她就随口问了问。

听到她的话的郑蕤脚步一顿,猛地偏过头看了于瞳瞳两眼,看着她眼角还红着,平时像两弯新月似的笑眯眯的眼睛现在有点肿,鼻尖也红通通的,又委屈又可怜。

"奶茶……"郑蕤扬着眉提醒于瞳瞳。

对,是要去喝奶茶的,于瞳瞳像个墙头草似的,马上又倾向了郑蕤的建议,没心没肺地跟着郑蕤去了奶茶店。

奶茶店今天人不太多,大多数都是来买杯奶茶带走喝的,两人坐在奶茶店里,空调的风有些微凉,郑蕤点了两杯温热的奶茶,坐在于瞳瞳对面,优先开口:"给你讲点狗血的故事。"

郑蕤没问于瞳瞳的事情,如果小姑娘想要开口,她早就开口了,也许她都没想好要怎么倾诉。

他们坐在奶茶店最里面的一个双人座位里,一人握着一杯温热的奶茶,郑蕤慢悠悠地给她讲了自己家里的事情,这些事他从来没跟人讲过,只有肖寒撞见过他妈妈,又推测出一些皮毛。

郑蕤跟于瞳瞳一样,他也不善于倾诉,很多时候他更习惯自己扛着这些破事,但今晚他面对着闷闷不乐的于瞳瞳,尽可能地

柠檬糖

把自己想表达的意思娓娓道来。

网上有人说过,女孩子更容易被比自己还惨的相似经历吸引注意力,甚至能从里面产生一种"那我的经历还不算很糟"的自我安慰。

郑蓁想用这样温柔的方式,让于曈曈打起精神来。

最后他温声说:"不知道那种理想的温馨家庭到底存不存在,但矛盾置之不理会变成更大的矛盾,沟通了才知道,结果是会更好还是更糟。"

于曈曈被郑蓁送回家,一路上两人没再说话,但她已经不再迷茫了。半个小时前郑蓁温柔地笑着,面对于曈曈的担忧,不在意地耸了耸肩,告诉她:"我们家江婉瑜女士,现在能当着我面摔东西了,这已经是个进步了。"

这个每天都像是发光体一样的郑蓁,他比自己的压力更大,他比自己要面对的更多,却仍然游刃有余地笑着,把自己最好的状态展现出来。她也一定可以的吧?

于曈曈站在家门口,轻轻闭了闭眼,耳畔是郑蓁的声音,比奶茶入口还温暖。

他说,别怕,去跟他们谈谈,我支持你。

她深呼了一口气,把钥匙插进了家门的钥匙孔里。

于曈曈回家之后,状况并没有想象中那么难,她镇定地坐在沙发里,面对着姥姥和爸爸妈妈,他们之间有种剑拔弩张的气氛,但于曈曈尽可能地把自己的心态调整好。

第八章　每天都在单相思

她也许不够聪明，也不够善于表达，每当这场家庭谈判走向僵局，她都会在心里想，如果是郑蕤，他会怎么做。

抱着这样的想法，最后她答应妈妈和姥姥尽量早休息，妈妈和姥姥也暂时同意让她自己把握休息时间。

三个小时的家庭争论，双方各退一步，这已经是最好的解决方式了。

毕竟如果没有郑蕤，于瞳瞳也许不会去面对他们，只会沉默着把所有的委屈都藏在心里，然后等待着、积攒着，直到有一天爆发。

或者是在一次又一次的沉默里筋疲力尽，然后自暴自弃，又变回之前那个每天混着日子的没有目标的状态。

在这三个小时里，她手心里紧紧握着一块柠檬糖，提醒着自己不要慌、不要怕。

也不断地在脑海里回忆郑蕤倚在奶茶店浅木色的椅子里的样子，他骨节分明的手指有一下没一下地敲着桌子，毫无保留地把他压抑在心里已久的故事慢慢讲给她听，他那双原本桀骜的眸子里只有温柔。

他本该是一只迅猛的豹子，却像一只猫一样，不设防地把软乎乎的肚皮露出来给人摸。

靠着郑蕤借给她的勇气，她终于从某个牢笼里挣脱开，得到了暂时的安稳。

解决了家里的事情，于瞳瞳给郑蕤发了条消息，没想好怎么开口，就选了个表情包发过去。郑蕤直接打了视频过来，盯着镜头看了一会儿，才笑着说："没哭就行。"

柠檬糖

于曈曈是想说谢谢的,结果这人不领情,一副漫不经心的样子:"哎,白说了那么多悲惨童年了,结果什么都没有啊?"

于曈曈举着手机,笑了起来,这是她今天的第一个笑容。

跟姥姥和爸妈的相处似乎又回到了从前,争吵仿佛没发生过一样,但偶尔她学得晚一些时,出去倒水喝或者做别的事情,还是能看见妈妈或者姥姥欲言又止的样子。

为了避免争吵,她尽可能把在学校的零碎时间利用起来,这样回家的压力就少了很多,也能早点睡,皆大欢喜。

掌握好节奏的于曈曈终于没了顾忌,像一把出鞘的剑,带着一股野心勃勃的气势。

毕竟越是了解郑蕤,就越是发现他优秀。越是发现他优秀,于曈曈心里的压力就更大,鼓足了劲儿想要把自己最好的一面展现给他。

第九章
玫瑰和误会

中秋晚会的前两天，张潇雅终于知道了她同桌要给晚会当主持人的事了，拉着于瞳瞳的手喋喋不休。

张潇雅控诉于瞳瞳的时候，于瞳瞳正在艰难地咽着一大杯中药汤，前天爸爸劝了姥姥和妈妈一通，说现在跟以前不一样，生活条件这么好，熬夜多补补就行了。

于瞳瞳也没辙，能自由支配时间已经可以了，中药喝点就喝点吧，最后一口带着药渣，最苦不过了，她含进嘴里正要咽下去。

一旁的张潇雅突然恍然大悟，一拍桌子："我知道了！"

"咳咳！"于瞳瞳被半口中药呛得差点离世，咳了半天才转过头来，艰难地问，"你说什么？"

张潇雅胸有成竹地抬着下巴："郑蕤是不是早就知道你要当主持人的事？"

于瞳瞳张着嘴，她想反驳"他不知道我要主持的事啊！"

后桌的刘峰先开口了，以一种"又聊郑蕤，郑蕤贼优秀"的口气，骄傲地开口："你俩消息这么灵通？我都是才知道的呢？他这一上台，准是又要火了！"

于瞳瞳也顾不上反驳了，一脸蒙："什么上台？"

第九章 玫瑰和误会

她手里喝空了的中药瓶子都被她捏得发出"咔嘣"一声脆响，脑子里茫然地想，上台？上哪个台？当时侯老师没说主持人是双人啊？不会是郑蕤要跟她同台主持吧？

其实于曈曈有点怀疑，自己要是跟郑蕤站在一起主持，她会不会说话都结巴……

毕竟跟优秀的人合作，压力是真的大！

"听说严主任找他了，说他现在是学弟学妹心目中的偶像，让蕤总也报个节目，要积极向上有带动性的。"刘峰得意地吹捧着自己的好兄弟，"郑蕤非常从容，压根儿不带紧张的，随口就说，那我唱个歌儿吧。"

于曈曈松了口气，装模作样地转回身去把水瓶收好，又掏出一套习题放在了面前，但她的注意力还在身后，偷偷听着刘峰他们讨论郑蕤的事情。

中秋晚会之前需要上台的人员都可以在课间或者午休去礼堂熟悉场地，于曈曈惦记着网上的经验帖里的内容，拿着一卷宽胶带跟着张潇雅一起去了礼堂。

于曈曈站在礼堂的舞台上，有点心跳加速，说不紧张是假的，她深呼了一口气，问："潇雅，这里是中心位置吗？"

主持人报幕还是要站在舞台中央最好，但于曈曈对自己的方位辨别没什么信心，准备先来做个记号。

果然她问完，张潇雅就摇了摇头："不是，再往左边一点，对，再往左边挪一小步。"

于曈曈按照张潇雅的提示往左侧挪了两米："这样呢？"

295

柠檬糖

张潇雅比了个"可以"的手势:"就站在这儿,别动啊。"说完就拿着胶带往于曈曈身边跑。

两人弄了好久也没弄好,尤其是手上涂了护手霜后,滑溜溜的更难摸到头了。

"你们怎么在这儿啊?"

身后响起了个男声,张潇雅和于曈曈转头看去,竟然看到了手里拿着个小望远镜的肖寒。

张潇雅冲肖寒招手:"肖寒,快来帮个忙,我俩撕不开胶带了。"

肖寒看了眼于曈曈手里的胶带,突然说:"于曈曈,往那边走,上后台找郑蕤帮你吧,我最烦找胶带头了。"

张潇雅立马说:"曈曈,你去找郑蕤帮个忙,我在这儿给你踩着点。"

于曈曈哪知道这两个人脑子里在想什么,老老实实地拿着胶带起身了:"那你等我一下,我马上回来。"

后台播放室里的郑蕤弯着腰,一只手拄在桌子上,一只手滑动着鼠标,往后台的电脑里导配乐,听到身后的脚步还以为是肖寒回来了,随口问:"这么快?"

于曈曈正在下后台的台阶,台阶上堆了一堆要做场景布置的道具,她小心地挪动着脚步,冷不防地被突然出声的郑蕤吓了一跳,绊在了一根栓幕布用的绳子上,惊呼一声,身体向前倾去。

郑蕤反应极快,听到声音想都没想往身后拦了一下,一个带着淡淡柠檬香味的人影扑进了自己怀里,他愣了愣,低头看见一

第九章 玫瑰和误会

双瞪得大大的、惊魂未定的熟悉眼眸。

"你怎么来了?"郑蕤诧异地问,感觉她站稳了,他松开手退开半步。

于疃疃支吾了两下,举起手里的胶带:"找你帮忙撕个胶带。"

郑蕤靠在身后的桌子上:"撕胶带啊?我还以为……"

于疃疃拿着胶带的手在郑蕤面前摆得变成了一道扇形虚影:"是肖寒说你在这儿,我才来找你帮忙撕胶带。"

郑蕤勾起嘴角,她慌里慌张解释的样子,真是怎么看怎么可爱。

礼堂是个老楼,再加上是后台,光线不怎么样,没人还安静,小姑娘今天看上去状态也特别好。

于疃疃被他惊得一怔,手里的胶带没拿稳掉在了地上,胶带好像滚远了。

"水蜜桃?"郑蕤突然出声打破了沉默。

于疃疃大脑一片空白,连带着智商都有点下降,讷讷地问:"什么?"

郑蕤笑了笑:"好像有水蜜桃的味道。"

"是护手霜的味道……"于疃疃悄悄按住了自己的胸口。

"郑蕤!"肖寒走到后台门口,拉开门,"你们聊什么?"

郑蕤偏过头没什么表情地看了肖寒一眼,走了两步弯腰捡起地上的胶带,一边用手指摸索着胶带的开头,一边说:"没什么,我就是问个问题,已经问完了。"

肖寒看了眼还呆立在原地的于疃疃,心说,也不知道郑蕤到

297

柠檬糖

底问了什么问题,能把人问成这样。

"呲啦——"

郑蕤把胶带扯开了一些,于瞳瞳被胶带的声音惊了一下,回过神来,拿过胶带就跑,嘴里胡乱喊着:"我先走了!"

郑蕤盯着于瞳瞳的背影失笑,摇了摇头补了一句:"慢点,别再摔了。"

小姑娘脚步不停地跑着,瞬间消失在拐角处。

肖寒看着郑蕤勾起的嘴角:"心情这么好?"

郑蕤手握着鼠标把后台的电脑关机,随口说:"就问俩问题。"

"我是不是来早了?"肖寒瞥着郑蕤。

"没有,刚刚好。"郑蕤说。

"我听张潇雅说,于瞳瞳要给中秋晚会当主持人?两人拿着胶带来贴位置的,说是怕站的位置不好影响效果。这事你知道吗?"肖寒问。

郑蕤一扬眉:"还真不知道。"

郑蕤回想起之前她在主任办公室帮郭奇睿说话那次,她紧张得手都抖了,他垂眸想了想,也就明白了她这段时间为什么这么忙了。

小姑娘有目标,想成长了,这是好事。郑蕤把手往兜里一插:"你之前是不是说要拿单反给我摄像来着?"

"对啊!"肖寒一拍手,"新内存卡我都准备好了,保证你唱多长时间都没问题,这是高三最后一次有这种活动了,给你录下来咱们留个纪念!"

第九章 玫瑰和误会

郑蕤拍了拍肖寒的肩膀,笑着:"别录我,帮我个忙,于瞳瞳主持的每一句话都帮我录下来。"

肖寒有点不能理解,又不是表演,主持词有什么好录的。

郑蕤一笑:"我要剪辑一下,送于瞳瞳家长一份礼物。"

让他们知道,于瞳瞳有多优秀,也想让他们不要再做蔽日的乌云了。

下午最后一节课,下课铃一响,校园里顿时就热闹了,这是中秋节放假的前一天,一中学生盼星星、盼月亮,终于把中秋晚会给盼来了。

礼堂后台的更衣室里,于瞳瞳一个劲儿地摇头,一边摇头一边往后躲,小声跟面前的人商量着:"我能不能……不用这个?"

站在她身后的张潇雅用手掌把她的头推了回去,没好气儿地说:"不用什么不用,必须用!贴个假睫毛,再画个睫毛膏,眼影和眼线都不能少,要不然灯光一打那还能看吗!"

于瞳瞳心里嘀咕,怎么就不能看了?又不是照妖镜,就算是照妖镜,我也不是妖精啊……

想到小妖精她眯眼笑了笑,之前张潇雅说郑蕤是妖精的事又被她想起来了。她这边眼睛一弯,张潇雅的表姐赶紧喊了一嗓子:"妹妹,眼睛别动啊!我这假睫毛差点就戳你眼睛里去。"

于瞳瞳吓了一跳,赶紧绷直了身子,眼睛瞪得大大的,也不敢再动了。

礼堂的更衣室很大,还有几张桌子上面支着镜子,就是已经

柠檬糖

很久没人用了，上面挂了厚厚的一层灰，张潇雅用了半包纸巾才擦出一块能看清人的。看于曈曈一副眼观鼻、鼻观心的样儿，张潇雅的表姐笑着说："放松点妹妹，别紧张，你这张脸再加上我这个化妆技术，今天你必须是整个礼堂里最美的。"

张潇雅靠在于曈曈身后嗑着瓜子："我表姐不穿裙子和高跟鞋都不出门的，今天为了翻咱们南楼后面的墙，忍痛割爱，穿个运动鞋就出来了。"

表姐把假睫毛帮于曈曈贴好，又拿起眼影刷开始给她画眼影，听到张潇雅的话撇了撇嘴说："我这双鞋还是为了爬山买的，今天第二次穿，穿上之后好像让人把腿敲断了似的，比平时矮了半个头。"

于曈曈跟着笑了起来，又不敢做出太大的动作，身体轻轻地颤了两下，紧紧抿着嘴角。

"笑吧，眼睛差不多了，自己照镜子看看。"表姐拍了拍于曈曈的肩膀，感叹道，"年轻真好啊，满脸的胶原蛋白，薄薄一层粉底就跟块儿豆腐似的了。"

于曈曈小心翼翼地睁开眼睛，这是她第一次化妆，幼儿园的时候跟着班里大合唱时倒是被老师拉着打扮过。但幼儿园班主任的"化妆"简直是太敷衍了，手里拿着个大红色的口红，跟给猪肉戳检疫合格章似的，排着队，过去一个一个地在脑门上用口红戳个红点，再往手腕上系个拉丝花，就算是打扮了。

这会儿于曈曈睁开眼，头顶上的风扇吹过一阵风，她突然觉得自己以前好像没长过睫毛，纤长的假睫毛被气流吹得在眼前忽

第九章　玫瑰和误会

闪忽闪地晃,镜子里的女孩眼睛弯了弯。

于曈曈有点自恋地想,我真好看。

"好看吧?"表姐满意地拍着手。

张潇雅举着手机冲于曈曈拍了两张:"曈曈真的太美了,跟个仙女似的。"

于曈曈不太擅长聊这类话题,她不知道被人夸了该做个什么回应好,也没有郑蕤那么厚的脸皮,有人说他帅的时候能坦然回答"我是帅"。

面对这种情况于曈曈到底是道行浅,只能保持着沉默。

张潇雅倒是不在意,把手里的照片发给了肖寒,噼里啪啦地打字:礼堂后台换衣室。

帮于曈曈确定主持人站位之后,张潇雅和肖寒就达成了共识,经常私底下互相通风报信儿。张潇雅把瓜子皮丢进垃圾袋里,拍了拍手,趁着于曈曈被她表姐捏着下巴涂口红的时候,凑过去问:"曈曈,你上次跟郑蕤怎么说的啊?"

于曈曈的脸不能动,只能转动眼珠,迷茫地看了张潇雅一眼。

正涂着口红也不太好开口,于曈曈本想等涂好口红再解释的,结果张潇雅带着点失望地幽幽开口道:"唉。"

于曈曈一惊,张开嘴就想说话,表姐手里的口红随着她的动作"嗖"的一下画出了嘴角。表姐先吼了一嗓子:"哎!老实点!涂口红呢别张嘴!"

于曈曈被张潇雅的表姐突然一嗓子给吼蒙了,吓了一跳,缩着脖子闭上嘴,再从镜子里看去,张潇雅也没什么表情,正哼着

301

柠檬糖

歌儿拿着手机不知道跟谁聊天呢。

肖寒是个到时间不吃饭就浑身难受的闲人，郑蕤也不用像小姑娘似的化妆换衣服，两人坐在食堂里，肖寒拿着校园卡，扭头问郑蕤："你吃什么？"

郑蕤撩起眼皮随便瞥了一眼食堂窗口的菜单，突然目光一顿，视线落在了瓦罐汤上，脑海里又浮现起小姑娘纤细白皙的手指，还有指尖上的粉红色，随口就说了句："笋尖豆腐。"

"啊？"玩着手机的肖寒没反应过来，顺着郑蕤的视线往前面一看，有点不解，"瓦罐汤？笋尖豆腐？这么素？"

郑蕤回过神，暗笑了自己一声，干脆就应下了："就这个吧。"

"行，你说了算，我今天得多吃点，鸡腿、鸡翅的我得多来几个。"肖寒嘟囔着走远了。

郑蕤刚才跟肖寒说话只用了一半的脑子，还有一半的思维留在小姑娘好看的手指上，直到肖寒托着俩餐盘过来，他才把画面从脑子里赶了出去。

看着面前清汤寡水的瓦罐，郑蕤"啧"了一声。

"蕤总。"肖寒咬着鸡翅，口齿不清地说，"于瞳瞳今天化妆了，要不要先去看看啊？"

郑蕤扬了下眉，用筷子夹起一根笋尖放进嘴里，慢慢嚼着没说话。

"不去吗？"肖寒把鸡骨头吐到纸上，"不想先看看于瞳瞳化完妆的样子吗？到时候我肯定低头不看，让你成为第一个，怎么样啊？"

第九章 玫瑰和误会

郑蕤轻笑了一声:"吃你的饭吧。"

嘴上这么说着,吃完饭郑蕤还是跟肖寒慢悠悠地往礼堂走去,肖寒的脖子上挂着单反相机,有一搭没一搭地跟郑蕤说着话。

"回头我让别人帮你录像吧,我就全程给你录于瞳瞳的主持词,保证找好角度,录得美美的,我也服了,还有家长拦着孩子变好的?

"你说于瞳瞳这么优秀,她家里人咋想的,是想把金子按回土里去当石头吗?我爸妈咋不这么想呢!"

……

郑蕤突然偏过头:"在哪儿?"

"啊?"肖寒一脸蒙地看着郑蕤,"什么在哪儿?"

"在哪儿化妆?"郑蕤看着肖寒,轻飘飘地问。

肖寒愣了一下,突然开始笑:"我都把这事忘了,你还记得呢?还真要当第一个看的男生啊?你就坐在礼堂里消停地等着人家上台报幕不好吗?"

郑蕤面无表情地看着笑得话都说不利索的肖寒,吐出俩字:"不行。"

"后台更衣室,哈哈。"肖寒笑得眼泪都出来了,"那你吃饭的时候怎么不说啊,问你半天你也不理我,我以为你不看呢。"

一中礼堂的更衣室在一楼半的位置,这会儿离晚会开始也没多长时间了,学生会已经开始维持秩序,更衣室只有女生才能享受,男生又不用化妆,要换衣服也只能拎着去厕所换。

郑蕤和肖寒进不去更衣室,只能在后台往更衣室走的楼梯下

柠檬糖

面等着,楼梯下面是个三角形的空间,这地方平时都没人来,跟鬼楼有的一拼,头顶上都还结着蜘蛛网。

肖寒问:"紧张吗?"

郑菽没什么表情,抬起脚给了肖寒一下:"这种情况有什么好紧张的。"

等了一会儿也不见有人出来,肖寒扫了两眼四周,给张潇雅发信息:怎么还不出来?

张潇雅估计一直拿着手机玩呢,回得还挺快的:马上,已经准备出去了。

肖寒说:"要出来了。"

嗯?要出来了?

郑菽从楼梯下面探出头去,正好看见于曈曈提着裙摆推开更衣室的门。小姑娘的头发绾成了一个花苞,一身白色抹胸长裙,提起裙摆露出一小截细腿,正回头不知道跟身后的人在说什么,修长的脖颈拉出一条笔直的线,下面是又平又直的锁骨。纤长的睫毛,弯弯的眼睛,红樱桃似的嘴笑得灿烂,如果说平时她看着是那种可爱的好看,现在化过妆的她看上去更成熟一些,甚至被装扮出一点妩媚的感觉。

郑菽甩了甩手。真好看。

一中的礼堂八百年用不上一次,光是高一年级坐进去就已经很热闹了,肖寒挂着观众席椅子的扶手跟张潇雅打着商量:"美女!你这个位置比我们班靠前将近十排,我们班几乎坐到门边上

第九章 玫瑰和误会

去了,晚点郑蕤唱歌,麻烦你给录一下呗!"

"行!交给我!保证给咱校草录得无敌帅!"礼堂里早就热闹得翻天了,张潇雅不得不扯着嗓子喊着回答肖寒。

肖寒也喊:"那就交给你了!谢谢啊!回头请你喝饮料!"

"我要加了布丁和红豆的奶茶!"张潇雅继续喊着。

相比礼堂前厅,后台稍微安静点,起码说话声能听清,后台负责声控的老师拿着节目单跟于瞳瞳核对着,核对到一半突然拍了拍脑袋:"瞧我这个记性,严主任说后面还临时加了个节目来着,张老师,配乐电脑上有吗?"

电脑前面的张老师点点头:"有的,在节目单上加一下吧,主持人别忘了。"

于瞳瞳坐在一旁,无声地弯了弯眼睛,她怎么会忘呢,那个节目是郑蕤的吧,刘峰之前说了郑蕤答应严主任上台唱首歌,于瞳瞳手里的节目单又没有郑蕤的名字,郑蕤是故意被放在最后压轴的。

"我写上啊,高三理(1)班,郑什么?"声控老师用笔尖挠着脑袋嘀咕了一句,"我就写个拼音吧。"

"草木蕤蕤。"于瞳瞳突然出声了。

"啊?"声控老师顿了顿,抬头看了眼一直安安静静的主持人,又拿着笔在纸上画了个草字头,"太久不写字了,提笔忘字的,要不我还是写拼音吧。"

"我写吧。"于瞳瞳伸出手。

声控老师把笔递了过去,心里还有点诧异,刚才核对节目单的时候这个小主持人一副没脾气的样子,说什么是什么……

柠檬糖

字幕打不打？都行。用不用特别投射灯？都行。麦克风要不要支架？都行。

结果这个"蕤"字他要用拼音代替，怎么突然就不行了呢？

估计这个小主持人成绩挺好的，是学霸的自我修养？看不得错字？必须得写正确才行？

声控老师这么想着，看着面前的女生拿着黑色的碳素笔，一笔一画地把那个复杂的"蕤"字写在了节目单上。

"倒计时三分钟，主持人准备。"电脑前的张老师看着手表提示道。

于曈曈慢悠悠地写完郑蕤的名字，又仔细看了一眼，觉得今天自己的字发挥得还可以，这才满意地冲着老师们点了点头："准备好了。"

她深吸了一口气，直接把节目单和主持词放在了后台，起身往幕布边走去。

在开场音乐响起时，于曈曈踩着脚下的小高跟鞋向台前走去，一楼和二楼的观众席黑压压地坐满了人，这要是个密集恐惧症患者，可能当场就得撂挑子不干了。

于曈曈也有些紧张，这是她第一次站在这么多人面前，握着麦克风的手心隐隐约约又渗出汗水，她闭了下眼睛，郑蕤那天站在主席台前侃侃而谈的样子再一次出现。

于曈曈，你可以的，郑蕤很优秀，但你也不差。

你可以的。

于曈曈睁开眼睛，握着麦克风，脸上挂着笑："明月几时有，

第九章　玫瑰和误会

把酒问青天，中秋节是我国民间的传统节日，也是期盼团聚、期盼团圆的节日。在这样的佳节前夕，我们安市一中的师生共聚一堂，共同庆祝从明天开始的三天中秋小长假！"

台下一阵笑声，于瞳瞳扶额，语笑嫣然："对不起领导，对不起老师，我太激动了，把心里话给说出来了。"

她身后的大屏幕瞬间投影出坐在第一排的校长和副校长等一众领导的表情，都挺严肃的。于瞳瞳回头看了一眼，表情夸张，捂着嘴，像吓了一跳似的，整个人都绷得特别直，开口语速又快又利索："今夜阳光明媚，今夜多云转晴，让我们师生共度安市一中建校以来的第四十六届中秋晚会！"

下面的笑声更大了，不像是学校举办的那种墨守成规的晚会，倒像是演唱会现场，气氛热闹得飞起，校领导和老师们似乎对此也格外纵容。

安市一中是功勋累累的老校，也容易陷入"学校是否给学生过大压力""学校是否过度重视成绩而忽略了学生的心理健康"等舆论的压力。于瞳瞳这些主持词都是之前就改好的，严主任看过之后特别满意，甚至拿给校长看了。

站在台上的于瞳瞳伸出手向下压了压，笑着说："给我个表现的机会，你们的声音太大啦，我这个主持人都没有用武之地了。"

下面果然安静了些，于瞳瞳站在舞台中央，简单地介绍过中秋晚会的举办目的之后，切入了主题："下面就该有请第一个节目的表演者出场了，要不要猜一猜第一个节目是什么啊？"

头顶的滚动字幕适时亮起了红色的字，台下一片沸腾，一中

柠檬糖

的艺术生里有个小乐队叫"白夜行",在学校挺出名的,字幕一亮下面就齐声喊了起来"白夜行!白夜行!"

于瞳瞳眨巴着眼睛,挺无辜的:"啊?那是下一个节目,第一个节目是校长讲话啊同学们!"

每个学校都一样,大型活动上只要校长讲话,至少半个小时起步,还有的能说一个小时。这种活动最怕的就是校长讲话这个环节,下面的学生顿时不乐意了,发出了一阵"噫——"的声音。

于瞳瞳把手拢在耳边,侧过脸听了一秒,突然说:"啊,校长说不讲话了,让我替他告诉你们,劳逸结合,玩得愉快!"

台下瞬间响起一阵吹捧和掌声,校长乐得合不拢嘴。

"下面有请我们学校的明星乐队,白夜行!"于瞳瞳趁着气氛正好,报出了白夜行的名字,然后把舞台让了出来。

郑蕤听着于瞳瞳的声音被麦克风放大传至礼堂的每一个角落时,也跟着勾起嘴角,她成长得真的很快,一个多月前还因为在严主任面前说了两句话,手都吓得直抖,现在已经能自信地站在舞台上了,像一朵白色的小百合,在聚光灯下,迷人又耀眼。

他迈着步子走到后台:"张老师,您找我?"

"郑蕤是吧?你来确定一下配乐,我这儿不知道是谁又放了个文件在桌面上,不是你的吧?你换歌了?"张老师坐在电脑前冲着郑蕤招手。

郑蕤走过去:"不是,我还用之前的。"他指了指电脑屏上自己放在那里的文件。

张老师把文件单独拖了出来:"那行,我就问问你,怕放错

第九章 玫瑰和误会

配乐。"

郑蕤准备走时，余光瞄到了桌上的节目单，第一行就写着"主持人，于瞳瞳"。

小姑娘可不是瞳孔的瞳呢，她是暖洋洋的小太阳的曈。

他脚步停了下来，随手从桌子上拿起一支没盖笔帽的黑色碳素笔，一笔把"于瞳瞳"三个字划掉。

"哎？同学，干什么呢？"声控老师看见郑蕤的举动，出声问了一句。

"错字，我改一下。"郑蕤淡淡地说，拿着碳素笔慢悠悠地在旁边的空白处写下了"于曈曈"三个字。

声控老师笑了："你们这些学霸啊，眼睛里容不下沙子，小主持人也是，我写你名字时提笔忘字，我说用拼音代替一下，小姑娘非不干。"说完又笑了，"怎么她自己的名字被打错了倒是没发现？"

郑蕤顺着节目单往下看去，最后一行字中果然有个熟悉的字体，小姑娘娟秀的小字，一笔一画地写了他的名"蕤"。

突然感觉到一种默契，郑蕤笑了，扬着嘴角说："我们学霸都较真儿。"

有主持人带着，中秋晚会的气氛真是从头燃到尾，校领导也都乐见其成，校长的嘴就没合拢过，被不知道是谁甩飞的荧光棒砸了一下后脑勺仍然是乐呵呵的，副校长还捡起荧光棒跟着挥了挥。

"原本呢，最后一个节目已经表演完了，我这个时候上来应该是说闭幕致辞了，但今天你们有眼福了，咱们学校有个'校草学

柠檬糖

霸'，外校都有老师放他发言的视频。"

台下此起彼伏地响起了郑蕤的名字。

于曈曈低头一笑："对啊，就是郑蕤，外校都有视频看，咱们本校的必须有福利是不是！"

伴奏一响，于曈曈笑着后退，转身向台下走去，郑蕤踏着伴奏走上台，两人擦肩而过的时候，郑蕤和于曈曈同时开口了。

"小姐姐，今天真美。"

"好好唱啊。"

两人相视一笑，交接了麦克风。穿着校服的郑蕤，接过麦克风迎着震耳的欢呼走到舞台中央。

这是今晚唯一一个穿着校服上台的人，什么打扮都没有，聚光灯打在他的脸上时，仍然让人移不开眼，骄傲的、嚣张的、自信的、张扬的、帅气的，好像所有年少轻狂都集结在此时的郑蕤身上。

他撩了一下刘海，露出光洁的额头，食指和中指一并，像是手枪一样，冲着台下比了一下，嘴里轻轻发出"嘭"，随后开口，磁性的男声回荡在礼堂里。

于曈曈踩着歌声的前奏努力往台下跑，结束语什么的都是郑蕤的工作了，她今天的表演已经结束了。

于曈曈一手提着裙摆，也顾不上脚下穿的是不是高跟鞋了，心里只有一个念头，想坐在台下像其他观众一样，完整地听完郑蕤唱歌。

"曈曈，这儿！"张潇雅冲着于曈曈招了招手。

于曈曈艰难地侧着身挤进了张潇雅给自己留的位置里，同时

第九章 玫瑰和误会

往台上看了一眼,郑蕤用手指并成了手枪的形状,冲着台下做出了打枪的动作,嘴对着麦克风,轻轻发出一个气音"嘭"。

于瞳瞳的心脏仿佛停了一下。

那个瞬间于瞳瞳像是被击中了一样呆呆地看着台上的郑蕤,观众席的灯光突然灭了,台下的各色荧光棒像是星海,郑蕤磁性的声音在礼堂里响起。

张潇雅还记得答应肖寒的事,举着手机给郑蕤录像,偏过头看见站在那儿的于瞳瞳,赶紧拉了她一下,小声说:"瞳瞳,坐下啊,挡到后面啦。"

于瞳瞳被张潇雅拉了一下,坐进椅子里。荧光棒在黑暗里闪着,就像是那天郑蕤家的安全通道里的墙上星星点点的荧光。

于瞳瞳又想到他说的,我陪着你呢。

台上的歌声停了一瞬,在节奏感超强的配乐下,郑蕤突然勾唇一笑,对着话筒开始唱歌。

他整个人很放松,肢体舒展,手臂随节奏挥动。

台下的尖叫声连成一片,于瞳瞳觉得整个人都兴奋到轻飘飘的,像是做梦一样。身旁的张潇雅感叹了一句:"天啊,真不愧是郑蕤,这谁能扛得住啊,我手都麻了。"

说完她突然转过头问:"是吧,瞳瞳?"

于瞳瞳目光停留在舞台上的身影上,轻轻说:"是啊。"

郑蕤一连唱了三首歌,都是他喜欢的歌手的歌,有一首于瞳瞳听着格外耳熟,突然想起,郑蕤的手机铃声就是那首歌,他曾

311

柠檬糖

经在安全通道里唱过几句。

相比前面一本正经的诗歌朗诵和合唱,郑蕤的歌明显更受观众欢迎,礼堂气氛热烈,大家都拼命地挥舞着手里的荧光棒。

校长跟坐在他左侧的严主任说:"我真是岁数大了,理解不了这些小年轻喜欢的东西了,让他们吵得我这太阳穴直跳。"

严主任难得没有拉着脸,笑呵呵地看着舞台上的郑蕤:"郑蕤这孩子好啊,聪明、成熟,还知道为学校着想,一会儿他唱完还有个环节,副校长跟您说了吧?"

"说了说了。"校长拍着自己的肚子,看了眼台上目光一直望向某个方向的郑蕤,嘀咕着,"什么为学校着想,这小子这个样子也不像是为学校着想啊。"

"嗯?"严主任当教导主任多年,耳聪目明的,连校长的小声嘀咕也没放过,敏感地竖起耳朵,脸色严肃,"怎么回事?郑蕤成绩也好,上了高三也不逃课也不打架的,难道……"

严主任几乎是贴着校长耳朵边惊呼出来的,校长往旁边退了退,捂着耳朵:"严主任啊,你这个脾气得改改,今天气氛多好,你怎么又琢磨这些?你就是太操心了,你瞅瞅你这个秃顶,比去年更严重了。"

校长看着严主任的头发,戳完一刀还不够,又来了一刀:"我听说学生给你起外号叫'秃鹫'啊?"

校长话音一落,观众席又是一阵尖叫,郑蕤深深鞠躬,对着麦克风笑着说:"中秋快乐!"

"我上台之前,有位同学拜托我给她留出一点时间,我同意

第九章 玫瑰和误会

了,下面我把舞台让给鲁甜甜同学,她有话想跟大家说。"郑蕤慢悠悠地说。

台下响起一阵议论声,知情的人都在纳闷,"鲁甜甜回学校了?什么时候?"不知情的人也很蒙,"鲁甜甜是谁?是要表演节目吗?"

观众席上的张潇雅也挺惊讶的,把录像关了,转头问:"你知道怎么回事吗?"

于瞳瞳茫然地摇了摇头,后台的老师没跟她说会有这个环节,只告诉她把麦克风交给郑蕤之后他会负责谢幕。

在观众席议论纷纷的好奇和不解声中,休学了一个多月的鲁甜甜走到了台上,有些紧张,咽了好几口口水才抬起头。

鲁甜甜瘦了一些,但看上去比离校那天状态好了很多,双手紧紧握着麦克风,深呼吸之后才开口:"大家好,我是高三文(1)班的鲁甜甜,大概很多人都知道我在文科楼天台宣泄情绪却被误会的那个事情。"

这句话一出,台下的议论声更大了。

"我今天站在这里,首先想给我的同学和老师们道个歉,那天我做的不成熟的一切,让大家担心了,对不起。"

鲁甜甜鞠了个九十度的躬,再抬头时眼眶通红,观众席像是被按了静音键,鸦雀无声。

她继续说:"我知道因为我的举动,让很多高三的同学都变得很紧张,是我给大家带来了不必要的压力,对不起,真的对不起。是我太偏执、太脆弱了,我总是在担心自己考不好,总是觉得高

柠檬糖

三的时间不多了,是我还没做出百分百的努力就开始杞人忧天。"

"真的真的对不起,对不起。"鲁甜甜哽咽着说。

"还有很多时间呢!三百天呢学姐!别怕啊!"不知道是谁在下面喊了一句,紧跟着坐在前面的高一和高二的学生们纷纷开口,"就是,别怕,还有很多时间。"

鲁甜甜再次鞠躬。

"因为我的冲动和不成熟,网上有很多人在骂一中,可是我想说,一中很好,一中真的很好,我休学的这一个月每天都想回来上学,老师们经常给我发信息,同学们也都会给我发复习资料……

"我们班有个女生,叫于瞳瞳,高中两年多时间里,我们一共就没说过几句话,她还一直认为我叫孙甜甜。但那天她站在天台上,对着我说了很多,我们一起哭了,就是那个时候我才意识到,有压力的不止我一个,但懦弱的、想要放弃的,却只有我自己。"

想到于瞳瞳,鲁甜甜笑了笑,带着满脸的泪水,温和地说:"后来她寄给我一堆厚厚的笔记,很多都是老师总结的重点和例题,上面写着,送给孙甜甜,希望孙甜甜早日回归。"

鲁甜甜的眼泪顺着脸颊涓涓流下,极力忍着声音里的颤抖:"谢谢你于瞳瞳,还有理科班同学写给我的匿名祝福,谢谢你们!

"我不会再放弃自己了,我会一直努力。"

鲁甜甜站在台上断断续续地说了很多,一直到她说完,台下安静的观众席突然响起一阵掌声,比今晚的任何一次掌声都更热烈,像是想要通过掌声把祝福传递给她。

高三文(1)班的英语老师走上台去,拥抱了哽咽着的鲁甜

第九章 玫瑰和误会

甜,她握着麦克风:"你们都是最棒的,今天就到这儿了,晚上回去注意安全,假期愉快孩子们。"

中秋晚会闹了一晚上,以一个学校领导都不得不承认的,非常正面的方向做了结束。

下台之后鲁甜甜找到了于曈曈,于曈曈正在抹眼泪,看到鲁甜甜之后不好意思地笑了笑,张开双臂拥抱她:"你真勇敢,欢迎你回来。"

鲁甜甜摇头,小声说:"是你们给了我勇气,于曈曈,真的真的很谢谢你。"

于曈曈拍了拍鲁甜甜的背:"都过去了。"

鲁甜甜手里有一束花,是特意为于曈曈准备的,她把花放进于曈曈手里:"这是我妈妈让我给你带来的,她说她很感谢你。"

鲁甜甜露出一个淡淡的笑容:"中秋节之后班里见,还有,我不叫孙甜甜。"

"班里见,鲁甜甜。"于曈曈说。

抱着花的于曈曈非常激动,她替归来的鲁甜甜开心,也为她能站在台上说出那么多话感到高兴,鲁甜甜大概是真的可以面对自己了,那个双目失神的女孩,终于有勇气面对生活了。

于曈曈的激动也不只是为了鲁甜甜,还有自己。

她没想到自己这么微不足道的人、这么没有存在感的人,会有一天被他人站在台上感谢,还收到了一束感谢的花。

那天她是受了郑蕤的鼓励,是郑蕤站在她身后,她才敢去说那番话。包括她今晚会站在舞台上做主持人,这些是以前的于曈

柠檬糖

瞳做不到的事情,但现在她都做到了。

于瞳瞳抱着花,自顾自地垂眸笑了,这个人生的"高光时刻",是郑蕤带给她的。

"瞳瞳,明天出来玩吗?"张潇雅收拾好东西问道,毕竟晚会结束之后就是三天的中秋假期,整整三天呢,张潇雅的脑子里有关于出去玩的一万种想法。

于瞳瞳像是没听见她说的话,自顾自地愣了一会儿,突然把手里的花塞进了张潇雅怀里。

鲁甜甜送的花是一束混搭的花束,有百合也有玫瑰,还有康乃馨、小雏菊和满天星,于瞳瞳飞快地从里面抽出一枝玫瑰,转身就跑。

中秋晚会散场,礼堂两侧的门挤满了人,于瞳瞳找到郑蕤班级所在的区域时整个人都带着激动。

肖寒正在摆弄相机,看到于瞳瞳有些诧异:"你怎么来了?"

于瞳瞳喘了口气,目光越过肖寒,往他身后的人群里张望:"郑蕤呢?"

"他好像出去了。"肖寒一直在检查相机里的视频,郑蕤反复交代,视频必须万无一失,他这一晚上都紧张着相机会不会出差错,根本没注意郑蕤去了哪里。

这会儿于瞳瞳一问,肖寒挠了挠头,问身后的同学:"你们谁看见郑蕤了?"

于瞳瞳也跟着看了过去,只看到一个瘦高的男生,脸上带着温润的笑:"郑蕤吗?往那边走了。"

第九章 玫瑰和误会

"谢谢。"于曈曈没听清肖寒最后一句话说了什么,她只看清了那个男生指的方向,就顺着那个方向跑了。

她想去找郑蕤,想看到郑蕤,立刻,马上。

她想要在自己人生的高光时刻把手里的花分享给他。

她提着裙摆跑出了礼堂,身上的礼服裙摆很长很碍事,脚下的高跟鞋也不适合跑步,但于曈曈真的太想去见郑蕤了。

她就像是小孩子,有些什么成绩想要马上炫耀。

郑蕤班里的男生指的是一条小路,几乎没什么人,于曈曈跑着跑着就看到了郑蕤的背影,她想要叫他,但很快又看清了他不光是一个人。

于曈曈脸上的笑突然就淡了下去,她放慢了脚步,看清郑蕤身旁走着的是一个穿着小裙子的女生。

那女生穿着黄色的包身裙,头发盘起一个花苞,花苞上别了一朵黄色的花做装饰,很高,看上去有一米七五,穿着黄色的高跟鞋,身高到郑蕤耳朵那里,她有着纤细白皙的大长腿,走在郑蕤身边。

那个装扮于曈曈记得,作为晚会的主持人,每一个上台表演的人她都有印象,她知道,那是高一理(1)班表演单人拉丁舞的郑夕。

这个女生独舞了一曲拉丁,非常出彩,于曈曈在后台的时候听下一个节目的几个女生说,这个跳拉丁舞的郑夕同学,是以六中第一的成绩考进安市一中的,成绩好,长得也漂亮,军训午休的时候还给理科班这边的方阵唱过歌。

原本听的时候没有多在意,这会儿她看见人走在郑蕤身边,

柠檬糖

这些听过的话反而清晰地在耳畔回响了起来。

于瞳瞳没有开口叫郑蕤,可也没走开,她知道自己现在这个行为不对,但就是控制不住自己,想要偷偷跟上去。

郑蕤和他身旁的女生在理科楼楼后慢慢走着,一路走到了树林,于瞳瞳捏着花的手在胸前紧了紧,会停下来吧?

郑蕤的脚步没停,两人走进树林。

于瞳瞳的瞳孔轻颤,蓦地回身。

够了,回去吧。

学校礼堂里放着轻音乐,学生们一群一群地从那边走出来,穿过操场,直奔校外。

于瞳瞳从心底发出一声长长的叹息,握着花的手无力地垂在身旁,踩着来时的路,浑浑噩噩地往回走。

第十章
我崇拜你,比你早多了

几个吃光了的外卖便当盒被丢在垃圾桶里，牛肉面的味道还没消散，但闲着消食的只有刘峰自己，郑蕤早就打开电脑开始忙了。刘峰靠在郑蕤家的沙发里，玩了会儿手机，百无聊赖地看着不知道在忙些什么的郑蕤和肖寒的背影，忍不住建议道："你俩忙什么呢，咱们玩会儿吧？"

拿着电脑剪辑视频的郑蕤掀起眼皮，淡淡地瞥向刘峰。

肖寒把最后一段视频导入电脑，说："你小点声，吵什么，打扰到干正事一会儿给你踢出去，来我陪你玩，蕤总今晚估计连睡觉的时间都没有，还陪你玩游戏？长点心吧你！"

刘峰迷茫地应了一句："点心？什么点心？"

一旁忙着的郑蕤肩膀抖了抖，忍着笑开口："哎，小声玩，别打扰我。"

郑蕤从学校回来就开始剪辑视频，他要把于瞳瞳主持的画面剪出来，还要配上观众的反应，最后一段鲁甜甜感谢于瞳瞳的那部分也要剪出来，还有他私下找严主任和校长录的寄语。

剪辑好放在一起，还要添加背景音乐和特效，组合成一个完整的视频，这个工作量并不小，他又不是专业的剪辑人员，这些

第十章 我崇拜你，比你早多了

可能要忙一夜。

郑蕤想明天天亮就把视频送到于曈曈家里去，让他们看看于曈曈有多耀眼。

刘峰小声问："他干什么呢？"

肖寒看了眼郑蕤的背影，也压低了声音："帮你前桌平反呢。"

"啊？"刘峰没太听懂肖寒的意思，问，"鲁甜甜今天上台，是不是你俩搞的事情啊？我怎么记得这一个月你俩总往鲁甜甜家跑呢？"

"嗯，跟你们英语老师一起的，想帮她走出阴影，不过我们都没想到她恢复得这么快，郑蕤天天以于曈曈的名义鼓励人家。"肖寒说。

郑蕤这边本来忙着剪辑视频，但这两人就在他身后的沙发上，左一句于曈曈，右一句于曈曈地念叨个没完。想到她今晚一身白裙的样子，他恍惚间觉得自己穿越时光，看到了自己的未来。郑蕤勾起嘴角，一手点着鼠标，另一只手忍不住拿起了手机，心想，打一个电话吧，聊几分钟就挂了，也费不了多少时间。

但他这会儿还不知道，于曈曈正单方面地跟他置气呢，更不知道自己错过了什么。贴在耳边的手机听筒里传来"嘟嘟——"的声音，还没嘟几声，通话直接就结束了，郑蕤把手机从耳边拿开，扬眉看了眼手机屏，这是被挂断了？不到十二点，应该还没到她睡觉的时间吧？

郑蕤看着手机非常不解，扭头问肖寒："你玩着呢？"

"没呢，怎么了？"肖寒说。

柠檬糖

"我手机好像坏了。"郑蕤把电话拨给肖寒,"给你打个电话,你接一下试试会不会自动挂断。"

话音没落,肖寒手机屏上的"蕤总"两个字就亮了,肖寒滑到接听,挺纳闷地问:"怎么了?这不是能接吗?"

说完看着郑蕤,此时的他一脸的"山雨欲来",刚才勾起的嘴角绷得跟尺子似的。肖寒脑子里闪过什么东西,今天一晚上他都忙得脚不点地,这会儿刚从纷乱的记忆里想起什么,刘峰喊了一句:"开了开了!"

肖寒和刘峰又沉迷到两人的小世界里去了。

郑蕤这边皱着眉不知道发生了什么,手机没坏,那就是她故意不接电话?可又为什么呢?

疑惑的郑蕤点开微信,发了句话过去:"睡了?"

等了一会儿也没有回应,他只能先把手机放在一旁,揉着太阳穴继续剪辑视频。忙起来时间倒是过得快,伴着肖寒和刘峰絮絮叨叨的声音,视频一点点成型。一直到做得差不多了,郑蕤才揉着僵硬的脖颈从电脑前抬起头,凌晨四点多,手机一直没什么动静,他拿起来又检查了一遍,微信、短信和未接来电统统都没有。

肖寒和刘峰又结束了一局,伸着懒腰,扭头看见郑蕤举着手机发呆的样子,肖寒一怔,举起手机拍了张照片,心说,郑蕤满眼红血丝脸色苍白的样子,真是我见犹怜啊。等有机会必须得给于瞳瞳看看,到时候就这么介绍:郑蕤,一个默默付出的男人。

想好了台词的肖寒往沙发上一倒:"峰子,你自己玩吧,我歇一下。"

第十章 我崇拜你，比你早多了

"做完了？"肖寒问。

郑蕤像是刚回神似的，沉默了两秒才把手机放回桌上，"嗯"了一声："差不多了，剩个收尾。"

他起身去厨房倒水，走到门口时候脚步一顿："这花谁送的？"

肖寒探头看了眼放在玄关的花，一拍额头："哎，你不问我都给忘了，鲁甜甜送的，说是感谢你和于瞳瞳，她妈妈订的，哦对了，她还说给你们订的一样的。"

郑蕤笑了笑，拿起花束看了两眼："那可惜了，早知道合个影好了。"

肖寒手机突然响了，郑蕤瞬间放下水杯和花，迈着大步走到桌前，拿起自己的手机，手机屏黑着。

也是，铃声都不一样，他怎么会觉得是自己的？

"骚扰电话也起得太早了，真敬业！"瘫在沙发里的肖寒挂了电话，"怎么回事啊？于瞳瞳还没给你回电话呢？"

郑蕤没什么表情："可能是昨天睡得早吧，当主持人也挺累的，还穿了一晚上高跟鞋，回去估计就睡了，醒了该给我回电话了。"

肖寒耸了耸肩，凑过去看刘峰玩。

早晨不到七点的时候，郑蕤终于把视频做完了，他看了一遍，还挺满意的。三人简单地洗漱了一下，然后下楼找了家早餐店，坐在椅子里吃着小笼包。

郑蕤给于瞳瞳打了个电话，您拨打的电话已关机……

柠檬糖

嗯？怎么回事？睡懒觉？

肖寒注意到郑蕤打电话的动作，没出声，倒是刘峰这个情商被包进小笼包里的，哪壶不开提哪壶："你是不是找于曈曈啊？估计没起吧，我看——"

肖寒举着刚拿完小笼包的油乎乎的手，直接捂住了刘峰的嘴。

他也看见了，张潇雅今天凌晨两点多还发了朋友圈，上面的配图是她和于曈曈坐在一起玩迷你乐高。

配文：学霸带我熬夜啦！

这要是让郑蕤知道，估计热乎乎的豆浆能立马变成冰镇的。

"你看什么你看，赶紧把最后一个包子吃了，拿着你那根烤肠！走了走了。"肖寒说。

三人吃过早饭，一起打车到了于曈曈家楼下，肖寒问："紧张不？"

郑蕤把那顶黑色的鸭舌帽戴出来了，勾起嘴角一笑："我是送快递的，紧张什么？"说完拎着装着U盘的文件夹，慢悠悠地往楼道里走去。

郑蕤一只手插在黑色的飞行员夹克外套里，姗姗地迈着长腿，从背影就能看出这人不急不慌，肖寒在心里感叹，真淡定啊。这样一想，肖寒突然就想起昨晚于曈曈提着裙摆，跑得上气不接下气的，问他："郑蕤呢？"

"天啊！"肖寒小声喊了一声，扭头跟刘峰说，"完了！"

刘峰这人心大，但心大也有心大的好处，这会儿还吃着烤肠呢："怎么了？吃多了要上厕所啊？"

第十章 我崇拜你，比你早多了

"我不上厕所，昨天于瞳瞳好像找郑蕤来着！"肖寒说，回想当时于瞳瞳的样子，好像有什么急事要跟郑蕤说似的，但他昨天回来明明说没见过于瞳瞳啊。

他是不是说没见过？肖寒拍着头使劲儿想。

"要不是不放心你那个技术，我都想让你做了。"

"啥啊？"

"我说视频，走吧，再不走我都不想走了。"

……

昨晚从学校出来时跟郑蕤的对话片段浮现在脑海里，肖寒抬眼，正好看见郑蕤从楼道里走出来，还是那副不紧不慢的样儿。

郑蕤的计划就是把东西给于瞳瞳的妈妈或者姥姥，让她们看看于瞳瞳的努力并不是没有回报，努力并不是只能换来心源性猝死，努力还可以换来更优秀的自己。

"你昨天晚会散场之后，见没见过于瞳瞳啊？"肖寒跟着郑蕤往小区外面走，边走边小心翼翼地问。

郑蕤黑着脸开口："没见过。"

昨晚一团糟心事，但视频急着要做完，他更希望早点看到她家里人对她的改观，咬着牙没去见人。

这会儿提起来还觉得后悔，先送她回家好了。

肖寒心虚地捏着嗓子，小声说："其实我想跟你说，她昨天找你来着……"

郑蕤皱着眉回头："谁？"

"于瞳瞳啊。"肖寒哪敢跟郑蕤对视，悻悻地说，"昨天晚会一

柠檬糖

散她就跑过来找你,当时你没在。"

肖寒说完小心翼翼地看了眼郑蕤,郑蕤没说话,他就知道这意思是让他说得详细点。

但昨晚肖寒扛着照相机满场跑,生怕拍不好,特别忙,他只能努力回忆着当时的情景,回忆了半天才想起来些细枝末节:"就挺急的,估计跑着来的,手里拿了个什么没看清,杜昭说你往南楼后面走了,她就追出去了。"

郑蕤扬眉,突然有种不好的预感,半晌才扶额,叹了口气:"真追上去我就惨了。"

"你去南楼后面干吗了?"肖寒疑惑。

郑蕤无奈一笑:"走个近路而已,跟一个高一的女生。"

肖寒彻底惊了:"哪个女生啊?你平时也不跟女生说话啊,怎么还认识上高一的了?不是,之前你不是看都不看人一眼吗?"

"认亲。"郑蕤想起郑夕那张明艳的脸,勾起一个嘲讽的笑,慢悠悠地说,"人家说自己是我同父异母的妹妹。"

中秋晚会那天晚上,郑蕤原本是在礼堂门口等于瞳瞳的,心里惦记着剪辑视频的事情,他一直在用手机查视频剪辑技巧,并没留意身边什么时候多了个人。等翻完经验帖,他感觉到有一道视线传来,郑蕤敏感地撩起眼皮看过去,目光锐利,看到是个女生的身影之后他一秒都没多看,又埋头去翻手机。但站在一旁的女生忍不住开口了:"郑蕤?"

郑蕤都不用抬头,听声音他就知道这人他不认识,目光还停

第十章 我崇拜你，比你早多了

在手机屏上，淡着脸直接拒绝三连："没有手机，不用微信，不想认识。"

郑夕看了眼郑蕤手里的手机，上面明明就是微信的对话框，没有手机？不用微信？这人睁眼说瞎话都不带脸红的吗？

说瞎话的郑蕤脸是没红，郑夕气得脸都红了。

从小就被亲妈捧在手心里疼的郑夕有点受不了这个打击，哪怕她对郑蕤除了恨并没什么兴趣，但毕竟年纪在这儿摆着呢，正是心高气傲的时期。

郑夕蹙着眉，想了想，直接露出底牌，轻轻地说了三个字："郑启铭。"

话音甚至都没落，她面前的人猝然抬头，眼睛里像北极冰原，冷得让人心生退意，但郑夕知道，她的身份就是她最大的屏障，想到这儿她仰了仰头，挑衅地问："聊聊吗？"

郑蕤直起身子，审视地看了眼面前的人，抛了一下手机，手机落回手心又被他放进口袋，他几乎没什么犹豫，只问了一句："哪儿？"

两人一路往树林走。

刚迈进树林的区域，身旁的人突然动了，拉住了郑蕤的袖子，对他说："哥哥，你没觉得我们长得很像吗？"

郑蕤手插在兜里，用眼角瞥了她一眼，嘴角勾起一抹嘲讽："哥哥？"

"我们是同父异母的兄妹呢。"郑夕笑得愉快，"郑启铭的基因还是挺优秀的是吧？你和我，成绩都不错，长得也很像。"

327

柠檬糖

这话郑夕是说出来恶心人的,她用手指了指郑蕤又指了指自己,但她在说完这番话之后,郑蕤的脸上一点变化都没有,反而轻松地靠在了树干上,笑着反问她:"嗯,我倒是不知道郑启铭的基因优秀到这个程度,从一出生你就是个优等生了?"

郑蕤说完,还露出点遗憾的表情,耸了耸肩:"那我没遗传到,我都是刷题到半夜,才勉强保住第一的。"

你是基因遗传,我是自己努力,真是不好意思呢。

郑夕的脸色变了变,提到郑启铭他为什么不生气?是不是真的跟妈妈说的一样,郑启铭跟他相认了?

不知道想到什么,郑夕突然又仰起扭曲的笑脸:"哥哥,我最近可是发现了个特别有意思的东西呢,我有一份录像,你要不要看看?"

提到录像,郑蕤冷哼了一声,大概就是害他妈妈差点流产的那份录像了吧?这母女俩是挺有意思,大的玩这套,小的也只会玩这一套。

"你这么有兴致的吗?自己爸妈的私生活都看?"郑蕤的脸上依然没什么表情,盯着郑夕的样子像是看什么无趣的东西,还带着嘲讽的口吻,"可惜了,我没有那种恶趣味。"

郑夕的脸色终于变了,她妈妈明明说郑蕤的妈妈最喜欢装清纯,这样的人竟然会让儿子知道自己离婚的原因?

郑夕还想说些什么,但郑蕤已经没有耐心听了,他确定这个女生跟她妈一样估计没什么脑子,也翻不起什么浪花,也就不想再浪费时间听她说些有的没的,他看了眼面前的人,直起身子转

第十章 我崇拜你，比你早多了

身就走。

"郑蕤！"郑夕拉住他的胳膊，"你别走，你不想看你妈妈跪着求家里人让她跟郑启铭结婚的样子吗？你不想知道最后郑启铭为什么不要你们吗？你不想知道你妈是怎么每天求他早点回家的吗？你以为郑启铭跟我妈妈离婚，你妈就能如愿以偿吗！你不想知——"

郑夕恨那个男人，但她更恨的是郑蕤的妈妈，甚至还有郑蕤，在郑夕的眼里，他们就是拆散自己家庭的罪魁祸首！

"不是很想呢。"郑蕤悠然地从她的手里抽出手臂，冷漠地转身看着她，"不好意思，你说的我都没兴趣，顺便，给你个忠告。"

他身上的气势太强大，郑夕不由自主地后退了两步。

郑蕤勾着嘴角向前一步，伸出一根食指："第一，我不是你哥哥。井水不犯河水，希望你好自为之。"

紧接着，他的中指缓缓竖起，比了个二："第二，离我远点，离我妈也远点，我不想知道你们那些恶心的事，最好让你妈买条链子把郑启铭拴紧，我们看见他就恶心。

"最后，你以后还是绕着我走吧，我好像也没绅士到不打女生，尤其是你这种不打不老实的。"

肖寒是放假的第三天跟郑蕤一起玩的时候，才听郑蕤详细地说了这事的，义愤填膺地一拍键盘："这女的有病吧？"

郑蕤漫不经心："文明点，刘峰，上手吧别用脚了，你真是比外卖还能送。"

肖寒："……"

柠檬糖

替刘峰挡掉伤害的郑蕤的屏幕瞬间灰了，借着没复活的这点时间他拿起手机，用跟刚才完全不同的语气，温温柔柔地按着语音给于曈曈发微信："开机了吗？再不理我，我可堵人了？"

发完他扭头又是一脸嫌弃："肖寒你去手机上转发两条'锦鲤'保佑你今天少死几次行不行？"

默默拿起手机的肖寒在心里嘟囔着，保佑于曈曈快点开机，郑蕤真是越来越变态了，联系不上于曈曈的每一天，都更加变态一点！

不过也是，这个惊天大误会，郑蕤也是真无辜，谁能想到好端端的会在学校里碰见这样的人。肖寒突然好奇："你那个妹妹，跟你长得真的很像吗？"

"不知道，她脸上抹的粉快赶上城墙那么厚了，谁能看出来她长什么样。"郑蕤淡淡地说。

肖寒的屏幕又变灰了，这回没用郑蕤提醒，他自觉地拿起手机转发今天的第六条锦鲤。肖寒心想锦鲤保佑郑蕤快点联系上于曈曈吧，嘴太损了，我要扛不住了。虽然是这么说，但肖寒觉得郑蕤毒舌的状态其实比第一天打电话永远在关机的时候那一身冷气强，起码今天情绪能宣泄出来了，毒舌点就毒舌点吧。

郑蕤拿起外套起身："你们玩，我走了。"

"干吗去？"肖寒一愣，"别走啊！"

"三天没见人了，心烦。"郑蕤笑了一声，"不玩了，守株待兔去。"

肖寒看着郑蕤，这人勾着一个漫不经心的笑，但眉心拢着，

第十章 我崇拜你，比你早多了

说出的话有点让人起鸡皮疙瘩。

郑蕤走了之后刘峰才敢说话："明天不就开学了吗？非得今天？明天见不一样吗？"

"那怎么能一样？"肖寒恨铁不成钢，"峰子，说真的，我给你买点东西补补吧。"

中秋三天假期，前两天于曈曈都窝在张潇雅家里，手机都没带出来。跟张潇雅一起逛街一起玩迷你乐高，时间过得很快，但她心里一直都不平静。

张潇雅是个没心没肺的，一点都没感觉到自己的闺密情绪不对，两人趴在床上，她正用手机给于曈曈看从学校官网里找到的中秋晚会的照片。滑到一张郑夕的照片时，她还停下来感叹了一下："咦，高一这个女生长得挺好看啊，估计这个拉丁舞跳完，得有挺多人关注她的吧？"

于曈曈没说话，目光落在郑夕笑得明艳的脸上，这个女生鼻梁上弓起的弧度，看上去竟然跟郑蕤还有些像。

张潇雅已经自顾自地开始往后翻了，居然还翻到一张鲁甜甜的照片："哎，鲁甜甜今天还发朋友圈了呢，说祝大家中秋快乐，感觉她像是变了个人，比之前外向多了……曈曈？"

于曈曈听到张潇雅的叫声，缓缓转过头，眨眼的瞬间，眼眶里溢满的泪水顺着脸颊滑落。

"妈呀，你怎么了这是？怎么哭了，是不是替鲁甜甜高兴啊？"张潇雅抽着纸巾手忙脚乱地往于曈曈脸上呼，"你这泪腺也

柠檬糖

太发达了。"

于曈曈接过纸巾按在眼睛上,把头埋进枕头里,瓮声瓮气地"嗯"了一声。她不知道为什么要哭,但真的很难过,难过得她连去问一问的勇气都没有。于曈曈很害怕,她怕她一出口就怨气横生,也怕当着郑蕤的面哭出来,可其实郑蕤有什么错呢?

可真的好难过。

最后一天假期是中秋节,怎么也要回家的,有些意外的是妈妈和姥姥的态度好像跟以前不一样了,妈妈甚至还说了一句"曈曈,妈妈是爱你的"。

她在看书的时候也没有人总是来问"放假还不休息吗""别学了,身体要紧"之类的话了。妈妈和姥姥的这种转变,说不上是为什么,但家里人和睦的状态,起码让她乱七八糟的心情稍微得到了些缓解。

"曈曈啊,帮妈妈丢一下垃圾好不好?妈妈要帮姥姥炸鱼。"妈妈在厨房里探出头来,对盯着手机发呆的于曈曈说。

其实手机早就关机了,于曈曈去张潇雅家的两天也没带手机,她不知道手机是什么时候关机的,现在也没有开机的勇气。

郑蕤那么细心,真的问起她为什么不开机,她又该怎么说呢?于曈曈把手机放到一边,走进去厨房拎起垃圾桶里的垃圾袋,强挤出一抹笑:"我这就去,好香啊,晚上我要多吃些。"

"晚上吃那么多不——"姥姥的话说了一半,被于妈妈用胳膊肘碰了一下。

"想吃多少都可以,别撑到就行。"于妈妈笑着,"你爸就喜欢

第十章 我崇拜你，比你早多了

吃油炸的，现在肚子才这么大！"

姥姥也笑："他才不是吃的，他是喝啤酒喝的！"

家里很少有这种轻松的气氛，于曈曈家平时煮火锅都只能用清汤，不能放味精，不能煮丸子吃，青菜煮两分钟必须马上捞出来，不然会营养流失。

突如其来的和睦和放松，让于曈曈感到些温暖，她提着垃圾袋慢慢地从楼道里往下走着，心想，如果家里能一直这样就好了。

她的脚步很轻，楼道里的声控灯都没亮，她就这么一直在黑暗里胡思乱想着，走到一楼半的转角处，于曈曈闻到一股淡淡的味道，她抬眸向楼梯口望去。

外面天色早就黑了，路灯熹微的光从楼道口照进来，能看到楼道里有个男生的影子。

这场景似曾相识，于曈曈拎着垃圾袋愣了愣，跟在车棚第一次见到郑蕤时差不多的场面，她自嘲地垂眸笑了笑，又想起他了。

"我等你等得花都谢了。"

那个黑影开口的瞬间，楼道里的声控灯因感受到声波忽而明亮，于曈曈甚至都没来得及闭上眼适应光线，就在亮起的楼道里看见了那张脸。

想见到郑蕤，但也怕郑蕤问她为什么关机，于曈曈不知道怎么解释，难道说自己拿着一朵花偷偷跟踪人家，然后又偷偷跑了吗？

对于那天的事，于曈曈一个字也不想提，她怕自己忍不住难

柠檬糖

过然后哭出来,也怕自己控制不好语气。

"你怎么在这儿?"于疃疃的脑子里闪过万千思绪,有对郑蕤出现在这儿的惊讶,也有对那天的难以释怀,还有一些堵在胸口的不知名的茫然。

刚才她脸上闪过的纠结郑蕤都看见了,他也怕说多了把人惹哭,只能配合她,故作轻松地笑着说:"这不是找不到你人了嘛,手机还关机,就随便过来看看,中秋快乐。"

这两天他愁得嘴里都起泡了,怕她看见什么,也怕郑启铭再去找他妈妈,两边上火,两边发愁。

结果这两个人,一个就会说没事我很好,一个干脆关机了。

"中秋快乐。"于疃疃松了口气,"我手机好像出了点问题,就,就开不开机了,可能一会儿就好了吧……"

没说过谎的于疃疃说起谎话漏洞百出,说完就紧张地盯着郑蕤,生怕被人拆穿。

好在郑蕤没说什么,只问她:"晚会结束之后你找过我?"

"啊?我没……对……"于疃疃紧张地舔着嘴角,眼珠乱转,"找过你,我收到一束花,想给你显摆一下,不过张潇雅把我拉走了,也没什么事。"

于疃疃抿了抿嘴角,还是有点没忍住,开口叫他:"郑蕤。"

也不知道为什么,郑蕤在这两个字里听出点依赖的味道,他"嗯"了一声,对自己出现在这儿做出了一个合理的解释:"看到个挺有意思的鬼故事,一时性起想跟你分享,你又不开机,我就找过来了,吓着你了?"

第十章 我崇拜你，比你早多了

"不是，我是想问你……"于曈曈垂眸，盯着自己的脚尖，有点说不出口，于曈曈紧张得都快咬到舌头了，"你"了两声干脆闭上眼睛，视死如归一口气说完："你不要不务正业，现在学业最大！"

郑蕤突然就笑了，胳膊搭在身旁的楼梯扶手上，心情好得不行："我怎么就不务正业了？"

于曈曈猛地抬起头，瞪着眼睛看着郑蕤，突然鼻子一酸，整个人都不知道怎么办了，眼前聚起了一层朦朦胧胧的雾气，支支吾吾地喃喃自语："反正你别影响学习，我家里人还等着我吃饭，我得上楼了。"

于曈曈说完就要转身往回走，郑蕤赶紧从她手里接过垃圾袋："垃圾拎回去？"

"哦，还有垃圾。"于曈曈看上去蒙蒙的，像个木偶似的，"我得去扔垃圾，挺……挺好……"

挺好？郑蕤都气笑了。

"于曈曈？"郑蕤心里骂了自己一句，非得这个时候逗人一句。

三天没见了，这会儿看见她委屈巴巴地红着眼眶，郑蕤低声说："不哭，我说着玩的，骗你的。"

于曈曈一惊，大脑瞬间就死机了，郑蕤说的话她都没听见，耳边只剩下了耳鸣。过了好一会儿，于曈曈才从失聪的状态下复活，耳边的声音终于又清晰了。

"对不起，我刚才是开玩笑的，别难过。"郑蕤的声音在她头

柠檬糖

顶响起，低沉的、认真的，还带着温柔。

于瞳瞳没说话，也没有动，眼眶一热，刚才拼命忍着的眼泪猝不及防地掉出来，她也不知道自己怎么想的，脑子还蒙着，竟然轻轻晃了晃头，用手把眼泪蹭在了郑蕤衣服上。

反正是他惹哭我的，我把眼泪蹭他身上有什么错。

过了不知道几分钟，于瞳瞳的理智终于回笼了，她猛地睁大眼睛。

我往郑蕤身上蹭眼泪了？我为什么要在人家身上蹭眼泪？

完了完了，他是不是看出来什么了！

于瞳瞳跟被人捅了一刀似的，飞快地抬起头，准备辩解："我为——"

"哟——"郑蕤被于瞳瞳突然抬起的头撞了一下，捂着下巴往后退了一步。

"对不起、对不起，你没事吧？"

捂着下巴的郑蕤轻笑了一声，还含糊不清地问："是有多大仇？"

"没有！"于瞳瞳紧张地把手心放在裤子上蹭了蹭。

郑蕤眯着一只眼，下巴上的疼痛感有所减轻，他把手放回裤袋里，晃了晃另一只手提着的垃圾："不闹了，我就来看看你，上去吧，垃圾我帮你扔了。"说完他弯腰捡起放在地上的空饮料瓶。

哦，他得走了，自己也得回家了，毕竟只是下楼扔个垃圾，也不能拖一个小时才回家……

毕竟是中秋，家家户户都还挺热闹的，这个时间又是晚饭的

第十章 我崇拜你，比你早多了

时间，于曈曈站在楼道里都能听到身边的防盗门里传来的电视声和聊天声，断断续续的听不真切，但也透着一股舒适的喧哗。

而她面前的郑蕤，孤身一人站在楼道里，这人不知道在楼道里站了多久了，那一瞬间于曈曈突然就不想计较那些有的没的了。

为什么会跟女生去树林？钱包里藏着的秘密到底是什么？

这些她不想知道，她只想在这个本该热闹的日子，给孤身一人的郑蕤一个安慰。想到这儿于曈曈下意识地抬眼，郑蕤穿了件深红色的棒球服，左肩下面靠近心脏的位置，有一小块湿了的水痕，那是她的眼泪。

于曈曈抬手摸着自己的耳垂，小声问："你回家吗？"

"是啊，回家。"郑蕤把空饮料瓶放进垃圾袋里，淡淡地说。

"一个人？"于曈曈蹙着眉，家家都热闹的日子，郑蕤却要一个人，别说满桌的菜肴了，可能连月饼都吃不到。

郑蕤抬眼，看见她眉心皱巴巴的一脸纠结，心里好笑。

给点阳光就灿烂，就是郑蕤这种人了，心情一好就翘尾巴，郑蕤刻意压低声音，说："怎么了，你要陪我过节？"

她呆立两秒，蓦地推开郑蕤，转身就往楼上跑。

"记得开机。"

郑蕤失笑地看着于曈曈的背影，他也该回家了，家里还有一团乱麻等着解决。早点把这些乱七八糟的事都解决清楚，也该跟她好好聊聊了。

手里提着于曈曈家的垃圾，郑蕤突然想到他今天早晨从家出来时看见的门边的垃圾袋，碎掉的玻璃上还带着血迹，郑蕤皱了

柠檬糖

皱眉,拿出手机拨了个电话。

"您好,卢医生吗?我是郑蕤,您现在方便吗?我想问一下我妈妈最近的状况……"

卢医生是郑蕤妈妈的心理医生,江婉瑜最近都有在积极配合着心理医生的治疗,郑蕤也是跟心理医生聊过才知道她的焦虑那么严重。

江婉瑜已经不只是摔东西了,严重时候还会心悸、恶心,甚至是晕倒。

"郑蕤啊,你妈妈是比较配合的,但最近是不是又出了什么事?她这一周的状态都不太好,你妈妈说你是应考生,怕我打扰你复习……"

卢医生的话让郑蕤心里凉了一下,郑启铭是不是又来找过妈妈?

举着电话从楼道里走出来的郑蕤,站在于瞳瞳家楼下听完了心理医生的话,不到五分钟的通话让郑蕤的眉头紧紧皱在了一起,也许之前他把妈妈的心理状态预估得有些太好了。

卢医生那边早就挂断了电话,郑蕤还举着手机站在原地。

"郑蕤!"

头顶上传来小姑娘的声音。

郑蕤诧异地转过头往楼上看,于瞳瞳正趴在窗边探出一颗小脑袋,看见他转头,她松了口气似的,眼睛弯了弯:"我还担心你走了,你等我一下!"

毛茸茸的小脑袋又消失在窗口,郑蕤愣了两秒才想起把手机

第十章 我崇拜你，比你早多了

从耳畔拿开，放进裤兜里。

没过一会儿，于曈曈的笑脸又出现在窗边，她说："送你点中秋礼物！"

小姑娘心情好得很快，好像关机了三天不理人的不是她一样，这会儿听说自己是在开玩笑，连那天的事都不多问问，转头就要送他礼物。

小姑娘的手里拿了个小筐，不知道里面装了什么，从窗口慢慢地递了出来，小筐的提手上系着一条格子围巾，她就这么慢慢地把围巾从窗口里放出来，小筐也跟着慢慢下降。

于曈曈家在三楼，一条围巾放到头，小筐才晃晃悠悠地顺到二楼，她得意地抬起下巴，一副"我早就知道"的样子，在格子围巾的尾端又紧紧系上了一条米色的纯色围巾，继续慢慢往下放。

郑蕤就这么站在楼下，看着她有点幼稚的举动，嘴角不经意地上扬。

小筐终于落到地上时，小姑娘趴在窗台上探出半个身子，笑着呼出一口气，小声说："幸好够长，我只有这四条围巾呢！"

郑蕤摇头笑了笑，她总有办法在他感到无助的时候让他心情好起来："不够长我就上楼敲门找你拿呗！"

"都是送给你的，快点拿走，一会儿我要被发现啦！"于曈曈小声喊着转移话题。

郑蕤蹲在小筐前，看见里面的东西不由得挑了挑眉，她这是怕自己一个人回家饿死？

筐里放了好几块月饼，还有一堆零食，什么草莓派、柠檬夹

339

柠檬糖

心饼干、奶味小布丁，居然还有一大包看上去粉乎乎的棉花糖。

郑蕤拿起一个保鲜盒，里面放着几条炸得金黄的小鱼，他勾着嘴角抬头望去。

于瞳瞳趴在窗边小声解释："这个是姥姥炸的，我尝过了，很好吃的！"

回去的路上郑蕤一只胳膊抱着零食，另一只手拿起一条小鱼放进嘴里咬了一口，外焦里嫩的还挺香。

郑蕤刚嚼了两下，迎面而来的人诧异地"咦"了一声。

他叼着小鱼抬眼看去，周世栩正垂着眼睛好奇地看过来，还挺不见外地打量了两眼他怀里的零食。

站在周世栩身旁的杜昭看上去也挺诧异，指着郑蕤怀里的大包粉色棉花糖，不太确定地问："郑蕤你……这么喜欢吃甜食吗？"

"郑蕤怎么还不来啊？"肖寒瘫在自己座位里打了个哈欠。

他是觉着，郑蕤都跑人家门口去了，那肯定是绷不住了。

肖寒连三天假期转瞬就没这件事都顾不上，走在清晨的阳光里脚步也比别人轻快，盼星星盼月亮终于把他同桌郑蕤同学给盼来了。

郑蕤看上去跟往常一样，两手往兜里一插，校服外套的拉链随意拉到肚子的位置，单肩挎个书包，耳朵里还塞了一副白色的耳机。

别人看不出郑蕤跟平时的区别，不代表肖寒看不出来，他

第十章　我崇拜你，比你早多了

倒骑着椅子，把下巴放在椅背上，贱兮兮地问："昨晚干什么去了？"

郑蕤把书包往桌上一丢，回过头来，眼睛里带着点疲惫的红血丝，淡淡瞥了肖寒一眼："熬夜。"

"啧。"肖寒挺不满意这个答案，"我还不知道你这是熬夜了？问你为什么呢！"

肖寒在脑海里脑补出无数种场景，结果郑蕤轻飘飘地来了一句："跟心理医生聊到三点多。"

"啊？"

肖寒被郑蕤这个正经的答案给说愣了，反应了一会儿才消化，明白是什么意思，脸色一下就严肃了："怎么了，阿姨情况不好啊？"

郑蕤抬手揉了揉眉心："嗯，医生说她越到关键的地方越不愿意开口，挺麻烦的。"

卢医生下了班才又跟郑蕤联系，两人聊了很久，郑蕤知道的所有关于郑启铭和他妈妈的事情，都是听姥姥说的，可能那时候姥姥没觉得一个不到十岁的小屁孩儿，能记住这些。

但郑蕤就是清清楚楚地记住了，不仅记住了，现在回忆起来还挺清晰。

江婉瑜不愿意说细节这件事郑蕤不是没想过，只不过他没想到心理医生也没能让她放松下来，反而因为郑启铭的出现更加严重了。

卢医生是建议郑蕤的妈妈去沪市找他当年的老师，说他的老

341

柠檬糖

师更擅长应激障碍和焦虑症这个方向。

作为兄弟,肖寒其实挺心疼郑蕤,都是一样的年纪,连刘峰那个脑子里没有半两脑花的人,在家都是个衣来伸手、饭来张口的少爷,需要愁的事就一件:怎么提高成绩免于被他妈教训。

凭什么他们优秀的郑蕤,安市一中的颜值成绩的双第一,就得顶着各种来自家庭的压力?

太不公平了!老天对郑蕤太不公平了!肖寒愤愤地想,郑蕤这么大压力,还每天给小区里的流浪猫喂火腿肠,多么有爱心……哎?火腿肠?

肖寒早晨没吃早饭,想到火腿肠,情不自禁地咽了咽口水,肚子也不争气地发出抗议的叫声,趁着郑蕤靠在椅子里闭目养神的空当,肖寒伸手拉开了他的书包,往里掏了掏。

指尖碰到了一个不知道是什么东西的包装纸,肖寒一喜,嗖地抽出手来。

不是火腿肠?

粉嫩嫩的包装,画着颗可爱的小草莓,草莓夹心派?

肖寒难以置信地看向郑蕤,不死心地又伸出手往他的书包里掏了一下,"唰啦"一声拽出一个挺大的粉色包装袋,里面粉嘟嘟的小棉花糖一个挨着一个,还都是心形的。

这让肖寒想起高一春游那次,他在大巴车上掏出个草莓酸奶小蛋糕,跟郑蕤献殷勤:"没吃早饭容易晕车,来个蛋糕不?"

当时郑蕤就跟现在一样,戴着耳机闭着眼睛,听见他说话,眼睛睁开一条缝隙,看了眼肖寒手里的草莓酸奶小蛋糕,嗤笑一声:"拿走,我不吃这玩意儿,太甜了。"

说完他还反问肖寒,你家是不是有小孩儿啊,六七岁的小姑娘之类的……搞得肖寒也没吃下去,最后到了目的地被刘峰给吃了。

肖寒看着手里超大包的粉嫩棉花糖,睫毛哆嗦了两下,他甚至还能看见郑蕤书包里露出一角的牛奶小布丁。

完了,郑蕤终于不堪重负被生活打倒了,他已经开始靠暴饮暴食摄入高糖分来排解压力了!

郑蕤这边是家里原因,再加上他也不想打扰到于瞳瞳高考,所以他最近很少联系她。

而于瞳瞳也有小心思,她觉得自己还不够优秀,郑夕的出现给了她一种危机感,关于郑夕的种种传闻里,只有"年级第一"这四个字格外刺激她。

某个学习学到眼睛干涩的深夜,于瞳瞳也会忍不住给郑蕤发个信息,有时候是链接,有时候是视频,反正毫无例外的就一个主题——好好学习。

于瞳瞳是个厌人,只能私下里疯狂暗示郑蕤,发完之后再装模作样地解释一下,不好意思发错了。

郑蕤有的时候会跟她扯一会儿其他的,有的时候就直接打过视频来,笑着逗她:"大半夜的,跟谁聊天呢能发错?"

这种时候于瞳瞳都会被吓得够呛,顺嘴胡编,张口就说是给张潇雅发的。

柠檬糖

郑蕤也不拆穿她。

直到期中考试来临，于曈曈这段时间一直绷着神经使劲儿学着，就盼着期中考试考个好成绩，能骄傲地跟郑蕤说一说，我也是年组第一了！

结果天不遂人愿，考试前两天安市又下了一场暴雨，于曈曈晚上复习的时候没关窗，就这么感冒了，第一天是鼻塞加头疼，第二天就开始发烧，吃了药脑子里也浑浑噩噩的。

也不知道是不是中药见效慢，期中考试的两天于曈曈也都是晕着考的，最后一场考试出来还差点晕倒，被同一考场的鲁甜甜扶到了医务室。

鲁甜甜挺担心她的，苦口婆心劝了一会儿："身体要紧，一次期中考试也不是高考，病了就请假啊！"

医务室里收拾得一尘不染，白色的床单和被子，床头上放着鲁甜甜用一次性水杯接的热水，杯子里冒着热气。

躺在医务室的于曈曈看着水杯上面的水蒸气，缓缓摇摇头，没人知道她心里执拗得很，她得考第一啊，她这么怂，只有在自己高光的时刻，才敢鼓起勇气去找郑蕤，考不到第一怎么办啊！

高三本来就紧张，别说隔着个大操场，一个班的同学一天可能都说不上几句话，郑蕤这阵子闲暇的时间都在跟卢医生沟通，又得见缝插针地跟自己妈妈聊天开导她。

他跟于曈曈的联系自然就少了点，就每天发几条微信，顶多打个电话，愣是没发现于曈曈病了的事。

他本来是觉得，自己和于曈曈有一种默契，一个忙家里的事

第十章 我崇拜你，比你早多了

一个忙学习，闲下来微信聊几句，也挺好。

他还想着肯定是他先忙完，心里计划着忙完了好好找她聊聊。

郑蕤计划得倒是好，结果期中考试的第二天，郑蕤被三方夹击时，才知道自己有多蠢。

期中考试的两天肖寒简直闲人一个，考场上睡得脸上都是褶子，考完之后精神抖擞又不知道干点啥，就想起了让张潇雅帮忙录的郑蕤唱歌的视频，微信上催她给发过来。

毕竟也唱了三首歌呢，视频挺大的，张潇雅分享到了网盘里让肖寒自己下，学校也没有无线网，垃圾网速下了一整天才下完，可晚上回去看完肖寒就蒙了。

里面有一段张潇雅和于曈曈的对话太清晰了，想装听不见都不行。

张潇雅说："天啊，真不愧是郑蕤，这谁能扛得住啊，我手都麻了，是吧曈曈？"

于曈曈说："是啊。"

张潇雅这种口气倒是没什么，她看见个帅点的都这样。但于曈曈这个语气，不急不慢，又很清晰，语气很轻但又能听出来非常走心。

肖寒当时就研究了一晚上，还上网学了一下怎么剪辑视频，终于把这一段截成了手机能发的大小给郑蕤发了过去。

郑蕤考完试直接去了卢医生的心理咨询室，又跟江婉瑜聊了聊去沪市的事，肖寒发的视频十次中能有九次都是他和刘峰打游戏的录像，十分辣眼睛，郑蕤也就没看。

柠檬糖

期中考试结束后的第二天,晚自习时,各科成绩都出得差不多了,班长杜昭发卷子发到郑蕤座位,看他拿着手机不知道在看什么,笑着调侃了一句:"郑蕤,我总算知道你那天为什么看我不顺眼了。"

郑蕤接过卷子,扬眉:"我什么时候看你不顺眼了?"

"就有一次放学,你忘了?你看我那个眼神跟要打我似的。"杜昭笑着。

郑蕤目光从试卷上扫过,注意力被杜昭说的话吸引了,郑蕤有些疑惑。

杜昭还是笑着:"世栩说了,于瞳瞳有崇拜的人了。"

说完他眨了眨眼睛:"中秋晚会结束那天,我看见那个小主持人,文科班的那个小姑娘,手里拿着朵花,急匆匆地追着你出去了。"

杜昭这几句话里信息量太大,郑蕤直接蒙了。

郑蕤把这些信息在脑子里转了一圈,突然有些不好的猜测,皱着眉问:"拿着朵花?"

杜昭想到了什么似的,笑得挺灿烂:"是啊,踩着高跟鞋'嗖嗖'跑。"

一直到杜昭拿着卷子走开了,郑蕤还没回过神,手机里肖寒发的视频还在放着,声音通过右耳里的耳机传进脑海里,但郑蕤一直都没认真听,直到视频里突然出现了于瞳瞳的声音。

她轻轻地说:"是啊。"

郑蕤有那么一瞬间都怀疑自己是幻听了,他蓦地低下头,手

第十章 我崇拜你，比你早多了

指点着视频上的进度条往前拨了一下。

"是吧瞳瞳？"

"是啊。"

郑蕤手指一抖，难以置信地又把进度条往前拨了一下。

郑蕤就这么呆坐在自己座位上，一遍一遍地拨着进度条，一遍一遍地听于瞳瞳的声音，软乎乎的声音里，带着温柔又柔软的坚定和勇敢。

"我收到一束花，想给你显摆一下，不过张潇雅把我拉走了。也、也没什么事。"

他脑海里突然浮现出她站在楼道里，垂眸看着楼道脏兮兮的水泥地，说的那番话。

郑蕤的腮侧动了动。

嗡，手机振了一下。

郑蕤捏着眉心划开手机，意外地看到了鲁甜甜发来的信息：

"郑蕤，不知道你听说没，于瞳瞳这两天生病了，状态特别差，昨天从考场出来差点晕倒，刚才班里发成绩单了，她没发挥好，掉到年组第三去了，我刚才看见她往鬼楼走了……"

郑蕤骂了一声，直接把电话拨了过去，边拨电话边往教室外面跑："她自己去的？"

鲁甜甜的声音从电话里传出来，有些着急："她说她出去透透气，我从楼上看见她往鬼楼走了，我对那个地方有点阴影……"

"我去找她，谢了。"郑蕤迈着大步往外跑，不知道什么时候外面开始下起了细雨，他顶着细密的雨水一路跑进鬼楼，跑到二

柠檬糖

楼时,看见了于曈曈的背影。

小姑娘耷着肩垂着头,耷在后颈的马尾辫上沾着几滴雨水,看上去像一只被遗弃了的可怜的小猫,蔫耷耷地站在那儿。

耳朵上一边挂着一根白色的皮筋,估计是戴了口罩。

"咳咳",小姑娘咳了两声,吸了吸鼻子,肩膀微微动了两下。

他慢慢走过去,温声叫她:"于曈曈。"

于曈曈这段时间绷得太紧了,也不知道是不是因为以前太潇洒了,从来不为了成绩发愁,这次一紧张就直接病了。

这次病得还挺严重,感冒拖了好几天都没好,每天都晕乎乎的,考英语的时候把答题卡都涂串了,就跟故意逗她似的,从前漫不经心的时候倒是稳定的次次第二名。好不容易为了成绩着急一次,一下从稳定的大榜第二掉到第三去了。

这要放在以前于曈曈也就不在意了,关键是这种憋在心里的感觉太难受了,整天做梦都是气醒的、急醒的、还有委屈醒的。

还以为考完试能解脱呢。

看完大榜于曈曈更难过了,连带着这么多天的紧张、不安和委屈都堵在了胸口,她想找个地方大哭一场,不知道怎么的,走着走着就跑到鬼楼来了。

鬼楼还是老样子,到处都是灰尘,于曈曈盯着某个教室门眼眶酸涩地发呆。她记得那天和郑蕤一起蹲在这间教室的墙边,郑蕤问她,你为什么脸红。

她轻轻地吸了吸鼻子,一滴眼泪从眼眶里滑出来,哭一会儿

第十章 我崇拜你，比你早多了

就回去，哭一会儿就好了，下次考试再努努力，不要这么倒霉的又生病，一定能拿第一的。

拿了第一，再去跟郑蕤说吧，于瞳瞳在心里安慰自己。

沉浸在伤心里的于瞳瞳完全没注意到身后有人靠近，直到听见郑蕤叫了她一声。

本来还紧绷着一根线的于瞳瞳，这会儿突然就绷不住了，连人为什么在这儿都没来得及问，眼泪跟开了闸似的噼里啪啦从眼眶里往下砸。

郑蕤弯着腰跟她平视，声音温柔得不行："你就不能学点好？往鬼楼跑什么？跟鲁甜甜学的？"

于瞳瞳哭的时候最怕别人安慰着，要是自己一个人，没准儿哭一哭就回去了，还能赶上晚自习，结果郑蕤不知道怎么跟来了。

小姑娘这种年纪，都有点"恃宠而骄"的小毛病，尤其是还生着病的时候。

于瞳瞳也不例外，本来还只是沉默地流眼泪，被郑蕤这么温声安慰了几句，顿时就忍不住了，"哇"的一声哭了出来。

郑蕤手一僵，被于瞳瞳给哭蒙了，慌了几秒才想起给人擦眼泪："哎，还来劲儿了，别哭，还病着呢，嗓子要不要了？"

情商高是情商高，他也不是万能的神，根本不知道这个时候自己越是安慰，小姑娘就容易哭得越猛，还当是自己突然出现把人吓着了。

郑蕤在心里骂自己，郑蕤你厉害了，安慰个人也安慰不好，人让你安慰得越哭越凶。

柠檬糖

其实他更擅长应对江婉瑜那样的，遇见事情不吭声擅于冷暴力的那种。于瞳瞳简直就是他的克星，从第一次见面看见她跟个猫似的蹲在小巷子里哭鼻子，他就拿她没办法。

郑蕤比同龄男生成熟，也更理智，但她就这么红着个眼圈盯着他哭，给郑蕤哭得都没脾气了。

"你别哭了。"郑蕤看着于瞳瞳的一对红眼睛，轻轻叹了口气，"只要你不哭，你想干什么都行。"

后面那句还没等说出口，她委屈巴巴地打着哭嗝开口了："我、我想考第一。"

这要是换个场景郑蕤没准儿都气笑了。

不是，怎么回事，怎么一开口就是想考第一？

于瞳瞳看着郑蕤嘴角勾起的一弯无奈的笑，心里更委屈了，你什么都不懂！还笑话我哭鼻子！坏人！

郑蕤刚想开口说点什么，于瞳瞳蓦地仰头，声音里还带着哭腔控诉："我考不好，我不够优秀，所以你笑话我哭鼻子！"

拍掉他手的那一巴掌跟挠痒痒似的，她一哭就这样，奶凶奶凶的，第一次见面的时候吼他"你谁啊"的时候也是这个语气。

郑蕤还真没忍住，突然笑了。

于瞳瞳愣了愣，眼泪又开始往下淌。

郑蕤还弯着腰："别委屈了，哭得跟个小花猫一样。"

于瞳瞳吸溜着鼻涕，鼻子和嘴都罩在口罩里瓮声瓮气的。

郑蕤轻笑了一声，打断了她的喃喃自语，看着她被泪水打湿成一小撮一小撮的睫毛，把手里的钱夹递到她眼前。

第十章 我崇拜你，比你早多了

于曈曈有些迟疑，接过郑蕤的钱夹。

小姑娘指尖有些抖，轻轻拨开钱夹，像是怕看见什么恐怖的东西一样，还闭了一会儿眼睛，睫毛也是抖的。

郑蕤被她小心翼翼的举动刺了一下眼睛，像是被一刀捅在了心脏上。

鬼楼是个老楼，年久失修，窗口刮过阵阵风声，还夹杂着细雨拍打在玻璃上的声音。

实在不能算是个好天气，可能也不是个好兆头。

于曈曈在心里叹息着，轻轻打开钱夹，钱夹里的卡槽上整整齐齐地码着几张卡片，透明的那个卡槽里，有些空。

只有一张蓝色的、旧旧的、甚至有点皱巴巴的……彩带纸？

于曈曈带着一脑袋问号眨了眨眼睛，听到郑蕤的声音在头顶响起，她猛地抬起头，对上郑蕤一双眼睛。

"我第一次见你那天，你戴着我的帽子蹲在巷子里哭，挺凶的，还跟我喊来着，问我是谁。我当时就想，这帽子挺厉害啊，给自己找了个新主人。"

于曈曈有点没反应过来现在是个什么情况，瞪着通红的大眼睛呆呆地看着郑蕤。

郑蕤看着她发呆的傻样，眼睛还红着呢，半滴眼泪还挂在下睫毛上，他笑了："小姐姐，能够认识你我很幸运，我觉得你一定可以达成自己的目标的。"

于曈曈还没回过神来，她不知道该怎么表达，眼泪又要往下淌。

柠檬糖

一回生二回熟，蹭过一次眼泪，这次于曈曈蹭起来也没什么压力，把眼泪都蹭在了郑蕤的衣服上。

于曈曈回到教室的时候晚自习已经过半了，班里静悄悄的，她拿着医务室开的药，眼睛红红的看着就像是还没退烧的样子，给人感觉还挺严重，像是烧得眼睛都红了。

看晚自习的老师看见于曈曈这个样子，心都化了，这孩子平时成绩又好人又乖，都病成这样了还坚持上晚自习。

老师不但没多问，还叮嘱她多喝点热水，让她趴桌子上睡一会儿别勉强。

面对老师春风般和煦温暖的关怀，于曈曈心虚得不行，低着头跟做贼似的回到座位里。

于曈曈趴在桌上闭着眼睛，郑蕤的样子在脑海里越来越清晰……

"咳！咳咳！"于曈曈咳了两声把头更深地埋进臂弯里，心跳得快要从嗓子眼儿蹦出来了。

总觉得不是很真实，她闭着眼睛回忆鬼楼里的一切。

正胡思乱想着，从胳膊里露出的一小块额头突然凉了一下，于曈曈惊得睁开眼睛看了过去。

张潇雅担心地问："曈曈，要不晚自习别上了，回家吧，我刚才摸你额头好烫啊，而且你的脸也好红……"

后桌的刘峰关键时刻还是挺靠谱的，拿过于曈曈的水杯去教室后面接了杯热水递给她："难受你就趴着吧。"说完还把手伸

第十章 我崇拜你，比你早多了

进郭奇睿的桌斗里，非常自觉地掏出一根香肠递了过去，"包治百病。"

郭奇睿气得笑了，拿过香肠狠狠地打了刘峰的脑袋一下，跟于曈曈说："感冒期间免疫力都弱，你离刘峰远点，智商低可能会传染。"

于曈曈本来就是四人小团体里的团宠，这会儿红着眼睛沉默着的样子，更是让三人嘘寒问暖、无微不至地关怀着，连鲁甜甜都传了盒牛奶过来，上面还用马克笔写了"早日康复"。

于曈曈只能在各方关怀下"可怜巴巴"地趴回到桌子上……

郑蕤就没有于曈曈那么好的待遇了，他回教室的时间晚了十分钟，便在后排站了一会。

教室里其他人都在写着题，偶尔也有小声聊天的，郑蕤一个人站在教室的后排，一只手插在兜里，一只手拿着习题，目光不紧不慢地扫过。

一般时候，哪怕是这种漫不经心的扫视，这会儿这一页的选择题的答案也该出现在脑海里了。

肖寒冷笑了一声，看着嘴角勾起一个笑的郑蕤，又瞄了眼坐在讲台里的老师，悄悄靠过去，用气声叫他："郑蕤？"

郑蕤没动，只垂眸看着肖寒，轻轻地扬了下眉毛，眼睛里的意思再明显不过了，有事？

肖寒指了指他手里的习题，小声说："您练习册拿反了！"

郑蕤："……"

目光挪回到习题上，郑蕤眼里闪过一丝意外地勾了勾嘴角，

353

柠檬糖

还真是拿反了。

郑蕤很少在看东西的时候走神,他想要看什么的时候周围无论多吵都跟他没关系,今天倒好,教室里挺安静,连话痨肖寒都没吭过一声。结果他就在这么适合学习的氛围里,严重走神,连练习册都拿反了。

想到这儿郑蕤情不自禁地哼笑了一声,这一声在安静的教室里格外明显,同学纷纷侧目,连讲台上的老师都抬眼看了过来。

肖寒看着郑蕤绷着脸拿着习题装模作样地看着,过了一会儿郑蕤垂眸对上他的视线,突然把手机递给他,跟他说:"帮我拍张照片。"

肖寒满脑袋问号。

郑蕤说啥?让他给拍张照片?

一脸蒙的肖寒对着郑蕤拍了几张照片,又一脸蒙地把手机递了回去。

真是少见,一个平日里大部分时间都神情客气又疏离的人,今天被批评了还一脸压不住的开心……

最恐怖的是——

还让人给他拍张照片!

啊,这个神奇的世界。

郑蕤自己也有点好笑,他心里清楚自己从来不是个叛逆或者冲动的人。

生在这样一个缺爱的家庭他没叛逆、没冲动,但就在刚刚,陪着她从鬼楼走出来,又把人送回了教室,郑蕤突然就叛逆了,

第十章 我崇拜你，比你早多了

迟到了十几年的叛逆和冲动姗姗而至。

他当时抬头瞄了一眼理科楼整齐的灯光，竟然冒着雨跑出去。他一口气跑了两条街，找到一家没关门的小花店，从这家不起眼的花店里，买了一枝花。

坐在讲台里的晚自习老师端着热水杯出去了，估计不是上厕所就是去办公室接热水，下面的学生为了这来之不易的几分钟，非常激动地展开了热情的讨论，教室里缭绕着小声聊天的声音。

郑蕤动了动袖子，肖寒敏感地偏过头去，盯着郑蕤宽大的校服外套袖口看了半天。

安市一中的夏季校服外套挺薄的，再加上被雨水打湿了，哪儿有个褶皱什么的都很明显，还会有点透明感。就像肖寒前桌的胖子，裹着校服冒雨出去，他那校服外套本来就小，现在已经贴在身上了，都能透过白色的外套看见里面短袖后背上写着"天下第一帅"。

这会儿肖寒盯着郑蕤的袖子，就发现郑蕤胳膊肘的地方有点奇怪。

靠近胳膊肘的位置，有个什么东西突出来了，还透着点……红色？

肖寒猛地坐直了，伸出手去拉郑蕤的袖子："你骨折了？"

郑蕤护着自己的袖子往肖寒的方向侧了侧，淡淡开口："别动，里面有东西。"

然后肖寒就眼睁睁地看着郑蕤绷着一张没什么表情的脸，把手伸进怀里，从袖管里小心翼翼地掏出一朵花。

柠檬糖

于曈曈整个晚自习都心不在焉，感冒还没完全好，中间她趴在桌子上睡了一会儿，醒了就更难熬。

手机在兜里轻轻振了一下。

于曈曈举着手机看了两秒，是郑蕤，于曈曈看见上面发来微信的名字，突然就安心了。她还没来得及回复，手机又振了一下，一条新的微信出现在对话框里，同时，上面一条被撤回了。

对话框里只剩下新发过来的这句"放学一起回家。"

于曈曈挡在口罩后面的嘴角偷偷弯了弯，把手机轻轻按在怀里。

于曈曈突然惊醒，她赶紧给郑蕤回了一句："好好学习！"

发完她又有点后悔，这么发是不是显得自己有点无情，像个没有感情的学习机器。

是不是得再发点什么？

他说要送她回家，自己都没回答一下，就只发了个好好学习。

于曈曈想了想，在手机上敲了几个字，深吸了一口气点了发送，与此同时郑蕤那边也发过来一条新信息。

"好好学习有奖励吗？"

"好的。"

脸皮儿薄的于曈曈手忙脚乱地补了一句过去，还特地打了三个叹号。

"这个是回答你上一句的！！！"

郑蕤这次没有很快回复，但于曈曈已经能想象出来他勾着嘴角的那种漫不经心的一瞥，那种逗人的笑。

第十章 我崇拜你，比你早多了

于曈曈鼓了鼓嘴，手机在她暗自恼火的前一秒振动了一下，郑蕤发过来一张照片，照片里的人一只手插在兜里，一只手举着练习题，淡淡地笑着，额头上的刘海儿上还沾着星星点点的水珠。

"那我学习去了，放学见。"

于曈曈盯着照片看了个够才保存了照片把手机收回桌斗里。

学习吧！学习！下次一定要考第一！

真的学进去时间又过得很快，放学铃响起的时候于曈曈早就收好了书包，在张潇雅、刘峰和郭奇睿诧异的眼神里，拎着校医务室的药袋，像个兔子似的欢快地从教室里蹿了出去。

小皮鞋踩在楼道的大理石地板上，每一步都是欢快的，她一口气冲到了楼下。

郑蕤比她动作还快，她跑到楼下的时候郑蕤已经在等她了，于曈曈突然收住了急匆匆的脚步，迈着碎步慢悠悠地走了过去。

她跟郑蕤之间从来都没冷过场，本来以为郑蕤会说些什么，但一路走进小巷，于曈曈也没等来郑蕤一句话。她看了眼小巷子里熟悉的石板路，刚才下过雨的潮湿还没退去，能闻到一点青草和巷子边泥土的味道，突然灵光一闪。

"郑蕤，你想听个鬼故事吗？"于曈曈仰起脸看着郑蕤问。

郑蕤看了眼小姑娘亮晶晶的眸子，轻笑了一声，也偏过头，眼角含笑地看着她："想听，但不是今天。"

头顶的路灯有些接触不良，橘色的灯光忽闪忽闪地亮着，于曈曈心里有点遗憾，多适合讲鬼故事的气氛啊。

她还没遗憾完，身旁的郑蕤突然从衣袖里掏出一朵花递给她：

柠檬糖

"我听说,晚会那天有人跟踪我了,怎么不等我啊?"

于曈曈瞪大眼睛,那枝花开得很美,比世界上任何一枝都美,在忽闪忽闪的橘色的灯光下像一簇跳动着的红色小火苗。

看着郑蕤,于曈曈也不知道自己怎么回事,她"噌"的一下拉上了口罩,瓮声瓮气地说:"别把感冒传染给你。"

郑蕤一脸忍俊不禁,笑着说:"你这个小脑袋里都装的什么?"

第十一章

你要去哪儿？

下了一场雨空气里都带着潮湿,也不知道是不是因为心情不同,于瞳瞳走在熟悉的楼道里,竟然觉得每一家里传出来的声音都温润又好听。

好像生活了十多年的地方变得比以前更温馨了,扑扇着翅膀在楼道灯箱上飞舞的小蛾子都像是小精灵。

于瞳瞳回家的时候姥姥正在煲汤,屋子里弥漫着鸡汤的香味,她知道这是因为她感冒才有的加餐。

妈妈和爸爸已经回到工程那边去了,姥姥也跟以前不大一样,昨天甚至还问她,有没有想考的学校,还说楼上某个阿姨说还是考去一线城市更长见识。

于瞳瞳此时手里拿着一枝火红的花,有点心虚地问:"姥姥,咱们家有花瓶吗?"

姥姥从厨房里拎着个汤勺探出头来,看了眼她手里的花,有点意外地顿了顿,开口说:"哪儿来的花啊,就这么一枝,找个矿泉水瓶插上吧,上次那一束也没见你找花瓶。"

说起来有点对不起鲁甜甜,上次那束花拿回来,于瞳瞳直接给姥姥了,姥姥厨房里有个挺旧的小水桶,有时候买鱼回来才会

第十一章 你要去哪儿？

放在那个水桶里，老人坚持认为鱼要在烹饪之前处理才美味。

后来鲁甜甜送的那束花，就委屈巴巴地插在水桶里，放在厨房门口。

"同学送的。"于曈曈有点心虚地说，说完固执地又问了一遍，"咱们家有花瓶吗？"

"去杂物间找找，好像是有个小玻璃瓶。"姥姥多看了一眼那枝花，有点不解于曈曈为什么这么执着地想要花瓶，但也没再多问，忙着继续看着锅里的鸡汤去了。

本来可以不用这么大张旗鼓，偷偷把花拿回屋里随便找个水瓶养着就好了。

但于曈曈觉得那样太委屈这枝花了，这是郑蕤送给她的，怎么能随便插在水瓶里。

固执的小姑娘拿着花，捏着鼻子从布满灰尘的杂物间里翻了半天，才找到一个茶色小玻璃瓶，又用清水反复冲洗了好几遍，直到把玻璃瓶洗得跟新的一样，才满意地接满了水把玫瑰花插了进去。

喝过鸡汤，于曈曈又开始不放心了，从手机里查了一下怎么才能让鲜花开得久一点，随后按照网上说的用剪刀斜着把花茎剪了一下，网上说这样能开一个星期！

晚上这个插着花的茶色小花瓶被挪了好几个地方，放在窗口怕被风吹到，放在床头又怕白天晒不到太阳，放在桌边总怕不小心碰到会把花瓣刮坏。

第二天是个星期日，高三半个月才休这么一天，原本是个睡

柠檬糖

懒觉的好机会，结果于曈曈根本就没睡好，不是梦见花瓶被碰碎了，就是梦见一觉起来花瓣都掉光了，甚至还梦到郑蕤一脸幽怨地问她为什么不好好照顾那枝花。

于曈曈觉得挺冤枉的，在梦里试图跟郑蕤讲道理，郑蕤捂着耳朵大喊，我不听我不听，非常无赖，把于曈曈活活给气醒了。

一觉睡到八点，阳光透过窗纱打在于曈曈脸上，她从梦里醒来疲惫地揉着眼角，手机在床头"嗡"了几声，于曈曈睡眼蒙眬地摸过手机，伸出细长的手指胡乱划开通话。

"早啊。"郑蕤好听的声音从听筒里传来。

于曈曈意识混沌，还没从梦里走出来，下意识地开口解释，声音带着刚睡醒的软糯："我真的很认真地照顾你那朵玫瑰了，用玻璃花瓶装的，放在书架上通风还有阳光，还剪了花枝呢！"

郑蕤那边沉默了一会儿，才轻轻地"啧"了一声："这么喜欢花啊？"

甩掉其他几个人着实不容易，肖寒刘峰他们有事没事就往郑蕤身边凑都习惯了，于曈曈跟着郑蕤从家里走到图书馆，短短十五分钟的路程，她听到郑蕤接了六个电话。

忙碌的郑蕤在电话里还一本正经地说："不去，我要去图书馆学习去，嗯，你没听错，是学习。"

说着他还往于曈曈这边扫了一眼，似乎勾了下嘴角。

去图书馆这个建议是于曈曈提的，她之前立下目标说要考年级第一，干脆就跟郑蕤说要来图书馆。

第十一章 你要去哪儿?

郑蕤也没有异议,她说什么都行,不过她又收到了来自郑蕤的礼物,一顶樱花粉色的鸭舌帽,跟郑蕤那顶纯黑色的鸭舌帽款式一样,什么图案都没有。

郑蕤也不说是礼物,就跟昨晚突然变出一枝花一样,顺手就把这顶樱花粉色的帽子戴在了她的头上,还说了一句:"好看。"

两人戴着鸭舌帽一起走在街上,于瞳瞳偷偷瞄了眼身旁的人,有点开心地想,算不算同款啊?

周末图书馆里的人还挺多的,每排书架前面都站着几个人,郑蕤和于瞳瞳找了个靠窗的桌子,在馆里各自低头刷着题,偶尔说上两句话,一上午很快就过去了。

快到十一点的时候,郑蕤曲着食指敲了两下桌子,压低声音问:"去吃饭吗?"

去!

于瞳瞳简直想丢下算了一半的题直接起身跟郑蕤走,但她硬是坚持着把最后两行写完,仰起头对上已经起身的郑蕤的目光,努力压着嘴角:"走吧。"

郑蕤帮她拿着东西,带她去了一家西餐厅,进门的时候忽而笑了一下,说:"这地方是肖寒发现的,总拽着我们来,还非要坐那个布置得粉嘟嘟的卡座,一会儿你就知道了,估计你会喜欢。"

于瞳瞳好奇地跟着郑蕤往里走:"为什么觉得我会喜欢啊?"

郑蕤笑了一声:"感觉跟你那个手机壳里面的'水逆驱散符'画风差不多。"

到了那个卡座于瞳瞳绷不住笑了,还真的差不多,她指着墙

363

柠檬糖

上粉红色的小熊图案问:"肖寒喜欢这样的?"

顾着小姑娘脸皮儿薄,郑蕤没好意思跟她说,肖寒连内裤都是粉的。

跟郑蕤在一起哪怕什么事都不做,心情就会很好,两人就这么面对面坐在餐厅里,一边吃东西一边聊着身边琐碎的小事,于瞳瞳一直弯着眼睛在笑,好像他说什么都值得高兴似的。

牛排是郑蕤帮忙切的,骨节分明的修长手指握着刀子和叉子,把牛排细细地分成刚好入口的大小,还有沙拉也是郑蕤拌的。

从西餐厅出来,在路边遇见一只流浪猫,郑蕤从书包里掏出一袋火腿肠,自然而然地蹲在路边拿着火腿肠喂了那只白色的小猫。

回图书馆的路上,于瞳瞳悄悄掰着手指数,郑蕤真的是很好,温柔、绅士、细心还有爱心。

于瞳瞳手里捧着《口袋英语》,眼角却在瞄身旁的郑蕤,看着他的侧脸抿嘴偷笑。

"开心?"郑蕤突然停下脚步弓着背偏过头,看着她的眼睛问道。

对上那双深棕色的眸子,于瞳瞳忙用《口袋英语》挡住脸,不好意思地沉默了两秒,但还是诚实地点点头,小声说:"开心。"

小姑娘半张脸挡在《口袋英语》后面,露出一双大眼睛看着郑蕤,郑蕤笑了笑,突然伸手拿过她手里的《口袋英语》,拖着调子慢悠悠地说:"这本《口袋英语》,我好像有点眼熟呢?"

于瞳瞳看着郑蕤勾起的嘴角,一时间被他的颜值给迷惑了,

第十一章 你要去哪儿？

心不在焉地应了一句："所有《口袋英语》不都长一个样儿吗？"

郑蕤扬眉："是吗，我怎么记得这本特别不一样来着？"

说着他眯缝着眼睛看了眼于曈曈，随手翻了两页，吊儿郎当地说道："我记得，这本上面写着你美好的愿望来着？"

什么美好的愿望？于曈曈有点迷茫地看向郑蕤。

郑蕤把《口袋英语》翻到扉页，上面的爱心和字在于曈曈面前一闪而过。

小姑娘像是炸毛了的猫，追着郑蕤要抢他手里的《口袋英语》，郑蕤把《口袋英语》护在背后，边跑边笑："这个送我得了。"

于曈曈喊："你再说！"

眼看着小姑娘连脖子都红了，他刚想说点什么，手一翻，《口袋英语》里露出一个东西。

挺眼熟的颜色，郑蕤愣了一下，拿出来，是一张被整整齐齐对折了的柠檬糖的糖纸。

于曈曈看见那个糖纸之后也愣了一下，那个糖纸她一直夹在《口袋英语》后面，是郑蕤第一次给她的柠檬糖的糖纸。

当时是抱着什么样的心情把它留下的呢？

于曈曈愣了一会儿，突然仰起头，露出一个灿烂的笑脸，甜甜地说："这是你给我的第一块柠檬糖的糖纸。"

于曈曈笑眯眯的，愉快地说着自己的新发现。

于曈曈到图书馆里坐下，气呼呼地想，郑蕤这个坏蛋就会

柠檬糖

逗她。

郑蕤这会儿没在，还在楼下帮她排队买奶茶，于曈曈把书和习题摆在桌子上，用手当扇子忽闪忽闪地扇着脸。

其实她的心里还是愉快的，从来都没这么愉快过，连厚厚的习题看上去都变得可爱了。

她小声哼哼着肖寒他们的名言："三长一短选最长，三短一长选最短。"

空气里的每一粒微小的尘埃，都是愉快的音符。

阳光照在于曈曈面前的桌子上，她把那张柠檬糖的糖纸重新叠好，放进了郑蕤的《口袋英语》里，郑蕤执意要拿走她的那本，两人就做了个交换。

桌子上突然出现一块阴影，于曈曈弯着眼睛抬头，准备迎接她的奶茶，嘴里的话还没出口，视线里出现了一张明媚的女生的脸。

于曈曈认识的校友不多，但这张脸她印象很深，也记得她的名字，是郑夕。

说实话，这个时候看见郑夕，于曈曈真的是非常不爽，每一根头发丝、每一根汗毛都好像无声地呐喊着：我不爽。

天气这么好，阳光这么明媚，多么棒的日子。

于曈曈还对之前的事情耿耿于怀，虽然郑蕤解释过了，两人去树林的场景听起来还挺剑拔弩张的。

但于曈曈心里还是很在意，她更气的是自己那天太玻璃心了，再厚着脸皮多听哪怕两分钟呢，没准儿就能听到真相。

第十一章 你要去哪儿？

她非常想穿越回去，拿着那枝花抽一顿面前这个姑娘的后脑勺！

让她知道知道，花儿为什么这样红！

于瞳瞳长得乖，尤其一双眼睛，清澈又无害，这会儿不知道在想什么的样子就像是茫然无措的小白兔。

郑夕看着于瞳瞳，目光从她手里的《口袋英语》上扫过，扉页上写着郑蘅的名字，她在心里冷笑了一声，笑面如花地开口了："学姐，我上午就看见你了。你是跟郑学长一起来的吗？"

郑夕对于瞳瞳这个学姐的印象停留在中秋晚会，那天于瞳瞳是主持人，她觉得这个学姐属于没心机的乖乖女类型。

那天的晚会她全程只看了两个人，一个是作为主持人的于瞳瞳，看着就像是被家里精心呵护的乖乖女，成绩好、性子软，书包旁边放着的水瓶里还有半瓶梨汤，有一天彩排天气凉，她书包上还搭着条小围巾，真是被家里捧在掌心里呢。

另一个是郑蘅，就像是把所有郑启铭好的基因都遗传走了一样，那么耀眼、那么夺目、那么优秀。

这两个人都让郑夕十分嫉妒，嫉妒又羡慕。

最神奇的是，上午她居然同时看到了郑蘅和于瞳瞳两个人，他们肩并肩坐在图书馆里学习，坐在阳光下，看上去十分温馨。

郑夕站在书架的阴影里，别人有说有笑、生活美好，只有她，是因为家里一片狼藉才跑出来的。

她那个恶心的爸爸郑启铭，早晨一身酒气地回来，揪着妈妈的头发嘶吼："如果不是你，我现在已经有一个公司了！没有你，

柠檬糖

江婉瑜手里的钱都是我的!都是你!都是你!"

两人在屋里厮打起来,家里能摔的东西都摔了,满地狼藉。

郑夕上去拦着他们,被推到一边郑启铭踢翻的椅子上,后背上磕得青紫一片。

她的家庭鸡飞狗跳、永无宁日,郑蕤还坐在阳光下看书,凭什么!

郑夕一只手撑在桌子上,阳光下她的皮肤白皙得有些晃眼,于曈曈抬起头,视线从她漂亮的手指上挪到她明媚的脸上,鼻梁高挺,弧度跟郑蕤很像,可惜她的眼睛里带着一种让人不舒服的神情,像是伸出信子的蛇。

她的嘴唇一开一合,笑着说:"学姐,中秋晚会时我们也算合作过,给你提个醒吧,郑学长可不是什么好人,我刚好知道他一些事情,你要不要听一听?"

郑夕有把握,随便她说点什么,都会变成横亘在两人之间的刺,搅得他们无法安宁。

凭什么她自己一个人生活在泥泞不堪的世界,都来吧,谁都别想过得好。

郑夕心里笑着,这个乖乖女一样的学姐,会不会哭鼻子呢?

面前的乖乖女沉默了一会儿,终于掀起眼皮,长长的睫毛轻轻在空气里扇了一下,郑夕听见她轻轻说:"听什么?听你一本正经地胡说八道吗?"

奶茶店门口的队排得挺长,要放在平时,郑蕤都懒得看第二

第十一章 你要去哪儿?

眼,又甜又不好喝。

以前有一次他和肖寒他们在这附近玩,肖寒这人就爱凑热闹,一路上嘟囔了好几次说想去尝尝,刘峰和他都没理肖寒,最后肖寒幽怨地自己去排了半个多小时队,在他和刘峰打完一局游戏的时候才回来,还拎着奶茶。

刘峰情商低:"这跟食堂加了牛奶的红豆粥有啥区别,你还排了半个小时队?"

然后刘峰就得到了一顿爆捶,并被肖寒掐着脖子要求吐出来。

当时郑蕤虽然没说话,但心里也是这样认为的。

谁想到打脸来得如此之快,短短几个月,他也站在了队伍里,不光排着队,还伸着脖子研究着灯箱上的饮品单。

他心里琢磨着,是买个"琥珀奶绿"还是买个"百香果绿",是加份奶盖还是加份布丁,是七分糖还是无糖加冰激凌。

肖寒打来视频的时候还有几个人就到郑蕤了,郑蕤戴着耳机接通了视频,肖寒看了一眼就开始嚷嚷:"你居然跟你的兄弟说谎,你这是在图书馆学习呢吗?你明明就是在买奶茶,你当我认不出来……哎?不是,你怎么在买奶茶啊?还在排队?"

视频里肖寒的眼睛都瞪圆了,像是见了鬼似的:"你发烧了?还是中暑了?你居然排队买奶茶!"

郑蕤心说,我没发烧也没中暑,这不是于曈曈走到这儿的时候多看了两眼吗,我就跑来排队了。

郑蕤勾起嘴角,看上去很无奈,笑着说:"于曈曈想喝。"

肖寒面无表情:"告辞。"

柠檬糖

郑蕤看了眼前面，还有两个人就到他了，想起问正事："先别挂，这家奶茶什么最好喝？"

肖寒顶着一脸一言难尽的扭曲面容，沉默了三秒，这三秒每一秒都是一个字，合起来像是无声的控诉"你！变！了！"，然后语速飞快地开口："百香果绿加奶盖加雀巢冰激凌加布丁不要放糖！"

说完他直接挂断了视频。

郑蕤举着这么一杯复杂的奶茶走进图书馆的时候，突然顿住了脚步。

安市图书馆的二楼是历史类图书，楼梯正对着一排桌子，午休时间还没过，这一层没什么人，显得有点空旷，郑蕤一眼就能看见自家小姑娘站在桌前，眼眶有些发红，梗着脖子看着眼前的人。

站在小姑娘面前的，是那个自称是他妹妹的女生，郑蕤皱起眉，快步走过去，生怕于瞳瞳挨欺负。

还没走两步，小姑娘的声音就响了起来，声音不算大，但铿锵有力、不温不火。

"我其实不喜欢跟陌生人说话，尤其是爱多管闲事又喜欢在别人背后嚼舌根的陌生人。

"还有，郑蕤不是什么好人这样的结论我不知道你是怎么得出来的，让我给你数数你口中不是好人的人有多好，长得帅你得承认吧？只要你不瞎应该就能看出来，不但长得帅，成绩好又聪明，有爱心还有责任感，反正我觉得他天下第一好。

第十一章 你要去哪儿?

"我听郑蕤说你是她血缘上的妹妹?但你跟他差得真挺多的,起码郑蕤在提起你的时候没有用任何贬低的词语,你也不用总想着拖他下水。"

郑夕似乎是没想到小姑娘看着挺安静乖巧的,说话这么硬气,愣了一下才开口:"你这么维护他?我可是知道——"

"你知道什么?"于瞳瞳打断了郑夕,她是真挺生气的,十七年来第一次这么生气,不是那种闹别扭的赌气,是气得恨不得郭奇睿或者刘峰附体,好教育郑夕一番。

于瞳瞳感觉自己的火苗都蹿到脑门了,用非常确定的语气回答:"这些都关你什么事?小妹妹,你要是真的很闲就多看看书吧。"

多读书有好处!这话好像是肖寒还是谁说的来着?于瞳瞳张了张嘴,没说出来,从心里默默地说了一句。

郑夕可能是还打算开口,但于瞳瞳没给她机会,抬手做了个"停"的手势:"真的,你别说话了,我也不知道你是不是有什么神奇的能力,我一听见你说话,我就想吐,你喜欢这张桌子你就在这儿学吧,学学怎么做个合格的人,拜拜。"

说完小姑娘就绷着脸抱起了自己的书包,一抬头浑身的犀利都消散了,刚才还气势逼人的眼睛瞬间就弯成了两个月牙。

郑夕白着脸看过去,看到了扬着眉的郑蕤,她脸色更白了。

实际上郑夕并不想再正面跟郑蕤对上了,上次在树林里时他那个跟冰川一样的眼神让她每次回忆起来都不寒而栗。

于瞳瞳不知道郑蕤早就警告过郑夕了,看见郑夕往郑蕤那边

柠檬糖

看，小姑娘一瞬间又奓毛了，像个小老虎似的抱着书包一步跨到郑夕面前挡住了她的视线。

她的语气也变得有点恶狠狠的，非常不熟练地放着狠话："你！不许去打扰郑蕤！"

只说了这么一句，因为于曈曈自己也不知道后一句应该威胁点什么好了，难道说"如果你打扰他我就给你告老师吗？"

于曈曈抱着书包，端着自己气势汹汹的架子，拉着郑蕤一路走到楼道的拐角处，才红着脸开口："你什么时候来的？"

郑蕤把手里的奶茶递给她，嘴角一直弯着，心里像是烧开了的水壶一样沸腾着，咕嘟咕嘟地冒着泡，这是他第一次感觉到自己被维护。

而且，被小姑娘凶巴巴地维护着的感觉，可真好。

郑蕤笑着靠在墙边，一副"我想想"的样子，故意慢悠悠地说："什么时候呢？是你说我长得帅的时候？还是说我聪明的时候？哦，可能是说我温柔细心的时候吧？要么就是说觉得我天下第一好的时候。"

于曈曈听着郑蕤拖着调子重复自己刚才说的话，掩饰地吸了一大口奶茶。

"咳！"

于曈曈差点被一口布丁呛死，咳了两声才抬头，一脸幽怨地盯着郑蕤。

郑蕤低声说："谢谢你维护我，无以回报。"

于曈曈这一天经历了一堆第一次，连跟人吵架都是第一次，

第十一章 你要去哪儿?

回到家各种激动汇聚在一起的心情都还没平静下来。

郑蕤接了个电话先回家了,于曈曈不知道他家里发生了什么事情,一边激动又一边觉得有些不安,进了自己的卧室连灯都忘了开,但关上门的一瞬间,她看见卧室里的镜子闪过一道光。

于曈曈愣了一瞬间,把自己头上那顶樱花粉色的帽子摘了下来。

黑暗的房间里只有帽子上夜光的字亮着,跟郑蕤家的安全通道里那些夜光的星星一样的蓝色,只有四个字,简单又温暖——

"有我陪你"。

不是一家人不进一家门,这话说得真挺对的,白天郑蕤和于曈曈刚遇见郑夕没事找事,晚上郑夕的妈妈就开始按捺不住地搞事情了,刚吃过晚饭,郑蕤就接到了卢医生的电话。

卢医生是个三十多岁的男人,说话的语气一向很温润,有点像他们班长杜昭那种感觉。

但今天打电话过来的时候,他竟然难得有些急,语速比平时不止快了一倍:"郑蕤你妈妈来的时候接了个电话,回咨询室时脸色就不太好,现在情绪有些失控。"

郑蕤保持着没什么表情的样子听完了电话,淡淡应着:"好,我这就过去。"

郑蕤不想让于曈曈跟着担心,只说自己家里有点事要早些回去,临别时还逗了她几句,看着小姑娘坐上出租车,又看着出租车消失在街角,他脸上淡淡的笑意突然消失,皱着眉打车去找卢

373

柠檬糖

医生。

卢医生说得还是委婉了，江婉瑜的状态不是不太好，而是非常不好，郑蕤过去的时候卢医生那间资讯室里的花瓶和桌子上的东西都散乱在地上，江婉瑜正缩在沙发里，脸色苍白、浑身发抖。

卢医生的衣服袖扣都被扯掉了，但他看见郑蕤还是先安慰地笑了笑："小蕤来了。"

江婉瑜抬头看见郑蕤，脸色又白了几分，不住地发抖和抓头发，看上去非常暴躁。

如果郑启铭他们一家人不出现，江婉瑜现在的心理状态应该还不错，她已经开始慢慢提起她和郑启铭的过往了。

但有的人就是那么阴魂不散，像是深渊里长出的荆棘，不想着自己怎么见到阳光，而是想着拖更多的人跟他们一起掉到深渊里去。

今天进咨询室之前江婉瑜的手机突然响了，是一个陌生的电话号码，江婉瑜管理着公司，有陌生电话自然不可能不接，只是她没想到会隔着电话，时隔十七年再次听见那个噩梦一样的声音。

十七年前的录像江婉瑜只看过一次，但一次足以刻骨铭心，每每午夜梦魇都是相同的声音。

这十七年来江婉瑜一直努力地做一个无坚不摧的女强人，一直强压着那些噩梦，避免自己想起来。但今天这一通电话，她努力做的心理防线全面崩塌，她像是疯了一样打碎了卢医生屋里的花瓶。

这注定是个不眠夜，郑蕤靠在沙发里疲惫地揉着眉心，手里

第十一章　你要去哪儿？

拿着沪市那家医院的心理科的简介，卢医生依然建议他妈妈暂时放下手里的工作去接受心理治疗，作为江婉瑜唯一的亲属，郑蕤也需要陪同。

江婉瑜吃了安眠药已经睡着了，郑蕤和肖寒守在客厅里，肖寒担心地看着郑蕤颈边的一长条结痂的抓痕："阿姨现在这个状况等不到咱们高考结束了吧？"

肖寒会在郑蕤家，是因为江婉瑜在严重的时候会把郑蕤误认为是郑启铭，还会动手，好的时候又怕郑蕤抛下她。肖寒也算是郑家的熟客了，连阿姨都认识他，这个时候叫他来帮忙比别人都合适。

郑蕤面无表情地"嗯"了一声。

客厅里冷白色的灯光照在浅驼色的沙发上，哪怕地上的米色毛毯都没能让屋子显得更加温暖，跟每一个平常的日子一样，空旷得让人感到孤独。

今天夜里，这种感觉更加强烈，哪怕他现在并不是一个人在家里。

郑蕤靠在沙发里沉默着，卢医生跟他聊了很多，他从来不知道他妈妈最近常常会接到郑启铭的电话，也不知道江婉瑜独自回家的时候会看见门口的恐吓信和被画得很阴暗的照片之类的东西。

一对人渣，一个想用虚伪的"真心"来骗江婉瑜的钱，一个被嫉妒冲昏了头想要毁掉江婉瑜。

但江婉瑜都自己默默地扛了下来。

郑蕤看向江婉瑜卧室的方向，那扇白色的门永远都关着，即

375

柠檬糖

使她是个并不那么温暖的母亲,郑蕤也不能让她孤零零地独自一个人去沪市治疗。

夜里一点多,郑蕤翻着网页上沪市那边的心理教授方医生的简介,在一团乱麻的思绪里,突然就有点想念于曈曈。

想到她下午在人面前像个奶凶的小老虎似的放狠话的样子,郑蕤绷了一晚上的脸色终于有些变化,嘴角缓缓地动了一下。

他有点想给于曈曈打个视频看看她,可惜时间太晚了。

肖寒已经抱着平板电脑迷迷糊糊地靠着沙发靠垫上睡着了,江婉瑜的屋子里没再传出什么声音,郑蕤短暂地松下紧绷着的神经,缓缓闭上眼睛,仰头靠在了沙发背上。

手机振动的时候郑蕤刚有点睡意,猛然惊醒,眼睛里都是红血丝,刺眼的吊灯晃得他眯了眯眼,从裤子口袋里摸出手机。

看见视频邀请上的名字,郑蕤愣了愣,下意识瞄了眼屏幕最上方小小的时间,两点零三分。

郑蕤侧了下身,确定这个角度看不到他脖子上的伤,才点下接通。

短暂的延时后,屏幕上出现了一片漆黑,在郑蕤有点怀疑是不是她睡觉没锁屏不小心拨出来的时候,那边传来一声甜甜的,带着点惊喜的女声:"郑蕤!"

然后是窸窸窣窣的摩擦声,小姑娘打开了台灯,屏幕上出现了一张白净的小脸,还带着点刚睡醒的小慵懒,她对着镜头不好意思地笑了笑:"我抱着手机睡着了,做梦梦到你给我打视频来着……"

第十一章 你要去哪儿？

郑蘩笑了："想给你打来着，一看时间太晚了怕吵醒你。"

也不知道女孩子的第六感是不是真的准，视频那边的女生一反常态，沉默了两秒反而眼睛亮亮地点了点头。

她的头发松散着，穿着粉色的睡衣，像个洋娃娃似的看着摄像头，透过遥远的距离跟他对视，小声说："郑蘩，明早一起吃早饭好不好？"

小姑娘到底还是脸皮儿薄的，邀约的话说得也不熟练，越说脸越红，越说声音越小，最后跟蚊子似的嘟嘟囔囔。

好在午夜够静，郑蘩听清了，忍不住嘴角上扬，莞尔道："明天早晨一起吃早饭？"

于曈曈似乎才注意到郑蘩还穿着今天白天的黑色短袖，而且是坐在沙发上的："你怎么没睡觉啊？明天还要上课呢，你晚上急着走是不是家里出了什么事情？"

小姑娘弯弯的眼睛不见了，眉心微微蹙起，一脸担忧的样子。

郑蘩一笑："能有什么事啊？家里阿姨出门买菜没带钥匙，把自己锁外面了，我回来开个门。"

"那你还没睡呢。"她显然是没信，眼睛里的疑虑明显得很。

"你问肖寒啊，死活拽着我玩。"郑蘩看上去挺无辜的样子，不动声色地把锅扣到一旁刚刚被吵醒的肖寒头上，"看我眼睛里都有红血丝了。"

郑蘩靠近摄像头的位置，把眼睛里的红血丝给于曈曈看。

明知道隔着屏幕并不是真正的靠近，她还是条件反射地闭了下眼，很快又反应过来了，支吾了两声，挺没说服力地解释："我

柠檬糖

刚才眼睛进东西了,有点不舒服才闭眼的!"

郑蕤笑而不语。

她有点急了,忙着转移话题:"你骗人,肖寒在哪儿呢?"

跟着担心了一晚上,查了沪市那个教授资料一晚上,又变成了罪魁祸首的肖寒,此刻抱着沙发靠垫,一脸无语的表情,又不得不为自己的兄弟打掩护,心累地说:"是我,是我,都是我,用我出个镜,打个招呼吗?"

肖寒一边说着一边往郑蕤这边凑。

郑蕤看了眼视频里的于瞳瞳,他一手护着手机屏,淡淡扫了眼肖寒:"不用。"

小姑娘也是困的,听见肖寒的声音打消了疑虑,打着哈欠又跟郑蕤说了几句,眼眶都有点红了。

郑蕤又说了几句才挂断视频。

于瞳瞳挂断前还脆生生地说了句"晚安",说完直接就挂了。

郑蕤笑着偏过头,对上肖寒面无表情的脸。

肖寒看上去有点幽怨:"是不是兄弟了?"他也打了个哈欠,抱着靠枕重新闭上了眼睛,"上次我记得我想吃你那个水蜜桃味的糖,你还打我手了,我这回要一整袋,完整的一袋,一块都不能少!"

郑蕤好笑地看了眼肖寒,就这么个事还记着呢:"行,一整袋。"

肖寒闭着眼睛沉默了几分钟,突然睁开眼猛地从沙发上坐起来,屁股坐到了被他丢在旁边的平板电脑上,硌得一歪,愣是没

第十一章 你要去哪儿?

叫出声来,瞪着眼睛看着郑蕤。

已经准备闭目养神了的郑蕤,看了他一眼。

"郑蕤!"肖寒怕把屋里好不容易睡着的江阿姨吵醒,压着声音小声惊呼,"你咋办啊?不是要走了吗?不是要去沪市吗?"

"啊。"郑蕤揉了揉眉心,挺无奈地叹了口气,"我也没想到会这样,本来想着高考结束陪我妈去的。"

肖寒看着郑蕤,觉得他真是太难了:"不是,那高考之前你不回来了?"

郑蕤看着手里的手机,手机屏早就黑了。

"唉。"肖寒叹了口气,坐到郑蕤身边,挺惆怅地陪着郑蕤,看着比郑蕤还愁,脸皱皱巴巴得跟个沙皮狗似的,"这可咋办啊。"

郑蕤其实跟江婉瑜挺像的,有什么事习惯自己扛,也有点爱逞强,看着肖寒为自己的事这么愁眉苦脸的,他心里有点过意不去,抬手拍了拍肖寒肩膀:"没……"

本想安慰一下肖寒,谁知道肖寒皱着两条粗眉看向他:"你说张潇雅这姑娘可咋办?她就指着你俩当精神支柱呢。"

早晨闹钟响起来时,于瞳瞳才从梦里被拉到现实。

安市四季分明,哪怕还不是深秋,清晨的空气里也带着凉意,姥姥早早就把厚被子翻了出来,毛茸茸的珊瑚绒的被罩蹭在于瞳瞳下巴上,她半张脸仍然埋在被子和枕头之间,只伸出手飞快地把带着冰凉触感的手机也拽进了被子里。

于瞳瞳挺不情愿地关上闹钟,眯着眼睛在熹微的晨光里看了

柠檬糖

眼手机。

一条未读消息？

于曈曈揉着眼角点了进去，眯着的眼睛瞬间睁大，脸上的慵懒也一扫而空。

"早啊，楼下等你。"

于曈曈对着信息愣了两秒，有点不敢置信地猛然踢掉了暖乎乎的被子，连拖鞋都没穿，赤脚踩在地板上跑到了窗边。

不用推开窗她都能猜到自己会看到什么，匆匆而过的上班族、穿着运动服晨跑的人、拎着油条和豆浆哼着歌儿的大爷或者正在遛狗的大妈，这个小区的每一处景色于曈曈都非常熟悉。

但今天不太一样，或闲适或匆匆的人来人往里，只有一个人像是静止的画，他坐在楼下的花坛上，校服外面套了件军绿色的飞行夹克。

也不知道是不是因为他身后的银杏树有点泛黄，他看上去有点心事重重的感觉，于曈曈扒着窗框，静静地看着。

坐在花坛上的郑蕤像是感觉到了什么，慢悠悠地往于曈曈这边看过来，四目相对，嘴角含笑，抬起一只手，用口型跟她说："早。"

于曈曈趴在窗台上笑起来，心想，看着真的就像个痞子。

两人一路走到安市一中，进了校门本来该是一个往北边文科楼走，一个往南边理科楼走，郑蕤像是个正儿八经的文科生似的，跟在于曈曈身旁大摇大摆地走到文科楼那边。

进了文科楼，又走到二楼半，眼看着再上半层楼到三楼就是

第十一章 你要去哪儿？

高三文（1）班的教室了，于瞳瞳有点忍不住，看了眼身旁的郑蕤，疑惑地问："你要去找刘峰他们吗？"

"大清早的我找他们干什么。"郑蕤偏过头看着于瞳瞳，压低声音，用只有他们两个人能听到的音量说，"当然是去天台了。"

话音刚落，两人正好迈上三楼，于瞳瞳还没反应过来郑蕤说的是什么，就被郑蕤一路带到了天台上。

郑蕤其实心里也没多轻松，看着天台上的水泥地心里叹着气，可能他跟文科楼这个天台八字不合、有点犯冲，每次涉及天台好像都没什么好事。

郑蕤在一中这么久，就两次想到过这个天台。

一次是看见于瞳瞳站在这儿跟那个耷拉眼角的小学弟说话。

这是第二次，他嘴上说得好听，但现实总是一点都不丰满，骨感得像千年干尸，让他有点烦躁。

郑蕤抬手捏了下眉心："我有话跟你说。"

从昨晚回家起，于瞳瞳就有那么点似有如无的不安，总觉得郑蕤有什么事情瞒着她，但回去后又发现那顶樱花粉的帽子上有夜光的字，这些细节粉饰了那点不安。

现在她看着郑蕤一脸挺严肃的表情，心里突然"咯噔"一下。

郑蕤在于瞳瞳面前很少有这种表情，要么是勾着嘴角的、要么是眼里含笑的、要么是扬着眉的、要么是吊儿郎当不正经的，于瞳瞳回忆了一下，想听他严肃地说点什么，好像还有点难。

她容易瞎想，分分钟脑补出一场大戏都不带卡剧情的。

于瞳瞳僵硬地后退了一小步，郑蕤看她脸色不对劲儿，刚想

柠檬糖

开口说点什么，手机在手里一通振动，是刘峰的电话。

再抬头看人时，小姑娘转过去背对着他不知道在鼓捣什么，时间还早，接个电话倒是不碍事，郑蕤滑了一下接通了电话，他连一个字都没说，那边刘峰的大嗓门就喊起来了。

"你能想象到吗！烧卖！食堂早餐居然做了肉馅的烧卖，肉馅啊！巨好吃你来不……肖寒你打我干吗？什么谁，我给郑蕤打电话叫他吃烧……你说谁猪脑子……"

一阵杂音之后……

"我是肖寒，我们在食堂，你是不是正跟于曈曈谈着呢？我就一眼没看住，行了你俩聊吧。"

郑蕤这边一句话没说，电话又挂了，倒是被刘峰这么一通瞎嚷嚷，郑蕤没刚才那么紧张了。

小姑娘还是背对着他，没有一点要转过来的意思，郑蕤抿了抿嘴，伸手轻轻拉了一下她的袖子，叫她："于曈曈。"

于曈曈像是被吓了一跳，肩膀都缩起来了，回过头谨慎地看着郑蕤。

看见她这一系列的反应，郑蕤皱了下眉，心想，还是早点说吧，还能留几天缓冲缓冲，他有些心疼地看着于曈曈，叹了口气，声音有点闷："对不起，我可能得离开一阵子。"

想象中的生气、委屈和惶恐等一系列反应都没出现，郑蕤看着她像是茫然地愣了一会儿，然后肩膀一塌，松了口气儿似的，拍着胸脯："吓死我了。"

郑蕤失笑，一时间不知道说点什么好，于曈曈脑回路好像有

第十一章 你要去哪儿?

点清奇?

不是,她到底听没听懂自己在说什么?

于曈曈眼睛弯弯,幽怨地看了眼黑着的手机屏:"我刚才紧张死了!"

我才是紧张死了,郑蕤心说。

"手机上说什么了?"郑蕤拿过小姑娘的手机,随手一滑,没有密码的手机屏幕亮了起来,刚才的浏览页面也展现在了郑蕤面前。

郑蕤都气笑了,他就接了个刘峰的电话,可能都不到两分钟,她就背对着他噼里啪啦地在搜这些离谱问题?

真没看出来,哭的时候不忘说"我想考第一",出去玩也要去图书馆的小学霸,竟然也有慌乱的时候?

郑蕤发自内心地笑了出来,笑得肩膀都一抖一抖的。

于曈曈红着脸把手机抢了回来:"不许笑了,谁让你一脸严肃的……"

话说到一半于曈曈忽地住口了,瞪着眼睛像是才反应过来,半晌才憋出一连串的疑问:"你要去哪儿?什么时候?"

可算反应过来了。

郑蕤垂眸看着她那双带着惊诧的眼睛,带着无奈说:"我妈妈病了,我得陪她去看病。"

见小姑娘没说话,郑蕤稍微有点慌,也怕她不开心,继续解释道:"事情挺突然的,我那个血缘上的爹和他那个媳妇,总在我妈面前刷存在感,我妈是个女强人,最烦的可能就是想起自己婚

柠檬糖

姻失败的事了,他俩这么男女混合瞎折腾,我妈心理上有些承受不住,得去沪市接受心理治疗。"

郑蕤的脑子里转着说辞,尽可能地把事情说得不那么压抑,免得小姑娘替他担心:"所以现在该慌的是我。"

于瞳瞳沉默了一会儿,轻声叫他:"郑蕤。"

郑蕤平时相当稳,代表安市一中出去比赛他从来都没感到过半分紧张,但这会儿他真真切切地感觉到自己的心都要提到嗓子眼儿了,生怕下一句她就要说出些什么。

于瞳瞳红着眼眶轻声说:"我好心疼你啊。"

她现在唯一的感觉就是心疼,非常心疼。

郑蕤为什么要承受那么多啊?他这么好又这么优秀,他比任何人都好,比任何人都值得过无忧无虑的生活啊!凭什么他就得承受这么多啊!

于瞳瞳仰着头,看着郑蕤那张桀骜又带着点嚣张的脸,当时站在主席台上侃侃而谈的那个骄傲的少年才应该是他,他不该愁眉不展地扛着生活的狗血和重压啊。

都是十七岁的高中生,连刘峰在家里都还是个大宝贝呢,为什么郑蕤就要去当个家啊。

初秋早晨的太阳并不灼人,反而像是个温柔的大橘子挂在天边,在这样的阳光下,她一眼不眨地盯着他,眼睛里没有抱怨,她蹙着眉,温柔得不可思议。

就像是她中秋节那天给他的那一大包粉色的棉花糖似的,带着甜味的,软乎乎的。

第十一章 你要去哪儿?

郑蕤终于不再故作轻松,眉眼间显出一些疲惫,声音也哑了下来:"你怎么就这么好呢。"

于瞳瞳眼眶通红地看了他一眼,然后一叉腰:"郑蕤!你说话不算数!你骗子!你说过陪我的!今天你就跟我说你要走了!还离一千多公里!"

郑蕤被小姑娘突变的画风惊得一愣一愣的。

一口气喊完这么多,于瞳瞳给自己顺了顺气儿,非常贴心地问:"我这么说你的话,你是不是能心里舒服点?"

郑蕤扬眉,突然就笑了,眉间的疲惫也散去不少,离别的愁绪都渲染不起来了。

于瞳瞳小声说:"你不用担心我的,我越来越坚强了,我今天都没哭你没发现吗?"

郑蕤的心里忽地塌下一大块,于瞳瞳故作轻松地笑了笑:"咱们去食堂吃那个肉馅的烧卖。"

"啧。"郑蕤皱了皱眉,"我这会儿真的特别想去揍郑启铭一顿。"

于瞳瞳摇头,做出一副恶狠狠的表情,扬起握着小拳头的手:"去吧,去揍他!我支持你!"

于瞳瞳没觉得这件事上郑蕤有什么不对,毕竟他离开的前提是妈妈生病了。

但会不开心是肯定的,这个即将分离的不开心,再加上"凭什么郑蕤压力这么大"的愤慨,像是一团浇了水的棉花,堵在于瞳瞳胸腔,越来越让人喘不过气。

柠檬糖

这个时候,郑蕤突然提到了他那个血缘上的爸,于瞳瞳像是看见逗猫棒的猫,瞬间就把眼睛瞪大了,敏感地锁住目标,别说阻止了,她都有点希望自己是个男生,一套混合拳加扫堂腿先去揍那人一顿。

实在太气人了,于瞳瞳想。

郑蕤看着身旁的小姑娘从楼上气鼓鼓地下来,走路带风,大摇大摆地就要往食堂走,走得还挺气势汹汹,他没忍住,笑着拉了一下于瞳瞳的袖子。

"干什么!"小姑娘奶凶奶凶的,非常愤懑,"你别拦我,我们去食堂边吃烧卖边商量怎么揍你那个爸一顿,气死我了!"

"我不是拦你。"郑蕤无奈地笑了笑,抬手指着头顶半开着的行政楼窗户,压低音量说,"我是想提醒你,去食堂得绕着楼后走,要不严主任很可能突然从这儿探出头来亲切地问你干什么去。"

没有经验的于瞳瞳顿时怂了,吓得眼睛都瞪圆了,猫腰捂嘴,踮着脚尖一溜烟溜到楼后去了,还挺懊恼地问:"我刚走出点气势呢……"

郑蕤扬眉:"怎么一说要打架你比我还兴奋,嗯?"

于瞳瞳还担心自己的大计出师未捷身先死,说话也不敢大声,跟做贼似的鬼鬼祟祟地探着头看了一圈,确定没人才捂着嘴小声开口:"打别人我也不兴奋,但你爸太欠揍了,我都想打他两拳。郑蕤,我刚才走路时候有没有感觉像是踩着背景音,那个电影叫什么来着?什么码头?"

一时间有点想不起来了,于瞳瞳拿着手机搜了搜,把手机屏

第十一章 你要去哪儿?

递到郑蕤面前:"就这个,我爸特别爱看的,是港片。"

郑蕤看着手机上显示的"古惑仔"三个大字,郑蕤不知道她为什么会记错,但小姑娘大概是怕自己心情不好想逗他开心吧。

教学楼挡住了阳光,郑蕤看着像个小猫似的谨慎地探头探脑的小姑娘,想逗逗她。

郑蕤突然伸出手,拉着于曈曈一起蹲在了楼后,飞快地竖起食指放在嘴边:"嘘。"

于曈曈顿时就紧张了,吓得大气都不敢喘,甚至闭上了眼睛。

于曈曈紧紧闭着眼睛,等她睁开眼睛,看见的只有郑蕤的脸庞。

郑蕤这张桀骜又嚣张的脸,还有那双平时总是挂着漫不经心的神色的眸子,连鲁甜甜和张潇雅都讨论过,最后得出的结论是,郑蕤帅是真的帅,就是看着太不好接近了。

郑蕤开口打破了沉默,眸子带着笑意:"你怎么就这么可爱呢。"

两人面对面蹲在地上,郑蕤就这么看着她。

于曈曈反应过来自己又上当了,责备的话没说出口,反而不好意思地移开了目光,刚把视线落在一株从砖缝里夹存的杂草上,于曈曈突然听到面前的人轻笑了一声,又恢复了拖着调子吊儿郎当的样子:"逗你呢。"

于曈曈猛地抬起眼,瞪着郑蕤,这个人!

郑蕤眉梢扬了一下,于曈曈脸皮儿也薄,逗人也不能没下限的。

387

柠檬糖

说完于曈曈被郑蕤拉了起来,一直到进了食堂还觉得自己脸上能烫熟一筐煎蛋。

郑蕤给肖寒回了个信息,不一会儿肖寒就像个小旋风似的飞快地跑来了,手里抱着两个绿色的大包抽纸。

早晨从郑蕤家出来就知道今天郑蕤要跟于曈曈摊牌了,肖寒想,反正甭管谁哭吧,贴心的肖寒带着抽纸来了,还准备了一肚子安慰的草稿。结果跑进食堂一看,两人正吃着热腾腾的烧卖笑得阳光灿烂。

肖寒坐在郑蕤旁边对着郑蕤一通挤眉弄眼,还带着口型的,宛如十万个为什么,表达着他满腹的疑问——

郑蕤你跟没跟于曈曈说啊?你俩聊什么了聊了一个早晨?郑蕤你不会是骗人了吧?你到底说没说啊?

郑蕤用一次性筷子夹了个烧卖放在于曈曈碗里,又往她橙色的塑料小碟子里添了一点点醋,问:"够吗?"

看着对面的小姑娘弯着眼睛笑眯眯地点点头,夹起烧卖吹了两下咬下去,郑蕤这才扭过头,对着眼皮子眨得都快抽筋了的肖寒笑了一声:"要说什么,直接问。"

肖寒瞥了眼吃得挺香的于曈曈,小声问:"你说了?"

"嗯。"郑蕤把豆浆戳上吸管递给于曈曈,"说了。"

这都不哭?

肖寒大惊,伸出食指和中指立着放在餐桌上,两根手指一弯,做了个模拟下跪的动作:"收下我的膝盖!"

于曈曈叼着烧卖疑惑地抬起头。

第十一章 你要去哪儿？

一屉烧卖还没吃完，刘峰、张潇雅和郭奇睿脚步匆匆地跑了过来，未见其人先闻其声……

"蕤啊！"

"我瞳啊！"

刘峰和张潇雅各自扑向郑蕤和于瞳瞳。

刘峰揽着郑蕤的肩膀，涕泗横流，一脸的悲痛欲绝："我舍不得你啊，你怎么说走就走啊，你这个负心汉，丢下我一个人你要去哪儿啊？"

郑蕤："……"

张潇雅抱着于瞳瞳肝肠寸断："我瞳啊，你说你命怎么这么苦啊！我苦命的瞳啊！"

于瞳瞳："……"

郭奇睿慢了两人几步，一看这阵势，脚步一收干脆掉转了个方向，掏出校园卡准备再去买一屉烧卖解解馋。

刘峰和张潇雅干号了一会儿，发现正主都没啥反应，刘峰从肖寒面前拿过抽纸，撕开擦了擦鼻涕，纳闷地问："咋回事啊？肖寒不是说让我们来渲染一下悲伤的离别气氛吗？"

肖寒干笑了两声，摸着鼻子讪讪开口："不用渲染了，那什么，叫你们来是商量打架的事的。"

郭奇睿端着一屉烧卖刚坐下，听见肖寒的话猛地抬起头："别，不行，不可以，打架想都别想，我会被老侯按在广播室的机械键盘上掐着脖子唱《嘴巴嘟嘟》的！"

"对对对！打什么架啊！"被恐惧支配的刘峰赶紧附和，"我

柠檬糖

马上就十八岁了，我已经是个成熟的刘峰了，成熟的刘峰得做成熟的事，别整天打打杀杀的，谁惹你了，我帮你告老师！"

肖寒一脸哭笑不得："不是惹我，是郑蕤那个爹。"

刘峰表情顿时就严肃了，郭奇睿烧卖都不吃了皱了皱眉，男生有事没事的就凑在一起吹牛，今天你在我家住，明天我去你家住，一来二去差不多谁家什么样心里都有个数。

就像大家都知道刘峰是家里的大宝贝儿一样，连刘峰这种迟钝的人都感觉到郑蕤的爹不是个东西了，肖寒又是知情人，偶尔不小心地透露几句，大家都心知肚明。

刘峰一拍桌子："打！我家还有根新的擀面杖没开过光呢！我早就想了，要入冬了咱们就当活动筋骨了！"

郭奇睿笑道："可不，我最近发现我声线其实挺优美的，《嘴巴嘟嘟》啥的唱就唱呗，天儿越来越冷了，回头我穿条厚秋裤，跪键盘不跟玩儿似的。"

肖寒冲郑蕤睇了一眼，眼里的意思显而易见，你看，我就说吧。

郑蕤笑着摇了摇头，他习惯了有什么事情都自己想办法，原意是不想让他们几个掺和进来的，但肖寒听于疃疃说了这事之后立刻响应，并表示这次大家一定要一起行动。

郑蕤看着几个人，半晌才说出口："谢谢，兄弟们。"

换个年纪可能都不会做这种替人出气的事了，但他们才十七岁，十七岁不就是这样吗？冲动的、鲜活的，轰轰烈烈地表达着自己的喜怒哀乐。

第十一章 你要去哪儿?

于曈曈看着郑蕤轻轻按了按眉心,像是做了什么决定似的突然笑了起来,眉眼间张扬的笑意和少年的桀骜肆意都那么耀眼,她在心里想,他本该这样,他本来就该是这样的。

她甚至在心里轻轻地说,成熟稳重都一边去吧,少年本来就该这样。

几个人兴致勃勃地商量着这件事,从刘峰的表情看,他现在可能觉得自己是个即将要去除暴安良的大侠了。

刘大侠非常亢奋:"我妈打我的那个鸡毛掸子特别好用,每次我感觉她都没用什么劲儿就把我抽得嗷嗷叫,咱要不一人来一根?"

肖寒一巴掌拍在刘峰后脑勺上,扭头问郑蕤:"咱们怎么找你……找人啊?"

叫叔叔吧,郑启铭种种让人恨得牙痒痒的行为实在是不配,总是"你爹、你爸"的叫又不好。一来听着比较粗俗,二来郑蕤可能并不想跟郑启铭扯上任何关系,肖寒犹豫了一下,还是没带任何称呼。

郑蕤笑了笑,从校服兜里掏出一个白色的手机,那是江婉瑜的手机:"他每天都会给我妈发信息,拉黑就换新号码,非常阴魂不散,不用找他,等他找来就行了。"

郑蕤平时说话语速不快,总带着点漫不经心的慵懒,最后两个字话音还没落,手机嗡地振了一下,他扬起眉把手机屏展示给大家,勾起嘴角:"来了。"

还真是,说曹操曹操到,几个人刚要开口,郭奇睿身后传来

柠檬糖

一个声音:"食堂的烧卖挺好吃是吧?"

刚咽下一个烧卖的郭奇睿还没反应过来,甚至还在舌尖回味烧卖里浓厚的牛肉汤汁,他下意识回答:"好吃!"说完才后知后觉地回过头去。

严主任那张拉得跟筷子一样长的黑脸出现在郭奇睿视线里,他听见严主任说:"挺会享受,聚餐来了?光吃肉挺腻的,来,都到我办公室喝点茶吧!"

众人:"……"

第十二章

郑蘷，永远闪闪发光

在食堂的郑蕤、于曈曈、肖寒、张潇雅、刘峰和郭奇睿一行六个人，又一次站在了严主任的办公室里。

时隔两个月，上次这群人集体站在主任办公室还是因为郭奇睿被误会考试作弊的时候，那时几个人还敢坦荡荡地跟严主任据理力争。

这回不占理，理由还万万不能说出口。这怎么说啊，难道跟主任真情实感地说，我们只是想去揍一顿郑蕤同学那个血缘上的爸爸吗？

几个人对了个眼神，连刘峰的情商都创新高地跟大家统一了一回，一口咬定没按时回去上课是因为"食堂的烧卖太好吃了，真的太好吃了"这么个理由。

也不知道严主任信了没有，反正他头上的头发看上去越来越少了，这让于曈曈觉得有点内疚，都是让他们这群不省心的给气的啊！

此时于曈曈站在郑蕤身后心虚地缩着脖子，悄悄地把自己的马尾辫往头顶竖了竖，对不起了食堂的阿姨，其实不是您的烧卖的错，我们说谎了，希望说谎话不会被雷劈。

第十二章 郑蕤，永远闪闪发光

严主任气得不行，又把两个班级的班主任都叫来了，侯勇看见于瞳瞳的时候明显吃了一惊，惊得都忘了要罚他们跪在键盘上唱歌了，高老师倒是对肖寒和郑蕤见怪不怪，主任加上两个老师，先是一番批评教育，后是一通苦口婆心。

毕竟都是高三生，学业压力大连什么美术、音乐、体育课的都没有了，也不能罚他们几个不上课去扫厕所，最后严主任气得一边捋着自己的秃顶上几根岌岌可危的头发，一边指着他们几个怒吼："都给我上外面待着去！下了这节课再走！"

六个人装得像是乖鹌鹑似的，一声不吭地排着队站到了楼道里。

这是于瞳瞳学业生涯中第一次被批评，她垂着头沉默了一会儿，抬头一看，身旁的五个人都在盯着自己瞧，郑蕤扬着眉毛，嘴角勾着一丝笑，压低声音拖着调子说："被带坏了啊。"

于瞳瞳瞪了他一眼，突然就笑了，真的很神奇，就像是偷偷干了坏事的孩子，面对家长的训话一起为彼此打着掩护，但事情的真相，却只有他们自己心里清楚，并且彼此心照不宣。

郑蕤回过头，看见小姑娘弯着亮晶晶的眼睛，拉了拉他的袖子。

他往左侧微微弯下腰，听到耳边，她甜甜的声音带着一丝狡黠："怎么办呀，我好像真的学坏了。"

秋风从窗口吹进来，带着一丝凉意穿过长长的楼道，郑蕤看见一片金黄色的叶子被微风卷进窗口缓缓飘落在大理石地板上。

这好像是个很萧瑟的场景，但是怎么办，他好想放声大笑。

柠檬糖

昨天才被主任教育了的小团体并没有学乖，第二天晚上放学，书包寄存在学校对面的奶茶店里，一行人包括文科年级第二的于瞳瞳，以及蝉联理科第一的郑蕤，还有成绩就不说了但是非常正义的刘峰、郭奇睿、肖寒和张潇雅。

六个人都戴着黑口罩，口罩上还贴着一个卡通男生小贴纸，肖寒拎着口罩问发起戴口罩这一创意的张潇雅："这是什么？"

能够参加一次堪称叛逆的活动，并且是"打击渣男，人人有责"这么正经的理由，张潇雅非常愉快，差点带上应援棒和夜光手环，她开心地回应道："贴上能保佑你们行动顺利。"

"行动顺利"这四个字大大鼓舞了刘峰，他可能觉得自己是个正义的化身了，雄赳赳气昂昂地走到小巷子的矮树丛里，猫着腰蹲下了。

于瞳瞳有点紧张，这会儿她拆了自己的手机壳，在郑蕤好笑的目光下，固执地把那个"水逆驱散符"放在了郑蕤的钱夹里，跟那条蓝色的彩带纸放在了一起，并第无数次叮嘱着："小心点。"

郑蕤笑着应了一声，指着钱包说："别担心。"

张潇雅还没听过他这么温柔地说话，当即后悔为什么没带着摄像机出来，后悔得肠子都要变色了。

郑蕤带着几个男生走进小巷里，于瞳瞳和张潇雅负责在巷子口放风。

没一会儿一个戴着眼镜的男人出现了，于瞳瞳紧紧拉了张潇雅一下，手心有点出汗，她看着那个男人的脸，除了岁月的痕迹和眼睛里的神情，长相真的跟郑蕤很像。

第十二章　郑蕤，永远闪闪发光

郑启铭心情很好，哼着歌走进巷子里，站在一棵树下等了一会儿就掏出手机，他心里得意极了，女人的心都软，不枉他死缠烂打地天天给江婉瑜打电话，她最终还是同意见他了。

郑启铭得意地想，哪怕是外表强势的江婉瑜，也一定会再回到他身边，摇着尾巴把钱乖乖地给他花！

电话被接通了，郑启铭笑着先开口了："婉婉，我已经到了，你在哪里？"

电话那边一阵沉默，然后被挂断了，郑启铭正纳闷地想要重新拨回去，听见身后传来一声不轻不重的嗤笑："郑启铭，你再管我妈叫一句婉婉试试！"

郑启铭还没来得及反应，黑暗里跳出几个黑影，对着他就过去了。郑启铭真的是个彻彻底底的渣男，他没有任何不打女人和孩子的绅士风度可言，几乎是从地上起来的第一时间就向身后挥出了拳头，哪怕他心里知道他身后的人一定是郑蕤。

郑蕤偏了一下头，被郑启铭手腕上的表带划破了嘴角。

郑蕤冷静了十七年，不得不成熟了十七年，今天终于可以肆意一次。用肖寒的话说，郑蕤，你不用那么成熟的，你才十七岁。

所以郑蕤也没有收着。

他挥开其他人，少年的眉眼间积攒着浓厚的戾气，盯着那张跟自己非常相似的脸看了半晌，竟然笑了一声，他说："郑启铭，早在我妈难产差点跟我一起死在医院那天，你就该被车撞死。"

妈妈蜷缩在沙发上白着脸发抖的样子，妈妈控制不住自己狂躁地摔东西的样子，妈妈每次逞强说自己可以的样子。

柠檬糖

郑蕤闭了闭眼："你毁了我妈的半生，还有脸出现，想要继续骗她？你做梦！"

郑蕤说出去的每一句都是积压了十七年的愤怒，连带着江婉瑜十七年来的逞强。

巷子里的声音于曈曈和张潇雅听得并不真切，于曈曈蹲在巷子口，回想着郑蕤那天为了劝自己跟家人好好谈谈说出的那些话，从郑蕤淡淡的描述里，她却能看到一个仿佛深渊般横亘在他生活里的男人。

郑蕤他那么优秀，他值得有个好爸爸的。

于曈曈眼眶发烫，霍然从地上站起来，跟张潇雅说："潇雅，你在这儿等我，我去看一下。"

如果郑蕤有个好家庭，他会是什么样的人呢？会更优秀吧？或者，也许没有现在这么成熟，但一定会更幸福、更快乐吧。像是刘峰一样，哪怕刚因为成绩被骂了一顿，也还是能吃到妈妈做的放了很多肉的大肉饼，也还是能收到爸爸买回来的新手机。

而不是成熟到根本不像是十七岁。

想起在鬼楼郑蕤冷静又成熟地说的那番话，她就忍不住心疼，那些冷静和成熟的代价太大了。

于曈曈死死地咬着自己的下唇，一口气冲到巷子里，她的视线里只有背对着她的少年，脊背挺直，看上去桀骜却是个一直隐忍着的男子汉。

此时郑启铭的眼镜架堪堪挂在耳朵上，他笑得像个从地狱里爬出来的魔鬼："郑蕤，你看不惯我？你是我生的，你以后也会跟

第十二章　郑蕤，永远闪闪发光

我一样，你——"

郑蕤被于疃疃拉开的时候有一瞬间的怔神，看清小姑娘的身影时第一时间收回了自己的一身戾气，温柔地问："怎么跑过来了，不是说在巷子口等我吗？"

于疃疃把郑蕤拉到自己身后，张开双臂做了一个保护的动作，就像小时候玩的老鹰抓小鸡游戏里的"鸡妈妈"一样，张开双臂保护着身后的人。

郑启铭可能对突然冲出来的娇小身影也有点诧异，愣着脸看着于疃疃。小姑娘戴着黑色的口罩，眼睛里几乎能喷出火来，看着面前这个年长了自己二十多岁的男人，发出了一串愤怒的吼声："你不要再出现了，没有人会跟你一样，我们都很年轻，没有人会像你一样活成一条蛆虫。我们有光明的未来，尤其是郑蕤，他会活成你意想不到的样子，他会永远闪闪发光，你根本、根本就不配当一名父亲！"

于疃疃还喊了什么自己都不记得了，她大脑一片空白，只记得最后郑蕤把她护在身后，冲着那个男人喊了一声"走"，那个窝囊的男人真就扶了扶眼镜，一瘸一拐地离开了。

在昏暗的老巷子里，那个被叫作郑蕤生父的男人走了几步，又像是怕被偷袭一样，神经质地回过头来看了一眼，然后匆匆离去。

血液都冲到脑袋里的于疃疃，看着他的背影，恍惚地想，怎么会有人愿意把自己活得这么狼狈、像一条流浪狗一样？

但无论如何，这个人大概不会再出现在郑蕤的生活里了吧，

柠檬糖

郑蕤和阿姨都会离开这里，真好，他这样的人终于在郑蕤的生活里退场了。

"郑蕤，你会不会特别恨他？"于瞳瞳第一次做这样的事情，说话还有点哆嗦。

"不会，别瞎担心，这种电视剧里活不过一集的反派，哪怕是在现实中，他也活不好，不用别人报复，他自己走的每一步都是通向地狱的。"于瞳瞳听见郑蕤这样说。

她想，真好，我的英雄没有因为想要杀死恶龙而长出邪恶的角。

郑蕤笑着逗她开心："都说了，以后这种该男生做的事，你就别抢着做了，怎么就这么急性子呢？这种事都想抢？"

于瞳瞳抬起头，借着路灯橘色的光线看着郑蕤嘴角的擦伤，他看上去很温柔。

上周六的那个下过雨的夜晚，郑蕤也是这样笑着，站在这条小巷子里，从衣袖里变出一枝花。

那枝花还开着，插在茶色的小花瓶里，但郑蕤就要走了。

于瞳瞳这才后知后觉地反应过来，郑蕤要走了，她鼻子酸了酸，强忍着没掉眼泪，但声音带着点哽咽，小声说："你能不走吗？"

郑蕤刚才的气势一下子就消散了，弯下腰看着小姑娘的眼睛，认真说："别哭，等高考完我就回来好不好？很快了，好好复习好好备考，考完我就回来，好不好？"

"我没哭。"于瞳瞳辩解着，她想坚强点，不想让他担心。

第十二章　郑蕤，永远闪闪发光

郑蕤温柔地哄她："好，你没哭，你很坚强，我只是要离开一阵子，等我回来。"

于曈曈抬起头，眼眶通红，但声音很坚定，她说："不要，我不要等你回来，高考完我就去找你，你也不用担心我，不用想着陪我找我的梦想什么的，我已经找到了。"

凌晨一点多，肖寒裹着厚外套，抱着个大袋子站在机场里，用手指抹了抹眼角不存在的泪水："一路平安，到了那边要想兄弟啊，别舍不得吃舍不得穿，没钱……"

"你这是给我上坟呢？"郑蕤笑说了一句，然后揽着肖寒的肩膀紧了紧，"顾着点于曈曈，跟张潇雅说，看着她别让她喝凉的。"

肖寒问："你怎么不自己说，还非得定个凌晨的机票。"

郑蕤扬了下眉，轻轻叹了口气，捏着眉心没说话，他不能跟于曈曈告别，不能让她来送自己，不然他会不想走了。

可能是从来没见过这么伤感的郑蕤，肖寒愣了一会儿，抬手拍了一下郑蕤的肩膀："严主任和高老师都要哭了，我感觉严主任的头发这两天又少了呢，你一走，咱学校今年的省状元又没戏了。"

郑蕤淡淡一笑："谁说的，有于曈曈呢。"

郑蕤抱了肖寒一下，沉声说："保重。"

肖寒把手里的大袋子递给他，带着点鼻音："保重啊。"

上了飞机郑蕤才打开袋子，里面是个棕色的毛茸茸的抱枕，跟刘峰教室里的那个是同款，是谁送的一目了然，刘峰还留了个

柠檬糖

字条贴在上面：劳逸结合该睡就睡。

非常有刘峰的风格，要是让他们班主任看见，他可能要练练《嘴巴嘟嘟》怎么唱了。

郑蕤手指搭在额角，轻笑了一声，把抱枕拿出来塞在了身旁的江婉瑜身后，手伸进袋子里，掏出一个游戏手柄，还是个签名版的，估计是郭奇睿忍痛割爱送的，留的字条字里行间都充斥着悲痛："我真的不想带着肖寒和刘峰玩，你早点回！"

最下面是一本像杂志一样的东西，郑蕤拎起来，"哗啦"一下，里面夹着的照片都散出来了，掉落在郑蕤的腿上和地上，郑蕤一张一张从腿上和地上捡起来。看到照片上的人时，郑蕤指尖顿了顿，每一张照片都是他和于曈曈的合影。

郑蕤沉默地盯着那些照片，有在奶茶店里她给他讲题的样子，有在郑蕤家她吃鸡块的样子，也有他在文（1）班教室跟她聊天的样子，还有很多日常两人同框的照片。

于曈曈弯弯的眼睛，看得他眼眶发酸。

郑蕤叹着气把照片收好夹回杂志里，于曈曈的这个同桌，真是个人才，他突然有点相信肖寒说的张潇雅愁得都发烧了的那个事了。

短暂的轰鸣后，飞机开始在停机坪上滑动，一旁戴着墨镜一直没说话的江婉瑜动了一下，从两人座椅中间的夹缝里捡起一张照片，照片上郑蕤摊开掌心，手里放着一块浅绿色的糖，坐在他对面的是一个白白净净的、看着很乖巧的小女孩。而郑蕤，笑得很温柔。

第十二章　郑蕤，永远闪闪发光

江婉瑜好像没见过自己儿子这种表情，愣了愣才开口："送我过去你就回来吧，转学会影响成绩，高三了你安心读书，我自己可以。"

换了往常郑蕤可能说不出什么安慰的话，毕竟他和江婉瑜已经习惯了谈判的方式，每次谈话都是各自逞强、口是心非。

但今天他看着江婉瑜手里的照片，想起于曈曈那天在巷子口说的话。华灯初上，她的睫毛像是灯管前轻轻扑扇着翅膀的飞蛾，小姑娘眼眶通红却强忍着没有掉眼泪，她说："郑蕤，都会好的，阿姨也会好的，你等我去找你。"

都会好的。

于曈曈伸出一只白净的小手，轻轻地把他从束缚里拉了出来。

那天巷子里戴着口罩的他们几个，就像是打开他"必须成熟、必须稳重、必须撑住"这些枷锁的钥匙。

郑蕤笑了笑，接过江婉瑜手里的照片轻轻弹了一下，手指弹在照片上发出一声清脆的响声，他笑着说："别逞强了江女士，你知道咱们两个是什么关系吗？"

江婉瑜怔了一下，打量着郑蕤，她从来没见过自己的儿子这样，之前每次谈话的时候他都会微微皱起眉，非常严肃，严肃里又带着不符合年龄的成熟，但今天他像是变了一个人，嘴角勾着弧度。江婉瑜心里有个荒谬的想法，似乎她的儿子冲破了某种牢笼，展开了翅膀。

郑蕤拎着照片，痞里痞气地说："咱俩十七年前在医院里可是同生共死过，这个交情还不够铁？这么铁的关系，你就别逞强了，

柠檬糖

想哭就哭吧,我还能看你笑话吗?"

他指了指自己的嘴角,嘴角上有一道划伤的结痂:"江女士,你以前的眼光是真不行,我帮你把那人教训了一顿,他以后不会来找你,来一次我揍一次。再找要找个靠谱点的啊,别找跟你儿子动手的浑蛋了,再给我打破相了。"

忍了十七年没有掉过眼泪的江婉瑜,第一次在提起郑启铭后没有想要摔东西的冲动,她摘下墨镜,像是摘下了戴了十七年的沉重面具,终于抬起手揉了揉眼睛,垂着头"嗯"了一声。

郑蕤抬手拍了拍自己妈妈的头发:"哭吧,你也哭一哭排排毒,哭完就好了,别自己憋着。"

江婉瑜再也忍不住了,眼泪滂沱而下,靠着郑蕤的肩膀哭得直抖,她哽咽着说:"对不起,对不起蕤蕤,对不起……"

郑蕤就像是听到了她的心声一样,轻轻拍着江婉瑜的肩膀:"妈,不用道歉,你已经很好了,这么多年辛苦了。

"不过,到了沪市你得好好配合医生啊。"

空乘礼貌地小声询问:"先生,需要纸巾吗?"

郑蕤摆了摆手,低声说:"不需要,谢谢。"

他现在不需要纸巾,郑蕤看了眼机舱外的流云,无声地叹气,越来越远了啊。

"那您和这位女士需要喝点什么吗?"空乘问。

郑蕤突然就想到了小姑娘奶凶地撑完他那个妹妹,然后接过他买的奶茶喝了一大口,当时她眯着眼睛的样子,像一只餍足的猫咪。

第十二章　郑蘅，永远闪闪发光

郑蘅按着眉心，慢悠悠地小声嘟囔："想喝不放糖的百香果奶绿加奶盖加雀巢冰激凌加布丁啊。"

于瞳瞳这晚早早就躺下了，但睡得并不安稳，总是在做梦，真的醒来又想不起到底梦见了什么，可能并不是很愉快，眼角有一点干涸了的泪痕。

天还没亮，时间是凌晨两点，她知道现在郑蘅的航班已经飞走了。

那顶樱花粉色的鸭舌帽就放在床头的小柜子上，偏过头就能看见上面的几个字还散发着幽蓝色的淡淡夜光。

于瞳瞳打开灯，头顶的小熊吊灯亮了起来，照亮了屋子里的陈设，书架上的那朵玫瑰还是那么红，但花瓣已经有些松散了，有一朵花瓣掉落在花瓶旁。

无论怎么照着网上的方式养护，玫瑰还是会有凋落的一天。

书桌上的那本《口袋英语》是郑蘅的，旁边的一把柠檬糖也是从郑蘅那儿拿来的。

衣架上挂着的校服，是跟郑蘅唯一的同款，他总喜欢把校服的拉链拉到一半，看着痞气又不正经。

好像到处都是郑蘅的影子，于瞳瞳抬起手指轻轻捏了一下自己的耳垂。

于瞳瞳坐在凌晨的冷空气里没有丝毫睡意，不知道为什么她总觉得郑蘅不会就这么走了，有那么一瞬间她敏感地觉得，郑蘅一定会留下什么给她，一定会。

柠檬糖

毕竟他那么坏，一定又想逗她掉眼泪。

于曈曈几乎连思考都没有，翻开温暖的被子光着脚跑到了门前，打开烦琐的防盗锁，猛地推开房门，楼道里空无一人，只有声控灯感受到细微的音频忽而亮了起来。

空旷的楼道里安安静静，于曈曈垂下眼眸，笑自己神经质。

她瞪大眼睛，用鼻子吸了一口冰冷的空气，空气里淡淡的、似有似无的味道那么让人熟悉，于曈曈几乎是在闻到的同时，眼眶蓦地就红了。

那是郑蕤的味道，他来过。

这个坏人，果然知道怎样才能戳到她的泪点。

"我才不要哭。"小姑娘对着空旷的楼道小声说，"我不会哭的，坏蛋！"

她死死咬着下唇再次垂眸，终于看到了被放置在墙角的一小盆含羞草，粉色的花盆，可爱的小植物顶着毛茸茸的紫色小花。于曈曈蹲在门边把花盆拿起来，含羞草嫩绿色的叶片感受到晃动，慢悠悠地闭合起来，像是真的在害羞一样。

花盆里放着一张淡绿色的折起来的便签，颜色跟他们常吃的那个牌子的柠檬糖糖纸很像，于曈曈拿起这张便签，她觉得郑蕤这个人，一定写了什么会让她哭的东西。

小姐姐，这个植物是不是跟你有点像？

那天你说找到梦想了，我好像知道是什么了。

所以你那本《口袋英语》我带走了啊。

第十二章　郑蕤，永远闪闪发光

蕤总帮你记得你的美好愿望。

于瞳瞳突然就想起郑蕤拿着她的《口袋英语》，笑得挺不正经："我记得，这本上面写着你的美好愿望来着？"

"哎，小姐姐，这个送我得了，我帮你记着你这愿望。"

"万一哪天我帮你实现了呢。"

于瞳瞳愤愤地想，这人果然是个坏蛋，就知道欺负她，人都走了还要逗她，她说的梦想明明就不是这个！

便签还没看完，还剩下一行字，于瞳瞳的拇指往下挪了挪，把挡住的字露出来。

好好学习啊。

于瞳瞳好像能想象到郑蕤写这张纸条的时候的样子，写前面的时候一定是勾着嘴角的，漫不经心地用笔往纸上划着，后面两句可能心情不太好，嘴角大概也绷直了，挺不乐意的"啧"了一声，可能皱了眉。

一滴眼泪"啪嗒"一声砸在浅绿色的便签上，于瞳瞳抬手捂住了自己的眼睛，瓮声瓮气地小声说："郑蕤，你这个坏蛋！"

郑蕤走了之后安市下了几场雨，一场秋雨一场寒，冷空气就这么伴着秋雨浩浩荡荡地来了。

到了十一月底，深秋，安市一中小树林里的枫叶都红了，挺

柠檬糖

漂亮的。

但于瞳瞳倚在窗口望过去,总觉得这个熟悉的校园,自从郑蕤走了之后就变得萧瑟了,连红配绿的跑道和操场上的草坪看着都不如以前鲜艳了。

一中的学生惯会自娱自乐,于是继鬼楼闹鬼和鬼楼有怨鬼哭声的传说之后,学生之间不知道从什么时候又开始流传起一个传说,这个新传说倒是挺浪漫的。

说是捡了小树林的红色枫叶,写上两个人的名字,两人就能永远记住彼此。

整天埋没在各科试题里的生活真的太无聊了,红叶的传说一下子就传开了,还有专门去捡了叶子在上面写了严主任和校长名字的同学。

鲁甜甜趁着午休跟张潇雅一人坐了一半椅子,靠在于瞳瞳他们这边闲聊,听到张潇雅说枫叶写名字的事的时候,鲁甜甜嫌弃地翻了个白眼。

作为上一个传说的主角、鬼楼里哭泣的"怨鬼",鲁甜甜对这个传说非常不屑,并做了评价:"假的,都是假的,这要是真这么准,民政局都不用上班了,都上咱们学校小树林捡片叶子就百年好合了。"

一旁捧着《口袋英语》查漏补缺的于瞳瞳难得地表示了下认同,小鸡啄米似的点头附和。

张潇雅看着于瞳瞳,轻轻地叹了口气,郑蕤走之后她可爱的同桌连笑容都变少了,每天就想着学习,对年级第一的头衔觊觎

第十二章　郑蕤，永远闪闪发光

得非常明显，就差拿条带子写上"我要考第一"绑在头顶了，直接从佛系学霸变成了一个没有感情的学习机。

被称为学习机的于瞳瞳抬头看了眼黑板上的高考倒计时，眼睛发亮，数字在一天一天地减少，她恨不得明天就高考！

这种跟身旁的紧张氛围格格不入的期盼，旁人自然也看不懂。

"瞳啊，要不我带你去小树林捡几片红叶？"张潇雅有点愁，现在每天发下来的试卷数量都吓死人，张潇雅桌斗里的杂志都没地方放了，只能含泪搬回家。

高三学习压力大，连后桌两个同学都开始听课了，张潇雅眼角余光瞧见刘峰拿着笔，挺像那么回事的，像是在思考什么。

哎，连刘峰这种学生午休都不睡觉了，开始学——

"红叶？"张潇雅看清了刘峰手里的东西，惊得差点咬到舌头。

刘峰被张潇雅一嗓子吓了一跳，赶忙拿手要把红叶捂住，但他没有一旁的整天玩的郭奇睿反应快，红叶被郭奇睿拎了起来。

郭奇睿拎着红叶："我同桌行啊？我瞅瞅写了什……郑蕤？你写郑蕤名字干什么！"

郭奇睿一脸震惊地看着刘峰。

张潇雅也蒙了，诧异地看着刘峰。

鲁甜甜这个经历过大风浪的，这会儿也是一脸茫然。

刘峰对上前桌于瞳瞳探究的目光，头皮一麻："我不是，我没有，你别胡说！"

于瞳瞳听到郑蕤的名字才舍得从《口袋英语》里抬起头来，

柠檬糖

这会儿正神色复杂地看着刘峰，又看了看写着郑蕤名字的枫叶，挺艰难地开口："那个，刘峰……"

"我没有！"刘峰吓得声音都颤了，手摆得只能看见虚影，"我、我……"

刘峰是越紧张越说不清，于曈曈绷着脸，故作悲痛："好歹我们也前后桌坐了两年多，既然你这么喜欢……"

刘峰捋直了舌头，赶紧澄清自己："我早晨翻墙进来的时候这叶子卡我书包上了，我这不闲着没事吗！"

于曈曈绷不住了，丢下《口袋英语》笑了起来，一旁的鲁甜甜和张潇雅也笑成了一团。

郭奇睿看着自己的傻同桌，叹了口气，给肖寒发消息："寒啊，上回你那个猪脑花哪家买的？峰子又犯病了。"

晚上放学的时候于曈曈路过小树林，突然想起郑蕤，于曈曈想了想，没忍住，背着书包往小树林里跑去。

小树林里没有灯光，黑漆漆的只有风吹树叶的声音，于曈曈蹲在一棵树后面拿着手机照着地上的落叶，细细地挑选着。

每一片枫叶都很好看，被秋天烘烤得红彤彤的，但于曈曈又觉得不够，总想挑一片最好看的。

一阵风吹过，头顶上的树叶又沙沙响了起来，小姑娘条件反射地往头顶看去，飞舞的落叶纷纷而下，叶子落到她眼前，她抬手抓住，是一片长得很漂亮的枫叶呢。

"郑蕤，明天见啊！"一个同学跟郑蕤摆了摆手。

第十二章　郑蕤，永远闪闪发光

郑蕤戴着耳机，手插在裤兜里，嘴里含着一块柠檬糖，点头："明天见。"

沪市的秋天，秋雨一场接着一场，街上湿漉漉的像是永远也不会干似的，出租车停在小区门口，郑蕤掏出钱夹，打开之后愣了愣，嘴角扬起一抹笑意。

透明卡槽里放着一条蓝色的彩带纸，纸片的一个角皱皱巴巴的，是某个小姑娘干涸了的泪痕，还有一张粉乎乎的水逆驱散符。

"二十二块。"司机师傅催了一句。

郑蕤这才回神，抽出钱递过去，礼貌地笑了笑："抱歉，有点走神了。"

他们在沪市住的地方离江婉瑜的医院很近，一百平米的房子里现在到处都插满了鲜花，这是江婉瑜的心理医生建议的，说是花香能使人放松精神。

郑蕤开门就闻到了淡淡的清香，江婉瑜正坐在沙发里给新买的花修剪花枝，表情都柔和了不少。

可能没有女人不爱花吧，郑蕤想到了于瞳瞳。

他只来得及送那么一次花，还只有一朵，第二天打电话的时候，她都没睡醒就开始给他讲那枝花了。

"我真的很认真地照顾你那枝花了，用玻璃花瓶装的，放在书架上通风还有阳光，还剪了花枝呢！"

声音软软糯糯的，带着没睡醒的慵懒，那声音像是穿过时光萦绕在他的耳边，郑蕤摸了摸耳垂，想给小姑娘发个信息。

高三太忙了，两人一天就说得上几句话，这还不到一个月郑

411

柠檬糖

郑蕤就有点撑不住了。

手机刚拿到手里,还没等他打开微信,就嗡嗡地振动了两下,郑蕤看了眼屏幕,站在客厅轻笑了一声。

沙发上修剪花枝的江婉瑜奇怪地看着郑蕤:"笑什么?"

郑蕤心情挺好地把书包丢在一旁,嘚嘚瑟瑟地晃到沙发旁,拿着手机往沙发里一瘫,手机上躺着两条来自"小太阳"的微信,令人心情愉快。

小太阳:郑蕤,学校最近有个新传说,说小树林里的枫叶,写上两个人的名字,两人就能永远记住彼此。

郑蕤点开图片,是一片放在学习资料上的枫叶,上面写着他的名字。

这种事呢,分是谁做,这要是肖寒,估计他会毫不留情地送他两个字,笨蛋。

但他对于瞳瞳滤镜真是超厚,他看着这片枫叶就觉得可爱。

郑蕤手指在屏幕上点了几下,回了个信息过去。

Z.R:你写的?

估计小姑娘是在做作业,回得并不快,郑蕤一边等着信息一边看着图片里那片枫叶。

郑蕤嘴角的弧度越来越大,要不是顾着亲妈在身旁,他都想打个视频过去了。

手机振了一下。

郑蕤划开手机,笑容僵在了脸上。

小太阳:这是刘峰写的。我看他好像崇拜你很久了。

第十二章　郑蕤，永远闪闪发光

郑蕤"嘶"了一声，瞧见江婉瑜抱着花瓶往洗手间走，他直接拨了视频通话。

几秒钟后，于瞳瞳的脸出现在郑蕤的手机屏幕上，她笑眯眯地弯着眼睛，还在皮："我帮你把刘峰的名字写上去吗？"

郑蕤扬了扬眉毛："那倒不用了，刘峰现在竞争压力有点大啊，要么你帮我写个别人的名字上去吧。"

屏幕里的人顿时不乐意了，瞪圆着眼睛，奶凶奶凶地说："你想写谁！"

看着她这小模样，郑蕤更想逗她了，把手机切了后置摄像头往屋里大大小小的花瓶上扫了一圈，拖着调子慢悠悠地说："我想想啊，写谁好呢？"

"我才不信你，谁会给你送花啊。"小姑娘撇了撇嘴。

"不信啊。"郑蕤扬着眉，"我这么帅，收到花不是正常吗。"

她不吭声了，噘着嘴沉默着。

郑蕤憋着笑，继续逗人："写唐孟夕呢，还是写高非呢，祝琳琳也不错，算了，还是写方闻吧。"

啪，视频被挂断了。

郑蕤也不闹了，之前还懒洋洋地窝在沙发里，这会儿视频被人挂了，他像是鲤鱼打挺一般瞬间就坐起来了，绷着脊背给她打了回去。

于瞳瞳接起视频，眼角好像有点红。

郑蕤一下就慌了："别哭，我错了，逗你呢。"

小姑娘不拿正眼看他："那你说的那堆名字是谁？"

柠檬糖

"都是医院里的医生,我等我妈的时候看见的,墙上挂着的。我连我同桌叫什么都没记住,那个唐孟夕和高非都是男医生,一个黑如炭烧,一个头比严主任都秃。"

小姑娘没忍住,眼睛又变成了弯弯的月牙:"我刚才气得差点把刘峰的名字写上去!"

"哎,那就有点残忍了啊。"郑蕤笑着。

于曈曈坐在书桌旁,一边跟郑蕤通着视频,一边拿着笔,一笔一画地在枫叶上认真地写下两个名字,两个名字一上一下挨在一起,她还觉得不够,又在上面画了一个小小的笑脸。

两人又聊了几句,她就挂断了视频。

学习啦!学习啦!

于曈曈给自己喊着口号,翻开习题勉强把郑蕤那张勾着嘴角的脸从脑海里挤出去。

越是临近高考,要做的练习题就越多,快要两点的时候于曈曈才伸了个懒腰,准备去厨房喝点水就睡觉。

路过姥姥卧室门口的时候,于曈曈脚步顿了一下。

半掩着的房门里传出一阵说话的声音,这么晚了姥姥怎么还没睡?她悄悄地走到姥姥卧室门前,扒着门缝往里看了一眼。

姥姥屋里的小电视亮着,于曈曈蹙起眉心,她怎么觉得电视里的那个声音,有点像是郑蕤呢?

都说"女人心海底针",女生要是含蓄起来,那简直用显微镜

第十二章 郑蕤，永远闪闪发光

都看不清她们真正的心思。

在想念郑蕤这件事上，于瞳瞳把女生的含蓄贯彻得非常彻底，旁人眼里她每天除了学习还是学习，大榜第一都考了两次，但仍然鼓足了劲儿使劲学。

班主任侯勇被于瞳瞳心无杂念的学习状态感动得不行，恨不得见着一个老师就跟人家夸一遍：我们班的于瞳瞳啊，那学习态度真是……

每每被表扬，于瞳瞳都心虚地干笑着。

因为只有于瞳瞳自己知道，黑板上的高考倒计时根本不是高考倒计时，在她眼里就是"跟郑蕤见面的时间"倒计时，而且每次看到上面的数字减少，她眼睛都是发着光的。

天气越来越冷，张潇雅抱着一杯早就没有热气了的奶茶跟于瞳瞳抱怨："早知道我也买你那个红枣马蹄茶了，还冒着热气儿呢。"

说完她顿了顿，有点奇怪地问："不过瞳瞳啊，你以前不是不爱喝这个吗，不是说枣皮卡嗓子？不是说甜得特别奇怪吗？不是说矿泉水都比这个好喝吗？"

这话是高一时候的于瞳瞳说的，某个上完体育课的午后，她拿着一杯红枣马蹄茶嫌弃地皱着眉，做了一个短暂的评价。

当时她还发誓，说以后宁可喝矿泉水都不买这个了。

"突然就喜欢喝了。"于瞳瞳喝了一大口，含着红枣和马蹄混合起来有点奇怪的味道，垂眸笑了笑。

其实也不算喜欢，这个味道她仍然觉得有点奇怪，但她每次

柠檬糖

喝都会想起第一次见到郑蕤的隔天,他让肖寒给蹲在操场边的自己送来的那杯红枣马蹄茶,还有那个遥远的对视。

"啊,冷死了。"张潇雅把奶茶往校服兜里一塞,捏着袖口把手往袖子里缩,"今天降温降得有点快啊,说话都冒白气儿了,哈——"

于疃疃也跟着"哈——"了一下,空气里多了两团白色的雾气,两个女生就这么你一下我一下笑嘻嘻地往教学楼走去。

"咦。"张潇雅突然抓住了于疃疃的袖子,"疃啊,你校服外套当时订得多大的啊?都高三了还这么大?袖子好长啊。"

于疃疃耳朵一烫,随口说了句忘了,好在张潇雅心大也没再问。

正是晚自习前的休息时间,吃过饭回教室的人越来越多,十二月的气温特别凉,回来的同学被风吹得鼻尖通红,一个个地跑进来都嚷嚷着还是教室温暖。

看着张潇雅拿起手机开始刷微博,于疃疃才松了口气,差点被人看出来。她的校服之所以宽大,是因为她穿的根本不是自己的衣服,而是郑蕤的。

郑蕤走之前把校服送给她的时候她还挺纳闷,不明白郑蕤是什么意思,想一想觉得他到了沪市转了新学校,也确实是用不上这边的校服了,于疃疃也就没拒绝。

一直到郑蕤走了半个月,某天在操场上看见几个男生,个个校服拉链都拉得很低,跟郑蕤那种吊儿郎当的气质相似。

那天于疃疃才开始怅然若失,哪怕再多的试卷都填不满心里

第十二章　郑蕤，永远闪闪发光

那点因为想念变得空旷的空隙。

隔天整理衣柜的时候她想到了个好主意，找出郑蕤的校服外套穿上了。

安市一中的校服外套是宽松款，男生和女生的校服都一样，于曈曈穿了很久也没被人发现，反而每天甩着宽大的袖筒走在街上时，心里有种奇妙的安心。

那种愉快的安心，像是郑蕤就在身边，让她觉得自己甩甩袖子就能飞起来。

再往兜里放上几块柠檬糖，随时往嘴里放一块，就觉得郑蕤离自己好像也没那么远了。

于曈曈对自己暗戳戳的小动作感到满意，但时间一久也难免有矫情的时候，比如女生情绪十分不稳定的生理期。

郑蕤早就说过这段时间可能比较忙，他妈妈那边的心理治疗到了比较关键的阶段，但她又开始出现抗拒和抵触的状况。

于曈曈也早早接到消息，知道这段时间阿姨睡眠极浅，算算有小半个月都没跟郑蕤打电话或者视频了。

平时每天做题没觉得，还以为自己穿上郑蕤的校服吃点柠檬糖就能挺到高考结束呢。

结果一到姨妈期，那些平日里被压抑的情绪简直来势汹汹，令她每分每秒都抓心挠肝地烦躁。

于曈曈在心里叹着气，完蛋，我病了。

肖寒端着牛肉面在食堂偶遇于曈曈他们几个的时候还挺欢乐

柠檬糖

的,非常愉快地跟刘峰他们打着招呼:"我总算找到组织了,一个人吃的饭都不叫饭,叫寂寞!"

肖寒把牛肉面往桌上一放:"干脆转到你们班去得了,郑蕤一走我可太无聊了!无聊到上课都开始听讲了,你们说恐怖不恐怖?"

坐在对面的刘峰夹起一块炒猪皮放进嘴里:"得了吧,你知道我们文科生每天要背多少东西吗?我都想让我妈给我买点补品补补了。"

"你是该补补,背不背东西你那个脑子都该补。"肖寒挑起一筷子面条吹了吹。

刘峰没还嘴,皱着眉不知道在想什么,过了两秒才突然开口:"噗,呸……"

肖寒愣了愣,筷子上的面条掉回了碗里:"你这是干什么呢,说唱吗?"

"噗……呸呸呸!"刘峰呸完又喝了口水才说话,"什么说唱,食堂这个炒猪皮上的猪毛没弄干净,我感觉我吃到猪毛了!"

张潇雅被他俩诡异的对话逗得笑了半天,加上刚吃了两口酸辣粉,脸都是粉红粉红的。

肖寒抬起头就对上了张潇雅这样一张笑脸,他最近常跟张潇雅聊天,仔细看竟然觉得这姑娘长得挺漂亮。

肖寒脑海里突然就冒出这么个想法,他赶紧吃了两口牛肉面冷静了一下。

当初郑蕤是怎么做来着?对了,郑蕤站在小超市门口抛了块

第十二章 郑蕤，永远闪闪发光

柠檬糖给于瞳瞳，然后收获到一个甜甜的笑。

肖寒清了清嗓子，从兜里摸来摸去，最后翻出一块不知道从谁那儿拿来的糖："喂。"

张潇雅条件反射地回过头去，眼看着一块糖划过一道弧线，"扑通"一声掉进了自己的酸辣粉里，张潇雅蒙了两秒，阴恻恻地抬起头："肖寒，你是不是找死？"

肖寒："……"

这是什么剧情发展？说好的甜甜的笑呢？

"不是不是，我寻思你们女生不都爱吃糖吗？我没想丢你碗里。"肖寒赶紧解释。

张潇雅用筷子把糖夹出来，脸更黑了："是什么让你觉得我这种小仙女，会喜欢榴梿味的糖？"

肖寒："……"

几个人笑着闹了半天，肖寒才发现一旁的于瞳瞳好像一直都心不在焉的，一手托着腮也不知道在想什么。

郑蕤走之前可嘱咐他照顾于瞳瞳来着，肖寒的使命感油然而生："于瞳瞳，想什么呢？"

于瞳瞳抬起头，后知后觉地诧异了一瞬："哦，肖寒啊，什么时候过来的？"

"我牛肉面都吃完大半碗了，你才看见我？"肖寒看着于瞳瞳的表情，冒出个猜想，"干吗呢？在想郑蕤？"

于瞳瞳犹豫了一下，还是开口了，小声问："肖寒，你有郑蕤的照片吗？"

柠檬糖

"有啊！当然有了！"肖寒把手机掏出来往于曈曈面前一放，他手机里也没什么不能看的，当即大大方方地说，"我手机里五千多张照片，得有一千张是郑蕤的，你自己挑，喜欢哪张你就给自己发一下就行。"

总算是有一件跟郑蕤有关的事了，于曈曈一下子就高兴了，笑着接过肖寒的手机开始翻。

安市的秋天其实有些干燥，于曈曈早晨喝过姥姥煮的姜丝鸭汤之后一直觉得鼻子痒痒的，这会儿吃了半份酸辣粉之后鼻子更痒了，边看照片边用宽大的校服袖子揉了揉鼻尖，总觉得不太舒服。

但看见郑蕤照片的兴奋让她忽略了这点微小的不适。

肖寒还真不是吹牛，他手机里真的有好多郑蕤的照片。

还都是动态照片，每翻到一张照片都像是一个三秒时长的小视频一样，那些记忆里的郑蕤鲜活了起来。

于曈曈越看心情越好，在众多郑蕤里挑挑拣拣地往自己微信里发，像个屯粮过冬的松鼠，非常开心地忙活着。

细细的指尖在手机屏上欢快地滑动，突然于曈曈手一抖，怔怔地看着猝不及防出现在视线里的一张照片。

照片应该是在郑蕤家拍的，郑蕤刚走出浴室，穿着一件深蓝色的睡袍，像是才洗过澡的样子，手里拿着一块白色的毛巾正在擦头发。

可能是意识到肖寒又在偷拍，视线懒懒地扫了过来。

深蓝色的睡袍带子系得很随意，露着半个胸襟，就好像动作

第十二章 郑蕤，永远闪闪发光

稍微再大一点带子就会松开一样，湿着的头发慵懒地垂在额前，身后开着的浴室门内的水蒸气好像能透过手机屏幕沾到于曈曈的指尖。

愣愣地看了一会儿，于曈曈情不自禁地又用指尖按了一下屏幕，动态照片重新播放，穿着睡袍的郑蕤在短短的三秒里用毛巾擦了一下头发，然后抬眸，目光懒懒地扫了过来。

于曈曈表面上十分平静，其实心里已经炸成了一朵一朵的烟花。

"这张啊，郑蕤高清出浴图。"肖寒的脑袋凑过来看了一眼，笑着说，"等我哪天混不下去了，我就拿着这张照片出去卖钱哈哈——嗯？"

肖寒的笑声戛然而止，因为他看见了一滴血砸在了他的手机屏上。

天干气燥，小心上火。

于曈曈看着照片觉得鼻子里越来越痒，她吸了吸鼻子，听见身旁肖寒说话，正想抬起头来，鼻子里一凉，一滴鼻血从鼻腔里滑落，砸在了肖寒的手机上。

于曈曈非常想钻进食堂开裂的地板缝里去。

这件事现在就能挤开其他尴尬瞬间，蹿升到于曈曈人生最尴尬榜的榜首。

她用纸巾捂着鼻子，无力地小声解释："那个，我说我是早晨喝了姜丝鸭汤所以才上火的……你们信吗？"

肖寒、刘峰、郭奇睿再加上张潇雅，低头看看手机屏上的郑

柠檬糖

蕤的照片,再抬头看看捂着鼻子的于瞳瞳,再低头看照片,再抬头看于瞳瞳。四人的目光在手机屏和于瞳瞳用纸捂着的鼻子上来回流连,最后四个人的脸上都露出了尴尬而不失礼貌的微笑。

真的是姜丝鸭汤太上火了,真的!

这场火来势汹汹的,到了放学的时候于瞳瞳嗓子都哑了。

意外的是,回家居然看见妈妈和姥姥坐在沙发里聊天,于瞳瞳踢掉鞋子就往屋里跑:"妈妈,你怎么回来啦?爸爸呢?"

"你爸还在忙,这两天我暂时没事,就想着飞回来看看你。"于妈妈顿了顿,"嗓子怎么哑了?学习压力太大了?"

于瞳瞳突然就有点紧张,毕竟在她家里,她的平安健康是个大事,哪怕只是个小感冒都会兴师动众地请医生到家里来看,还要请假。

以前高一时刘峰和张潇雅就达成过共识:"我们最羡慕的就是于瞳瞳,只要随口说自己不舒服家里就会给请假,有一次发烧才刚到三十七度,家里就一个星期没让来呢!"

而刘峰有一次烧到三十七点五度,比于瞳瞳还多了一些,趴在床上哼哼唧唧跟他妈说:"妈我病了,我发烧了,不能上课了。"

结果被他妈妈挥舞着鸡毛掸子从家里给轰出来了,刘峰说他走到楼下还听见他妈妈在咆哮:"三十七点五度算什么发烧,给我去上课!"

可见对于瞳瞳的健康方面,家里有多紧张,那句四字真言"健康平安",真不是姥姥和妈妈随便说说的。

第十二章 郑蕤，永远闪闪发光

但作为一个生理期少女，她现在可太怕妈妈和姥姥开口就是"瞳瞳啊，嗓子都哑了别去上课了，休息休息吧，请两天假吧"这种的。

于瞳瞳赶紧开口："我可能有点上火，多喝点水就好了。"

姥姥马上做出了反应："上火了？秋天是干燥，我这就去煮个梨汤，润燥消火的。"

"脸怎么也这么红？"于妈妈狐疑地问。

"可能，可能外面风太大吹的吧……"于瞳瞳哑着嗓子，不自在地干笑了两声。

于妈妈伸出手摸了摸于瞳瞳的额头，惊讶地喊了一声："这是发烧了？额头这么烫？"

等喝了一杯感冒冲剂又躺在床上被妈妈和姥姥掖好被子，被厚厚的被子卷成寿司卷的于瞳瞳才后知后觉地感到有点冷。

"都烧到三十八点五度了，还说自己是上火呢。"姥姥戴着老花镜看了眼体温计，略带埋怨地嘟囔着走出于瞳瞳的卧室，估计是去煮梨子汤了。

于瞳瞳很早就发现姥姥不太像以前一样总把"健康平安"四个字挂在嘴边了，今天的感受格外深刻。

她盯着姥姥背影消失的门口，好半天才回过神来，不能请假是真，高三班级里的气氛跟高一高二完全不一样了，尤其是总复习开始之后，吃饭的时间可能都在讨论知识点。

于瞳瞳这个年级第一也不是轻轻松松就考上去的，她知道自己熬了多少个夜，连课间都分秒必争地在刷题，才堪堪保住了两

柠檬糖

次小考的第一名。

郑蕤太优秀了,他要去的学校也太难考了,全国前三的大学,哪怕她次次都在安市一中考第一,也不一定就能进去的。

可,她也想做一个闪闪发光的人啊。

于曈曈犹豫了一会儿,开口叫了一声:"妈妈。"

这一开口,嗓子比刚回家时哑得更严重了,听得于妈妈都轻轻蹙了下眉。屋子里沉静得只能听见窗外的风声,还有干枯的树叶掉在地上的响声。于曈曈紧张地咽了咽口水,该怎么开口呢?会不会还要像上次那样跟家里吵一架呢?

也许早晚都要吵这一架的吧,毕竟她不会听妈妈的话选择家门口的安市师范了,她要用尽一百二十分的努力去考那所全国前三的大学。

她不想碌碌无为地混日子了,她想挥一挥翅膀飞到更高更远的地方啊。

于曈曈吸了吸鼻子,垂眸酝酿着要说的话,也准备着迎接一场暴风雨的来临。

"知道了,不想请假就不请假了。"于妈妈突然开口打破了令人窒息的沉默,淡淡地说。

于曈曈猝然抬头,不敢相信地愣了愣,不确定自己是不是真的听清了妈妈的话,犹豫着开口问:"是说我……可以不用请假?"

"嗯。"于妈妈坐在床边,疲惫地按着太阳穴,又给于曈曈掖了掖被子,深深地看了于曈曈一眼,像是做了什么决定一样,重

第十二章 郑蕤,永远闪闪发光

新开口,"瞳瞳,你以前是不是听到过什么?才在心里对爸爸妈妈和姥姥越来越失望的?"

于瞳瞳僵住了,妈妈在说什么?

"我们最开始,的确是因为你舅舅,你知道一个家庭突然失去亲人太让人悲痛了。"于妈妈眼眶蓦地红了,缓了两秒才继续说,"我们想再要一个亲人来代替他,在那之前我和你爸爸确实是没想过要孩子的。"

"但无论出于什么原因,我们是真的爱你,不是把你当成他,也不是真的用你代替这个人存在,在我心里,你只是我的女儿,是我的孩子。"于妈妈垂着头,看不清她的表情,但被子上很快多了两滴水痕。

"你舅舅很优秀,你也很优秀,你认真学习的样子很像他,但我们都清楚,你就是你,你不是他。"于妈妈声音哽咽,"我们只是、只是害怕,我们怕你也会突然离开,那些对你舅舅的遗憾,我们都想弥补在你身上,你姥姥不知道多少次从噩梦中惊醒,哭着跟我说,要是当初拦着你舅舅,不让他学习就好了。"

不去做那个优秀的孩子,哪怕像是这栋楼里其他家的孩子没有考上什么重点大学的一样,这一生平凡又平庸,但至少健康,至少他们还在身边没有离开。

于瞳瞳用手拄着床坐了起来,紧紧地抱住了哭得颤抖的妈妈,轻声安慰她:"妈妈,不是你们的错,舅舅是在做自己喜欢的事啊,他那时候一定是快乐的。"

于妈妈含着眼泪苦笑道:"是啊,这么简单的道理我们都不

柠檬糖

懂,我和姥姥太害怕失去了,我们……"

于妈妈说不下去了,只能抱着于瞳瞳不停地流着眼泪。

她太傻了,她企图用她的溺爱给她优秀的女儿织上一张无形的大网,把于瞳瞳困在里面,以至于都忘了去问她的女儿真正喜欢的是什么。

于妈妈忽略了自己的女儿不是宠物,她有自己想做的事情,有自己想走的路。

"瞳瞳,对不起,妈妈也是第一次做妈妈,这么多年妈妈真的太傻了,也真的委屈你了。"于妈妈哽咽着。

于瞳瞳说不上来自己听完这些话到底是什么感受,只觉得浑身僵硬,感觉到视线越来越模糊的时候,她才发觉自己是哭了的。

"妈妈。"于瞳瞳把头埋在妈妈怀里,"你和姥姥的爱,我都能感受得到。"

怎么会感受不到呢?那些捧在手心里怕摔了,含在嘴里又怕化了的无微不至的爱,于瞳瞳感受得到。

只是,在妈妈说出那句"不是把你当成他,也不是真的用你代替这个人存在,在我心里,你只是我的女儿,是我的孩子"之前,她也是真的意难平。

多少个夜晚她也从噩梦中惊醒,她梦见自己只是一个替代品,最后连名字都改成了炎炎。

现在她终于可以放心了,不是那样的,她不是替代品。

那些关怀如果不是代替别人所承受,如果只是出于被爱,那

第十二章　郑蕤，永远闪闪发光

也并不会让人觉得沉重得喘不过气来。

于妈妈轻轻地拍着于曈曈的背："所以不用请假，你觉得自己可以坚持就不用请假，我和姥姥不会再干涉你这些了。妈妈知道你考第一不容易，妈妈也心疼你，妈妈真的、真的看见你这么优秀，妈妈也很骄傲，真的很骄傲。"

本就在生理期的于曈曈，因为这么一句话扑在妈妈怀里哭得不能自已。就好像盘踞在这个家里多年的魔咒被打开了，真相并没有鲜血淋漓，反而让表面和平、心里却隔着玻璃一样的隔阂的家人们扯掉了隔阂，更加亲密。

"妈妈，你是怎么知道我初中时偷听过你的话的？"于曈曈终于不哭了的时候，理智一点点回笼，才想起问这个。

"我本来也不知道的，甚至都没察觉到我们给了你压力。"于妈妈自嘲地笑了笑，"还要多谢你的那个同学……"

于曈曈哭得鼻尖有点红，正要伸手去拿卫生纸，听到"同学"两个字，她停下动作，疑惑地抬起头。

"你的那个朋友，好像姓郑吧，他之前送来过一次录像，前几天还给我发过信息。"于妈妈笑得很温柔，"能有这样为你着想的朋友，妈妈很替你高兴，真的多亏了他，不然妈妈不知道还要做多少错事。"

姓郑？她只有一个姓郑的……朋友？

换了平时，于曈曈的反应肯定是在心里拼命吐槽，但今天她被接连而来的这些意外惊得有些蒙，只是讷讷地问："什么录像？"

柠檬糖

什么录像？

什么时候送来的？

为什么郑蕤会有妈妈的联系方式？

很多个问题充斥在脑海里，有那么一瞬间，于瞳瞳似乎给"姥姥为什么不总是念叨平安健康最重要"和"妈妈为什么会突然找我谈这些"找到了答案。

但这个答案本身也伴随着各种疑问。

"什么录像？"于瞳瞳突然有点着急，拉着于妈妈的手又问了一遍。

她迫切地想要知道答案，隐隐约约感到郑蕤在她不知道的时候为她做了很多。

真的看到录像的时候，于瞳瞳反而不急了，她捂着胸口，紧张地看着屏幕里出现了自己主持的画面，甚至还有鲁甜甜站在台上说感谢她的画面，一帧一帧，还原了那个让她激动不已的晚上。

她站在舞台上面带微笑的样子，她十七年来的高光瞬间，还有鲁甜甜说的那些话。

"我们班有个女生，叫于瞳瞳，高中两年多时间里，我们一共就没说过几句话，她还一直认为我叫孙甜甜。但那天她对着我说了很多，我们一起哭了，就是那个时候我才意识到，有压力的不止我一个，但懦弱的，想要放弃的，却只有我自己。"

礼堂的画面结束，镜头里一下子明亮起来，是一段晚自习的场景，能看出来是高三理（1）班的教室，教室里很安静，只有笔

第十二章 郑蕤，永远闪闪发光

尖和纸张摩擦的声音。

字幕上写着：这一年我们十七岁，用这种无声的方式向着自己的梦想靠拢。

没有人能够侥幸，你在哪里努力，就在哪里开花结果。

郑蕤的声音突然从视频里响起："人生总要有一段梦想，支撑着自己当自己的骑士，去拼去闯，哪怕战死沙场，也会觉得虽败犹荣。"

坐在沙发上的姥姥轻轻啜泣了一声，于瞳瞳握紧了姥姥满是皱纹的手，她知道姥姥一定是想到了小舅舅，但也许姥姥在听见这句话的瞬间，心里的那些遗憾和执念才得到一些解脱。

视频里严主任突然入镜，抬手捋了一下他的秃顶，严肃地说："各位家长大家好，我是安市一中的教学主任严有良，我在这里跟家长们保证，我们的学习强度是每一个孩子都能够接受的，安市一中七十年来送走了二十多批毕业生，没有一个因为学习把身体搞坏的，人生处处充满挑战，而学习，是他们要去面对的第一关！"

甚至还有校长的身影，校长看上去笑得很慈祥，但说的话也很坚定："这是一场孩子们自己的征途啊，他们长大了，即将展翅翱翔了，家长们不能永远把孩子护在羽翼下，护是护不了一辈子的，楼下超市收银的小姑娘还会跟客人发生口角呢，只要是生活，它就不存在一帆风顺，孩子能在挫折来临之前学会面对挫折，这才是我们需要引导的……"

还有高一入学时的一段录像，可能是侯老师贡献出来的：

柠檬糖

我是高学韦，我的梦想是开个书店！

我是张潇雅，我的梦想是当艺人助理！

我是刘峰，我的梦想是可以每天躺在家里什么都不用干！

我是郭奇睿，我的梦想是设计一个属于自己的游戏！

我是鲁甜甜，我的梦想是考进北影以后当个导演！

……

那是文（1）班高一时候的一场班会，主题就是梦想，班主任侯勇说可以随心所欲地说，说什么都行，怎么想怎么说，于是大家纷纷跑到讲台上，眼睛发光，仰着笑脸畅所欲言。

于瞳瞳是被张潇雅推上去的，基本上班里的人都说过了，她站在讲台上看上去有点紧张，垂着头沉默了一会儿，才小声说："我的梦想，是当一名老师。"

跟那些洋溢着笑脸的学生不同，于瞳瞳说的不是心里话，她只是给了老师和大家一份中规中矩的答案而已。

可能是老师，可能是科学家，可能是宇航员，可能是医生。

因为大家都知道，从上小学起这些职业就是满分作文里常有的答案。

这些都有可能被她说出口，唯独不可能被说的，就是于瞳瞳的真心话，她没有梦想。

最后，侯勇出现在视频里，他正拿着门锁准备把教室门锁上，郑蕤的声音出现在画面里："侯老师，我们之前说好的要录个小视频，您现在有空吗？"

侯勇似乎愣了一下，才笑着说："这就开始了？行，那我先说

第十二章 郑蕤,永远闪闪发光

说对于瞳瞳的看法吧。

"于瞳瞳这个孩子班里的老师都很喜欢,乖还听话,成绩也稳定,美中不足的就是,太稳定了。学习对她来说更像是任务,学了就成了,反正上学就是学习,我学了,没白上这个学。说实话,我教书十五年,最担心的就是这种学生,为什么呢?因为她没有自己的想法。

"所以这段视频如果于瞳瞳的家长能看到,我希望你们不要再把她当成小娃娃了,她马上就成年了,成年人得学会面对自己真正的人生,她得知道她想要什么,一个优秀的成年人,难道你评价她的好坏,还用听话不听话来评价吗?

"我希望我的每一个学生都能找到自己的人生目标,勇敢地去追求,去拼搏。人生不就是这样的过程吗?没有目标的人生,只能是随着惯性、随着时间走向死亡的无意义旅程……"

于瞳瞳有点想笑,侯老师最爱说心灵鸡汤了,在班里也经常说得慷慨激昂,但她笑着笑着眼泪就从眼眶里滑了出来。

视频很长很长,于瞳瞳跟妈妈和姥姥坐在沙发上一起看完了,姥姥抬手抹了抹眼泪:"说得真好,还得是学校这些老师有文化啊,我都看了无数遍了,唉,真是要背下来了。"

姥姥握着她的手,缓缓说:"瞳瞳啊,姥姥早就想说了,是姥姥和妈妈不对,你想考哪个学校,有什么想做的就去做吧,我们不会再拦着你了。"

这些与家人的和解和所有的感动,都是郑蕤迟到的中秋礼物。

柠檬糖

于曈曈脑海里浮现出那天在郑蕤家的安全通道的一幕,少年眉眼如画,带着让人信服的安心的力量。

"但你比较幸运,有人会陪你。

"我陪着你。"

那束自他掌心里亮起的火光照亮的不光是他桀骜的脸庞和温柔的眸子,还有于曈曈的人生。

第十三章
来找你了

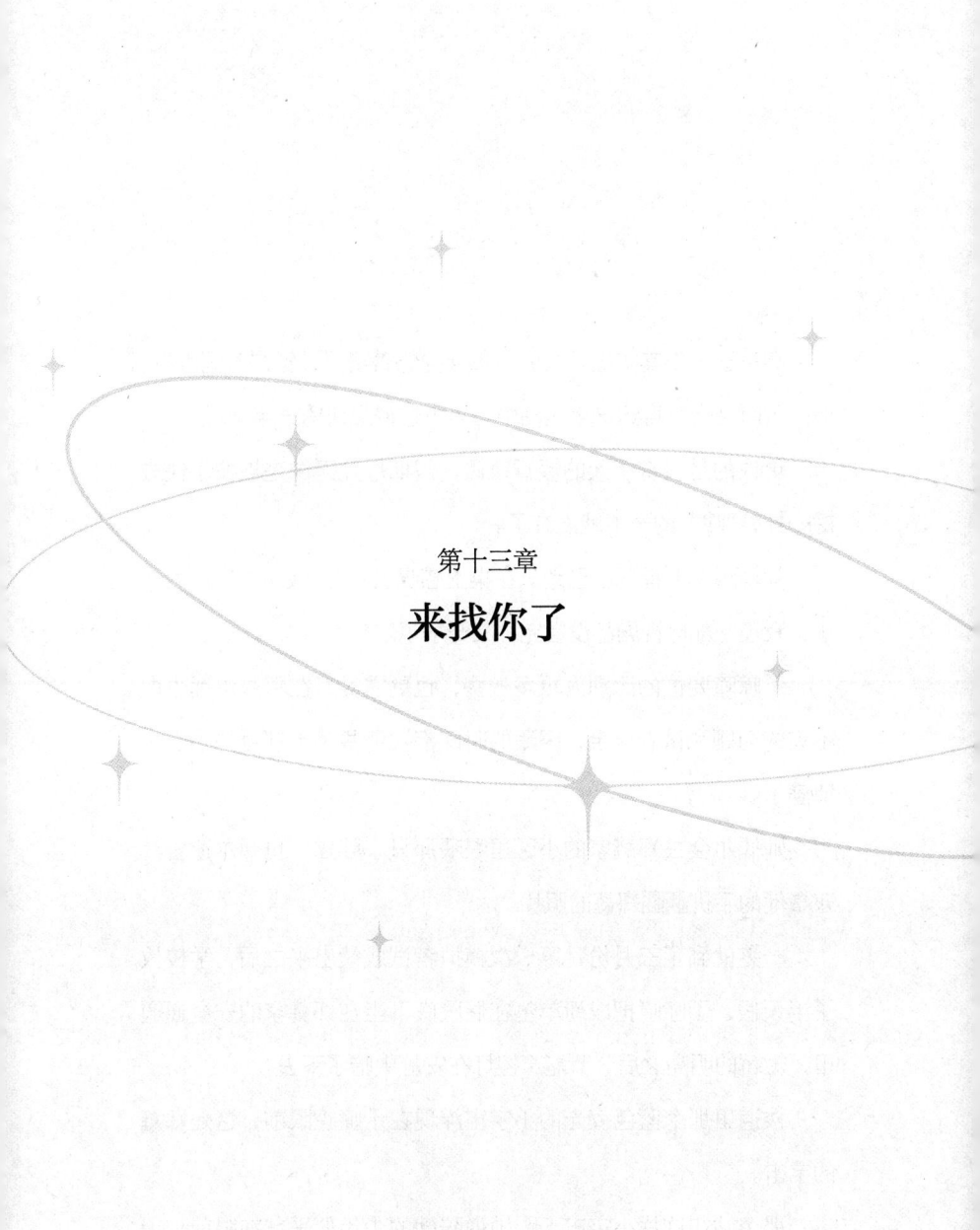

高三这一年其实挺矛盾的,每天抱怨着苦累,觉得时间难熬,但回首时又会觉得这一年是高中三年里过得最快的一年。

更快的是只有十天的短暂寒假,假期那几天像是被按了快进键一样,"嗖"的一下就没有了。

刘峰跟郭奇睿蔫巴巴地趴在桌上感叹着:"太快了,真的太快了,我连一部电视剧都没看完,又开学了。"

于瞳瞳要忙的比别人更多一些,也更充实,在那些永远也做不完的习题和试卷之余,闲暇的时间都被那些关于郑蕤的小心思填满了。

她偶尔会去郑蕤家的小区里喂喂那只小胖猫,也偶尔逮着肖寒拿他的手机翻翻郑蕤的照片。

一晃就到了三月份,第一次模拟考试成绩出来之后,学校放了半天假,于瞳瞳把成绩单垫在屁股底下坐在郑蕤家的安全通道里,短暂的明亮之后,节能声控灯在安静中暗了下去。

楼道里那个蓝色夜光的小宇宙浮现在于瞳瞳眼前,这是郑蕤的宇宙。

那个站在这片小宇宙下跟她说陪她的少年似乎就在眼前,于

第十三章 来找你了

瞳瞳叹着气,心里不止一次觉得遗憾,她还没来得及去了解郑蕤更多。

不过好在,偶尔能从旁人的只言片语里拼凑出一个更加生动的郑蕤。

于瞳瞳还记得一月份,那时候总是下雪,某次她来这里,遇见了一个在小区物业工作了好多年的阿姨。

那个阿姨笑着跟她随口聊着,说:"你也来看这个夜光啊,我也觉得挺好看的,这是我们这儿以前住着的一个小男孩画的,可能是家里没什么人吧,他一无聊就来这儿,后来越画越多,还被物业罚了点钱呢。"

于瞳瞳就是从那次才恍然大悟,这个看似温暖的蓝色小宇宙,每一粒星辰都是郑蕤没有说出口的孤单。

她从网上邮了几支粉色的夜光笔回来,有空的时候就过来画一会儿,在深深浅浅新旧不一的每一颗蓝色小星星旁边,固执地画上一颗粉色的更小的星星。

一蓝一粉,紧紧挨着,我也陪着你呢!

但这是个大工程,高三假期又不多,从一月到三月,也才画了一半。也许某一天郑蕤会回来,也许不会,但哪怕有万分之一的可能,于瞳瞳也希望他再次回到这个空旷的楼道里,看见的不是一片蓝色的孤寂的星空,而是蓝粉相应的光。她要他的每一颗星星都有她的陪伴,就像是郑蕤之前默默地陪伴她一样。

于瞳瞳坐在楼道里举着手机调了调,想要把这一小片夜光的小宇宙照下来,夜光的颜色太淡了,照了几次都没成功,她翻到

柠檬糖

相册看了一眼，看到了昨天肖寒给她发过来的照片。

照片里的郑蕤看上去挺憔悴的，脸色发白，满眼都是红血丝，正拿着手机不知道在看什么。

肖寒说这是郑蕤通宵剪辑视频那天凌晨时他照的。

昨天刚收到的时候可把于瞳瞳感动坏了，心疼得又偷偷抹了一场眼泪。她忍不住给郑蕤打了视频，郑蕤猛一看见她红着的眼眶，紧张地问："这是怎么了？"

于瞳瞳看见他的脸就更想哭了，绷了半天没忍住，哭唧唧地把照片又转发给了郑蕤，然后酝酿着感情，想要发表一下感言。

结果郑蕤在视频那头轻笑了一声："这照片拍得真丑，你别总在肖寒手机里看照片了，他拍照水平是真不行，也就是我颜值够高才勉强能看。"

这话说得好像也没毛病，毕竟前几天肖寒拍了张潇雅吃午饭的照片发到了群里，气得张潇雅直接把他从群里给踢出去了。

于瞳瞳一肚子的感动就这么憋了回去，吸着鼻子小声说："你那些……我觉得还行吧。"

毕竟是为她熬的夜，人家自己说自己丑行，她再说就不地道了。况且，郑蕤这张脸的颜值，真不是通个宵或者角度找得不好就能降低的。郑蕤在视频那边勾着嘴角，笑得挺愉快的："要不我拍几张给你发过去？你想看什么样的？"

可能是医院里人来人往的有点吵，她看见郑蕤扬了下眉，拿着手机从医院大厅起身了，转身走进了走廊尽头的洗手间，沉声说："我想想，什么样的照片难忘点呢？"

第十三章　来找你了

于曈曈脑海里瞬间就浮现出郑蕤那张穿着睡袍从浴室出来的照片。闻言她吓得连连摇头，花容失色："不要，不用，我不看！"说完她就手忙脚乱地把视频挂了。

现在想起来于曈曈觉得自己有点丢脸，但考了几次大榜第一的于曈曈非常膨胀，她现在好胜到不止想要在成绩上跟郑蕤肩并肩，她甚至还想要在厚脸皮这方面也能跟郑蕤比画比画。

于曈曈起身，拎起被自己坐出一道折痕的一模成绩单拍了拍，心里暗下决心，今天再跟郑蕤视频之前，一定要先用凉水洗洗脸。

"咳。"于曈曈摸着自己的脸颊，嘀嘀咕咕地给自己打气，"于曈曈你成年了，不要这么没出息！"

于曈曈从郑蕤家的楼道里走出来，站在太阳下伸了一个懒腰，花坛里的迎春花开得正旺，她看见层层叠叠的黄色花海里那只小胖猫正踮着脚尖警惕地靠近。

"来吧，还有一根火腿肠。"于曈曈笑着走到花坛边，从书包兜里拿出一根火腿肠撕开。

小胖猫欢快地打着呼噜，用额头黏糊糊地蹭着于曈曈的手心和裤腿。

郑蕤的视频就是在这个时候打过来的，突然响起的手机铃声，把于曈曈和猫都吓了一跳。

于曈曈拿着手机有点蒙，自己十分钟前立下的豪言壮语似乎还在空气里飘着，还没完全消散，结果郑蕤的视频请求突然就来了。

于曈曈艰难地咽了咽口水，接了视频勉强挤出一丝微笑：

437

柠檬糖

"嗨。"

视频那边的郑蕤似乎被这个非常形式化的招呼惊得愣了愣，听到小胖猫的叫声才笑了："又去喂猫了吗？"

"啊？"于曈曈心不在焉地答着，"嗯，又来喂猫了。"

此时她心里还在盘算着怎么淡定开口，并且想要出其不意地让郑蕤惊讶一下，最好能看见他露出个"不好意思"的表情……

算了，想在郑蕤脸上看见这种表情太难了，不是她这个段位的选手能够做到的。

只让他惊讶就行了，重点是她得控住场子。

"于曈曈？"

"嗯？"

于曈曈回过神来，视频里的郑蕤扬着眉一脸桀骜，微仰着下巴轻轻"啧"一声："从实招来吧，心不在焉的。"

"没有！"于曈曈赶紧否定，但又有点为难，毕竟不能说实话。

郑蕤危险地眯了眯眼睛。

于曈曈瞄到自己手里的一模成绩单，急中生智，迅速转移话题："哦对了，我的一模成绩出来啦，你的出来没？"

"出来了啊，给你打视频就是汇报成绩。"郑蕤也没再纠结刚才她走神的事，很自然地就着成绩展开了话题，"还是第一，总分七百零三，每天除了接送江婉瑜女士去医院和去插花班，剩下的时间都在学习，汇报完毕，请领导做下一步指示。"

"啊！又过七百了？"领导没有下一步指示，非常沮丧地耷拉

第十三章 来找你了

着眼角,"我怎么总也超不过你呢,我这次六百九十二。"

郑蕤笑了,懒洋洋地说:"让让你也不是不行。"

于曈曈心里顿时警铃大作,又来了又来了!

于曈曈生怕自己又不争气,在心里默默背了好几句《出师表》才堪堪稳住自己。

她要反击了!

于曈曈瞄着一个路过她面前的大妈走远,她清了清嗓子突然对着手机喊了一声:"郑蕤!"

吓得脚边的小胖猫一下子蹦到了一米开外。

郑蕤一脸无辜地笑着:"嗯?"

为了这事小姑娘生了一天的气,一直到晚上还在生气不理人。

她把自己埋在被子里不停地蹬着腿,丢脸,太丢脸了。

手机放在床头不知道振了几次了,于曈曈把鸵鸟精神发挥到最佳,就是不肯去看。

一直到晚上一点多,做了两套习题的于曈曈才终于忍不住拿起手机,看见屏幕上显示的十多条未读信息,小姑娘的嘴角偷偷地扬了起来。

明明想看,嘴上还要骄矜地嘟囔:"哼,谁让你逗我了,还、还说什么……呸!"

手指在屏幕上轻轻一滑,未读信息冒了出来。

"怎么挂了?

"小姐姐?

柠檬糖

"脾气真是大，不理人啦？"

"理理我呗。"

……

于曈曈看到这儿嘴角还扬着，并且越扬越高，顶着一张倾国倾城的帅脸，看别人的时候都没什么表情，唯独到了自己这儿就耐着性子。

开心的于曈曈决定大人不记小人过地原谅他！

视频响了两声就被接起来了，郑蕤靠着床头坐在床上，扬着眉笑着逗她："还以为今天得在梦里才能跟你说上话呢？"

"我刚才在做习题，没注意手机。"于曈曈一本正经地胡说八道。

"没看见啊，那行吧。"郑蕤也不拆穿，勾着嘴角问，"猜猜我刚才在干吗？"

于曈曈有点好奇，猜了猜："看书？"

屏幕里的郑蕤似乎是懒洋洋地扫了眼摄像头，笑着压低了声音："这不是把你惹生气了吗？想着怎么办呢。"

"也没生——"

于曈曈刚开口，就听见郑蕤拖着调子开口，声音慢悠悠地通过手机传了出来："想了想，我就让让你吧。"

郑蕤他说的是成绩，一定是成绩！

"嗯？开心点了吗？"郑蕤嘴角挂着一缕意味深长的笑，从容又淡定。

于曈曈闭了闭眼睛，咬牙切齿："郑蕤！"

第十三章 来找你了

第二轮总复习之后很快又迎来了第二次模拟考试,四月初,学校花坛里的牡丹大朵大朵地盛开,于瞳瞳拿着手机不满地鼓了鼓嘴,第二次模拟考也还是没考过郑蕤,总分差了七分。

郑蕤是理科生,她是文科生,其实也没什么好比较的,但于瞳瞳就是单方面地下定决心一定要超过郑蕤一次。

五月初第三次模拟考试,总算是把差距拉得短了些,总分跟郑蕤只是差了一分。

第三次模拟考试之后高考倒计时上的数字已经不满一个月了,复习也变成了查漏补缺,班主任侯勇基本每天都抽时间给大家说鸡汤。鸡汤的主题从"曾经的苦,现在的痛,都是为了将来的笑颜"到"勤勤恳恳耕耘三年,最后一战一定会有收获",再到"不用紧张,深呼吸,上了考场最重要的就是平常心"。

侯老师牌的鸡汤每天早晨七点准时上菜,还是冒着热气儿的,最后有一天侯勇自己都把自己说笑了,直接笑着说:"算了算了,听我叨叨三年了,我这点词儿你们都快背下来了,就是别紧张,谁要是敢在考场上给我玩'心态崩了直接晕倒'这种的啊,知道怎么惩罚吗?"

下面的学生哄堂大笑,刘峰扯着嗓子嚷嚷:"别啊,兄弟们,不就是考试吗?挺住!千万别晕倒,不然老侯扛着键盘去医院,让你跪上面唱《嘴巴嘟嘟》!"

到了最后十多天的时候,心态成了最关键的东西。

高考倒计时九天,晚饭过后张潇雅拉着鲁甜甜和于瞳瞳在操场上散步,在初夏的余晖里舒服地眯着眼睛,给她这两个学习

柠檬糖

好的姐妹打着气:"这个时候就得放松!放松懂吗?你俩这个成绩高考肯定是没问题的,别总埋头学了,出来呼吸呼吸新鲜空气多好!"

鲁甜甜笑着:"我不紧张,考就考呗,考不好大不了重读一年,瞳瞳你紧张吗?"

于瞳瞳盯着斜前方不知道在想什么,突然被鲁甜甜碰了碰胳膊,吓了一跳似的回过神来:"啊?"

鲁甜甜问:"问你还有九天高考了,紧张吗?"

于瞳瞳眼睛亮了亮,她巴不得剩下这九天赶紧过去,她好去见郑蕤!

"真是,我就不该担心你们。"张潇雅看着于瞳瞳一脸恨不能现在就上考场的兴奋模样,无奈地摇头,"担心你们紧张还不如担心担心我自己的烂成绩,不是,瞳瞳,你看什么呢?"

"我总觉得天台上有人。"于瞳瞳揉了揉眼睛,看得有些不真切,正值黄昏,天色朦胧,她只看到一个隐约的人影。

鲁甜甜眯着眼睛看了一会儿突然开口:"走走走,我们去看看,我也觉得有人。"

三个女生一路跑到天台,站在楼梯口终于看清了那个人影,落日的余晖下郑夕蹲在天台的护台上,安静得像是雕塑。

没想到真的有人在这儿,三人一时间都没有开口,郑夕蹲的地方非常危险,就好像随便一缕晚风就能把她卷落天台似的。

于瞳瞳她们生怕突然发声惊到郑夕酿成意外,惊魂未定地沉默着。倒是郑夕突然扭过头,看见于瞳瞳的时候她愣了一下,淡

第十三章　来找你了

淡地开口:"学姐也发泄压力啊?"

于瞳瞳天天跟郑蕤聊天,早就不是以前那个容易紧张的于瞳瞳了,反而"近墨者黑"地跟着郑蕤学会了怼人,开口就是:"是啊,要不你先下来排个队,学姐先来?"

郑夕可能是被于瞳瞳这个跟长相不符的话风给说蒙了,沉默着没说话。

鲁甜甜试探着往前挪了一小步:"小学妹,要不你先下来?我记得你,去年中秋晚会上跳拉丁的是你吧?我跟你说,你这么蹲着不行,万一掉下去肯定是狗吃屎的姿势,脸先着地。"

郑夕突然站起来,居高临下地看着于瞳瞳她们,竟然从护台上蹦了下来,走到于瞳瞳面前:"我没想不开,这世上多的是恶心的人还苟活着,我有什么想不开。"

郑夕勾着嘴角,鼻梁到嘴唇这个部分真的跟郑蕤有点像,于瞳瞳看着她,她笑得像一朵罂粟:"听说郑蕤走了啊?"

于瞳瞳有点头疼,郑蕤这个血缘上的妹妹整天拿着恶毒女配的剧本想要拉着我演狗血剧怎么办?

"我都说了郑蕤这人不行,你偏不信。"郑夕看着挺愉快的,笑得异常灿烂。

于瞳瞳木着脸看了她几秒,伸手拉了她一把,往楼梯口的方向一推:"快上课了别在这儿晃了。"

郑夕好像一拳打在了棉花上,顺着于瞳瞳的力道往楼梯口走了两步,才蓦地回头直勾勾地看着于瞳瞳。

郑夕不走于瞳瞳也不能走,说实话她心里还是挺担心郑夕这

柠檬糖

个神经质的状态的,万一她们走了她突然做些危险动作怎么办。

两拨人僵持着,谁都没动,郑夕忽然笑了,这一笑看上去竟然有点温柔,说:"真担心我啊?放心吧,我不会有事的。"

说完她打量着于曈曈:"你就不怕郑蕤遗传了郑启铭?我觉得他真不行——"

于曈曈从她身边走过,摆了摆手打断了郑夕的话:"不要随便说别人不行,换个脾气差的这会儿可能都上手抽你了。"

"抽你"这个非常社会的词语,大概是于曈曈总听刘峰和肖寒他们说,耳濡目染。

于曈曈顶着一张乖巧安静的脸,轻飘飘地说了这么一句话之后,也没理一脸惊诧的郑夕,便往楼下走了,鲁甜甜和张潇雅愣了一瞬才跟上去。

张潇雅跟鲁甜甜在于曈曈身后挤眉弄眼,来了一局"石头剪刀布",被鲁甜甜赢了之后,张潇雅不甘地看了对方一眼,然后清了清嗓子凑到于曈曈身边。

"曈啊,我就想问问你,郑蕤他到底……"张潇雅问。

于曈曈脚步一顿,回头看了眼张潇雅,在张潇雅和鲁甜甜两个损友的大笑声中,一扫刚才放狠话的霸气,夹着尾巴一溜烟跑了。

我哪知道!

高考进考场基本上什么都不让带,于曈曈想来想去终于想到了一个妙计。

第十三章 来找你了

她买了件纯黑色的短袖,用粉色的夜光笔在短袖右肩偏下一点的位置写了一句"我陪你"。

于曈曈对这个位置有点小执念,毕竟她曾经两次把眼泪蹭到过郑蕤的衣服上,都是在这个地方。

距离高考还有七天的时候,于曈曈跟郑蕤要了地址,把衣服寄了出去。

前天才在学校寄过快递,隔了两天晚上回家的时候姥姥就说收到了个快递给她放学习桌上了,于曈曈吓了一跳,不会是寄出去的快递地址写得不对被退回来了吧?

脱了小皮鞋连拖鞋都没穿,于曈曈拎着书包就冲进了卧室,看见快递盒的时候于曈曈愣了愣,好像不是她寄过去的那个。

难道……郑蕤寄给她的?

于曈曈抱着快递盒在屋里乱转,剪刀呢?剪刀放哪儿了?

这边刚从抽屉里翻出一把绿色的小剪刀,手机就不甘寂寞地在衣兜里响了起来。

于曈曈穿的仍然是郑蕤宽大的校服,姥姥不知道她的校服早就换了一件,洗衣服的时候不止一次叨念,你们这个校服质量真是不行,才穿了两年多,怎么越洗越大了呢!

于曈曈抱着快递接起视频,郑蕤温柔的笑脸出现在手机屏幕上。

这阵子郑蕤妈妈的状态很好,郑蕤也没有之前那么疲惫了,两人时不时就能通个视频,有时候突发奇想,连课间都会打个视频聊几句。

柠檬糖

不过，郑蕤这张脸真的是看多少次都依然觉得帅呢！

"收到礼物了吗？"郑蕤笑着问。

于瞳瞳赶紧把手里的快递盒往摄像头前面举了举，弯着眼睛欢快地说："收到啦，是什么呀？"

郑蕤不打算亲自解惑，只说："打开看看不就知道了？"

话音才落，郑蕤那边响起了一阵门铃，看郑蕤的表情似乎是有点意外，举着手机往玄关走："奇怪啊，江女士去日本散心了明天才回来啊？"

于瞳瞳撇撇嘴没说话。

"有人在家吗？"门外传来一个年轻女人的声音。

于瞳瞳瞬间就瞪圆了眼睛。

郑蕤瞄了眼屏幕里马上就要参毛的于瞳瞳，赶紧问了一句："哪位？"

"送快递的。"年轻女人说。

屏幕里的郑蕤拉开门，先对着摄像头解释了一下："是快递员，等我一下，我签个字。"说完才放下手机去签字。

于瞳瞳抿着嘴偷笑，看来是自己寄过去的快递到了呢。

果然郑蕤重新拿起手机时，出现在屏幕上的脸浮现着怎么压都压不住的笑，他举着快递看起来挺愉快的。

"寄了什么给我？"郑蕤又问。

于瞳瞳笑着把他之前那句话还了回去："打开看看不就知道了！"

"啧，报复心这么强的吗？"郑蕤说。

第十三章 来找你了

两人都有点好奇对方寄了什么，各自找了个位置把手机支好，开始对着摄像头拆快递。

于曈曈用剪刀的尖端小心地划开了快递盒子上的胶带，拆开瓦楞纸盒，拿出里面的东西的时候愣了愣："你不会是……"

"你不会……"同一时间郑蕤也发出了疑问。

于曈曈拎着手里没有任何图案的樱花粉色的短袖抬眸，正对上了拎着纯黑色短袖的郑蕤，两人都从对方眼睛里看见了诧异和惊喜。

郑蕤先乐了："我先猜猜，你这衣服关了灯是不是还有惊喜呢？"

早就说了，近朱者赤近墨者黑，于曈曈早就被郑蕤带坏了，樱桃小口一开一合，不紧不慢地学着郑蕤的样子拖着调子："是啊，关了灯，有惊喜呢。"

"小姑娘，你最近很皮啊。"郑蕤眯了眯眼睛。

于曈曈眨着眼睛，状似无辜地说："不是小姑娘，是十八岁的成年人。"

到底是道行浅，于曈曈说到最后结巴了那么一下下。

郑蕤突然勾着嘴角一笑："这个衣服我喜欢，迫不及待想试试。"说着撩起自己校服的一角就要这么换衣服。

啪，于曈曈挂了视频把手机扣在桌上。

她用手扇着脸颊，这才仔细打量着手里的樱花粉色短袖，她猜郑蕤也一定在上面写了什么字，会写在哪儿呢？

她脱了校服套上了短袖，抬手关掉了卧室里的灯，一片漆黑

柠檬糖

中,心脏的位置亮起了蓝色的夜光,跟那顶鸭舌帽上的一样。

"有我陪你"。

六月七日,于曈曈穿着这件樱花粉色的短袖,像是穿了件有武力值加成的战袍,抬着下巴走进了高考的考场。

同一天,远在一千多公里外的郑蕤,也穿了于曈曈寄来的纯黑色短袖,走进了考场。在试卷上写好名字的那一刻,于曈曈是激动的,她闭了闭眼睛,那些披星戴月泡在习题里的日子终于要过去了,来决斗吧,我早就准备好了。

六月七日、八日,高考这两天安市天公作美,雨都是在凌晨下的,赶着考生起床时又恰恰停了,既降了暑气,也没给出行带来不便。

安市作为考场的学校周围,车辆限行,禁止鸣笛、禁止喧哗,考场外不少家长紧张地打着太阳伞等待,时不时地跟身旁的其他家长聊几句,看上去比考场里的学生还要焦灼。

那些做不完的习题、那些背不完的变法、算不完的函数、画不完的辅助线、考不完的模拟考试,终于在六月八日下午五点考试结束铃声响起那一刻,画上了句号。

郑蕤走出考场时脚步很轻,这段时间江婉瑜的心理状态很不错,在日本旅行似乎玩得很开心,说是过两天才回来。

高考也结束了,于曈曈前天在视频里弯着眼睛笑眯眯地说了,一出成绩就来找他。

沪市天气不错,郑蕤走到考场外面避开层层叠叠的考生和家

第十三章　来找你了

长，扭头看了眼身后的学校，突然就有点想笑。

这年头也不知道校长们是不是都是穿一条裤子长大的，审美大同小异，他考场所在的这个考场也跟安市一中似的，教学楼都是红色，看着怪喜庆的。

用肖寒的话形容，就是挂上两串干辣椒干玉米的，就能上演《乡村爱情》了。

可能是难得放松，郑蕤眉眼间扬着一丝不易察觉的愉快，看着这几栋红通通的土味教学楼都觉得有点可爱。

想到某个提前交了考试卷的午后，他在红色的理科楼下遇见了提前交卷的于瞳瞳，她打着呵欠，一抬头就看见了他，看上去有点愣愣的。

阳光打在她的侧脸上，郑蕤有些不自然地偏过头，看着前面的超市楼，说："啊，不需要，三长一短选最短，三短一长选最长，剩下的都选'C'，十五道选择题起码能对一半。"

当时于瞳瞳诧异地猛然回过头看他，浅棕色的眸子瞪得圆圆的，阳光晃得皮肤白皙通透，像是个被突然丢到人间的小精灵。

越想越可爱，明明都是去年的事情了，现在想想，居然连她被风拂起的发丝是往哪个方向都记得清清楚楚。

郑蕤到底还是没绷住轻笑出声，高考终于结束了，有种拨开乌云见日光的感觉。

郑蕤这种轻松的好心情只持续了不到两天。

高考结束的第二天，早晨于瞳瞳还兴冲冲地打了视频说去学校拍毕业照，中午郑蕤吃着外卖等了半天也没等到她半条信息。

柠檬糖

倒是从刘峰他们几个的朋友圈里发出的照片，看见了准备拍毕业照的于瞳瞳，看上去挺高兴的，笑眯眯地跟张潇雅和鲁甜甜不知道在聊什么。

她身上还穿着那件他送的樱花粉短袖，这件短袖在前天考完试的时候还被她碎碎念了几句，说是该洗了，但又怕洗完上面的夜光字就没了。

一个年级第一的文科毕业生、解题小能手，遇见这么个小事就像个委屈巴巴的猫，扁着嘴问他："夜光字要是没了怎么办呢？"

她的声音甜甜的，配上可怜的小表情，像撒娇一样跟他抱怨着。

"没了就没了，球星的签名你不也很愉快地就洗掉了吗？"郑蕤含笑打趣。

果然说完小姑娘就炸毛了，幽幽地看了他一眼。郑蕤怕把人逗生气，赶紧开口："心疼什么，等你来我重新给你写。"

当时的话就是随口一逗，现在冷不丁在别人朋友圈里看见她的照片，不知道怎么的，下意识就想起自己说的那句话。

写哪儿呢？

郑蕤的视线在照片上扫了个来回，平时上学大家都是穿着宽大的校服，是男是女看着都一样，但这件他送的短袖可不宽松，修身款的，樱花色的布料贴着腰身，勾勒出女生特有的曲线。

"咳，咳咳。"

郑蕤被可乐呛了一下，瞬间耳根就红了。郑蕤直接把一次性

第十三章　来找你了

筷子往餐盒里一丢,脚步匆忙地去浴室冲凉去了。

于曈曈那边除了早晨说了要去拍毕业照,一整天都没个音讯,别说视频了,半个标点符号都没发给他。

晚上十点多,郑蕤靠在沙发里刷朋友圈,看见郭奇睿发了个烧烤的照片,说是文(1)班毕业聚会,桌子上还摆了不少啤酒。

"啧。"郑蕤用舌头顶了顶腮,毕业了不用学习了就跑出去疯了?还准备喝酒呢?

不过也能理解,毕竟大家学习是真的认真,有一阵儿不到两点都不睡觉,也是该放松放松了,他还是别干涉了吧……

郑蕤开了局游戏,开着语音,队友的音乐放得震耳欲聋,这人还跟着唱得挺兴奋,连调儿都没有就是纯吼。

这游戏没法儿玩了,他黑着脸关了语音心不在焉地打完一局。

考虑到于曈曈可能在聚会,郑蕤没打视频,拨了电话过去。

"您拨打的电话已关机,请稍后再拨。"

嗯?关机了?

于曈曈手机从来不关机,哪怕在学校月考或周考也就是调个静音,除了上次误会他那次。这么一想郑蕤突然就有点不安了,给刘峰打了个电话,开门见山:"于曈曈呢?"

可能是真解放了,刘峰也不畏惧他老妈的擀面杖和鸡毛掸子了,彻底放飞自我,喝得舌头都大了:"什么?于投投?哦,投投啊,我前桌投投啊?你也赶作业啊?不用写了!毕业啦!哈哈……"

郑蕤心累地挂了电话,但凡多吃一粒花生米都不至于这样

柠檬糖

吧！肖寒这阵子可能忘给刘峰补脑子了。

楼上这两天在搬家，今晚不知道又在组装什么东西，都十点多了，突然就开始叮叮当当地砸起来了，还挺有节奏。

郑蕤踢开身旁的椅子拎着手机往楼下走，找不到人他有点慌，刚高考完的于瞳瞳要是遇到点什么危险怎么办？

避开楼上的噪音，他给郭奇睿拨了个电话。

本来没抱什么希望，意外的是郭奇睿还挺清醒，但听完郑蕤的问题，他沉默了两秒，才茫然地开口："不是，于瞳瞳今天没来参加毕业聚会啊，早早就回去了，她说家里有事啊。"

郑蕤捏着眉心的手指一顿，指尖一下就凉了。

六月十日，高考完的第二天，于瞳瞳忙得像个陀螺一样，因为她瞒着所有人买了张去沪市的机票。

一晚上都在盘算见面场景的于瞳瞳，早晨早早地就起来了，洗了将近一个半小时的热水澡，然后装作若无其事地给郑蕤打了个视频。还忐忑得生怕郑蕤看出端倪来。

也不是她故意瞒着郑蕤，原本计划是要等到高考成绩出来之后才去找他玩的，郑蕤本人之前也在视频里说了，成绩出来再去稳妥点，这段时间可以陪陪家里人。

理智上想，也确实应该这样。

但于瞳瞳总是能想到郑蕤有一天在视频里疲惫地轻声说的那句话——"想见你。"

那阵子正是过年期间，家家户户都喜气洋洋的，大街小巷都

第十三章 来找你了

是"恭喜你发财,恭喜你精彩,最好的请过来,不好的请走开"这种新年金曲。

结果郑蕤那边冷清得像是另一个世界,他妈妈的状况不太好,吃了安眠药晚上都会醒,经常摔东西,也有点抵触心理医生。

郑蕤晚上休息不好,白天还要刷题,持续着高强度的复习。

某个周末下午,于曈曈正在帮姥姥贴窗花,郑蕤在心理咨询室外面坐着给她打了个视频,他什么都没说,但于曈曈能从他的状态里看到他的疲惫,估计一夜都没怎么睡,薄薄的双眼皮都多了好几层褶,看着很憔悴。

就是那天,郑蕤临挂视频之前,哑着嗓子说,好想你。

所以于曈曈等不了,什么出不出成绩的,她等这场高考都等得望眼欲穿了,要不是怕家里担心她甚至想考完最后一科直接去机场。

毕业照拍得挺顺利的,遇见肖寒时还听肖寒说高三理(1)班的班主任要求摄影师后期把郑蕤也加上去,于曈曈笑了半天。本来半个小时就能拍完毕业照的,但大家谁都没走,徘徊在校园里,安市一中的鬼楼今天要爆破拆掉了,据说是教育局拨款要建成图书馆。

于曈曈一个人靠在天台上往鬼楼看,中午十一点多的时候,几声震耳欲聋的巨响过后,鬼楼伴随着无数粉尘坍塌成石块和碎砖。去年夏天有个人站在这座老旧教学楼的楼梯上,深棕色的眸子带着光,睫毛又直又长,轻轻扇了一下,带着点蛊惑人心的夸张笑容。

柠檬糖

现在这座老楼一块一块坍塌了。

这是于曈曈第一次出门，只知道手机、钥匙、钱包、身份证一样不能少，结果忘记给手机充满电了，慌里慌张地跑到机场，还没等取完票，手机就只剩百分之十的电量了。

勉强撑到上飞机，手机坚持不住，卡了两下之后彻底陷入了沉寂，都不用空乘提醒。

途经不知道是哪里，天气好像挺差的，飞机延误了一个多小时，又在下飞机时赶上了机场控流，生生从计划好的八点到郑蕤家，拖到了十点。

于曈曈背着她的大书包在小区门口下了出租车，一路狂跑。

沪市对她来说是一座完全陌生的城市，但郑蕤住的这个小区她有种微妙的熟悉感，就好像她真的来过一样。

她知道她再跑几步就是十三号楼，楼下有一间小超市，郑蕤说过这家小超市的关东煮味道不错，尤其是墨鱼丸子，老板是个老爷爷，看他背着书包偶尔还会多送他一串。

她知道小区中心有个篮球场，郑蕤坐在那儿给她看过篮球场的样子，绿色和红色的塑胶场地，篮板是玻璃的，白色的篮球网，郑蕤还在这儿耍过帅，跳起来给她玩了个霸气的灌篮。

她知道跑过篮球场再过两栋楼就是郑蕤在这边住的地方，楼下有一排小椅子放在树荫下，据说还有几只长得肥嘟嘟的流浪猫经常趴在椅子上，像是椅子国的国王。

夜里十点多，小区里的路灯亮了，不同于安市的路灯，这边的路灯是冷白色的，于曈曈气喘吁吁地跑着，果然看见椅子上有

第十三章 来找你了

一只橘猫正撅着屁股伸懒腰,长长的尾巴一晃一晃的。

于曈曈弯着眼睛笑了一下,慢慢停下脚步。

小区里很安静,空气里她只能听见自己的心跳,还有椅子国国王钻进绿化带的矮乔木的唰唰声。

楼道前的空地上有个人影,高高的,正一只手举着手机贴在耳边,一只手捏着眉心,微仰着下巴,嘴角绷得紧紧的,不知道在跟谁通电话,他看上去心情很差,眉心紧紧地皱着,眼睛里充斥着戾气,好凶的样子。

这张让人朝思暮想的脸啊,还是帅的,于曈曈想。

郑蕤大概下楼时也是挺急的,灰色的居家运动裤,黑色短袖,脚上穿着双拖鞋,这会儿他正烦躁地在楼道前走动着,压着情绪问电话里的人:"她没说是什么事情?"

郑蕤走了之后于曈曈很少哭,现在终于看见郑蕤,她眼眶酸胀得好难受。

总不能一见面就哭哭啼啼吧?那不就不美了吗?

于曈曈深吸了一口气,眸子里闪着光,弯了弯眼睛:"心情不好?需要帮忙吗?"

第十四章

千门万户曈曈日

听见电话里郭奇睿说于曈曈没参加毕业聚会，郑蕤心里的不安蓦地被放大了，指尖瞬间就凉了。

会不会是家里出什么事了？郑蕤僵着脊背猜着。

"心情不好？需要帮忙吗？"

郑蕤觉得自己可能是太担心了，都出现幻听了，皱着眉心，将信将疑地回过头顺着声源看去，竟然看见了于曈曈的身影。

于曈曈眉眼弯弯，眸子亮得像是星空之下的第二片星辰，这片星辰正笑眯眯地望向他。

幸福来得太突然了，纵然是智商情商双高的郑蕤，也有降智的一天。

郑蕤站在原地僵了十几秒，连皱着的眉心都凝固了，就这么怔怔地看着于曈曈，还傻傻地举着早就挂断了的电话贴在耳边。

这是郑蕤十八年的人生中最迟钝的时刻了，像是刘峰附体了似的，甚至动了动嘴唇，想问她怎么突然就跑来了，幸亏理智及时回笼，没问出这么个傻的问题。

不过小姑娘大概是看懂了他的想法，笑得很愉快，弯着眼睛说："阿姨不是去日本散心了吗，我趁着你家没人跑过来啊。"

第十四章　千门万户曈曈日

这话还是以前他逗人时候用的,她倒是学得快。

郑蕤把手机往裤兜里一塞,大步走过去,熟悉的柠檬味,小姑娘说过是沐浴露的味道。

"真挺想你的。"郑蕤哑着嗓子说。

郑蕤脸上哪还有一点刚才找不到人时的戾气,眼神温柔得能融化北极的冰川。他抬手轻轻揉了两下小姑娘的发顶,温声说:"别哭,带你参观一下我家。"

郑蕤现在住的地方跟在安市那个房子装修风格差不多,也许是他妈妈比以前状态好了些,家里多了一些鲜花绿植什么的,还养了几只噘着嘴掐架的鹦鹉鱼。玄关的小鞋柜上居然摆了个粉色的收纳盒,里面放了两把钥匙。

于曈曈从来没这么兴奋过,短暂地激动之后抹抹眼角的泪痕,笑得可灿烂了,就像个小麻雀似的喋喋不休地跟郑蕤聊着天,电视上放了个电影,两人谁都没仔细去看演了什么。

可能是分开太久了,猛地一见面两人都没反应过来,就这么聊了两个小时。

一直到夜里十二点半,于曈曈突然停了一下,抬手捂着嘴打了个哈欠,眼角一红,眼里泛起了一层水雾。

郑蕤坐在旁边笑着:"不送你去住酒店了,你一个女孩子在外不安全,在这儿住吧。"

"啊?"于曈曈茫然地抬起头,突然脸就红了。

她来之前就一心想着"我要去找郑蕤"这么一件事,来了以后住哪里什么的根本想都没想。

柠檬糖

现在郑蕤一说她才后知后觉反应过来,还有一个住在哪里这样的问题要面对!

郑蕤一看她一脸迷茫的反应,就知道这个一根筋的小姑娘压根就没考虑住哪里这种问题,一身孤勇地就跑来了。

"你睡卧室,我睡沙发,去洗漱吧。"郑蕤拍了拍于曈曈的头,"快去。"

于曈曈深深地看了郑蕤一眼,她突然就像是被踩了尾巴的猫,抱着书包蹿进了屋里,还关上了房门。

卧室里窸窸窣窣了好一会儿,门又被打开了,一颗小脑袋探了出来,马尾辫解开了,蓬松的头发散落在肩膀上,小姑娘好像有点急:"郑蕤,怎么办?我忘记带睡衣了。"

郑蕤有点无奈:"穿我的吧。"

于曈曈抱着郑蕤的短袖走进浴室,舒舒服服地冲了热水澡,浴室里的沐浴露是薄荷味的,跟郑蕤身上的味道一样。

说不上是被热气蒸的,还是真的觉得自己站在人家浴室里洗澡的这个场景太尴尬,于曈曈的脸一直在发烫。

重逢的兴奋慢慢退下,某种心理开始跃跃欲试。

一想到这儿,于曈曈还有点害羞,捂着脸在淋浴头下直跺脚,溅起了好几层水花。于曈曈也不知道该怎么办,只是当她把自己粉色的小草莓毛巾挂在郑蕤深蓝色的毛巾旁边时,突然笑了。

怎么样都好,只要是和郑蕤一起。

那些安全楼道里的夜光小宇宙好像就在眼前,他孤独了十八年,也强大理智了十八年,于曈曈喜欢他每一次理智做决定时的

第十四章　千门万户瞳瞳日

成熟,也心疼他不得不成熟的隐忍。他有一个孤独的小宇宙,但也有一个时刻看着这片宇宙的小姐姐。

于瞳瞳在浴室的水蒸气里凑近镜子,镜子上早就糊上了一层厚厚的水雾,只能隐约看见照镜子的人脸颊通红。她凑近了些,小手按在镜子上对着镜子里模糊的自己笑了笑,穿着郑蕤宽大得能当裙子的短袖和自己的短裤出去了。

"郑蕤?"于瞳瞳从卧室走到客厅,没看见郑蕤的身影,正疑惑着人去哪儿了,转头看见郑蕤正弓着背趴在阳台的护栏上。

可能是听到声音了,他扭过头看了她一眼,顿了顿,好像有点慌似的,从阳台出来的时候还被门槛绊了一下。

郑蕤也不知道急着干什么去,走路带风,从于瞳瞳身边路过的时候脚步都没停,就丢了一句话:"我去洗漱。"

于瞳瞳莫名其妙地看了眼郑蕤的背影,进卧室里转了一圈,灰色条纹的被子和床都软软的,她小心翼翼地坐在了床上,兴奋地晃了晃脚丫。

浴室门一关,郑蕤松了口气,这口气松到一半就卡在了嗓子里。

浴室里面弥漫着的雾气还带着沐浴露的味道,薄荷味的,跟平时没什么两样,但又让人清清楚楚地觉得不一样。

算了,洗个冷水澡吧,郑蕤叹着气单手掀起短袖脱掉了,一回头看见镜子上一个小小的、可爱的小手印。郑蕤轻笑了一声用食指在手印上画了个小小的心形,画得有点丑,歪歪扭扭的像个胖桃子。

柠檬糖

第二天，于曈曈蜷在软乎乎的被子里睡到中午才迷迷糊糊地睁开眼睛，这还不是自然醒，她几乎是在郑蕤靠过来的一瞬间就揉着眼睛一脚蹬了过去："不行！"

蹬完自己先不适地哼唧了一声。

于曈曈从被子里探出头来，看见穿戴整齐的郑蕤挨着床一身清爽，明显是刚洗过澡的样子，他还特别欠扁地扬着眉毛："什么不行？嗯？吃不吃午饭？"

"不吃我自己吃了？"郑蕤举着手机在外卖页面上看着，一边看一边报菜名，"柠檬手撕鸡？豉香排骨？鳗鱼饭？宫保虾球？菌汤砂锅？"

直到把于曈曈逗得夯毛，隔着被子直踢腿，郑蕤这才大笑着往客厅走，走到卧室门口还不忘了继续添油加醋："哎，小姐姐，别随便说不行。"

"你出去！"于曈曈豁然起身，气鼓鼓地抄了枕头砸过去。

郑蕤笑着一把抱住兜头砸过来的枕头，然后一回头看见了提着一大堆东西刚打开房门走进玄关的江婉瑜女士。

母子四目相对，谁都没开口。江婉瑜看着郑蕤抱着枕头大笑的样子愣了愣，随后指了指卧室。

郑蕤摸着鼻尖叫了一声屋里的人，想给小姑娘一个提醒："于曈曈？"

小姑娘也不知道是不是跟他认识的时间长了，现在说话越来越皮，听见郑蕤叫了一声大名，捏着嗓子在屋里演戏："哼，男人都是大猪蹄子！"

第十四章　千门万户瞳瞳日

"咳。"郑蕤拳头抵在鼻子下面轻咳了一声,耳根微红,"妈。"

江婉瑜近十八年的人生一直都在摆脱感情的阴影,从来没意识到自己的儿子都这么大了,一时间心里有些感慨,自己果然是老了呢。再加上十八年来她眼里的郑蕤都是个淡漠的性子,今天还是第一次看见自己儿子还能因为什么事脸红,真新鲜了。

江婉瑜心里五味杂陈,一时间没应郑蕤的话,保持着提着袋子的姿势站在玄关处。

屋里的小姑娘倒是听见那声"妈"愣了愣,气势汹汹地拎着另一个枕头出来了,枕头抵在郑蕤脖子上像是拿着一把大刀,表情非常傲娇:"这声妈我可不敢当……"

她看见郑蕤面色古怪,疑惑地顺着他的目光往门口看去,一眼就看见了一个拎着不知道多少购物袋的短发女人,小姑娘的声音戛然而止。

她的脑子顿时就死机了。

于瞳瞳身上还穿着郑蕤的大短袖,尴尬地沉默了三秒……

"妈呀"一声,她捂着脸转身就往屋里跑。

卧室里传来一阵"叮叮当当"的声音,还有小姑娘不知道撞上了什么的闷哼,郑蕤轻笑了一声偏过头去,正好对上她打开门缝偷偷探出半个头的警惕眼神。

于瞳瞳换上了自己的牛仔裤和短袖,红着脸忐忑地跟江婉瑜打招呼:"阿、阿姨好。"

江婉瑜看见于瞳瞳稍微愣了个神,才笑着回应:"是瞳瞳啊,阿姨早就知道你,不用拘束,来,刚好我在日本买了好多东西回

柠檬糖

来,看看你喜欢什么?"说完还提着购物袋向于曈曈招了一下手。

于曈曈偷偷瞄了一眼郑蕤,这人接过他妈妈手里的袋子大大咧咧往沙发里一靠,纸袋哗啦哗啦地堆在沙发上,笑着说:"江女士是大款,喜欢什么直接拿走。"

"不不不,我都已经很打扰阿姨了……"于曈曈尴尬地摆着手,僵着背在沙发上正襟危坐,努力挽回着自己的形象。

"刚才不是还叫妈呢吗?"郑蕤笑着打趣。

想到自己刚才拎着枕头那个傻样,居然还喊了一句"妈呀",于曈曈的脸更红了,幸好手机振了一下,她才有个台阶下,装模作样地拿着手机坐在沪市看起安市的天气预报来。

郑蕤看了眼小姑娘的屏幕,险些笑出声来,绷着嘴角从购物袋里拎出一盒抹茶糖直接撕开了,再抬头的时候看见自己的妈妈正打量着于曈曈,还带着一脸若有所思的严肃。

"干什么呢江女士?"郑蕤把糖放进嘴里含糊着问。

于曈曈听见他说话也跟着抬起头来,正对上江婉瑜的目光,不好意思地抿着嘴角笑了笑。

在于曈曈眼里,郑蕤的妈妈应该是个严肃并且不好相处的人,刚才自己那么失礼,不知道给人留了多少坏印象。

坐在于曈曈对面的江婉瑜也是在听见郑蕤的声音后才堪堪回神,犹豫了几秒,看着于曈曈认真地开口:"曈曈,你家里有没有姓木的亲戚?"

"我妈妈姓木。"于曈曈心里有点疑惑,但还是老老实实地回答着。

第十四章　千门万户曈曈日

出乎于曈曈的意料，江婉瑜眼神温柔，垂眸沉默了两秒，睫毛挡住了眼底的情绪，再抬起眼睛的时候眼尾竟然隐隐发红。

郑蕤含着糖不动声色地皱了下眉，寒假时候的江女士也是这样，原本他和江婉瑜正其乐融融地坐在店里喝着下午茶，江婉瑜捏了个马卡龙放进嘴里，咬了一口，突然就僵住了，然后整个人都开始发抖。

那天郑蕤费了好大劲儿才把江婉瑜带到医院，心理医生后来跟郑蕤说，江婉瑜那天吃的马卡龙里面有开心果的果酱，她在怀孕期间经常吃开心果，连看郑启铭那个恶心的视频之前都还在吃。

人有时候非常敏感，会借助嗅觉和味觉甚至是天气和颜色等各种信息记住某段记忆，像江婉瑜这种有心理创伤的人，只会更加敏感，说不上什么时候就会想起那些不堪回首的事情，并且开始情绪激动。江婉瑜现在的状态已经比之前好很多了，但郑蕤还是有些担心。

因而郑蕤面对情绪明显不太对的江婉瑜，他轻轻挪动了一下身子，把于曈曈挡在了身后，轻声开口："妈，你……"

江婉瑜在郑蕤做出动作的同时开口："曈曈，木炎是你什么人？"

于曈曈和郑蕤同时一愣，于曈曈一时间有点茫然，试探着开口："阿姨，您认识我小舅舅吗？"

"认识。"江婉瑜突然笑了，那是一个极其温暖又极其惆怅的笑。江婉瑜经历过那些波折之后很少再这样真诚地笑了，哪怕面对郑蕤，面对她的亲生儿子，她也是一脸女强人的职业语气。

柠檬糖

郑蕤也在他妈妈的这个笑里有一瞬间的失神,这是他第一次看见妈妈温柔的样子。

"我们出去吃饭吧,阿姨请你们吃个饭,曈曈,你想不想听听关于你小舅舅的事情?"江婉瑜淡淡笑着对他们说。

江婉瑜平时习惯了在日料或者米其林餐厅那种安安静静的环境下,一小口一小口地用餐,郑蕤以为今天也会是吃这些的时候,一向独裁的江女士竟然开口征求意见了:"曈曈想吃什么吗?有没有忌口的?"

郑蕤被嘴里的抹茶糖呛了一下,不可思议地回头瞥了江女士一眼,心里想着:啧,笑得可真温柔啊,说道:"妈,我对生鱼片过敏你知道吗?"

"是吗?你居然对生鱼片过敏吗?"江婉瑜看上去有点意外,认真地问了一句。

郑蕤扬着眉毛:"江女士,你不会要跟我说于曈曈是你失散多年的女儿吧?我怎么瞧着比对亲儿子还上心呢?"

"胡说什么呢。"江婉瑜拍了郑蕤一巴掌。

最后在于曈曈的提议下,喜欢安静的江女士竟然决定带他们去吃火锅,还是热闹辛辣的重庆火锅,她还很感慨地跟郑蕤说:"我都已经多少年没吃过火锅啦?"

于曈曈比那个什么"水逆驱散符"厉害多了,好像所有事情在认识她之后都在一点一点地慢慢变好呢。

郑蕤坐在沙发里百无聊赖地摆弄着手机,比起他亲妈要吃火锅这件事,更让他吃惊的是这两个女人竟然能在决定出门之后,

第十四章　千门万户曈曈日

躲在屋子里换衣服、化妆，其乐融融地消耗掉一个小时，并且目前还没有一丝要出发的意思。

"美女们，到底是吃午饭还是下午茶？"郑蕤手里抛着手机，靠在沙发里懒洋洋地问。

他倒是也没觉得不耐烦，反而有些开心，屋子里时不时传出两个女人的说笑声，他家里好像是第一次有了点温馨的味道。

半个小时之后江婉瑜先出来了，意味深长地看着郑蕤："准备好了吗，儿子？"

这还是江女士第一次像个母亲一样管他叫儿子呢，今天他妈妈的状态太好了。郑蕤一笑："小姐姐好看我早就知道，还有什么需要做准备的？"

话说太大就是容易闪到舌头，小姑娘穿着黑色小裙子从屋里出来的时候郑蕤看得都有点出神了。

于曈曈觉得自己从昨天晚上到现在，不到二十四小时的时间里，快要把这辈子的脸红次数都给刷完了，甚至感觉到自己脸颊发烫的时候，脑子里隐隐约约地弹出几个字：哔，脸红余额不足，请尽快充值。

于曈曈的头发顺滑地散落在肩上，这个年纪的女孩穿黑色会给人一种很神奇的视觉效果，介于少女和女人之间，既天真烂漫也成熟妩媚。

小姑娘白皙的皮肤跟黑色的缎面形成了鲜明的对比，刺激着郑蕤的眼球。郑蕤的手还僵持着，看着小姑娘刷了睫毛膏的纤长睫毛像黑羽毛扇子似的忽闪忽闪，眼睛亮得像宝石，红梨色的嘴

柠檬糖

角一弯，明眸皓齿大概就是这个样子了。

于曈曈和江婉瑜对视了一眼，得逞似的一起愉快地笑了起来。

三个人在重庆火锅店里吃得不亦乐乎，郑蕤麻木地看着自家高冷范儿的整天把"我没事""我能解决""你不用管"这三句话挂在嘴边的妈，抄着个漏勺熟络地给于曈曈捞着鸭肠的模样，第无数次觉得，自己可能是江婉瑜充话费送的。

江婉瑜对于曈曈好也不是没有原因的，于曈曈的妈妈早就说过，她低头看东西和笑起来的样子都很像她的小舅舅。

喝了一点甜甜的糯米酒，江婉瑜红着眼眶拉着于曈曈的手："你舅舅他，曾经是我唯一的挚友。"

这是于曈曈第一次在家人以外的人口中听到小舅舅，听他做实验的细节，听他的理想抱负，听他的那些优秀成绩和乐观的生活态度，脑海里终于描绘出一个优秀的、阳光的年轻男人的模样。

小舅舅这个称呼，也终于对应到了一个立体的形象。

好像更能体会姥姥和妈妈那种遗憾的心情了。

"我年轻的时候性格算不上好，我们经常在实验室一起做实验，他年纪比我小，但又比我有天赋，说实话我还挺不服的。最开始经常因为学术问题吵起来，一来二去就熟了，并且配合起来非常有默契。

"有一次他来实验室的时候带着伤，嘴角都青了一大块，说是摔的，我还取笑他。你舅舅什么都没说，隔天送了一本书给我，是溥仪的《我的前半生》，我是个理科生，拿着那本书觉得里面的生僻字太多了，看了几页就没再看了，那时候我已经结婚了，怀着蕤蕤，也没什么时间去实验室了。"

"后来我才知道，木炎的伤根本不是摔的，他那天看见郑启铭跟另外一个女人从酒店出来，才会跟郑启铭大打出手，又不忍心跟我说实话，只是送了那么一本书给我，是我当时太傻了。

"我经历难产和产后抑郁的时候，都是那本书陪着我的，我后知后觉才看懂其中的意义，那是我黑暗里的唯一慰藉，可惜那时候你舅舅已经不在了。"

江婉瑜哽咽着："瞳瞳，你舅舅真的是一个很好很好的人啊，那本书后面，他写了一句话，他说，雨过天会晴，也会有彩虹。"

那个聪明的年轻男人也许早就看出了郑启铭的本性，也看出了江婉瑜的执着，所以只在书里留下了提前的安慰，怕她在谎言戳破的那一天会崩溃掉。

有些话江婉瑜没办法对着郑蕤他们说出口，其实她是后悔的，如果她再聪明点就好了，不要那么早就掉进郑启铭的温柔陷阱里，然后遇见木炎，木炎他大概会是个好男友吧。

包厢里只有火锅还在欢快地咕嘟着，于瞳瞳被江婉瑜感染得有些低落，女孩子大多数时候都是敏感的，她在替郑蕤妈妈和小舅舅难过的同时，也突然冒出一丝庆幸。

能这么早就遇见郑蕤真好。

好在火锅的后半段气氛又变得融洽起来，郑蕤笑着讲了几个有意思的段子之后江婉瑜又开始频频用漏勺给于瞳瞳捞虾滑和牛丸了。

柠檬糖

于曈曈用眼角的余光打量着拿着长筷子捞丸子的郑蕤，他的手指今天可能是被下了降头，就一个丸子，反复夹了好几次还在红油汤底里翻滚着。

再看看自己盘子里堆成小山的牛肉丸子、虾滑和青笋，于曈曈心想，郑蕤可真可怜！

这家店的牛肉丸子特别好吃，轻轻一咬里面会溢出鲜香的汤汁，于曈曈小心地夹起一颗送到郑蕤嘴边，心里用贤惠、温柔这种的美好词汇把自己夸了个遍。

跟丸子斗智斗勇了半天的郑蕤感觉到身旁的动静，偏过头来，就看见小姑娘笑盈盈地夹着一颗牛肉丸子送到自己嘴边。

小姑娘的脸蛋儿被热腾腾的蒸汽熏得绯红，郑蕤看了一眼，脑子里突然就冒出点想法。

吃饭的时候想事情果然都没有好下场，郑蕤就这么看着于曈曈，嘴角直挺挺地撞在了她夹过来的滚烫丸子上，"嘶"了一声，被烫出一片红。

风雨中这点痛算什么！

郑蕤转头就拍了个自拍丢到朋友圈去了，在嘴角的烫伤上加了个粉色的小心心。

配文：嘴角弄伤了。

等于曈曈吃完饭发现郑蕤这条朋友圈的时候，已经是一个小时之后，下面的评论早就已经长长的一串了。

都是安市一中的同学，你认识我，我认识他，他认识他，他又认识她，共同好友特别多。

第十四章 千门万户瞳瞳日

于瞳瞳看见下面的评论整齐划一。

"我有个朋友想知道郑蕤总怎么伤的。"

"我有个亲戚想知道郑蕤总怎么伤的。"

"我有个兄弟想知道郑蕤总怎么伤的。"

"我有个哥们想知道郑蕤总怎么伤的。"

"我有个姐姐想知道郑蕤总怎么伤的。"

……

一长串的调侃下面只有一个人老老实实地回复了大家,那个人就是被高考榨干了脑浆的刘峰。

刘峰:问于瞳瞳啊!

对于刘峰的回复,郑蕤表示很满意,相比之下于瞳瞳就显得非常激动了,回了一整排的叹号。

于瞳瞳这种平时什么事都"佛"得不行的人,突然来了个这么带情绪的回复,这让跟她坐了三年前后桌的刘峰非常迷茫,并且认为这样很伤他的自尊。

刘峰觉得自己说得没毛病,郑蕤还特地发了朋友圈,那能是普通的伤吗?

这么一想,刘峰心里就有数了,明白于瞳瞳为什么那么激动了,小姑娘们就是这样,脸皮子都太薄,这都毕业了,怎么还动不动就不好意思啊!

打完一局游戏之后,刘峰靠在电脑椅里灌了一大口可乐,"哈"了一声才跟身旁的肖寒说:"你说我在郑蕤朋友圈那么回复是不是不好啊?"

柠檬糖

肖寒翻了个白眼:"你还知道不好呢?"

郑蕤那朋友圈一看就是他自己显摆呢,就你一个人那么以为。

刘峰惆怅地叹了口气:"是啊,我才反应过来。"

肖寒无语地看了刘峰一眼:"脑子是个好东西,希望你拥有。"

"哎,肖寒,我突然想到一个好主意!"刘峰喝了半瓶可乐之后突然两眼放光,被可乐浸泡过的智商再一次给了肖寒一个新惊喜,"你说咱们去沪市找他们怎么样?我请于曈曈吃个饭什么的,感谢她这三年的照顾,还能见见郑蕤,他这都走了半年了,你觉得咋样?"

肖寒就这么沉默地看着刘峰,我觉得咋样?我觉得你这个主意真是在作死的路上勇敢蹦迪呢!

你去干啥?你那个胖到一百五十斤的大脸盘子去给人家当超大瓦智能电灯泡吗?

这些话肖寒都没说,作为郑蕤的兄弟加损友,郑蕤走了这么久他也挺想去见见的……

并且吧,还挺想看郑蕤绿着脸接机的样子。

这么一想,肖寒也不惦记着说刘峰了,憋着一肚子坏水,嘴角疯狂上扬。

肖寒拍了拍刘峰的肩膀:"兄弟你说得对,你一个人去不够隆重,我也去,再找几个人一起,久别重逢什么的就是要热热闹闹才有气氛!"

说完他掏出电话给张潇雅拨了过去:"潇雅呀?干什么呢?我们准备去沪市来个几日游你有没有兴趣一起呀?对,去见你的学霸，去不？择日不如撞日，就今天呗！"

这一顿火锅边吃边聊，愣是从两点吃到了五点多。

江婉瑜从回家就开始收拾，半个小时之后拎了个大行李箱从卧室出来了，非常和蔼可亲，像是变了个人似的，笑着对郑蕤和于瞳瞳说："我订了个酒店，离医院挺近的，正好医生约我明天去一趟，你们俩在家住吧，我先走啦！"

于瞳瞳的脸又红了："阿姨，这样不好吧，还是我去住酒店……"

"那你去吧妈，慢点。"郑蕤直接把江婉瑜的箱子拎到了门口，小声跟他亲妈说，"江女士你今天太美了。"

江婉瑜冲着郑蕤挤了下眼睛，拎着箱子转身走了。

于瞳瞳挺不好意思的，站在玄关，红着小脸问："我突然来是不是打扰到阿姨了？明明应该我去住酒店的，总觉得让阿姨去不大合适。"

女孩子们真的是很神奇的生物，大概祖先不止跟大猩猩有点渊源，还跟变色龙沾亲带故，这个一秒变色的技能简直是炉火纯青。

尤其是于瞳瞳，上一秒是新熟的桃子淡淡的粉色，下一秒就能是熟透的苹果，红扑扑的，可爱死了。

夏季天黑得晚，这个时间天光大亮，卧室厚重的深蓝色暗纹窗帘拉得严丝合缝，只有床头一盏黄色的小夜灯发出昏暗的光。

于瞳瞳白到透明的侧脸被灯光染成了淡淡的粉橘色。

柠檬糖

熟悉的铃声,熟悉的配方。

"依稀看见乌云压过来轰隆隆,果然期待的事又落空……"

于瞳瞳推着郑蕤:"接电话。"

郑蕤摸出手机看了眼来电显示,接了电话:"肖寒。"

事实证明肖寒这种情商高的人才不会在这种两人独处的时候往枪口上撞,刘峰欢快的声音从电话里传了出来:"蕤总,哈哈!你猜猜我在哪儿?你肯定猜不到!"

郑蕤猜都没猜,机场飞机的广播也随着刘峰的声音一起传了过来,郑蕤突然就有种不怎么好的预感。

果然下一秒就听见刘峰愉快地说:"我们在飞机上!马上就要起飞了!两个小时之后就到沪市!"

沪市两个机场,偏偏这几个人就选了个离他们远的,晚高峰又堵车,这意味着二十分钟内两人要是不出门,根本就赶不上接机。

两人到机场的时候刘峰他们的航班刚好落地,于瞳瞳趴在接机口的栏杆上,细细回忆着这三天的事情,觉得有些不可思议,像做梦一样。

一杯温热的咖啡突然贴在脸颊上,打断了于瞳瞳的胡思乱想,郑蕤笑着问:"想什么呢?"

于瞳瞳接过咖啡,鼓了鼓嘴,气呼呼地顺口说:"反正没想你!"

郑蕤扬眉:"生气了?"

于瞳瞳喝了口咖啡,心想,是的,就是生气呢,超生气。

第十四章　千门万户曈曈日

郑蕤摸着下巴细细思索了两分钟，低声说："别生气啊。"

狠狠瞪了一眼气定神闲还在给自己拍背的人，于曈曈决定放个狠话："我在想别人呢！"

"嗯？"郑蕤看着炸毛的小姑娘，抿了口咖啡好笑地逗她，"想妈妈了还是想姥姥了？"

于曈曈要气死了，更气的是她就那么几个男生朋友，还都是郑蕤的朋友，总不能拎出来气人，眼珠转了转，终于想到了一个合适的人："就有个小学弟，还挺可爱的，突然想起他了！哼！"

郑蕤眯了眯眼睛，提起学弟就想到某个耷拉着眼角的人，就是被肖寒说是"好多女生都喜欢"的那位。

还拉着于曈曈去过天台！

不过算了，毕业以后估计都见不到那个什么学弟了。

郑蕤早就释怀了，他可不吃醋！

连那人叫什么郑蕤都不记得呢，这就是男人该有的气度！

"蕤总——"

刘峰欢快地从接机口出来了，跑着跳着就往郑蕤身上扑："惊喜不惊喜！意外不意外！想我们不？"

话题就这么被打断了，郑蕤笑得无奈，看了眼已经跟好闺密张潇雅抱成一团的小姑娘，打趣说："想是想，就是这个时间挺烦人的，哪怕你们再晚一个小时呢。"

肖寒了然一笑，刘峰倒是很诚实："不行啊，这个时间的航班最便宜了，下一班贵了九百块呢！而且肖寒说这个时间来还能蹭一顿晚饭。"

柠檬糖

被老实孩子刘峰卖了的肖寒赶紧站出来指了指身后，祸水东引："那什么，我们在飞机上遇见了杜昭，还有他表弟……"

郑蕤顺着肖寒的手指往后一看，就看见小姑娘正带着一脸惊讶，在跟一个笑得灿烂的男生打招呼："咦，周世栩你怎么也来沪市啦？好巧啊。"

周世栩看了眼不远处黑着脸的郑蕤，笑得更开心了，把几个月前校门口郑蕤气他的话原封不动地还了回去，还提高了话音，高兴地说："缘分呗！"

周世栩毕竟是陪着表哥杜昭来沪市走亲戚的，家里人还在停车场等着呢，皮几句逗得郑蕤黑脸了就脚下生风地跑了。

倒是肖寒和刘峰好久没见到郑蕤，表现得比较兴奋，尤其是刘峰抹着眼角不存在的泪水："我被高考折磨得都瘦了，你得带我吃点好的补补啊！"

肖寒默默地翻着白眼，在心里吐槽：你是瘦了，大脑又瘦了。

高考一结束，这群毕业生就像是剧烈晃动过又被突然拧开瓶盖的可乐，愉快的气泡叫嚣着冲出瓶口。

五个人兴冲冲地打车去了家唱吧和烧烤一体的店，一边唱歌一边吃烤串，刘峰跟脱了缰绳的野马似的，在震耳欲聋的背景音乐里，一只脚踩在椅子上，左手拿着肉串右手拿着麦克风，高亢地吼着："大背头，BB机，舞池里的007！"

肖寒手里举着个香辣鸡爪子凑到麦克风前也跟着嗨起来："来，左边跟我一起画个龙，在你右边画一道彩虹！"

张潇雅一边举起双手跟着摇摆，一边大声唱着一段粤语："心

第十四章　千门万户曈曈日

里的花，我想要带你回家！"

头顶上的投射灯随着音乐的节奏闪动着，红橙黄绿青蓝紫，快乐也真的跟彩虹似的五光十色地闪着。

灯光切割着郑蕤的侧脸，介于少年与成熟男人之间的那种魅力显露出来，于曈曈举着手拢在郑蕤耳边问："我能不能尝一点啤酒？"

郑蕤刚跟肖寒他们碰过杯，手里的小瓶啤酒被他喝掉了大半瓶，听完小姑娘的话就乐了，转头直接勾过她的下巴吻了过去，吻完在张潇雅他们三个高分贝的尖叫和起哄声里眯着眼睛问："味道好吗？"

于曈曈挺不好意思地捶了他一拳，也没用什么力度，跟做样子似的轻轻一下，羞得转过身去不理他了。

最后于曈曈还是得偿所愿地喝了一小瓶啤酒，虽不至于醉得不省人事，反应与平常比却也稍微慢了半拍，她缓缓回过头去，看见肖寒正小心翼翼地跟张潇雅说："你用的水杯是我喝过的。"

张潇雅相当凶悍，拿着沙锤给了肖寒后脑勺一下："用一下怎么了，你在飞机上还吃了我的饼干呢！"

肖寒正在帮张潇雅把鸡翅从铁签子上撸到盘里，还贴心地递了纸巾过去，刘峰在一旁不满地嚷嚷："我也想要这种贴心的照顾！我也想吃从签子上撸下来肉！肖寒你也帮我！"

啧，郑蕤嫌弃地轻笑了一声。

果然，肖寒的白眼都要翻到天灵盖上去了，拿了个烤面包片塞进刘峰嘴里。

柠檬糖

脱离了考试的刘峰非常膨胀,一边吃面包片一边哼哼:"我爱洗澡皮肤好好……"

这个气氛真的是很好,郑蕤好像从来没这么安心过。

心理医生那边说现在的江女士哪怕在街上撞到郑启铭也许都能控制住自己的情绪,郑蕤又对自己高考的发挥很有信心,他问过于瞳瞳,她也对自己的成绩很有信心,还放了话要跟他考到一个学校去。

家人、朋友和喜欢的人都很好,他也终于能跟同龄人一起开怀大笑了。

身旁的于瞳瞳盯着那边的三个人看了一会儿,眼珠子咕噜咕噜地转了几下,凑到郑蕤耳边神秘兮兮地说:"有没有感觉肖寒对我们潇雅有点不一样?"

喝了酒的小姑娘有点可爱,平时这些话哪怕在心里琢磨她也不会问出来的,今天就这样带着一脸小八卦地说出口了,郑蕤笑了笑,也学着她的样子神秘兮兮地开口:"是啊,不太一样呢,从机场出来时肖寒就帮你同桌拎着包的。"

于瞳瞳灵动的眼睛又偷偷瞄了一眼肖寒,然后看着郑蕤,一脸果然如此:"他肯定是喜欢我同桌了!"

湿漉漉的眼睛又转了一下,她笑得像只偷了腥的猫儿似的:"同理可证。"

郑蕤没绷住,乐了,小姑娘这个反射弧是真的长,隔了将近一年,终于反应过来他那时就喜欢她了?

想想也好笑,天天明着逗,小姑娘一直不开窍,今天早晨,

第十四章 千门万户曈曈日

她睡得正香的时候手机闹钟响了,是郑蕤关的,上面还有个闹钟提示:"单相思"第二百四十天提醒。

二百四十天?郑蕤拿着手机一顿,默默在心里算了一下开始的时间,应该是去年九月份的事。

她还觉得自己单相思来着呢?郑蕤当时笑得不行。

郑蕤抬起手揉着于曈曈的发顶:"我都喜欢你好久了,比你早多了。"

于曈曈是个"佛系"的人,平时很少跟什么事较真,今天喝了点酒还挺难缠,皱着眉挺不满地瞥了郑蕤一眼:"你不是说你爱我吗?怎么又降级成喜欢了?"

郑蕤眉毛轻扬,垂眸勾了勾嘴角,凑过去挺认真地跟小姑娘说:"我爱你。"

小姑娘对这个答复非常满意,像个老干部似的点着头,还回应了:"嗯,我也爱你呢。"

真是酒壮尽人胆。

郑蕤无奈地点着于曈曈的额头:"明儿睡醒了可别装失忆。"

刘峰他们在沪市玩了不到十天,于曈曈决定跟他们一起回安市,郑蕤决定也一起,只不过心里有些担心江婉瑜的状况。

但听说他们回程的计划之后,江婉瑜居然非常赞同,还提出了跟他们一起回安市的想法,甚至拿了礼物准备去于曈曈家拜访一下老人。

这话搞得于曈曈一路心里都七上八下的,在飞机上既忐忑又

柠檬糖

欲哭无泪。

结果到了安市，来接机的于妈妈见到江婉瑜先是愣了一下，很诧异似的看了人半天，有点犹豫地张了半天口，半晌才开口："你是不是叫江婉瑜？"

江婉瑜提着一堆礼物也怔住了，眼尾瞬间就红了，连连点头："我是，我是江婉瑜。"

于是，于瞳瞳担心的情节并没有发生，反而郑蕤的妈妈成了家里的贵宾，姥姥拿出看家本领在这个六月的日子里做出了一桌堪比年夜饭的菜，两家人坐在一起聊着天吃着东西。

江婉瑜咬了一口炸小鱼眼泪就掉下来了："阿姨，木炎以前经常给我带吃的，说是您做的，这么多年了，您的手艺还是跟以前一样好。"

于瞳瞳的姥姥抹着眼泪："好吃就多吃一点，多吃点啊。"

于瞳瞳听了半天也算是听明白了，姥姥和妈妈是见过江婉瑜的照片的，以前小舅舅每次从家里走都会带很多好吃的，姥姥那时候逗小舅舅："炎炎是不是有中意的姑娘啦？总带这么多吃的给谁呀？"

木炎一开始还面红耳赤地解释，后来悄悄地跟家里人说了，他对一个同系的学姐特别有好感，还给家里人看了一张一寸照片。

于瞳瞳的姥姥和妈妈都高兴坏了，每次他回来都主动给他带好吃的，炸小鱼、炸肉干、卤好的鸡蛋还有牛肉什么的，每次木炎也都一笑，高高兴兴地就带上了。

直到有一天，木炎是带着伤回来的，家里人怎么问都不肯说，

第十四章 千门万户曈曈日

只说自己是摔的,第二天也没带吃的走,只带了一本挺厚的书。

后来在于曈曈的姥姥和妈妈的追问下,木炎很伤感地说,江学姐嫁人了,他觉得那人不好,并表示要是有机会希望姥姥能认江婉瑜当干女儿,当时木炎说:"什么身份都行,我希望她快快乐乐的。"

后面的事大家都默契地没提,于曈曈猜想,后面的一年大概是灾难的一年吧,小舅舅出了意外远离人世,江阿姨大概也遭遇了人生中最大的不幸。

姥姥、妈妈还有郑蕤的妈妈,这三个女人坐在一起,哭了又笑、笑了又哭。

郑蕤已经先吃完了,正坐在于曈曈家的沙发上玩手机,于曈曈看了眼大人们,悄悄下桌走过去把手背在身后跟郑蕤招了招手:"走,我带你去看看我的房间。"

饭桌上于曈曈的姥姥握着江婉瑜的手,老人家的手上都是岁月沧桑的皱纹,有些激动地说:"婉瑜,以后一定要常来,阿姨再做饭给你吃,以前炎炎说过,说你太瘦了想让你吃胖点。"

江婉瑜跟郑蕤一样,很少感受到来自家庭的温暖,她那点微薄的亲情早就被郑启铭挑拨得一干二净了,只能用力点头,带着恬静的笑:"希望木炎不会怪我趁他不在吃了您这么多好吃的。"

到底是于曈曈的妈妈看得清晰,笑着说:"炎炎现在虽然不在,但咱们早晚也都要是一家人的。"说完意有所指地看了眼于曈曈卧室那边的方向。

三个女人终于同时笑了起来,所有的苦难已经过去,一切都

柠檬糖

会好起来的。

六月二十二日,高考成绩出来的前一天,于曈曈和郑蕤他们回学校去看各自的班主任,后来又一起去看了严主任。

这阵子可能调皮捣蛋的学生有所收敛,严主任的头顶发量稍微多了一些,看见郑蕤他严肃的脸上露出一些慈祥:"郑蕤啊,考得怎么样?"

到底是安市一中教了两年多的学生,严主任还是挺担心转学和家里的事情拖累到郑蕤的成绩的,毕竟好学生、乖学生年年都有,但郑蕤这种明确知道自己要做什么的还是不常见,耽误了成绩真的就太可惜了。

听到郑蕤说自己发挥得不错,严主任才放下心来:"好,发挥得好就行,于曈曈呢?也考得不错吧?"

于曈曈笑着点头:"感觉还行,希望能被写成条幅挂在校门口。"

严主任知道于曈曈这个小姑娘,高一高二的时候整天听她们班主任侯勇犯愁,说这孩子野心几乎为零,就像没什么方向似的。现在一听她这么说,也跟着高兴起来:"真好,年轻人就该有这股敢劲儿,人就活个精气神儿,没有梦想那成什么了,不就是混吃等死了?"

两人跟严主任聊天的工夫,刘峰和郭奇睿两个男生在一旁举着手机笑出声来。

严主任咳了一声,孩子们都毕业成年了,他也不能总板着

第十四章　千门万户曈曈日

脸，于是和颜悦色地问了一句："刘峰、郭奇睿啊，看什么呢这么高兴？"

郭奇睿噎了一下，赶紧踢了刘峰一脚，结果刘峰大大咧咧地摆着手："都毕业了你怎么还怕主任啊？"

耿直男孩刘峰还挺"怒其不争"地看了郭奇睿一眼："严主任，我看了个笑话你要不要听？"

严主任放下平时的威严，吹了吹茶缸子里的茶末："说说呗。"

"有个女的只有三根头发，出门想要编小辫，一不小心掉了一根，只剩下两根了，她特别生气，琢磨着那就来个中分吧，然后又掉了一根，最后就剩下一根，她就很无奈地说，不梳了，散着吧，哈哈！"

严主任的脸瞬间就黑了，摸着自己的发顶给侯勇打电话："小侯，你来把你班学生带走！带到广播室，我看新换的键盘不错，可以在键盘上唱歌，就唱那个'画龙、画彩虹'的那个就行！"

六月底，盛夏阳光明媚，一屋子的人都在严主任的话里笑了起来。从学校出来郑蕤送于曈曈回家，走到那条经常路过的小巷子，于曈曈心底突然燃起了小火苗："郑蕤，你说明天出成绩我们俩谁会高一些？"

这怎么回答？要说小姑娘高，明天万一人家没考过他然后哭鼻子怎么办？

但要说自己高呢？现在可能就会把小姑娘气得炸毛。

郑蕤沉默了两秒直接开口："打个赌？"

"打赌？"于曈曈的注意力被分散了些，好奇地问，"赌

柠檬糖

什么？"

郑蕤心里立马闪出无数画面，从兜里掏出钱夹，拖着调子："你想赌什么呢？"

结果他话音刚落就看见小姑娘也掏出自己的钱包，从夹层里抠出一个五毛钱的铜黄色硬币，递了过来："堵五毛钱？"

郑蕤接过硬币放在手里，食指蜷起拇指往上一弹。

于瞳瞳看见自己不太新的五毛钱从郑蕤指尖飞起来，在空气中翻转着折射出点点光亮又落回他手里，这个动作他做起来又痞又帅。

郑蕤说："小姐姐，我想赌个大的。"

第二天，于瞳瞳抱着手机忐忑地紧紧闭着眼睛，睁开眼睛看到自己的成绩时，她"哇"的一声叫了出来，七百零九！

"妈妈！姥姥！我总成绩七百零九！"于瞳瞳从屋里尖叫着跑出去。

这场景似曾相识，曾经木炎也在查了成绩之后兴奋地跑回家："妈，姐，我出成绩了！"

但于瞳瞳的姥姥和妈妈却没有像往常一样在心里默默地把瞳瞳和木炎做比较，只是开心地围着她打转："我们家瞳瞳太厉害了，真的太厉害了！没白吃苦啊，天天学习到那么晚！能上个好学校了！"

"郑蕤的成绩出来没？"妈妈问着。

说曹操曹操就到，郑蕤的电话就在这时候打了过来，于瞳瞳的兴奋劲儿还没过，开心地接起电话："郑蕤！你考得怎么样？我

第十四章　千门万户曈曈日

总分七百零九呢！"

郑蕤夹着笑意的声音从手机里传出来："小姐姐真棒，比我高了一分。"

"真的？真的比你高吗？那你是七百零八？也不错呢！但我终于比你高啦！"于曈曈继续兴奋地叫着。

"真厉害。"郑蕤听上去也是开心的，夸完人才意味深长地补了一句，"别忘了我们的赌注。"

七月，于曈曈以省文科状元的身份收到了华清的通知书，但她并不兴奋，因为她是个赢了成绩输了赌注的可怜人！

隔天就被同样收到华清通知书的沪市理科状元郑蕤同学悉心教导了一番，小姑娘含泪发誓，再也不要跟郑蕤比成绩了！

十二月，安市的午间新闻打破了一些平静，新闻里说安市某郑姓男子结婚十七年从未工作，在今日凌晨家暴并把妻子推出窗外致其身亡。

报道里，犯罪的郑某的画面被打了马赛克，但正在于曈曈家帮于姥姥择菜的江婉瑜还是认出了那个人就是郑启铭。

她心里此刻说不上是什么感觉，只觉得那些噩梦终于可以醒了，江婉瑜仰起头，眼泪顺着脸颊淌了下来，老天不是不长眼，恶人果然还是会有恶报的，因为恶人他自己都学不会放过自己。

于曈曈的姥姥拍了拍江婉瑜的手："婉瑜啊，都过去了，曈曈发了信息说元旦跟郑蕤一起回来呢，到时候我给你们炸小鱼吃！"

柠檬糖

蔽日的乌云滚滚散开,阳光普照大地,命运终会眷顾善良的人。

四年后,于曈曈大学毕业,就职于首都心理研究所的安市分部,并且在隔年就成为了这个心理工作室的"头牌",用郑蕤的话说就是,我家小太阳现在非常贵。

郑蕤则在毕业的时候接手了江婉瑜的公司,并大刀阔斧地修改公司发展策略,在毕业后的第二年创建了一家子公司,把公司盈利额翻了整整一倍。

肖寒和张潇雅一毕业就结婚了,已经有了个一岁多的小闺女,某天肖寒在聚会上拉着郑蕤问:"怎么回事啊?现在要事业有事业、要钱有钱的,还不考虑结婚啊?"

六年过去了,郑蕤越发成熟,衬衫袖子挽在手臂上,冷白的手腕上戴着一块棕色表带的名表,俨然是一位年少有成的成功人士。

但郑蕤眉眼间还有着那股桀骜的少年感,骨节分明的手摸向自己身后,从西裤兜里掏出钱夹丢给肖寒,扬眉一笑:"正准备求婚呢,帮个忙?"

肖寒这么多年看着郑蕤天天撒狗粮,早就看出自虐倾向了,一天不看都浑身难受,你说怪不怪。

抱着这种心理,肖寒怎么可能拒绝郑蕤,当下拍着胸脯:"交给兄弟!"

安市的三月份,春花烂漫、温度宜人。下午五点,于曈曈送

第十四章 千门万户曈曈日

走当天的最后一位访者,是个挺漂亮的十四岁小姑娘,这个小姑娘目光里的某些东西和她笑起来的那种感觉都很像高中时代的郑夕,于曈曈跟她聊了两个多小时。

送走访客放松下来,于曈曈才有空想起那些关于郑夕的传闻,据说她考的大学还不错,不过在大学时候喜欢上了有家室的男人,又因为行为过激被学校劝退了,此后再没有其他消息。

但于曈曈知道郑夕那种人是不会消沉的,因为前几天鲁甜甜还诧异地分享给她一个链接,并给她发了段语音:"曈曈,吓死我了,我看见跳楼两个字还以为'郑拉丁'小姐时隔这么多年还惦记着跳楼呢。"

那是个美妆推荐的链接,标题写着某某口红跳楼大减价,里面有个百万粉丝的美妆博主,居然就是郑夕。

于曈曈端起水杯喝了口柠檬水,透明玻璃杯里的柠檬片随着她的动作在水里晃动着,让她想起多年前郑夕在舞台上穿着一袭黄裙仰着下巴跳的那曲拉丁。

那个鼻梁跟郑蕤很像的女孩子,会幼稚地挑衅但又聪明地从不放弃生命,于曈曈淡淡笑了一下,希望她摆脱了原生家庭不健康的环境之后,能够越来越好吧。

于曈曈所在的这间心理工作室环境设计得很温和,壁纸都是莫兰迪色系的,于曈曈靠在米白色的牛皮椅子里剥了一块柠檬糖放进嘴里,暖咖色的长发柔顺地垂在胸前。

二十四岁的于曈曈比高中时候看上去多了点成熟女人的韵味,但笑起来弯着眼睛的样子还是总被郑蕤捏着耳垂说可爱。

柠檬糖

桌上的手机屏幕亮了一下,是肖寒在他们几个人的群里喊了两句话,随后发了张照片过来。

肖最帅:前几天聚会谁的钱包落我车上了?

肖最帅:里面不放身份证放个褪了色的纸片子?

纯皮的深蓝色钱夹,里面的透明卡槽里放着一张褪色了的纸片,纸片看上去很老旧了,能看出以前是蓝色,左上角还有些褶皱,像是曾经被水打湿过又干涸了的痕迹。

于瞳瞳眨眨眼睛,这是郑蕤的钱包啊,里面那个肖寒口中的"褪色纸片子"不就是当年那张从她脸上摘下来的蓝色彩带纸吗?

瞳瞳:是郑蕤的,你在哪儿?我下班去拿?

肖寒直接打了个电话过来:"于瞳瞳啊,你还在工作室吗?"

于瞳瞳看了眼时间:"还在,半个小时之后才下班呢,今天郑蕤开会,你在哪儿我下班去找你拿钱包?"

"不用不用!"肖寒赶紧在电话里说,说完又沉默了两秒,话音再响起的时候突然变得有些深沉,"瞳瞳啊,你们那个心理咨询,我去的话能不能给我打个折?"

于瞳瞳一愣:"肖寒你怎么了?"

肖寒继续深沉:"我最近跟潇雅不太好,想找个人聊聊,要不我把郑蕤钱包给你送过去,顺便你给我做个测试,看看我是不是抑郁了呗?"

这话倒是真的把于瞳瞳吓了一跳,肖寒一直顺风顺水的,在家里的公司挂名当了个小经理,什么都不用管还白拿着薪水,跟张潇雅的感情也好得不行,怎么就突然要抑郁了?

第十四章　千门万户曈曈日

也可能是在网上乱看的,这年头网上说什么的都有,很多健康的人看完都觉得自己病入膏肓,下一秒就要入土为安了。

"肖寒你先别乱想,也别在网上瞎看,很多东西网上说得不准,你过来我跟你聊聊,不用急,郑蕤今天开会晚,你过来坐会儿,晚点郑蕤公司完事了咱们再去吃个饭。"于曈曈安慰着。

二十分钟后肖寒出现在于曈曈的心理工作室里,把郑蕤的钱包往桌上一放,仰头喝下一整杯温热的柠檬水,柠檬片"啪嗒"一下拍在了他的鼻梁上,被他拿下来咬了一口:"嘶,酸!"

放下水杯,肖寒深吸一口气,直奔主题:"我跟张潇雅现在非常不和谐!"

于曈曈嘴角一抽:"那什么,这种事你问郑蕤可能比问我效果好吧……"

"你听我说啊!"肖寒一拍桌子,开启了话痨模式。

"……现在跟我说什么我追她的时候不认真,我比钻石还真好吗?我身边唯一恋爱成功的就是你跟郑蕤啊,我完全是参考你俩制定的方案。就说她过生日吧,我就在礼物盒子上画了个大大的爱心,还写了她的名字'雅雅',结果我挨了顿骂不说,她还把我电话号拉黑了!

"还有,我看她吃冰棒,我就想着你和郑蕤冰棒掰两半,一人一半那么吃,看着还挺温馨的,我就把她的冰棒给掰了,又挨顿骂,说我跟她抢吃的,太不讲理了!

"就单说毕业那年吧,咱们在沪市唱歌那次,我跟她说,她用的杯子是我用过的,我记得当年郑蕤也说了啊,张潇雅这人听完

柠檬糖

直接拿着沙锤给了我一棒子，我总觉得现在后脑勺还隐隐作痛。

"去年，我想起以前郑蕤被你在胳膊上咬个牙印还发朋友圈嘚瑟半天，我就跟张潇雅说让她给我也咬一个，结果人给我妈打电话了，说我有受虐倾向！"

……

郑蕤给肖寒的任务就是让他拖延时间，顺便不着痕迹地带于曈曈回忆一下以前的事，这事只能是肖寒做，刘峰嘴皮子没那么利索。

这要是刘峰来，保不齐开口就是："于曈曈你今天别紧张啊，一会儿郑蕤要求婚我来拖会儿时间。"

于是被赋予重任的肖寒，就这么吐槽了一个多小时，口干舌燥得不得不又喝了一杯柠檬水来续命，手机终于振了两下。

肖寒一直跟郑蕤他们保持着通话，趁于曈曈没注意，用喝水的动作掩饰着，从桌子底下偷偷看了一眼手机，信息是刘峰发的。

大峰：再拖半小时，加油！

大峰：你刚才说的那些张潇雅都听见了，她现在去我家找我妈借擀面杖和鸡毛掸子去了，自求多福吧兄弟！

肖寒："……"

得，为了郑蕤的终身大事！拼了！

肖寒深吸一口气，把水杯放在桌子上继续说："还有还有，我刚想起来，郑蕤说你俩不开心的时候会给对方讲鬼故事，我跟张潇雅告白的时候就给她讲了个鬼故事，她拿着我送她的花追着我打了一条街……"

第十四章 千门万户曈曈日

这哪是抑郁,这可能是憋的,于曈曈一边听着一边暗暗做打算,得劝劝潇雅多跟肖寒聊聊天了,这人感觉都要憋疯了。

被肖寒拉着聊了两个小时,于曈曈从工作室出来时天已经黑了,回家路上接到郑蕤的电话,说是已经散会了,让她先别吃饭一会儿去接她一起吃,于曈曈笑着应了好。

她家是个高层小公寓,离工作室很近,于曈曈站在深棕色的房门前,把钥匙戳进门锁里旋了两下,推开房门顺手又打开了玄关和客厅的灯。

暖色调的屋子里安安静静,但客厅中间的米白色毛毯上居然放着一个深蓝色纸箱,系着黑色的暗纹蝴蝶结,上面贴了张便签,写着"打开我"。

于曈曈弯着眼睛笑了笑,郑蕤经常会来这儿,也有她家里的钥匙,这个礼物是谁准备的不用猜也知道。

没有女人不喜欢惊喜和礼物,于曈曈也不能免俗,她小跑着过去,白皙纤长的指尖轻轻一勾,松散的蝴蝶结散落到地毯上,她打开盒盖愣了愣。

盒子里铺了一层枫叶,每一片上面都写着郑蕤和于曈曈的名字。

于曈曈莞尔,郑蕤还记得安市一中那个不靠谱传说,现在都是春天了,也不知道他去年什么时候偷偷回去弄来了这么多叶子。

郑蕤的字很漂亮,于曈曈一片一片将叶子拿起来,觉得每一片都好看,好想买一堆相框把它们都放进去珍藏,橘红色的枫叶

柠檬糖

里露出一个黑色的东西,她轻轻拨开脆弱的干叶片,一部老式手机露了出来。

真的是很老,只能打电话发信息那种,按键的,屏幕连彩屏都没有,不知道算是黄色还是绿色的屏幕上面打着一行字:蕤总陪你。

她刚拿起来手机,屋子里的灯突然灭了,吓得于曈曈小声惊呼。

黑暗中满室的夜光淡淡亮起,于曈曈惊讶地瞪大了眼睛。

时隔将近七年,郑蕤再次给了她一个小宇宙,但这次不光是蓝色,每颗星星旁边都有一颗小小的粉色的星星,就像是当年她在郑蕤家安全通道里一点一点加上去的那种粉色小星星。

于曈曈还记得郑蕤第一次发现那个安全通道里被她加上了粉色的星星之后的样子,他半晌才低声说:"小太阳,你怎么这么好呢。"

不知道是不是生理期的原因,也或者是听肖寒说了太多他们以前的事,于曈曈望着屋子里的蓝粉相间的小宇宙,被郑蕤这个小惊喜感动得想哭。

"蕤总陪你。"

这么多年里每当她想哭的时候,都有一个人,轻轻把她揽进温暖的怀抱,说一句:"蕤总陪你。"

于曈曈的鼻尖微微发酸,恨不得现在就扑进郑蕤的怀里撒个娇哭一场,听他温柔地哄她:"小姐姐,怎么哭了呢?不哭,蕤总抱一个。"

第十四章　千门万户曈曈日

刘峰和张潇雅躲在于曈曈家的洗手间，张潇雅再次小声确认："记住发什么了吗？"

刘峰坐在盖着盖子的马桶上一脸严肃地点头："先发'小太阳'，隔十秒再发'嫁给我'！"

张潇雅也挺紧张，在黑暗里冲着刘峰比了个 OK，然后说："你发完帮我倒计时，十五秒估计她也该哭了，我放背景音乐然后把灯点亮，郑蕤抱着花推门进去求婚，咱们的任务就完成啦！"

"一定万无一失！"刘峰郑重地说。

张潇雅深呼吸："快点该你发信息了，千万别弄错了，外面全程录着视频呢，回头要在婚礼上放的，搞砸了郑蕤杀了你！"

刘峰突然就想到于曈曈二十岁生日时，郑蕤准备了一个超级大的蛋糕做成了城堡的样子装进礼盒里，结果他拎着的时候绊了一下门槛，城堡摔成了贫民窟，那天郑蕤的那个死亡直视……

"噫！"刘峰哆嗦着拿着一个小手机打字，小声念叨着，"不会错的，不会错的，为了这两条信息我昨天晚上还特意吃了烤脑花！"

这么念叨着，刘峰飞快打完"小太阳"三个字发了出去。

与此同时，客厅里于曈曈手里的小手机亮了一下，老式手机上笨重的加粗黑色字体显示着收到了一条新短信。

只有三个字，"想太阳"。

于曈曈愣了两秒，什么是想太阳？是在提醒她那个黑历史吗？！

想到这个于曈曈鼓起了嘴，她那本《口袋英语》的扉页被郑

493

柠檬糖

蕤剪下来裱进了相框里,金丝楠木的相框上刻着小小的字:小姐姐的愿望。

这么个相框极度不低调地挂在郑蕤那间小公寓的玄关里,还经常被某个厚脸皮的家伙拿出来说,非常不要脸。

于是她那些面对着一屋子夜光的感动全都没了,面无表情地看着手机里的第二条新消息,"嫁给我"。

都怪郑蕤平时骚话太多,整天瞎逗,导致于曈曈现在看什么都只能联想到其他事情上去。

在这么个情境下,客厅里的音响突然响了,《Canon In D》,很舒缓很好听。然后穿着西装的郑蕤捧着一大束火红的玫瑰从门外走了进来,每一步都走得极其缓慢,头发还特意抓了个造型,露出饱满光洁的额头,脸上的笑亦如年少时初见那样,像是漫画里走出来的一样。

郑蕤的嘴角上挂着一弯弧度,单膝跪在于曈曈面前:"小姐姐——"你愿意嫁给我吗?

话都没说完,就被于曈曈疑惑地打断了他的深情凝望:"你今天兴致这么高?"

还给我下跪?

于曈曈脸颊微红地偏过头去轻咳了一声,不好意思地小声开口:"今天不行,我来姨妈了……"

说着她把手里的短信给郑蕤看,又问了一句:"我知道你想,过两天再说吧?"

他眯着眼睛瞄了一眼窗帘后面的摄像机,这录像估计不能放在婚礼上了,放上去得是一堆的消音。

郑蕤对着茫然的小姑娘无奈又宠溺地笑了笑,一把把人搂进了怀里:"嘘,别说了。"

洗手间的刘峰和张潇雅还有外面的肖寒听不见两人说话,扒着门缝看见拥抱了,还以为这是成了的讯号,欢呼着跑出来拉响了手里的彩带筒。

"百年好合!"肖寒感动地说。

"早生贵子!"张潇雅喜极而泣。

"万、万寿无疆!"刘峰兴奋地吼着。

郑蕤把玫瑰往旁边的桌子上一撂,一只手把怀里的人抱紧,眯着眼睛冲着兴奋得脸都红了的刘峰招了招手。

刘峰呆呆地走去,激动地捂着胸口:"是准备让我当伴郎吗?是不是让我给你们当伴郎?是什么让你们选择了我?是我的帅气还是我的率真?"

郑蕤温柔地把他沾在脸上的彩带纸揪了下来,拿起一旁的玫瑰花束打他,边打边笑着骂道:"我让你想太阳!打个字都打不明白!你去给猪脑花当伴郎吧!"

张潇雅和肖寒从于瞳瞳手里拿过手机,看了一眼,顿时加入了暴打刘峰的行列,肖寒勒着刘峰的脖子:"我说两个多小时!舌头都打结了!你给我在这儿想太阳?想太阳!"

刘峰抱着脑袋大喊:"我打的是'小太阳'啊!我打错了吗?不可能吧?"

浪漫的求婚变成了批斗大会,晚上几个人一起在火锅店吃饭

柠檬糖

的时候于瞳瞳用漏勺给刘峰捞了一块脑花,笑得温婉动人:"我当然是不答应的,不嫁!"

事后求婚失败的郑某表示,现在就是后悔,非常后悔,我只知道刘峰傻乎乎的,没想到他连拼音都能拼错!

隔天郑蕤也不玩浪漫了,下班之后直奔于瞳瞳家,外套一脱,手表一摘,直接把人一堵,拖着调子痞气地问:"小姐姐,早就想娶你了,最近越来越想听你叫老公,给句话,嫁不嫁?"

于瞳瞳仰着小脸:"嫁嫁嫁,老公我们明天就去领证!"

郑蕤满意地拉开了床头的抽屉,把手往抽屉里伸,单手把手里的丝绒盒子"啪"的一声打开,递到小姑娘面前:"喜欢吗?"

钻石在灯光下闪着光,于瞳瞳有点哽咽,泪眼婆娑尖叫了一声:"钻石太大啦!"

郑蕤抵着于瞳瞳的脑门笑了起来,小姑娘眼睛弯弯,红着脸非常女王范儿地把手一伸:"给我戴上!"

你看,阴天总会过去,等着你的,会是"千门万户曈曈日"的春草暖阳。

—正文完—

番外

执手余生

秋天时,郑蕤和于曈曈刚结婚。

婚后,小夫妻俩暂时没要孩子,快乐地享受着二人时光。

这天是星期五,郑蕤在中午就给于曈曈打过电话,约她晚上出去放松一下,就不回家吃饭了,要在外面下馆子。

当然,郑蕤的原话是这样说的,挺不正经:"我们炙手可热的小太阳老师,晚上想约你做个心理咨询,咱们这关系,给打个亲情价不?"

于曈曈也不是当年被他随便一撩就脸红的小姑娘了,她穿着职业套装站在办公室窗口,在轻音乐里搅动着一杯柠檬水,顺着他的玩笑问:"那要看亲情到什么地步了。"

郑蕤那边的办公室应该是没人,也就无所顾忌,他在电话里轻声说:"亲情到……昨晚帮你宽衣解带的地步?"

"郑蕤!"

电话里的人轻笑:"我们家于老师,接不接贴身心理咨询啊?"

"没那种不正经的咨询!"

到底还是他更不要脸些,于曈曈喝着柠檬水,听他在电话里大笑着,终于回归正题:"晚上接你去吃饭。"

挂断电话前，他祝她："下午工作愉快，我的小姐姐。"

星期五的下午也格外忙碌，于曈曈告别最后一位咨询者，整理好电脑里的资料，收拾过东西，便下班了。

她走出办公楼，果然看见郑蕤已经等在对面路旁，靠着车子，腮侧微微动了几下，应该是正在嚼口香糖。

婚后的某天，这个男人突然做了个决定，说要戒烟，但烟龄怎么说也有几年了，习惯成自然，不好戒，想抽烟时就嚼嚼口香糖。

郑蕤帮她拉开车门，俯身吻她的脸颊："辛苦了。"

于曈曈笑着，也对他说："辛苦了。"

恰逢同事路过，见他们恩爱的模样，打趣小夫妻俩："可真恩爱，果然新婚就是不一样。"

可是上车后郑蕤告诉她，她同事说得不全对，他说："哪怕婚后三十年、五十年，我们也会如现在一样恩爱。"

黄昏，夕阳缓缓滑落于天边。

车子里放了一首郑蕤高中时很喜欢的歌，他轻声地跟着哼唱。

于曈曈记得，高中那会儿她认识郑蕤时，这首歌中的某一段曾是他的手机铃声，像这样听他有一句没一句地唱着，有种回到校园时光的感觉。

用郑蕤自己的话说，他是个念旧的人。

歌仍是喜欢高中时喜欢的，人也还是爱高中时爱上的。

这话他说时，刚好路过嘈杂市区，于曈曈一时间没听清，反

柠檬糖

应了好一会儿才笑起来。

车子刚好路过安市一中,郑蕤缓缓把车停在人行横道前,给放学的学生们让路。

安市一中还是老样子,但他们已经毕业了太多年,校服随年改变,换了好多种样式,现在已经是全然陌生的深紫色套装。

于曈曈盯着那些肆意张扬的高中生时,郑蕤拉开抽屉,从里面拿出一盒糖。

对上于曈曈疑惑的目光,郑蕤笑着:"前两天听你和张潇雅通电话时说想吃,正好下班路过一家零食商店,进去看看,居然有,就给你买了。"

这么多年,于曈曈的口味没变,她还是喜欢高中时那种薄荷绿色包装纸的柠檬糖。

但时光流逝,这种糖在市面上已经不多见了。

只有几家怀旧零食店,才能找到这糖的影子。

安市一中的学生源源不断,他们的车子也就耐心地等在人行横道前。反正时间还长,郑蕤剥开糖纸,把糖喂到于曈曈唇边,还占了个小小的便宜。

于曈曈拍掉他那只作乱的手:"郑蕤,你要带我去哪儿吃饭呀?"

郑蕤冲着安市一中对面的胡同,偏了偏下颌:"那边。"

学校对面的那条路上,过去有一条小巷,上高中时,于曈曈放学回家总是经过那里。

旧巷子这几年被重新规划修整,现在是一条饮食街,因挨着学校和居民区,那条街上的小门店倒也兴旺。

番外　执手余生

郑蕤说，那边新开了一家饺子馆，前阵子肖寒和刘峰他们来过，老板是海边人，还有虾蛄馅的饺子，味道很鲜。

不过最重要的原因是很多年前，郑蕤刚认识于瞳瞳那年，他们背着书包从这条街巷走过，当时于瞳瞳给他讲过一个关于饺子馆的鬼故事。

"谁能想到，时过经年，这儿还真开了家饺子馆？"郑蕤笑着这样说，"只是不知道，这家饺子馆会不会像你那个鬼故事里的一样，到夜里十二点准时关门。"

当时具体是什么样的场景，于瞳瞳已经记不清了："你怎么什么都记得？"

"也不是。"郑蕤把车子停在巷子口，和于瞳瞳并肩走在夕阳下，他说，"其实是关于你的事情，我都记得很清晰。"

夕阳的余晖落在郑蕤脸上，柔和了他面部的棱角。

于瞳瞳抬起手，动一动无名指，那枚婚戒上的钻石在光线下闪动："现在再说这些情话可没什么好处了，人都已经嫁给你了。"

小巷里人不多，郑蕤拉起她的手，浅吻她的手背："不要好处。"

不过这顿饭，到底不是他们两个人吃的。

张潇雅和肖寒打来电话时，他们才刚坐下，两人马上在电话里点好了想吃的小菜和饺子，说十分钟就到，来的时候还在刘峰单位楼下接上了他，恰逢郭奇睿也在，听到消息也跟着来了。

老朋友聚在一起，总有说不完的话题。

刘峰最近在追女孩子，求大家支招儿，肖寒严肃地告诫他，

柠檬糖

千万别学郑蕤那一套。

刘峰很诧异,看了看郑蕤又看了看于曈曈:"蕤总追过吗?我以为他俩是自然而然就在一起了的,蕤总还追过人吗?"

郭奇睿抽了一口忧愁的烟:"就你这情商,你追什么姑娘!"

肖寒则拿了手机,认真询问:"要不,咱点个烤脑花外卖,让刘峰补补脑子?"

"我很苦恼的!"刘峰抱着头哀号起来,惹得这群损友哈哈大笑。

一顿饭吃得热热闹闹,把酒言欢,不知不觉天色愈晚。

等几个人从饺子馆出去,已经是晚上九点多,夜风寒凉,郑蕤脱下外套帮于曈曈披上,远远看见安市一中的教学楼仍零星地亮着几盏灯,他便不正经地和妻子说,如果有一天,他们的母校要请他这位事业有成的毕业生回去演讲,他站在上面只打算说一句话——

"能娶到于曈曈,是我毕生荣幸。"

于曈曈笑起来,眼睛弯弯地抬手轻轻打了一下郑蕤的手臂。

她说:"你要是这样说,老师们恐怕是要举着扫把把你轰下去的。"

"那幸好我不是你们班的,不用跪在键盘上唱歌。"夫妻俩开着玩笑,一路走回车边。

夜已深,他们要回家了。

回到只属于他们两个人的家。

图书在版编目（CIP）数据

柠檬糖：全 2 册 / 殊娓著 . -- 南京：江苏凤凰文艺出版社，2023.6
 ISBN 978-7-5594-7814-6

Ⅰ.①柠… Ⅱ.①殊… Ⅲ.①长篇小说 – 中国 – 当代 Ⅳ.① I247.5

中国国家版本馆 CIP 数据核字 (2023) 第 097961 号

柠檬糖：全 2 册

殊娓 著

责任编辑	曹　波
特约编辑	杨晓丹　刘雪华　宋艳微
装帧设计	卷帙设计
责任印制	刘　巍
出版发行	江苏凤凰文艺出版社
	南京市中央路 165 号，邮编：210009
网　　址	http://www.jswenyi.com
印　　刷	天津旭丰源印刷有限公司
开　　本	880 毫米 ×1230 毫米 1/32
印　　张	16
字　　数	371 千字
版　　次	2023 年 6 月第 1 版
印　　次	2023 年 6 月第 1 次印刷
书　　号	ISBN 978-7-5594-7814-6
定　　价	69.80 元（全 2 册）

江苏凤凰文艺版图书凡印刷、装订错误，可向出版社调换，联系电话 025 - 83280257